小峯和明＝監修　出口久徳＝編

【シリーズ】
日本文学の展望を拓く❷

絵画・イメージの回廊

笠間書院

『日本文学の展望を拓く』第二巻「絵画・イメージの回廊」

緒言——本シリーズの趣意——

鈴木　彰

近年、日本文学に接し、その研究に取り組む人々の環が世界各地へとますますの広がりをみせている。また、文学・歴史・美術・思想といった隣接する学術領域に携わる人々が交流・協働する機会も増え、その成果や認識を共有するとともに、互いの方法論や思考法の相違点を再認識し合うような状況も日常化しつつある。日本文学という、時を超えて積み重ねられてきたかけがえのない文化遺産を豊かに読み解き、多様な価値観が共存しうる未来へと受け継ぐために、その魅力や存在意義を、世界へ、次世代へ、諸学術領域へと発信し、今日的な状況を多方面へと繋ぐ道を切り拓いていく必要がある。

日本文学とその研究がこれまでに担ってきた領域、また、これから関与していく可能性をもつ領域とはいかなるものであろうか。その実態を俯瞰し、人文学としての文学が人間社会に果たしうる事柄に関して、より豊かな議論を成り立たせていきたい。日本文学という窓の向こうにはどのような視界が広がっているのか。本シリーズは、日本文学研究に直接・間接的に携わり、こうした問題関心をゆるやかに共有する計一一〇名の論者たちが、日本文学あるいは日本文学研究なるもののもつ可能性を、それぞれの観点から展望した論稿を集成したものである。

本シリーズは全五巻からなる。日本文学と向き合うための視座として、ここでは東アジア、絵画・イメージ、宗教、文学史、資料学という五つに重きをおき、それぞれを各巻の枠組みをなす主題として設定した。

各巻は基本的に四部構成とし（第五巻を除く）、論者それぞれの問題意識や論点などを勘案しつつ各論文・コラムを配列した。あわせて、各巻頭には「総論」を配置し、各論文・コラムの要点や意義を紹介するとともに、それらが連環し、交響することで浮かび上がる問題意識のありようや新たな視野などを示した。この「総論」は、いわば各編者の観点から記された、本シリーズを読み解くための道標ということになる。

以下、各巻の概要を示しておこう。

まず、第一巻「東アジアの文学圏」（金英順編）では、〈漢字・漢文文化圏〉の問題を念頭におきつつ、東アジアに広がる文学圏について、中国・朝鮮・日本・琉球・ベトナムなどを視野にいれた多面的な文学の諸相の提示と解明に取り組んでいる。

第二巻「絵画・イメージの回廊」（出口久徳編）では、文学と絵画・イメージといった視覚的想像力とが交わる動態について、絵巻や絵入り本、屏風絵などのほか、芸能や宗教テキスト、建築、デジタル情報といった多様なメディアを視野に入れつつ検討している。

第三巻「宗教文芸の言説と環境」（原克昭編）では、唱導・寺社縁起・中世神話・偽書・宗教儀礼など、近年とりわけ日本中世を中心に活性化した研究の観点から、宗教言説と文学・芸能とが交錯する文化的状況とその環境を見定めようとしている。

第四巻「文学史の時空」（宮腰直人編）では、従来の日本文学史理解を形づくってきた時代区分やジャンル枠を越境する視野のもとで柔軟にテキストの様相を探り、古典と近現代文学とに分断されがちな現況から、それらを貫く文学研究のあり方を模索している。

第五巻「資料学の現在」（目黒将史編）では、人文学の基幹をなす資料学に焦点をあて、新出資料の意義づけはもとより、諸資料の形成や変容、再生といった諸動態を検討することで、未開拓の研究領域を示し、今後の文学研究の可能性を探っている。

以上のような骨格をもつ本シリーズを特徴づけるのは、何といっても執筆者が国際性と学際性に富んでいることである。それは、日本文学と向き合う今日的なまなざしの多様性を映し出すことにつながっており、また従来の「日本文学」なる概念や日本文学史理解を問いなおす知的な刺激を生み出してもいる。

本シリーズが、多くの方々にとって、自らの「文学」をめぐる認識や問題系をとらえなおし、日本文学の魅力を体感し、また、日本文学とは何かについてそれぞれに思索し、展望する契機となるならば幸いである。

目次

第2部　社会をうつしだす絵画

第3部　〈武〉の神話と物語

第4部　絵画メディアの展開

総論
――絵画・イメージの〈読み〉から拓かれる世界――

出口久徳

1　絵画・イメージ研究の現在

本巻（第二巻）には、主に近代以前の絵画・イメージに関する論考が集められ、様々な角度から論じられている。絵画・イメージをめぐる研究は、一九八〇年代以降、文学・歴史・美術と異なる分野での共同研究や叢書等で各分野の研究者による執筆が行われることで進展していった。▼注[1] 絵画はその美を鑑賞するものから、絵の語る〈物語〉をさまざまな方法で〈読む〉ものとなっていく。▼注[2] 議論が深まる中で、研究対象も広がっていき、著名な絵巻だけでなく、御伽草子、参詣曼荼羅、肖像画、名所絵、絵図等にも展開し、メディアについても、屏風、障子、版本、絵手本、掛幅等もさまざまに取り上げられている。時代的にも中世から近世にかけての作品も多く取り上げられるようになった。そうした中で、従来の説も見直されていった。▼注[3] 研究方法についても、能・幸若舞曲・浄瑠璃などの芸能、絵の制作事情や社会状況（ジェンダー論、権力論なども）、宗教儀礼、物語論など様々な角度から絵が読みこまれている。さらに、大学や図書館、美術館・博物館が所蔵資料をインターネットで公開することも増え、高画質のデジタルカメラを個人で所有ができるようになった。学会発表や教育現場においてもパワーポイント等を用いて絵画資料を取り上げる機会も多くなっている。絵画・イメージ研究を行いやすい環境の到来といえよう。

研究が大きく動いた一九八〇年代から三〇年以上の時が過ぎ、この間に多くの成果が積み重ねられてきた。[注4] また、一九九〇年代以降、インターネットやデジタル器機の普及によって研究環境が大きく変わってからも二〇年近くの時が流れている。これまでの研究を繙き、今後を考える時期にきているといえよう。

本巻を「絵画・イメージの回廊」と題したのは一つの本の中で多様な論考を「巡る」ことで新たな研究を拓くきっかけとしたいと考えたからである。本巻は四部からなるが、一部の冒頭の**小峯和明論文**（「絵巻・〈絵画物語〉論」）では自身の研究に引きつけながら研究状況をまとめた上で問題点を述べ、今後の可能性が示されている。小峯論を「読む」ことで研究状況をつかんだ上で、本巻の構成を述べていきたい。小峯論の論点は多岐にわたるが、絵画を〈広がり〉の中で「読む」こと、そして受容の〈場〉において「読む」こととまとめることができよう。

まず、〈広がり〉については、地域的広がりと研究対象の広がりの二点である。地域的〈広がり〉では東アジアの視界の中で考えることが提言される。論の題に「絵巻」とあるのは、絵巻が東アジアの中で絵画を考える際のポイントになるメディアだからである。また、論の中では「絵巻」（物語・詩歌絵画、原則として詞書を伴う）と「図巻」（非物語絵画、風俗画、花鳥図、景観図）という分類が提示される。分類してもきれいにどちらかに分けられるわけではないが、東アジアに広まる図巻類[注5]を視野に入れることができ、絵画の性質を考える指標となる。「絵巻」は日本で発展したといえるが、中国にも物語絵巻は存在するのであり、論の後半で中国絵巻について言及している。東アジアの視覚で論じられたものでは、仏伝図や帝鑑図などでまとまった成果をあげているが、さらにその対象は広がっていくだろう。[注6]

研究対象の〈広がり〉では、テキストのヒエラルキーによらない見方が提示され、具体的には模写本が取り上げられる。模写も一つの表現行為であり、その意義を見直すべきだとする。小峯は「うつす」行為に注目するが、さらに、絵手本や縮図なども視野に入ってこよう。[注7] 研究対象の広がりから制作の時代の幅も広がることにつながる。近年では、十六世紀以降の作品が扱われることが多くなってきている。

次に、「受容の〈場〉」だが、ここでは後述するように多様な意味が含まれる。小峯論で「〈絵画物語〉論」とあるのは、物語（本文）がまず先にあり絵画はそれを伝えるものということではなく、絵画自体が物語をいかに語るのかという問題意識からである。絵画が何を語るのかをつかみ、絵画と物語本文が一体化し協働して作り出す物語世界をとらえていく。これは、実物の絵巻や絵入り写本を目前にして読み解く〈現場〉（「受容の〈場〉」）を重視したとらえ方といえる。[注8] その見方が特に現れるのは画中詞についての指摘である。画中詞については「音声の視覚化」「〈声〉が直截に響いてくる」としている。仮に、翻字をして画中詞のみを取り出して絵画と切り離してしまうと、画中詞は〈声〉としての機能を失ってしまうことになるだろう。「受容の〈場〉」を重視することは、絵巻を「巻いて観る」という身体性の問題にもつながってくる。絵画を受容する現場の感覚を離れては見失ってしまうものが少なくない。これらの議論は、太田昌子・大西廣「絵の居場所」論[注9]にも通じてくる。そこでは個々の絵を制作や受容の環境の中で読み解くことの意義が指摘され、美術館や博物館などで鑑賞することで絵がそれぞれに固有の文脈から切り離されて分析されることへの異議申し立てがなされている。「受容の〈場〉」をさらに広くとるならば、制作や享受の時代の社会背景、宗教儀礼やその実践、権力関係、さらにはメディアの問題など多様な議論に及ぶようになるだろう。

本巻の第1部では、絵画が語る物語世界を問題とした論考を集めた。絵画がいかに物語るのかが読み込まれ、その中で享受者に働きかける絵の機能、芸能や説話との関わりなどが論じられる。第2部では、絵画から〈社会〉を眺め、〈社会〉から絵画を考える論考を集めた。具体的には、社会状況からの絵画表現の分析、絵画をめぐる権力関係、宗教的な実践やイメージとの関係、蔵書形成と研究の相関等である。第3部では、十七世紀の絵画、特に〈武〉のイメージが問題となる。〈酒呑童子〉〈源平合戦〉〈源頼朝〉等をめぐる論が並ぶ。第4部では、東アジアの視野から問題が論じられ、メディアの問題も問い直される。寺社建築の〈場〉、デジタルの有効性、教育現場での活用等もとりあげられることとなる。

2　物語をつむぎだす絵画（第1部）

第1部では、絵画がいかに物語を紡ぎ出していくかを検証する。絵画が語る物語がいかなるものであったのか。以下の論で具体例にそくして検証されることとなる。

キャロライン・ヒロサワ論文では、『光明真言功徳絵詞（絵巻）』（三巻本）が「光明真言」を広める目的で作られたことを示し、絵画が人々の救済へと機能していくことを論じる。下巻を「定円の物語」として構想されているとし、定円の口や手から発せられる光線が「光明真言」を唱える行為の「可視化」であるとして、『増一阿含経』や『図像鈔』等を示しつつ指摘する。言語行為の可視化という意味では小峯の「画中詞」論とも通じてこよう。定円の発した「光明真言」は、テキストであることを超えて、より直接的に観者に働きかけてくることになろう。また、定円の臨終を描く場面では、詞書では極楽往生したことを示唆的に表現するに留まるが、絵は上品下生印の阿弥陀仏の来迎を描き、明確に「光明真言」による往生が表現されているとする。絵に語らせることで絵巻を見る者に光明真言の功徳をより実感させる働きがあるとする。

塩川和広論文では、『百鬼夜行絵巻』の中の「魚介」の図像に注目する。『今昔物語集』などの説話集やお伽草子類、料理書など多様なテキストから魚介のイメージを探っていき、狂言の諸作品に展開されたイメージと『百鬼夜行絵巻』とが通じていることを明らかにしていく。塩川は「狂言と百鬼夜行絵巻にしか見られない妖怪としての蛤の姿は、むしろ百鬼夜行絵巻の魚介たちが、狂言に表れた食物の供養と密接に結びついていることを強調しているといえよう」と述べる。食と絵画については『酒飯論絵巻』などの研究が進み、新たな展開が期待されるテーマである。

吉橋さやか論文では、『福富草紙』の脱糞譚のいくつかの部分に、『今昔物語集』巻二八の笑話群やヲコ話群と同じ要素が見いだせる点を指摘し、『福富草紙』の脱糞譚が「ヲコ集成的な物語」として形成されていったとする。中世・近世の文学や文化現象を考える際においても、「集成」や「類聚」の観点は重要であり、絵画の分析においても、多様な要素を読み解かなくてはならないだろう。

西山美香のコラムでは、近世期刊行の『徒然草』版本の挿絵について、徒然草の本文の解釈と挿絵の表現の問題を関連づけて考える。第三二段の本文解釈において、現在の諸注では男女の逢瀬を想起させる点が指摘され、女が待つ姿が描かれると思い浮かぶ。例えば、サントリー美術館蔵『徒然草絵巻』(海北友雪筆)には「待つ女」が描かれる。しかし、近世期刊行の『徒然草』版本の挿絵では待つ人物を「男」として描くものが多く、特に初期のものにその傾向が見られるという。「男」の絵には共通して、外からその様子を覗く兼好の姿が描かれている。これは、『徒然草』が兼好の実体験に基づくのか否か、実体験ならば出家前か出家後かという作品世界の解釈にも関わる問題である。本文には語られないものが挿絵に現れているとの指摘は重要で、絵が新たな「物語」を紡ぎ出しているといえよう。

3　社会をうつしだす絵画(第2部)

「受容の〈場〉」を広げていくと、社会状況や宗教的な実践、権力なども問題となる。絵画・イメージは、そうした様々な〈社会〉状況の中で読み解かれるべきである。一方、絵画から、その〈社会〉状況を読み取ることもできる。絵画と〈社会〉との関係を双方向的に検証する必要がある。

山本聡美論文では、『病草紙』における「二形《ふたなり》」（両性具有）の表象と院政期の社会の関係を読み解く。「二形」は人々に「見られ」て嘲笑される。不特定多数の世間から侮られ冷笑される存在として描かれる。また、「二形」が詞書で「占し歩く」と表現される点に注目し、平安時代には、歴史的実態として女装して呪いや口寄せを行う「男巫《おとこみこ》」がいたことが諸記録から明らかになる。その「男巫」に向けられた視線が院政期に変化していく。「男巫」は東国において特徴的に見られる辺境的な習俗と揶揄されたりするなど一段格下の存在として見られていた。もともと仏典の中にも潜在していた「二形」という概念が、現実に存在する「男巫」へと接続されることで重層的なイメージが付与されていったとする。山本はさらに、『法華経』の変成男子の問題にもつながる回路を見出すなど、「二形」イメージが醸成される院政期の社会状況をあぶり出していく。

阿部龍一論文では、神泉苑で善女龍王の出現の物語として名高い「神泉祈雨」において、空海が実践した密教の特徴が論じられる。阿部は荒唐無稽な作り話と見える伝承に、空海の密教実践の特徴、密教を流布させた経緯、空海の密教が後世にどのように受容されてきたかを示す糸口を秘めているものも多いとする。阿部論では祈雨法を描いた絵巻（『弘法大師行状絵詞』）の大小二頭の龍の存在に注目する。大龍は父・阿耨達《あのくだつ》龍王であり、小龍は娘・善女龍王女である。そして、「神泉祈雨」では善女龍王女（小龍）が重視されている。大龍（九尺）と小龍（八寸）の関係は、『大般若経』と『般若心経』との関係に対応している（空海著『般若心経秘鍵』）。『般若心経』は一紙十四行と短いものであるが、『大般若経』六百巻の心髄を要約したとして、対等な力を持っているとする。こうした分析から、真言は経典の言葉としては短小であっても長大な経典と同等の力を備えていること、また、「小龍」は般若波羅密多を人格化した女性の菩薩であり、仏母である般若菩薩信仰と深く結びつくことを指摘する。イメージと空海の密教思想との関係が述べられる。

吉原浩人論文では、文殊信仰の中で、菩薩が人としてこの世に現れるという思想について日本における受容例（行基など）を探っていき、聖徳太子伝の片岡山の飢人が文殊菩薩の化現とされる説の背景を明らかにしていく。片岡山の飢人をめぐっては、鎌倉時代以降制作の『聖徳太子絵伝』では定番の場面となる。『絵伝』に描かれた飢人は業病を背負った被差別者の姿で描かれることもあり、そうした姿で描かれるのは、文殊菩薩への信仰があったのではないかと指摘する。絵画表現の背後に信仰の問題を読み解いている。

高岸輝論文では、伏見宮貞成親王（後崇光院、一三七二〜一四五六）の『看聞日記』の唐物や唐絵の記述をめぐって、（モノとしての）絵画を取り巻く社会状況を論じている。六代将軍足利義教に焦点をあて、義教の命によりもたらされた唐絵をめぐり、人々が翻弄されていく様相が詳述される。例えば、貞成の父栄仁親王の后の一人東御方《ひがしのおんかた》は、その利発さが評価され足利義教から気に入られ、貞成と義教をつなぐ存在としての役割を果たしていた。ところが、会所の飾りの唐絵に感心した義教が意見を東御方に求めたところ、東御方は同意しなかったばかりか悪口を言ってしまう。激怒した義教は東御方を打擲し、追い出してしまう。絵画作品は、それを取り巻く人間関係の中で、まさに〈社会〉の中で存在している。そこで行われる鑑定という行為は極めて政治的なものであるといえよう▼注[10]。

ヴェロニック・ベランジェのコラムでは、フランス国立図書館の絵巻・絵入り写本の収集に関する事情が述べられている。一九一三年に愛書家であったオーギュスト・ルスエフ・コレクション全体がフランス国立図書館に遺贈された。その中に日本の写本があったのだが、西洋中世の写本等が主で、それとはほとんど「知られない」うちに『酒呑童子』等の中世の絵巻が数点、『異国物語』『住吉本地』の奈良絵本、『源氏物語』の画帖等が入っていた。その後、一九七〇年代の奈良絵本等の関心が高まる中でそれらが見出され、フランスにおいて研究の機運が高まってくる。そうした状況を受けて国立図書館でもさらに写本の収集がなされ、『浦島絵巻』『酒飯論絵巻』等がコレクションとして加わり、それらの本を対象とした研究が進められる。『酒飯論絵巻』をめぐっては、研究書の刊行（コラム・注23参照）へと結実していく。蔵書が研究を生みだし、蔵書を増やしていくという連関が述べられていく。

4 〈武〉の神話と物語（第3部）

近年の絵画論の一つの高まりとして十七世紀の絵画をめぐる議論がある。現存する絵巻や絵入り写本でも十七世紀制作とされるものは多い。江戸幕府が開かれ、武士の権威のあり方が問題にされた時代でもあった。〈武〉のイメージを帯びた絵巻や絵入り写本、屏風などが求められ、大名家伝来の作品も少なくない。近世期において〈武〉のイメージはどのように形成され、社会に伝わり、それがどのように機能したのか。今後、議論を深めていくべき問題である。

山口眞琴論文は、島津家に伝わった屏風や絵巻において描かれた「朝鮮虎狩図」の制作や変容の過程を追うことで、島津家における〈武〉のイメージを論じる。「朝鮮虎狩図」が朝鮮侵略に島津家がいかに貢献したのかという「歴史叙述」的な意味合いを持ったイメージであることが明らかにし、武功の確認やその顕彰が制作目的であったことを指摘する。一方で、島津義弘、島津忠恒の床几に腰掛ける姿がどのテキストにも描かれている点にも注目する。そのイメージの源泉として、『曾我物語図屏風』の源頼朝の姿を指摘する。大傘のもとに狩衣・立烏帽子姿で描かれる頼朝のイメージが重ねられているという。そして武を実践する姿（動的な姿）ではなく、静に座する姿（静的な姿）を描くことは、「脱軍事的な性格」が確認できるとする。座する武士の姿は、『平家物語』等の絵入り版本の挿絵でも繰り返し描かれるイメージでもある。「朝鮮虎狩図」は島津家という個別の家の問題を超えて、近世前期の〈武〉のイメージをめぐり注目すべき作品群である。

金英珠のコラムは武家にとっての「神話」形成の問題を問う。『武家繁昌』は、中国と日本の〈武〉に関わる話を集成し、武家の由来を説き、その繁昌を祝言する物語である。金論では「海幸山幸神話」に注目する。『武家繁昌』では服従させる方と服従する方の兄弟関係は、従来知られているもの（弟が兄を従わせる）と異なっており、兄が弟を従わせる形となる。それは、源頼朝（兄）と義経（弟）の関係に配慮してのことであろうと指摘する。また、ヒコホホデミを武士として挿絵に描く本もある。物語本文と絵画が協働する形で、武家政権の神話として理解できるとする。また、山口論とあわせて、頼朝の存在が近世期の武士達にとって特別な意味を持っていたことがうかがえよう。

鈴木彰論文では根津美術館蔵「平家物語画帖」を取り上げる。画帖の梶原父子の「白梅の枝」の図像等をめぐって、能「箙」や『源平盛衰記』などを熟知していなければ読み解けず、そうした『平家物語』内外の知識を幅広く持つ画帖の享受者像を指摘する。画帖の制作者や絵師の〈問い〉に享受者がどのように〈解答する〉ことを期待したのかが問題であるとする。従来の絵画論は、制作者側、あるいは享受者側どちらかの観点から述べられることが少なくない。鈴木が両者の〈対話〉として読み解く点は重要である。さらに、『平家物語』全体のストーリー展開を読むことが「放棄」されている根津本のあり方に注目し、そこから『太平記絵巻』（埼玉県立歴史と民俗の博物館蔵等）、『源平盛衰記絵巻』（水戸徳川家旧蔵）といった絵巻類をも視野に入れて一つの作品群として把握すべきと述べている。

ケラー・キンブローのコラムでは米国個人蔵『鼠之大江山絵巻』が取り上げられる。擬人化した鼠達が「猫の酒呑童子」を討ち取り凱旋する物語である。本文がなく絵のみであるが、『酒呑童子』をふまえ、そのパロディとして読むことができ、他に例をみないユニークな作品である。コラムでは個々の場面を『酒呑童子』のパロディとして読み解いていくが、さらに頼光たちを勇敢とはいえない鼠としたのは、幕府を嘲笑する狙いがあったかとする。『酒呑童子』の政治的意味（清和源氏の物語）を知るからこその風刺としての機能を指摘する。

出口久徳論文で取り上げた「小峯和明蔵『平家物語貼交屏風』」は、絵入り写本の挿絵を散りばめて貼られた貼交屏風である。絵に対応する本文がなく、〈享受者〉としての稿者が絵との〈対話〉を重ねることで場面を特定していった。その際に、『源平盛衰記』や能・幸若舞曲・浄瑠璃だけでなく、俳諧や平曲における受容が問題となった。また、屏風絵として仕立てる際に、一の谷合戦図屏風や大原御幸図屏風が意識された可能性を指摘した。これらの屏風は現存するものも多く、そうした存在が意識されたのではないかと考えた。絵入り写本から屏風絵というメディアが転換される際の方法の一端を浮かび上がらせた。一方で、もととなった絵入り写本の挿絵は他の図像と比べて独特な表現がいくつかあり、源平合戦絵の多様性という観点でも注目できる作品である。

5　絵画メディアの展開（第4部）

本シリーズ第1巻でも論じられているが、絵画イメージの問題も東アジアの時空の中で考えるべきである。例えば、近世初期、狩野探幽の手元には多様な東アジアのイメージがあったことが論じられている。▼注[11] 一方で、絵画は海外に所蔵される作品も少なくない。▼注[12] それらを研究対象とする際の問題、また、絵画資料と人々をつなぐメディアの問題も重要となってこよう。

伊藤信博論文では、世尊が見えない鉢に隠した鬼子母神の末子を鬼子母神やその親族が探し回る姿を描く『掲鉢図』について成立を論じる。また、この世にとどまる様々な幽鬼に施食を行い、その魂をあの世に送る中国の儀礼を図像化した「水陸斎図」との関連も述べる。『掲鉢図』にはギメ美術館蔵本や京都国立博物館蔵本（狩野探幽の模写本）などがある。また、この鬼子母神関連の説話の絵画化は様々に行われており、例えば、中国仏法史の書である『釈氏源流』の挿絵入りの本にも描かれるなどの展開を見せている。一方で伊藤はそれぞれの絵画で描かれる異形の者達が行列する姿にも注目し（巻末に詳細な表を掲げる）、そうした者達までも成仏するという「水陸斎図」と日本における「草木国土悉皆成仏」の思想との関連性を指摘する。東アジアにおける地域的な広がりの中でイメージや思想の問題が連関する形で論じられている。

宇野瑞木論文は、社寺建築空間における二十四孝図の展開を論じたものである。宇野論は中国孝子の伝説を集めた『二十四孝』について、東アジアの広がりの中から考察している。中でも土佐神社（高知県高知市）本殿における二十四孝図を取り上げ、それが明版の二十四孝図をもとに描かれたと指摘する。さらに、その造営に関わったのが長宗我部元親であり、目新しい明版の二十四孝図は、長宗我部氏が土佐一国の支配者として、文化面でもアピールするためには恰好の題材であったとする。戦国大名の文化政策論でもあり、▼注[13] 神社建築についてのメディア論でもある。

軍司直子論文は、阿弥陀寺（現赤間神宮）という場における平家一門の肖像の問題を論じている。軍司論では、諸記録から、安徳天皇と平家一門の肖像の礼拝と安徳天皇縁起の絵解きがセットになっていたことを指摘し、それらが非業の死を遂げた安徳天皇・平家一門の魂に呼びかけそれを鎮める役割があったとする。また、肖像の像主は生前と同様に死後においても安徳天皇に仕え続けるという役割を持っていたと指摘する。この地を訪れる人々は、彼らの魂を鎮め、極楽浄土への往生を願う。そうした場にふさわしい絵画ということになる。宇野・軍司論では、絵の置かれた〈場〉と絵画表現を含めた意味の総体（絵の居場所）が問題となってくる。

安原眞琴のコラムでは、プラハのカレル大学の出版局から刊行された"A Book of Ōgi no Sōshi"について述べられる。本書は、チェコのヘレナ・ホンコクバ氏、カナダのジョシュア・モストウ氏と安原氏との共著であり、古典文学においては貴重な国際的成果で、本の制作過程が具体的に語られ、プラハ国立美術館蔵『扇の草子』をはじめ貴重な資料の多くをカラーで紹介されている。さらに、論文編では扇の草子に関する論、プラハ国立美術館の東洋美術のコレクション形成等の論もある。

絵巻等に展開されたイメージはさらに時代を超えて広く〈社会〉に展開されていく。

琴榮辰のコラムでは、鬼の「角」や人魚の「尾鰭」等のイメージが日本、東アジア、さらに世界に広がり、古い時代ばかりでなく現在にも広がることを論じている。例えば、人魚の「尾鰭」の先が二つに分かれるイメージは、ディズニー映画「リトル・マーメイド」やスターバックス（コーヒー店）のロゴなども共通している。イメージの関係は一対一対応ではなく、多面的で双方向的な関係を結んでいる。

グェン・ティ・ラン・アィンのコラムでは、肥前磁器に描かれる文学的なモチーフの問題が取り上げられる。カササギや鶴などの鳥、亀、松竹梅といったイメージの問題が論じられる。それらが『百人一首』『新古今和歌集』『源氏物語』などの古典的な優美な世界を連想させるとする。肥前の磁器の生産は十七世紀初期に始まる。十七世紀は出版文化により「古典」が前代とは異なるレベルで広がり浸透した時代である。『源氏物語』や『伊勢物語』の絵入り版本や和歌集などが次々と刊行された。宇野論と同様に、十六世紀から十七世紀にかけての東アジアの本（特に刊本）の流布により、イメージが広がっていく状況をおさえておきたい。

安原コラムでは出版物という点から絵画研究の公表の形が示されたが、デジタルの面からこの問題に取り組んだのが、**楊暁捷論文**である。論では「デジタル絵解き」が提案されるのだが、「絵解き」は目（絵を見る）と耳（絵解き師の語りを聞く）による絵画享受である。かつて行われていた享受の形を現在の技術で再現しようとする試みである。さらに、「まんが訳」という方法を提案する。絵巻の絵をまんがのようにコマ割りをして再構成し提示する方法である。観者は、絵巻の一場面を熟視することで〈物語〉を捉えていくが、まんがは複数のコマを追いつつ物語展開を理解していく。現代人に馴染みのあるまんがに組み替えることで、絵巻の「読み解き」方を伝えていくのである。ところで、古典文学の刊行物において「現代語訳」を付すことは少なくないが、現代語訳では古語の味わいが失われるとの意見を聞くことがある。それでも、より広範な読者を獲得するためには現代語訳は不可欠であるし、研究者の役目ともいえよう。そうであるならば、現代の人々の絵画認識の方法（まんが訳）も、絵画を提示する一つの方法ではないか。論の中では「いっそう緊張感をもって積極的に取り組まなければならない」とあるように、単におもしろさに走るのではなく、現在に絵巻を再現させる方法を真剣に考えなくてはならない。

楊論で提唱されたデジタル技術が最も期待されるのは、中学・高校（最近では小学校も）の教育現場である。中学・高校は、人によっては唯一ともいうべき古典を享受する場である。

川鶴進一のコラムでは、『北野天神縁起』を高等学校の教育現場で扱う際の問題点が取り上げられる。最近の教科書ではカラー図版が多数掲載されている。教材として使いやすい形で載せられるものもあるが、指導書（教員用の教授資料）や便覧（図説、要覧）などの副教材との連携がはかられていない場合もあり、授業での活用という意味では課題も少なくない。また、大学のみならず、中高の教室においてもデジタル資料が活用しやすい環境が整えられつつあり、デジタル教材の積極的な活用も考えるべきである。その際には、楊論で展開されたデジタルによる「絵解き」や「まんが訳」などが効力を発揮するだろう。

6　絵画・イメージ研究の今後に向けて

各論をいくつかの視点で切り取り述べてきたが、もちろん一つの視点だけで切り取れるものではない。例えば、宇野論文は東アジアの視界で『二十四孝』のイメージをとらえているが、神社建築を絵画を表現するメディアとして考察した論でもある。高岸論文は「唐絵」がもたらされたことに端を発しており、東アジアの絵画の流通論でもある。また、伊藤論文も東アジアのイメージ流通や儀礼と絵画の関係を論じてもいる。このように、各論が多層的なあり方をしていることにも注意しておきたい。一方向だけではない複数の角度から立体的に論じることが必要なのである。

鈴木論文で提示された「享受者」の問題は改めて考える必要があるだろう。絵が語る物語を受け止める享受者とはどのような存在であったのか。絵画は不特定多数の人に開かれたものではなく、読む「資格」がある者にしか開かれていない。鈴木論でいうと、『源平盛衰記』や能を理解する者である（知識がある者から聞くという場合もある）。そして、そのような知識を得ることが可能な文化環境とはどのようなものであったのかも問題となるだろう。享受者像の問いかけは他の絵画でも共通する問題である。

楊論文で取り上げられるデジタル絵解きは、かつてのままではないが、「受容の〈場〉」を再現する試みとして注目できる。楊論では、仮名の本質は音声を記録するレコーダであると指摘する。仮名で記録するしかなかった時代から、音声そのものを記録する媒体を手に入れていき、現在ではデジタル技術にたどり着く。仮名で記録されたものをデジタル技術で音声として再現していくのは自然な成り行きであろうとする。楊論の指摘は、小峯論文の画中詞（「音声の視覚化」「〈声〉が直截に響いてくる」）についての見解とも響きあう。「受容の〈場〉」を再現することで新たな見方が生み出されるだろう。また、楊論文では、絵巻のまんが訳を提案している。まんが訳は自ずと訳者の解釈が入り込む。例えば、複数の論者がまんがに訳したとすれば、どの訳が優れているかといった評価がなされるだろう。絵巻などの絵画の注釈としてまんが訳は可能性を秘めている。と同時に、論者の「読み」が問われることにもなる。

このように、絵画・イメージ研究は多様な観点から取り組まれ、積み重ねられている。研究を拓いていくには、方法意識、問題意識を明確に持ち取り組むことが求められよう。

【注】

［1］複数の分野で研究が行われるようになったのは、絵巻物大成、絵巻物全集、屏風絵集成等が相継いで刊行されたことが大きい。各分野の論者により執筆されたものは、『いまは昔むかしは今』（福音館書店一九八六〜一九九九年）『イメージリーディング叢書』（平凡社一九八六〜九〇年）の各巻、『絵は語る』（平凡社、一九九三〜九五年）の各巻など。また、共同研究では『チェスター・ビーティ・ライブラリィ絵巻絵本解題目録』（勉誠出版、二〇〇二年）等。それ以降も複数の分野の研究者による成果は数多い。

［2］絵の語る〈物語〉を〈読む〉という問題意識は、書名や叢書名などに端的に現れている（『イメージリーディング叢書』『絵は語る』『絵を読む文字を見る―日本文学とその媒体』〈勉誠出版、二〇〇八年〉等）。また、『テキストとイメージを編む―出版文化の日仏交流―』（勉誠出版、二〇一五年）のように、文字と絵画を対等な関係としてとらえていくことも必要である（小峯論文参照）。

［3］米倉迪夫『源頼朝像―沈黙の肖像画―』（平凡社、一九九五）等。

[4] 叢書類では、『日本の時代史30　歴史と素材』（吉川弘文館、二〇〇四年）、『講座日本美術史　一～六巻』（東京大学出版会、二〇〇五年）、『王朝文学と物語絵（平安文学と隣接諸学10）』（竹林舎、二〇一〇年）、『中世の物語と絵画（中世文学と隣接諸学9）』（竹林舎、二〇一三年）『仏教美術論集　一～七巻』（竹林舎、二〇一二～一五）等。単著については省略した。なお、一部の小峯論文で取り上げられる著作類等も参照のこと。

[5] 画巻については、伊原弘編『『清明上河図』をよむ』（勉誠出版、二〇〇三年）、伊原弘編『「清明上河図」と徽宗の時代』（勉誠出版、二〇一一年）、須田牧子編『「倭寇図巻」「抗倭図巻」をよむ』（勉誠出版、二〇一六年）等が刊行されている。また、小峯論の参考文献にある楊論文や古原著書など。

[6] 仏伝図では小峯和明編『東アジアの仏伝文学』（勉誠出版、二〇一七年）等。帝鑑図では名古屋城編『王と王妃の物語　帝鑑図大集合』（二〇一一年）、入口敦志『武家権力と文学―柳営連歌、『帝鑑図説』―』（ぺりかん社、二〇一三年）等。また、版本が東アジアにおけるイメージの流通に果たした役割は大きい（瀧本弘之・大塚秀高編『中国古典文学と挿画文化』〈勉誠出版、二〇一四年〉等）。

[7] 河野元昭「粉本と模写」（板倉聖哲編『講座日本美術史　第2巻　形態の伝承』東京大学出版会、二〇〇五年五月）、太田昌子編『江戸の出版文化から始まったイメージ革命―絵本・絵手本シンポジウム報告書』（二〇〇七年）、京都国立博物館編『探幽縮図　上下』（一九八〇・八一年）、東京国立博物館編『古画類聚』（毎日新聞社、一九八〇年）等。

[8] 絵画と詞書（物語本文）が織りなす物語世界を読むことが必要なのであり、その意味で絵画を含めた形の〈室町時代物語大成〉が望まれたのである（小峯論文参照）。

[9] 太田昌子・大西廣「絵の居場所論」（『朝日百科　日本の国宝　別冊国宝と歴史の旅』一～一二号、一九九九年八月～二〇〇一年六月）

[10] 絵画と権力の関係の論としては、亀井若菜『表象としての美術、言説としての美術史―室町将軍足利義晴と土佐光茂の絵画』（ブリュッケ、二〇〇三年）、髙岸輝『室町王権と絵画―初期土佐派研究』（京都大学学術出版会、二〇〇四年）、髙岸輝『室町絵巻の魔力―再生と創造の中世』（吉川弘文館、二〇〇八年）、松島仁『徳川将軍権力と狩野派絵画―徳川王権の樹立と王朝絵画の創生』（ブリュッケ、二〇一一年）、サントリー美術館編『絵巻マニア列伝』（二〇一七年）、『天皇の美術史』（二〇一七年）の各巻など。

[11] 板倉聖哲「探幽縮図から見た東アジア絵画史―瀟湘八景を例に」佐藤康宏編『講座日本美術史　第3巻　図像の意味』東京大学出版会、二〇〇五年六月）、榊原悟『狩野探幽―御用絵師の肖像―』（臨川書店、二〇一四年）等。

[12] 海外所蔵については、『秘蔵日本美術大観』（講談社、一九九二～九四年）の各巻。絵画作品が海外に所蔵されることの文化的意

味を追究した論として、榊原悟『美の架け橋―異国に使わされた屏風たち―』（ぺりかん社、二〇〇二年）がある。また、国文学研究資料館編『絵が物語る日本―ニューヨーク スペンサー・コレクションを訪ねて―』（三弥井書店、二〇一四年）は、スペンサー・コレクション所蔵本をめぐる論集である。

［13］高橋真作「狩野元信印「富士曼荼羅図」の画家と注文主」（『国華』一四四八号、二〇一六年六月）では、注文主として戦国大名の今川義元を想定し、相澤正彦「竹生島祭礼図と狩野派」（『美術史歴参 百橋明穂先生退職記念献呈論文集』中央公論美術出版、二〇一三年）では近江浅井氏の関与を指摘する。近世期の大名の文化活動についての報告もなされているが、戦国大名の文化活動についても注意したい。

第1部

物語をつむぎだす絵画

1　絵巻・〈絵画物語〉論

小峯和明

1　研究の動向と経緯

文学と絵画は本来きわめて近しい関係にあり、詩歌、物語などジャンル、領域を問わず普遍性をもっている。とりわけ日本の古典は絵巻や絵入り本など手写本、刊本をはじめ、障屏画や掛幅図から工芸等々にいたるまで、絵画との関わりが深く、絵画をぬいた文芸論はもはや成り立たない。ことは近現代の小説の挿絵などにも及ぶから、通時代にわたる重要なテーマであり続けるであろう。近年のメディア論の盛行も連関して、その意義はますます高まっているといえる。以下、すでに述べたことがあるが、まずは研究動向を簡略にたどっておこう。

一九八〇年代以降、イメージとテクストをめぐる研究がとりわけ著しく進展した。その基底にデジタル化の急速な進展があったことはいうまでもないが、絵画と物語の相関からいえば、一九七七年から刊行された『日本絵巻大成』（中央公論社）がおおきな媒体になった。このシリーズは、全巻オールカラーで三期五十五巻が公刊され、著名な絵巻テクストを簡便に見ることを可能にした点で画期的な意義を担ったといえる。

これに連動して、歴史学では絵画をも歴史史料とする絵画史料論が展開され、『イメージ・リーディング叢書』（平凡社）のシリーズ化がその象徴になった。『絵巻物による常民生活絵引』の新版（平凡社）が八〇年代に刊行されたのも、時代の趨勢とみなせるだろう。これらにあわせて、掛幅図や屏風絵の「洛中洛外図」、「社寺参詣曼荼羅」、「観心十界曼荼羅」など大型画面が注目され、絵解き研究会も発足、脚光を浴びた。また、現在では一般的になった国際会議のはしりともいえる奈良絵本国際会議が一九七八年に始まり、これを引き継ぐかたちで慶応大学を中心に二〇〇三年以降、毎年のように開催された。

一方、ジブリをはじめ、空前のマンガ・アニメブームが将来され、若者文化として今や全世界にひろまり定着した。コンピューター・グラフィックをはじめヴァーチャル世界が益々リアリィティをおび、圧倒的な視覚文化の時代になったといえる。

そうした経緯にあわせて、個人的な研究の推移をかさねてみると、二段階あったように思う。第一の起点は『宇治拾遺物語』研究の一環としての絵巻論である。『宇治拾遺物語』が『伴大納言絵巻』『信貴山縁起絵巻』という院政期の三大絵巻と同一の詞書をもつことの意義の追究からはじまり、絵巻の解読に向かった（最初の成果は、一九八六年）。後年、『宇治拾遺物語』を絵巻にした『宇治拾遺物語絵巻』の研究にもつらなってゆく（小峯『宇治拾遺物語の表現時空』一九九九年）。

第二は、チェスタービーティ・ライブラリーの絵巻・絵入り本の悉皆調査である。国文学研究資料館在任中の科研プロジェクトとして、一九九一年に始まり、一九九五年に及んだ。その成果は後に、『絵巻絵本解題目録』（勉誠出版、二〇〇二年）につながる。立教大学に転任後、一九九六年春に、ハワイでアメリカアジア学会（ＡＡＳ）が開催され、絵画と文芸をめぐるパネルに参加した折り、絵巻研究の楊暁捷氏も同じパネルで発表し、その時、詞書のついたスペンサーコレクション蔵『百鬼夜行絵巻』の存在を教わった。それまで詞書のついた『百鬼夜行絵巻』など注目されていなかったので驚愕した。一九九八年、立教大学の渡辺憲司を中心とする科研活動でワシントン議会図書館調査が始まり、その帰りにニューヨークに寄り、初めてスペンサーコレクションの絵巻を見ることができた。以来、ニューヨークへ行くたびにパブリック・ライブラリーを訪れ、スペンサーコレクションの絵巻類の調査を行い、それが二〇〇二年からの国文学研究資料館のプロジェクト調査につながった。

こうしてチェスタービーティ・ライブラリーの調査を機縁に、お伽草子をはじめ、いわゆる奈良絵本系の絵巻や絵入り本にも関心が深まり、絵画と言葉の相関を主とする〈絵画物語論〉の課題がおおきな柱となったのである。絵巻は実際に自分で巻いてみないとその真髄は分からない。動かしながら観ることで自らも絵の世界に入っていける。巻くという身体の動作と観る行為とが分かちがたく結びついており、画面もそれを計算して構成され、制作されていることが体感できた。

上述のように、絵巻テクストとしては、『絵巻物全集』(角川書店)につぐ『日本絵巻大成』が第一級作品をかなり網羅し、絵巻のカノン化を確立したといえる。これに応じて、『角川絵巻物綜覧』(一九九五年)も刊行されたが、当然のことながら美術史主導のもので、奈良絵系の多くは無視され、同一本の模写本・異本への欠落が目立つ結果となった。というよりその後の研究の進展が事典の編纂次元をおおきく凌駕したとみなせる。

一方、日本文学研究では、『室町時代物語大成』が一九七三年から刊行されたが、詞書や文字テクストの翻刻だけで絵画は削除された。国文学研究資料館在任中にこれらの絵画イメージ集成のプロジェクトを企画したが、中途で立教大学に転任したため、結局は未遂に終わった。『室町時代物語大成』の骨格であった赤木文庫の解体もおおきなマイナス要因であったが、いわばその欠落を補填するかたちで、その後の研究が進展したともいえ、今日まで見つかった絵巻類は『室町時代物語大成』をはるかに越えているだろう。

さらには近年の美術史における絵巻他の研究は目を見張るものがあり、髙岸輝『室町王権と絵画―初期土佐派研究』

（京都大学学術出版会、二〇〇四年）、『室町絵巻の魔力—再生と創造の中世』（吉川弘文館、二〇〇八年）、伊藤大輔『肖像画の時代』（名古屋大学出版会、二〇一一年）、小栗栖謙治『熊野観心十界曼荼羅』（岩田書院、二〇一一年）、山本陽子『絵巻の図像学—絵そらごとの表現と発想』（勉誠出版、二〇一二年）、亀井若菜『語りだす絵巻』（ブリュッケ、二〇一五年）、佐野・加須屋・藤原編『絵画のマトリックス』Ⅰ、Ⅱ（青簡舎、二〇一〇、二〇一四年）等々をはじめ、講座や叢書類がたくさん公刊され、活況を呈している。中世後期から近世にかけて急速に研究が進展してきた感が深い。

2　絵巻と図巻

絵巻調査を試みるようになって、一番感じたことに、絵巻はどこに保管されているか、その位置づけは美術品か書籍か、という問題がある。絵入りであっても写本と刊本を区分けして別置しているところも少なくないし、絵巻と絵入り冊子本とはまた別の区分けになったり、奈良絵系だけ特別の扱いになることもある。もうひとつには、一口に絵巻といっても、内実は多種多様であり、美術研究からは一括で扱えても文学研究からは一括りにしにくいことが少なくない。個々の絵巻の内容に応じた位置づけや意味づけは一様ではなく、要は文学系の絵巻か否かがおのずとかかわってこざるをない。

そこで考えたのが、絵巻を二種類に大別する方法である。これを便宜、絵巻と図巻（画巻）とに私的には区分けしているが、美術史はもとより文学研究からもほとんど反応がない。要するに詞書のつく絵巻とそうでない絵巻、もしくはストーリィのある絵巻とそれがない絵巻とを大別する方策である。文学系からする絵巻区分論といってもよい。前者を「絵巻」、後者を「図巻」ないしは「画巻」と名付ける。つまりは、

絵巻：物語・詩歌絵画　原則として詞書（物語本文）を伴う。

図巻（画巻）：非物語絵画　風俗画（祭礼、年中行事、産業等）、花鳥図、景観図。

という分類である。もちろん物語性といっても多義的で一元化はできないが、詞書があるかどうかをひとまずの目安としたい。瀟湘八景図などの詩歌や賛を伴うものも前者の区分になる。東アジアにひろまる大半は後者の図巻類であり、詞書を有する物語系の「絵巻」は日本でとりわけ発展したこともあわせて深く連関する（後述のように、中国にも物語系絵巻は少なからずあるが）。

もとより例外というか、双方の境界にまたがるものも少なくない。たとえば、『桃太郎絵巻』、『長恨歌絵巻』などは詞書を持たない伝本が多いが、絵巻系と呼んでよいものである。前者は誰でも知っている昔話であるから、ことさら詞書を必要としなかったとみなせるし、後者も周知の白居易の詩をもとにしているからと考えられる。実際に詞書はなくとも物語や詩歌は観者に共有されている。

また、詞書をもたない図巻類のなかでも、『百鬼夜行絵巻』、『鳥獣戯画』甲巻などはストーリィ性が濃厚であり、二分類の境界線上にあるといえる。とりわけ前者は、絵画から逆に『平家物語』の福原遷都を題材にした、あらたな物語が作られた詞書付き伝本（スペンサー本、国会図書館本）がある。後者も有名な甲巻と乙巻とでは、甲巻が擬人化された動物たちの躍動する〈楽園〉が最後に蛇の登場で崩壊する、というストーリィ性をおびているのに対して、乙巻では擬人化はほとんど見られず、個々の動物を固定的に列挙する図巻型で、明らかに双方に落差がある。甲巻と乙巻とでは、内容の分類上おおきな懸隔がある。これを一括りに『鳥獣戯画』とする見方にはおおいに抵抗を感ぜざるをえない。それは、同じ工房で作られたとか、画風が共通するとか等々の制作工程の次元とは別問題である。

3　絵をいかに読むか、イメージの翻訳へ

本格的な絵巻論を指向する過程で浮かび上がってきたのが、絵画と物語の相互作用の課題である。絵巻や絵入り本を読むためには、詞書など物語本文（テクスト）だけではなく、絵画（イメージ）も同時に読まなくてはならない。かつては、詞書は文学、絵画は美術、という分野ごとの役割が仕切られていた。げんに今でもそのように割り切っている専門家は少なくないようにも見受けられる。しかし、同一の絵巻や絵入り本そのものが詞書と絵画を一体化して制作されている以上、双方を等価値に扱い、読み込むことなくして、その絵巻の全体を読んだことにはならない。文学、美術、歴史などの専門分野の如何を問わず、物語本文と絵画を同等に扱い、相互に連関づけて読み込む方策を会得する必要に迫られているのである。むしろ美術や歴史、文学、民俗、宗教等々、それぞれの分野からの読みとりを提示しあい、検証しあう協働のまなざしが肝要である。

一般的にみて、絵画と詞書は相互に作用し合い、物語から絵画が生み出され、その絵画がまた物語を意味づけ、規定づける。先述のように、スペンサー本の『百鬼夜行絵巻』のように、絵画から逆に物語が生み出されるケースもあるし、あるいは『桃太郎絵巻』のごとく詞書がなくとも観者の脳裡に物語が共有されている場合もある。物語による絵画という、言葉から絵へ、だけではなく、絵画が生み出す物語の動き、絵から言葉へという作用もあり、双方向からの検証が欠かせないであろう。

絵巻系の論でよくみられるのは、詞書と絵画を一対一対応で比較して、双方のかさなりとずれを検証する方法である。必然的に、詞書になくて絵画に独自に形象された部分が着目されがちな傾向にある。これは分かりやすいし、やりやすい方法ではあるが、結局は詞書を基準にした一つの見解にとどまる。それだけではなぜ詞書にない画面が描かれたのか説明がつけにくいし、そもそも詞書のない絵巻には通用しない読み方でもある。要は絵画そのものをいかに

読むか、という問題に逢着せざるをえない。むしろ詞書を基準にして絵画を考えるのではなく、絵画からどのように物語をイメージするか、絵画を軸にした物語を読む方策であり、あるいは物語本文といったん切り離して、あらたな再創造としての絵画イメージを読み込む問題でもある。

先のスペンサー本『百鬼夜行絵巻』でいえば、『平家物語』に題材をとった福原遷都の物語をもとに、京都の某中納言の空き屋敷が舞台となり、留守番の翁と視点人物としての客人が登場する。あらたに創出された詞書をもとに貴族の邸宅図が描かれ、室内に翁と客人が対面するが、その寝殿造りの屋敷や庭園の様子は、中世の白描絵巻『ことはら』に酷似する。おそらく何らかの絵手本をもとにすることは疑いない。

ついで、内から出迎えの妖怪（如意棒と扇）が描かれるが、これもまたあらたな詞書にあわせて創出された画面である。この冒頭の二画面は、いわば絵に触発されて作られた物語から、またあらたな絵が制作されたもので、詞書と絵画の往復運動を示す興味深い事例となっている。ついでにいえば、スペンサー本には幕末の復古大和絵派で有名な冷泉為恭の署名と落款があり、仲介した弘文荘反町茂雄の「後人の妄なるべし」という書き入れまである、いわくつきの絵巻である。反町は当絵巻の年代がもっとさかのぼるはずだと考えて、あえてそのような書き入れを行ったのであろうが、仮にそうであるとしても、なぜ為恭に擬されたのかが問題になる。個人的には為恭作で間違いないと考えているが、国会本とも詞書がほぼ共通する面からすると、この詞書の創出は為恭ではなく、よりさかのぼる可能性があり、為恭はそれを再生させたことになる。

こうなると、スペンサー本の『百鬼夜行絵巻』は、詞書のない一般的な系統のものと同格には扱えない。詞書の作用を無視できないからで、さらには他の系統に存在しない冒頭の二画面をどう読むかの問題も出てくる。ことに出迎えの妖怪がなぜ如意と扇なのか、があらためて問われる。これについては以前書いたことがあるので、省略に従うが、いずれも法会の場で僧が使う説教の道具であることの意味を見のがせないだろう（この如意棒はしばしば匙と誤認される）。

4　絵画と言葉

絵巻における絵画と言葉の関係を形態からたどっておくと、およそ四種に区分できよう。まず第一の型は、最古の絵巻である八世紀の『絵因果経』で、上段に絵画、下段に文章が配される「上図下文」の形式になる。これは中国の敦煌変文などに共通するスタイルで、中国から来たものであろう。しかし、この型では本文と絵を同時に対照的にみる上では便利であるが、絵画のスペースが狭すぎるため、以後は踏襲されなかった。

第二に最も一般的な形が文章と絵が特定のまとまりで交互に展開する型である。詞書と絵を別途に制作し、一巻に貼り合わせる形式で、『源氏物語絵巻』以下、最も作例が多く、通時代性を持つ。先に紙を貼りついで巻子を作って後から詞書と絵画を別途描き込んでいくものもあり、制作過程はそれぞれであるが、詞書と絵画は截然と区分けされて相互の領域を侵すことはない。この型によって、絵巻としての絵画の表現力が発揮されたといえる。

第三は詞書と絵画の関係は第二の形式によりつつ、さらに画面にあらたに言葉が書き込まれたもので、これを画中詞という。いわば、絵に直接書かれた言葉で、内容は画面の説明と人物の会話、せりふとに集約される。言語を直接提示できない絵画の制約を補塡するもので、絵画の意味づけができるようになった点で画期的であった。早い例に、一三世紀の『能恵法師絵巻』や『華厳宗祖師絵伝』があり、『十二類絵巻』をはじめ、一五世紀以降のいわゆるお伽草子系の絵巻に際立ってみられる。

第四に詞書と絵画が一体化した例で、巻子を先に作って、絵と詞書を完全に混交させて制作するもので、絵と言葉が渾然一体化する。画面の余白に詞書が書き連ねられる体裁である。詞書と絵画の境界や仕切りがなくなり、自在に絵と文章の交響を楽しむことができる。およそ一五世紀以降に出てくる型といえよう。この型には、『福富草紙』二巻本のように地の文より人物の会話を中心に展開するものもあり、人物の動きとも相まって、より生き生きとした形象が可能になった。ここまでくると、近世の絵草紙や近代の漫画の世界にかなり近いとみなせるだろう。

5　画中詞の世界

とりわけここで着目されるのは、絵巻画面に直接描き込まれた画中詞である。絵画と言葉の相関をとらえる〈絵画物語論〉の重要な指標になると考えられるので、以下、画中詞を中心にみていこう。画中詞論は過去に述べたことがあるが、三戸信恵氏の論があるように、これに先行する形式としては、口から発する言葉を線で表す方法がとられていた。有名な『鳥獣戯画』甲巻には、蛙本尊の前で猿僧正が経文らしき言葉を唱えるさまが口中から発した線として際やかに描き込まれている。「音声の視覚化」（三戸論）である。つまり一二世紀あたりまでは、まだ画中詞を直接書く方法はなかったとみるべきである。後白河院にかかわる『彦火々出見尊絵巻』も、近世の模写段階で「～のところ」の画面説明があらたに書かれたのであって、当初の原本にはなかったはずである。絵巻の中世はまさにこの画中詞の出現によって特徴づけることができる。

画中詞の機能としては二種類あり、ひとつは画面の説明で、「～のところ」という形式が多い。もうひとつは人物のせりふ、会話である。双方の形式を備える一三世紀の『華厳宗祖師絵伝』は画中詞作例の早い時点でもあり、とりわけその表現性が重視される。特に後者の会話部分が詞書とは異なる言語表現として注目される。詞書（物語本文）の補充や増幅ばかりでなく、元暁絵の市の光景のごとく、しばしばそこから逸脱する遊びも少なくない。あくまで絵画から導かれる言葉であることが基本で、物語本文とも独自に切り結び合う関係になるから、絵画・画中詞・物語本文が相互に作用しあう三角構図ができている。

さらに人物の発話は会話だけでなく、当時流行していた歌謡や諺、成語の類もみられる。また、物語本文とは別途に、画中詞間であらたな物語が派生する場合もあり、絵巻の物語に仕掛けられた表現といえる。まさに当時の〈声〉が直截に響いてくるように記されている。たとえば、狸軍と十二類軍が合戦して敗れた狸が出家する異類合戦物の傑作『十二類絵巻』に横溢する画中詞はその典型で、何度も述べているが、上巻の狸軍の談合場面で鳶が豪語するせりふと下巻で牛が鳶に報復するせりふとが呼応している例などにみられる。

ここでは以前、少しふれたことのある画中詞の具体例として、慶応大学蔵・絵入り横本『浦島太郎』に着目し、浦島が龍宮から帰還する場面以降の画中詞の詳細をあげてみよう（表記は私意）。


A一あのあお山のあなたをさして行候へ。ふるさとはほどちかくみえ候はんずるぞや。

二百里をへ（だ）てたるうみなり共、ただ一ときに行ふねにて候ぞや。あらあら御なごりおしのうらしま太郎や、なふなふ。

三おもひわすれ給ひて、又いらせ給へ。

四かやうにふる里をしのひて行候とも、やがて又又参り候はんずるぞや。さのみなげき給ひそ。


B一たうり物いはず、春いくばくかくれにし、ゑんがあとならん。

二おうぢこたへていはく、うらしまの事おほせ候は、まことしからぬ事をうけ給候物かな。おうぢがだいには、さやうの事うけ給候はず。

三うばこたへて申やう、あらあらうつつなの事おほせ候物かな。わらはがむまれて、ことし九十九になり候。うばにて候へども、うらしまといふ人はしらずや。

四おうぢ又こたへていはく、あらおもしろや、なふなふ、うらしまの事おうぢがひほたちにて候し人の、むかしものがたりにせられしをこそ、おきなみみにうけ給候へ。もしもし、てんぐうなどのばけておはします事ぞ。

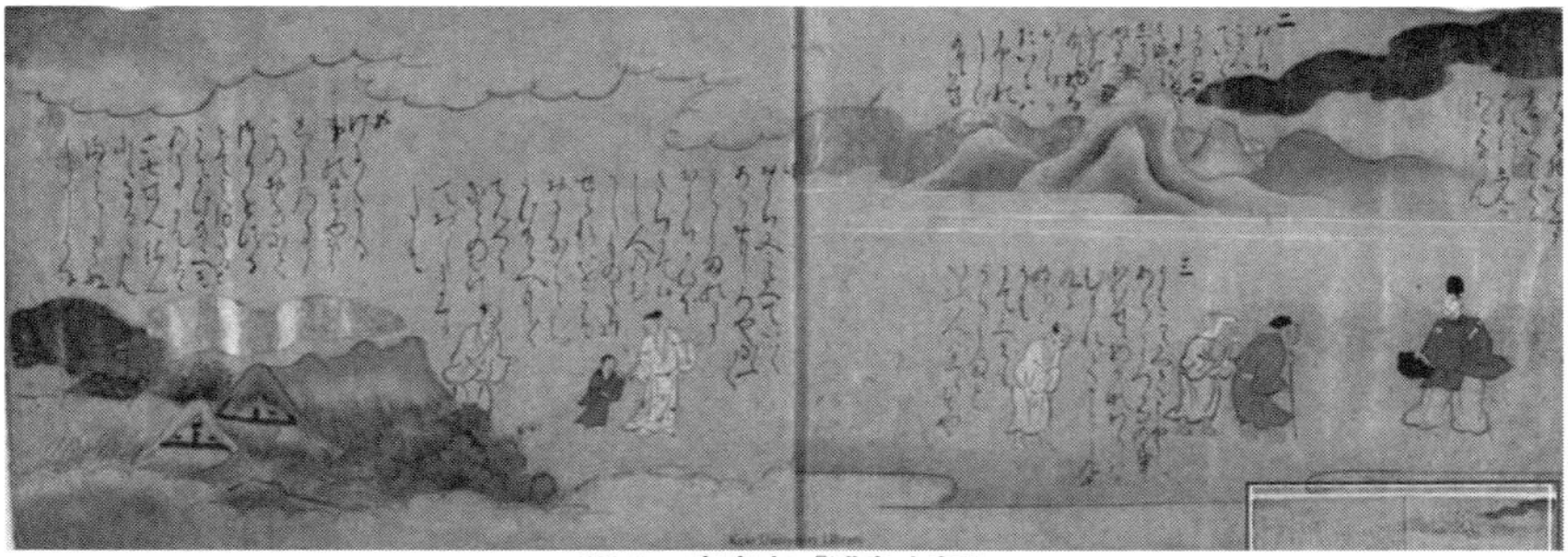

図１　慶応本『浦島太郎』

五げにげにさる事の候ぞや。うらしまの事、このおきにてつりをするとて、うせたるとこそうけ給候へ。その事にて候て、六七せんねんにもなるらん、まことしからぬ事かな。

六あらうつくしのうらしま太郎や、いまだとし三十ばかりにてぞあるらん。

七おをよるうば申やう、その事にてましまさば、もしふしのくすりなどを御まいり候か。ちとうばに給り候へかし。いま一どわかくなりたく候ぞや。

八おうぢ申は、そのはこのうちに、ふしのくすりぞ御ざあるらん、あけておうぢやうばに給り候へ。いま一どわかくなり申たく候ぞや。

お伽草子の代表作『浦島太郎』の一本で、一類の高安本系統とされる。結末の浦島太郎が玉手箱を開ける現場を目撃し、各地で語り広める語り手としての僧が登場する型で知られる。パリ国立図書館蔵の絵巻『うらしま下』（奈良絵冊子本改装）には画中詞がなく、浦島と老夫婦のやりとりが詞書で展開する（古典文庫）。また、日本民芸館本の古絵巻では、翁との会話はB三あたりが共通するくらいで、以降の画中詞はみられない。とりわけ、この慶応本は詞書と画中詞がかなり交差する一例として目を引く。

Aは浦島太郎が龍宮から帰る際の乙姫との別れの言葉（パリ本にはない）。Bは帰還して知り合いを尋ね歩くが、もはや誰も知る人はいない場面で、土地の老夫婦が応対する。注目されるのは、Bの老夫婦とのやりとりで、浦島太郎の質問は書かれず、答えばかりが記される。一は浦島の独詠。パリ本は三の後に浦島の反応「太郎どのはきこしめし、このところにてもなきかとて、あきれてたゝずみたまひけれ」が記される。

四では、浦島のことが「昔物語」に語られていたことにふれ、さらには天狗などが化けて出たのか、とする（パリ本は「もし物のばけてわれらをたぶらかし候か」）。ついで五では、六七千年前の話だという。パリ本は「又そばなる人のいわく」と主体が明示される。六で浦島を指して「何といい男か、三十歳ほどだ」とほめそやし（パリ本なし）、七、八では、「そんなに若いのは不死の薬を飲んだからだろう、その箱に入っているのだろう、その箱を開けて分けてくれ、今一度若くなりたいものだ」とまでいう【図1】。パリ本では五に続いて「もしいかなるふしのくすりもまいり候はゞ、おうぢやうばにたまはり候へかし。これにてあけて見たまへとありければ」と七、八が一本化されている。

ここまでくると、『浦島太郎』の物語をさらにもどきかえしたパロディとなっており、老夫婦は浦島太郎を相手に問答する当事者でありつつ、龍宮から帰還した物語の主人公を相手取ってインタビューしているレポーターのような趣きである。ことに玉手箱を指して「不死の薬が入っているだろうから、開けて見せてくれ」というせりふは、謡曲「浦島」の影響があったとしても、すでに物語の玉手箱の意味が周知のものとなっている前提なしにはありえない。それが不死の薬ではなく、結局は死に至るものだと読者も知っているからこそ意味をもつ言葉であろう。あるいは、「不死の薬」から、『竹取物語』の結末をも想起させる意味作用面もあったといえようか。

パリ本では老夫婦の言をうけて、「七世のまごにあふ事も、かのほうらい宮にして、とりてかへりしはこのうちにふしのくすりのいますか」と浦島自身が思いこみ、不死の薬にとらわれている。慶応本は宝物かと思うだけである。

しかも、慶応本では、画中詞が多いため、対象の画面に入りきれず、老夫婦の姿につぐ村や山の光景と、次の丁に描かれる漁村の海辺や潮汲みの男などの画面にまで老夫婦のやりとりが浸食している。さらには次の丁の詞書にまで、最後のせりふ八がはみ出していて、三行ほどの余白の後に、「さるほどにうらしま太郎は」と詞書本文が続く。冊子の横本の体裁では入りきれないせりふであり、この系統本はもともとは絵巻だった可能性があろう。パリ本と慶応本を比べると、後者を中心にみれば、詞書の画中詞化ともいえ、物語本文から会話を切り出し、特立させて絵に登場する人物に語らせる演劇性をもつといえる。前者のパリ本主体にみれば、画中詞を本文に組みこんだともみなせよう。

これに加えて、この本は、浦島太郎が箱を開けて亡くなる様を逐一目撃する修行者が最後に登場し、浦島太郎の顛末を語り伝える役割を負っている。既成の『浦島太郎』をもとにさらに対象化して、語り直したり、語り継いだりする、『浦島太郎』の再演本と呼びうるものである。

ここでは、詞書・絵画・画中詞という三極の緊張関係や物語構造は崩れ、『浦島太郎』を前景として再度語られる第二の『浦島太郎』になっている。画中詞の饒舌さが詞書や絵画をくいつぶした例といえるであろう。詞書が消去され、絵画と画中詞だけの展開になる『福富草紙』や『是害坊』など、せりふ中心で物語が展開する型の一歩手前とみることができる。

6　絵画を読むこと

とりわけ絵巻の場合は巻くという動作が画面を見る行為と深く関係している。

観者は物理的に絵巻物を見るという行為の中で時間と空間の進行を体験することになる。このような時間と空間の変化を経験することは、極端なあるいは突如としてあるものではなく、絵巻が少しずつ巻き拡げられるにつれて、入念に行われるのだ。経験された〈過去の時制〉は巻き込まれ、その一方で〈語られる物語世界の中での〉〈現在〉は立ち上がり、さらに〈未来〉は巻き拡げられるのを待っている。（渡辺雅子「絵巻と物語の空間」原題〝Narrative Framing in Handscrolls and the Tale of Genji Scrolls,〟未刊、一九九五年）

とあるように、一枚の固定化した静的な絵画と決定的に異なる、動的な絵巻特有の文法であり、巻きながら見ることを前提として、絵画を読むことを強いられる。巻くという身体の動作によって、見ることの意義が規定される。

一方、絵画が物語本文とは異なる意味を主張する例があり、絵画を読む視角のあり方が問われる。登場する人物、装束、指標物の暗喩、隠喩などで、絵相互の読み解きが欠かせないが、同じ絵巻の伝本でもテクストによってかなり位相差があり、原本と模写本や異本との差異化を等価値に見ていく必要がある。かつての美術史のように、ハイ・カルチャーの一級品や一流絵師の作品のみをカノン化してきた見解ではない、伝本間にヒエラルキーをつけない諸本間の読み方がもとめられる。

旧稿で述べたもののくり返しになるが、『十二類絵巻』でいえば、チェスタービーティ・ライブラリー本は原本に相当する京都博物館本（旧堂本家本）にほぼ近いが、十二類が愛宕山を攻める最後の合戦場面で両軍が対峙する場面だけ極端に相違する。両軍を区切るのが山腹の松と紅葉であり、それが狸の着ている装束の紅葉模様とかさなる。これにあわせれば、紅葉は敗者の狸軍を暗喩し、松は勝者の十二類軍を暗喩する構図となっている。いわば、動物を植物で暗喩した、とみなせるわけで、しかもそういう構図は、数ある伝本だけでもチェスタービーティ・ライブラリー本だけであり、物語本文からはまったくうかがえない措置である。

諸本間の比較をふまえた絵画の読みから初めて見えてくるわけで、これをたんに模写とはいえないし、全体を異本と決めつけるほどの決定的な差異とまでもいえない。絵画からみえる位相差が伝本間の相関を問い直すあらたな課題を提起する。テクスト間の距離をふまえた諸伝本の総体が『十二類絵巻』そのものだ、というほかないだろう。

これにあわせていえば、美術史ではどちらかといえば軽んじられている模写本をより再評価すべきだ、というのが持論である。一般的に模写は原本の復原に利用されるのが主で、原本に従属する地位しか与えられない。高名な絵師の描いた一級品ばかりを評価し、それらをもとに模写されたおびただしい絵巻群を低くみるのは不当である。模写もまた一つの主要な表現行為であり、その表現のありようを見極め、テクスト間の位相差をはかって等価値に見直していく必要がある。享受史とあわせた再生、再創造の営みをも、原本とあわせて検証すべきであろう。「うつす」という言葉は、「写す」だけではなく、「映す」「移す」「遷す」ことでもあり、模写本といえど、それはおのずと一箇の表現されたテクストとイメージにほかならないはずだ。

右の『十二類絵巻』で狸の装束が見のがせない意味をもっていたように、絵巻の画面解読の一つの重要な指標が装束描写であろう。先の画中詞でふれた『浦島太郎』は、大半の伝本で、龍宮に行く前と後とで浦島の装束が変わる。貧しい漁師風情だったのが、龍宮に行くや狩衣姿の貴公子に変貌するわけで、まさに浦島は異界に身を投じて変身することが装束で可視化される。故郷に戻っても最後に玉手箱を開けるまで、その姿は変わらない。狩衣姿は龍宮での変身をそのまま負っていることになる。狩衣のまま郷里をさまよう不釣り合いな姿にこそ、異界から戻っても郷里に着地しえず、宙づりにされた浦島の孤独な心情がより鮮明に刻み込まれているのである。

また、これもすでに指摘した例でいえば、日本中世の仏伝物語の代表作『釈迦の本地』の中でも特異な絵入り伝本であるジュネーブのボドメール美術館本は、一七世紀初期の慶長頃の写本とされ、とりわけ提婆達多の風貌や装束が目を引く。諸伝本では、特に提婆達多に関して際立った形象はみられないが、ボドメール本のみ太子達の嫁取り争いで象を一撃で殴り殺す姿や外道を集めて談合する姿を焦点化して描いている。しかも、その風貌や装束はどうみても当時の南蛮キリシタンのイメージである【図2】。釈迦に敵対する「外道」の具体像として、当時の仏教界に相対したキリシタンを対象にしたものであろう。南蛮屛風にとどまらない一六、一七世紀頃の異人表象としても注目されてよい。

以上、言葉ではとらえきれない絵画の世界があり、それもまた絵画による物語表象としてあることが提示できるであろう。言葉と絵の双方からの読みの照

図2　ボドメール本『釈迦の本地』提婆達多と外道

らしあいにこそ〈絵画物語論〉の指標がある。

7　東アジアへの視界・中国絵巻の世界
――メトロポリタン美術館にて

ここで中国の絵巻に視点を変えてみよう。二〇一七年三月、コロンビア大学でのシンポジウムの折り、たまたまメトロポリタン美術館に寄ったところ、中国のギャラリーで図巻類が十二点まとめて展示されていた。リストは以下の通りである。

①　明・鄭重『捜山図巻』一軸
②　南宋・逸名『明皇幸蜀図』掛幅一幅
③　元・趙蒼雲『劉晨阮肇入天台山図巻』一軸
④　南宋・伝李唐『晋文公復国図巻』一軸
⑤　明・逸名『胡茄十八拍図巻』一軸
⑥　清・逸名『中秋佳節図』掛幅二幅
⑦　明・銭穀『蘭亭修禊図巻』一軸
⑧　元・忽哥赤和逸名『耕稼図巻』一軸
⑨　南宋・逸名『伝李公麟廟風七月図巻』一軸
⑩　南宋・金處士『十王図』掛幅四幅
⑪　南宋／元・顔庚『鍾馗嫁妹図巻』一軸

⑫　清・華嵒『蘇武昭君図巻』一軸

これによれば、②⑥⑩の三点は掛幅図で、他は図巻である。年代は、南宋が②④⑨⑩⑪で、元代が③⑧、明代が①⑤⑦、清代が⑥⑫である。恥ずかしながら、中国の図巻を直接これだけまとめて見た経験がなかったので、驚嘆したのがいつわらざる印象である。とりわけ時代も、南宋から元、明辺りで日本中世にほぼ対応し、物語性が濃いと思われるのが、①〜⑤、⑪、⑫である。中国図巻に関しては、すでに古原宏伸『中国画巻の研究』の大著があり、序章に「画巻形式による中国説話画一覧」が掲出される。当書での論究と関連するものは、①〜⑤、⑨、⑪である。以下ここではいくつか焦点をしぼって概観してみたい。

まず①は詞書を持たないが、蜀（現、四川省）の太守であった李冰と二郎の父子が治水工事の功績をもとに（『史記』巻二九）、都江堰の廟に祀られ、特に二郎が灌口二郎神として尊崇される。この二郎神による妖怪退治を描いたのが①で、かなり伝説化が進んでいる。山中における妖怪列伝とそれを対峙する彩色図巻で、個々の妖怪が山の巌で仕切られる形で次々と展開する。巌を仕切りとする方法は日本でもよくみられ、太田昌子論にみるセルスペースの一類といえる。詞書はなくても、絵画自体がおのずと物語性を発揮している。古原論によれば、一〇点現存するうちの一つである。

②は、掛幅で、明皇が蜀に行幸する断簡の彩色図で、もと図巻であったものかどうかは判別しがたいが、皇帝に随従する馬上の役人達が点描される。画面左端の馬上の従者が途切れているし、右端の馬上の人物二人が右を向いているので、前後に画面が続いていたと想定される。古原論では台北の故宮博物院所蔵の唐代作画が考証される。

③は後漢明帝の永平五年（六二）、浙江の劉晨と阮肇二人が天台山に入って道に迷い、女人国の仙女達から歓待され、後に帰国すると時代がすっかり変わっていて、七代目の子孫を捜しあてるが、晋の太元八年（三八三）、二人は家を出たまま行方知れずとなったという。『幽明録』を原拠とする『太平広記』巻六一、『太平御覧』巻四一、『続捜神記』等々にみえる。中国版の浦島太郎ともいえ、神仙伝で名高い故事の一つである。白描図巻であるが、着色画からの転写（模

図3 『劉阮入天台山図巻』

写）と想定される。詞書とそれに対応する画面とが交互に展開する体裁で、日本の絵巻と共通する。詞書に応じて、一画面ごとに描かれるが、かなり連続性も意識させるものがあり、画面の説明らしき画中詞もみられる。おのずと神仙伝の雰囲気を醸し出している。画面は比較的近い視点から描かれる。以下、展示場面毎に箇条書きで列挙しておこう。

1）．劉阮二人、薬草を採りに天台山をめざす。

2）．登山の途中で見つけた桃の木から桃の実を取って食べる。

3）．下山の途次、川の流れがあり、思わず手にすくって飲むと、胡麻飯の片が流れてきて人家が遠くないことを知る。

4）．薬草や道具を負っているので、さらに一山越えてまた渓谷に出る。「山麓処大渓」という画面の説明がみられる。

5）．すると対岸に絶妙の美女二人が現れ、誘われるまま渓を渡って、後をついて行く【図3】。

6）．侍女達に囲まれ、桃や羊を食し、餓えを忘れ、歓待される。

展示画面はここまでであるが、日本の絵巻に匹敵するものとして注目に値するであろう。古原論では、志怪伝奇小説類が図巻化された希有な例とするが、これだけに限定されるいわれはなく、はたしてどうであろうか。

④は晋文公が母国に帰還する様を描いた彩色図巻である。一般の絵巻と異なり、詞書が画面の後に来る。これも比較的近い視点から描かれる。すでに楊暁捷「中

国絵巻の絵と詞――『晋文公復国図巻』を読む」の詳細な論がある。楊論によれば、詞書はすべて『春秋左氏伝』僖公伝により、紀元前七世紀の春秋戦国時代、晋文公・重耳が十九年に及ぶ流浪生活を強いられ、諸国を遍歴し、晋に帰還する過程を描いた絵巻で、宋、鄭、楚、秦の四カ国遍歴が描かれる。この絵巻では、楊論の指摘する通り、左向ばかりでなく、かなり右向も混ぜ合わされているところに特徴があり、文公が車に乗った行列が左から右へ向う場合が多い。これは、右側の視座に向って凝集していくさまを表わし、見る主体が文公を迎える視座にあることを意味している。絵より詞書が後に来る例もたしかに珍しいが、『左氏伝』の文章が周知のものであれば、まず絵を観て、その上で文章を後から再確認する手立てとみることもできるだろう。

⑤は女主人公が漢土と匈奴を往還する旅の途次を描いた彩色図巻で、詞書は七言律詩の歌になっており、その哀切な情感や望郷の念が綴られる。主人公は黒の帽子をかぶっていて識別される。かなり高く遠い視点から俯瞰して描かれる。一画面は拍の単位で示され、歌われたものであろう。残念ながら展示は十三拍まであったため、その先は不明である。古原論では、隊列一行が場面毎に左右の向きが変わることを、個別の事件をばらばらに連続させ、「図巻が広げてゆく物語の流れの観念を表現することに欠

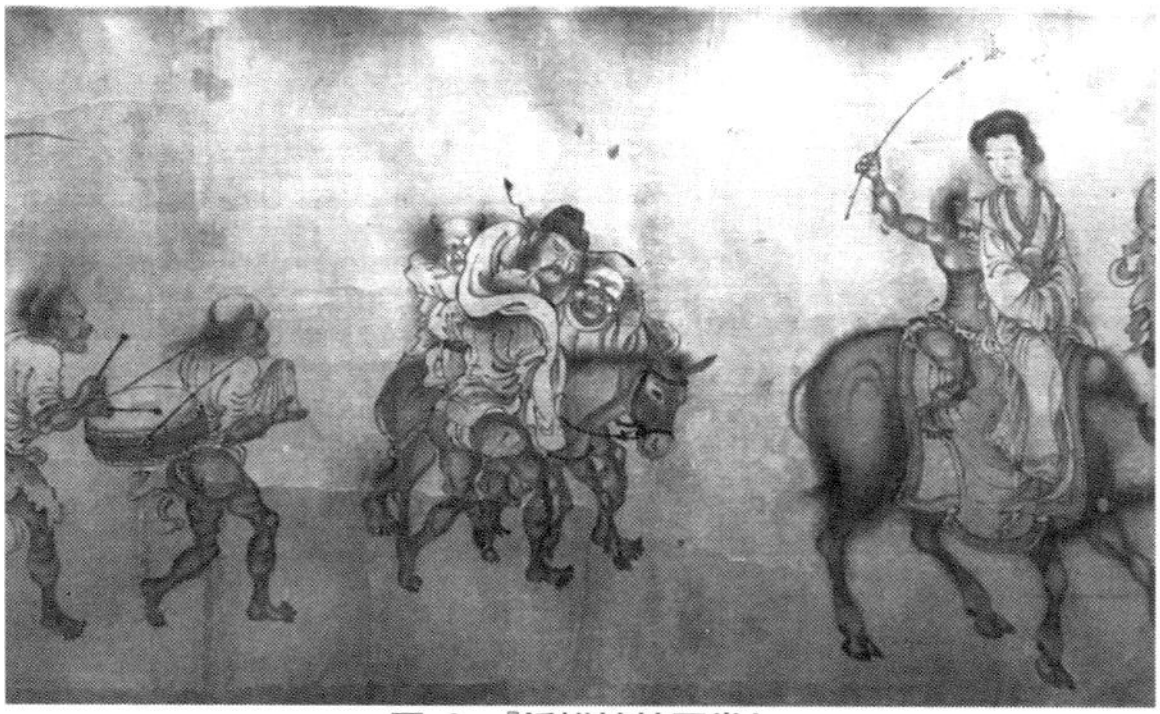
図４　『鍾馗嫁妹図巻』

図５　『鍾馗嫁妹図巻』

けている」とするが、これは日本の絵巻の流れを前提にしすぎた極論であるように思われる。

⑪はよく知られる『鍾馗嫁妹図巻』で、鍾馗の妹が嫁入りする行列を描いた白描の図で作例が多い。酔っ払った鍾馗が三人の妖怪に支えられながら驢馬に乗っている様子がユーモラスに描かれる【図4】。詞書のない白描で、妖怪達の様子を次々と連ねていく。行列図はこうした図巻形式に最もかなった画面であり、連続性を表わすのに適している。さながら『百鬼夜行絵巻』に匹敵するものといえるが、こちらは左から右へ行列が続く。日中を問わず図巻の多くが左向性を持つと思われるが、④と同様、行列図にはむしろ右向性のものが少なくないことに留意したい。これは、行列が左から右へ、つまりは観者の側に接近してくる、向こうからこちらへやってくる方位を示し、行列のめざす側に観者が立たされる視座にかかわるだろう。

斧や槍など武器を手にした鬼、相撲の勝負らしく対峙し合う鬼、岩を片手で持ち上げる鬼、銅鑼を叩く鬼、妹を乗せた水牛を引く鬼、その脇で巻物を片手に抱え、衣を頭に載せた鬼、後方で太鼓を叩いたり、笛を吹いたりする鬼たち等々、生き生きと描かれる【図5】。それら鬼の所作は実に力感がこもっており、たとえば、岩を持ち上げる鬼は、仏伝図の象を片手で軽々と持ち上げる悉達太子にも対比できるであろう。

以上、文字通り偶目した図巻に関するメモ程度のものにすぎないが、さながら多種多様な中国図巻史を通覧できる充実した展示であり、日本の絵巻を見ているだけでは知り得ない世界をかいま見ることができた。絵巻史もまた東アジアへの視野が欠かせないことを痛感させられる。

ここで注意すべきは、古原論に典型化されるごとく、ややもすると、アジアにおける連続式画面の日本の独自性が強調されがちなことである。しかし、たとえば敦煌莫高窟の著名な壁画の一つ、薩埵太子の本生譚（ジャータカ）などは、壁に帯状に幾段にも区分けされた横長の連続式画面で構成され、壁画と紙絵の媒体や絵画化の方法は異なるにしても、基本は絵巻と変わらない。日本の絵巻が質量共に抜きんでているとしても、短絡的にステレオタイプ化するのではなく、東アジアの〈漢字漢文文化圏〉の一環として中国や朝鮮、ベトナム絵画との地道で綿密な比較検証が肝要であろう。

また、すでにふれたことがあるが（「イメージの回廊I」）、北フランスのバイユーの有名なタピストリーのように、西洋の図巻類との比較検討も今後の課題となる。

最後に『文学』特集号「語りかける絵画」における座談会「絵の読み方―イメージ・テクスト・メディア」（二〇〇九年）で司会を担当した折りの問題提起の一部を引用しておこう。

もはや絵画は美術館などで単に静的に鑑賞し、「見る」ものではなく、動的、積極的に「読む」ものであり、絵が本来置かれた位置や意味の総体が解読されるべき対象となり、おのずと表現の伝達や媒体を意味するメディアが重視されます（略）。絵画は多様な研究分野が乗り合い、競い合うフィールドとなり、各分野からの解析法がどう重なり、どうずれるのか、読みの多層化や重層化を踏まえた研究のあり方が問われています。

【参考文献】


佐野みどり「『華厳宗祖師絵伝』」（『文学史を読むIII』有精堂、一九九二年）。

大西廣・太田昌子「絵の居場所」連載（週刊朝日百科『日本の国宝』別冊シリーズ、朝日新聞社、一九九九年七月～二〇〇一年五月）。

林　晃平『浦島伝説の研究』（おうふう、二〇〇一年）。

三戸信恵「目に見える音―絵巻の中の「声」としての画中詞（上）（中）（下）」（『サントリー美術館ニュース』二〇〇二年一〇・一二月、二〇〇三年二月）。

楊暁捷「中国絵巻の絵と詞―『晋文公復国図巻』を読む」（『立教大学日本文学』九一号、二〇〇三年）。

古原宏伸『中国画巻の研究』（中央公論美術出版社、二〇〇五年）。

『文学』特集号「語りかける絵画」における座談会「絵の読み方―イメージ・テクスト・メディア」（小峯、太田昌子、大西廣、西山克）。

特に『法華経曼荼羅』を例にした太田昌子論（岩波書店、二〇〇九年九、一〇月）。


小峯和明「画中詞の宇宙―物語と絵画のはざま」（『日本文学』一九九二年七月）。

同「写し・似せ・よそおうものの現象論」（『日本文学』一九九八年一月）。

同『説話の声―中世世界の語り・うた・笑い』（新曜社、二〇〇〇年）。

同「絵巻の画中詞と言説―絵解きの視野から」（『国文学解釈と鑑賞』二〇〇三年六月）。

同「スペンサー本『百鬼夜行絵巻』と幕末の『平家物語』―冷泉為恭と遷都の物語」（『文学』七―三、二〇〇六年五月）。

同「写す身体と見る身体―絵巻をひもとくこと」（シラネ・ハルオ編『越境する日本文学研究―カノン形成・ジェンダー・メディア』勉誠出版、二〇〇九年）。

同「『釈迦の本地』の物語と図像」（『文学』岩波書店、二〇〇九年九、一〇月）。

同「イメージの回廊（1）～（12）」連載（『図書』岩波書店、二〇一二年一月～一二月）。

同「『日本常民生活絵引』の再生―〈絵画物語論〉のために」（荒木、小松、楊編『デジタル人文学のすすめ』勉誠出版、二〇一三年）。


【付記1】慶応本『浦島太郎』に関して、宮腰直人氏より示教を得た。また渡辺雅子氏より未刊の原稿を頂戴した。メトロポリタン美術館の中国図巻類はまさに偶然眼にしたのみ、機会あらば本格的な調査を期したい。

【付記2】二〇一七年十月、説話文学会例会で画中詞をテーマにしたシンポジウム「画中詞研究への視座―絵と言葉のナラトロジー」が開催された。山本聡美、三戸信惠、井並林太郎等々、美術史を中心とするメンバーでイメージとテクストの相関があらたに照射された刺激的な会であった。画中詞研究もあらたなステージに至ったといえよう。

2　光の救済
――「光明真言功徳絵詞（絵巻）」の成立とその表現をめぐって――

キャロライン・ヒラサワ

1　はじめに

光明真言の功徳を描いた「光明真言功徳絵詞（絵巻）」三巻（以下「光明真言絵巻」と略称、重要文化財、葛川息障明王院所蔵）は、中世における光明真言信仰の展開を考える上で重要な絵巻である。[注1] 上巻は主として現世利益を説き、中巻は四悪趣（地獄、餓鬼、畜生、修羅）からの救済や除病の功能を詳説、下巻は定龍と定円という二人の僧侶の蘇生譚を載せる。この絵巻については、梅津次郎、水野僚子の論文がある。[注2] 梅津論文は、形態や伝来、内容の基本的な紹介と、詞書の全文翻刻、そして小さいながらも全体の白黒図版を掲載していて有益である。[注3] 水野論文は、人物が描かれた「場」に着目し、その意味について考察している。本稿では、この二論文を踏まえた上で、絵巻の成立および詞書と絵の関係について改めて検討したい。[注4]

2　「光明真言絵巻」の成立と伝来

「光明真言絵巻」自体には、制作者や制作時期についての記載はない。但し下巻の奥書に、「右壱部三巻東山八坂吉祥園院／常住絵也／応永五年二月　日」とあり、この絵巻が応永五年（一三九八）二月の時点で、東山八坂吉祥園院の常住物であった事がわかる。梅津は、画風などから、制作時期もその頃と見ていいのではないかとするが、妥当な見解であろう。また同氏は、当時吉祥園院は東寺観智院に属し、応永五年より少し後れて賢宝の弟子融念（融然）が住していたことから「この絵巻の制作を当代東寺絵所との関係において一応考うべき一つの視野が開かれる」と述べている。▼注[5]

吉祥園院（吉祥薗院）は、東寺三宝の一と謳われた杲宝（一三〇六～一三六二）が最晩年を過ごした寺院で、やはり三宝の一と称された弟子の賢宝（一三三三～一三九八）も、しばしばここを訪れ、経疏の書写などを行っている。賢宝自身は、吉祥園院に止住することはなかったようだが、のちに弟子の融然（一三四八～一四一八）▼注[6]が住持となった。賢宝が死去したのは応永五年六月三十日であり、「光明真言絵巻」の奥書が書かれた四ヶ月ほど後ということになる。

賢宝と絵巻といえば、直ちに東寺本「弘法大師行状絵」十二巻（以下「行状絵」と略称）が想起される。▼注[7]空海の生涯を描いたこの絵巻は、応安七年（一三七四）から十六年という歳月をかけて完成したが、賢宝は絵巻の制作に先立ち、基本となる資料を「弘法大師行状要集」にまとめ、また「大師御絵奉行」として編纂の主導的な役割を果たした。東寺絵所に関する梅津の指摘は、こうした状況を念頭に置いた上でなされたと思われる。

東寺は十三世紀前半頃から、それまでの官寺としての性格を保持しつつ、新たに御影堂を中心とした弘法大師信仰を重要な布教の柱とするようになり、南北朝期の終わりには、光明真言講を媒介として民衆教化を進めている。▼注[8]「光明真言絵巻」がそのような教化の場で絵解きに使用されたのかどうかは詳らかでないが、少なくとも庶民に光明真言を広める目的で作られたことは間違いない。それは、上巻第一段に「抑秘密神呪の義理、たやすく画図にあらはす事、其憚ありといへども、愚痴暗鈍の男女速に信心を発起せんこと、豈その益なからんや」（一四六頁）と記している事によってわかる。これは、南北朝期から室町初期における東寺の布教方針と合致するといっていいだろう。そうした点では、梅津が示唆するように、この絵巻が東寺で制作されていてもおかしくはない。

但し現段階では、「行状絵」のような、「光明真言絵巻」作製についての記録は見つかっておらず、東寺の僧侶が制作に関与したという証拠もない。また、「行状絵」が東寺の宝物を収める西院御影堂の内陣文庫に置かれていたのに対し、「光明真言絵巻」が吉祥園院に存したのはなぜかという問題も残る。そもそも吉祥園院については、不明な点が多い。梅津は東寺観智院に属したとするが、▼注〔9〕橋本初子は勧修寺の別院といい、平雅行は「吉祥園院は南北朝初期に大覚寺聖無動院道我が居住していたところで、勧修寺別院と言われ、東寺観智院とも関係が深いところである」と記している。▼注〔10〕吉祥園院には、十四世紀半ば頃から杲宝や賢宝らが赴いて聖教を書写しているが、その中には杲宝の師である勧修寺の栄海（一二七八〜一三四七）の自筆本などがあり、おそらく栄海とゆかりの深い書物が置かれていた場所であると考えられる▼注〔11〕（道我は栄海の弟である）。その後、杲宝や融然といった東寺の僧侶が住している事からすると、もともと勧修寺の別院だったものが、のち東寺に属するようになったとみるべきか。

また、栄海は神護寺の交衆でもあり、塔頭の慈尊院を活動の場としていたが、この近隣には、かつて同寺の別院であった高山寺が所在する。「光明真言絵巻」には「高山寺」の印が四箇所に捺してあり、いつの時代かは不明だが、高山寺の所有に帰していた時期があったようだ。こうしてみると、「光明真言絵巻」の成立と伝来を検討するには、東寺のみならず、高山寺にも注目する必要があり、更に勧修寺や神護寺も視野に入れて考えなければならないだろう。

近世の伝来に関しては、下巻の最後に紙を継いで、天明七年（一七八七）七月上旬の古筆了意（一七五一〜一八三四）

の識語が記されているが、そこには「有由伝予家。今納百螺山鳳閣密寺道場」（一六八頁）とあり、自家に伝わった絵巻を鳳閣密寺（鳳閣寺）に納めた事がみえる。但し、いつから古筆家にあったのかなど、それまでの来歴については記載がない。また各巻の最後に、幕末の天台僧願海（一八二三〜一八七三）による識語も書き込まれている。願海秘蔵の本を、慶応元年に阿都山寺（明王院）の宝庫に奉納したとあるが、こちらも入手の経緯などには触れていない。▼注[12]

ところで「光明真言絵巻」の伝本は、明王院本の他に、詞書だけの内閣文庫本が存する（外題、扉題ともに「光明真言絵詞」）。こちらには「源詮賢」、すなわち江戸後期の国学者屋代弘賢（一七五八〜一八四一）による天明七年五月十一日の書写奥書がある。本文は明王院本とほぼ同じなので、明王院本の詞書を写している可能性が高い。そうであれば、書写したのは絵巻が了意から鳳閣寺に納められる二ヶ月ほど前ということになり、両者の間に何らかの交渉があったことが考えられる。

絵巻の作者については、弘賢の奥書をみると、詞書は南北朝期の歌僧慶運の筆であると指摘しているが、根拠は示されていない。一方了意は、「毘沙門堂黄門為重卿芳翰無疑者也」と、南北朝期の歌人二条為重（一三二五〜一三八五）の筆とするが、やはり理由は記さず詳細は不明である。但し、こちらは全く根拠がないわけではないようだ。為重は幾つかの絵巻の詞書筆者に擬されるが、ほぼ確実に本人の筆跡だと認定されているのは西本願寺蔵「慕帰絵」巻八である。この他、石山寺蔵「石山寺縁起絵」巻五や東寺蔵「行状絵」巻六の詞書も真跡の可能性があるとされる。▼注[13] これらと「光明真言絵巻」を比較すると、書風は確かに似ており、特に「行状絵」の文字は近似しているといっていい。時代的にも矛盾はない。おそらく了意は、古筆家に蓄積されたこうした知識に基づいて為重と判断したのであろう。▼注[14]

絵師に関しては、「光明真言絵巻」と一具で伝わっている享和三年（一八〇三）の住吉広行（一七五五〜一八一一）の鑑定書があり、そこでは「豊後法橋真跡無疑者也」とする（豊後法橋説は願海の識語にもみえるが、この鑑定書に依ったと思われる）。豊後法橋についてはそもそも実態が不明であり、これも俄かには信じがたいが、比定の理由はいくつか考えられる。

例えば『本朝画史』（狩野永納編、一六九三）をみると、「豊後法橋、不レ知二其姓名一。学二画於覚玄阿闍梨一、画二八坂法観寺縁起一」（一六一頁）とあるように、豊後法橋は「八坂法観寺縁起」を描いたと考えられていた。これと「光明真言絵巻」が八坂吉祥園院に蔵されているという記述から、豊後法橋の名が出てきた可能性がある。▼注[15] 更に言えば、江戸時代には、この絵巻以外にも「児観音縁起」など「画住吉豊後法橋、詞為重卿」という組み合わせで制作したと認識されていた絵巻が少なからず存在しており（『本朝画図品目』毛利梅園編、一八三四）、こうした事情と相俟って、豊後法橋とされたのではないだろうか。

3　光明真言の文献

「光明真言絵巻」の詞書は、光明真言に関する三つの経軌や明恵の著書などに基づいて制作されたと考えられる。三つの経軌とは、▼注[16] 菩提流支訳『不空羂索神変真言経』巻二十八「灌頂真言成就品第六十八」（以下『不空羂索経』と略称）、不空訳『不空羂索毘盧遮那仏大灌頂光真言』（以下『不空軌』と略称）、『毘盧遮那仏説金剛頂経光明真言儀軌』（以下『儀軌』と略称）である。

二番目の『不空軌』は、不空が『不空羂索経』の後半部分を抄出したもので、日本ではこちらの方が盛んに用いられた。冒頭に「唵 阿謨伽 尾嚧左曩 摩賀母捺囉 麼抳鉢納麼 入嚩攞 鉢囉韈哆野 吽」（大正一九・六〇六中）という大灌頂光真言を挙げ、続いてこの真言をもって土沙を百八遍加持し、死骸や墓の上に散じると、地獄道や餓鬼道に生まれた亡者は、西方極楽国土に往生し蓮華に化生すると説く。これが後に取り上げる加持土沙法（土沙加持法とも）のもとになっている。また、病が治るという現世利益も説かれるが、「光明真言絵巻」はこの亡者の往生と現世利益を光明真言の功徳の両輪として強調している。

三番目の『儀軌』は不空訳とされるが、速水侑は、十一世紀初頭から中葉の間に日本で作られた疑経であるとする。またその理由として、この時期は天台、真言ともに、浄土教の発達に刺激され、修法へ浄土教的要素が加えられており、そうした密教と浄土教の接近・混淆の下に、疑経が作成されたのではないかという。▼注[17] 首肯すべき見解であろう。毘盧遮那如来（大日如来）と無量寿如来（阿弥陀如来）、あるいは密教と浄土思想の密接な関係を様々な視点から繰り返し説く『儀軌』の視点は、「光明真言絵巻」でも重要なテーマになっている。

但し『儀軌』については、これまで書誌的研究がほとんどなされていない。唯一の翻刻は、田中海応『光明真言集成』に収録されているが、これは江戸時代の無刊記本を底本にしている。他の伝本としては、明暦二年（一六五六）に開板された折本がある。両者を比べると、明暦本には無刊記本にない文言が少なからずあり、字句の異同も相当数にのぼる。これ以前に遡るものとしては、十四世紀前半の光宗『渓嵐拾葉集』「光明真言」（大正七六・七四〇上～）に長文の引用があるが、こちらの文字や表現は明暦本に近い。また、この三つを「光明真言絵巻」の詞書と比較すると、上巻第三段や中巻第一段、第四段の記述に、『渓嵐拾葉集』や明暦本にはあるが、無刊記本にはない文言がみられる。このことからすると、明暦本の方が古態をとどめているとみていいようだ。諸本については、今後更に検討を加え、詞書との関係を明らかにしたい。▼注[18]

「光明真言絵巻」には、高山寺を再興した華厳宗の学僧明恵（一一七三～一二三二）の書物も用いられている。明恵の思想・信仰には多くの側面があるが、▼注[19]「光明真言絵巻」との関係で注目されるのは、庶民教化として光明真言の普及に努めたという点であろう。光明真言に関する著作としては、『光明真言加持土沙義』（一二二七年撰、以下『加持土沙義』と略称）や『光明真言土沙勧信記』（一二二八年撰、以下『勧信記』と略称）及び『光明真言土沙勧信別記』（以下『勧信別記』と略称）などがある。▼注[20]

加持土沙（土沙加持）は、光明真言によって加持した土沙の意で、既述のように、『不空羂索経』や『不空軌』に説かれている。「光明真言絵巻」をみると、中巻第五段や下巻第四段に加持土沙に関する記事があり、後者では、高山寺石水院近くの川の沙を採取し、仏舎利のように扱うとあるが、これは明恵の『加持土沙義』（一三頁）の文に基づいている。また中巻第五段には、土沙を「摩尼のごとし」とするが【図２】、これも明恵『勧信記』巻上の「コノ土沙タマニニタレバ、摩尼種族ヲアラハス」（六一頁）という、土沙を災いを除き穢悪を清浄にして願いを叶えてくれる摩尼宝珠に喩える箇所によっている（『勧信別記』〈四六頁〉にもみえる）。

「光明真言絵巻」は、こうした儀軌や明恵の加持土沙観を取り込む形で、光明真言の功徳の広大なることを縷説するが、加持土沙法が光明真言を土沙という物質によって可視化したものとすれば、「光明真言絵巻」は庶民にわかりやすいよう、更にそれを紙や顔料を使って表現したという点で、目に見えない光明真言が重層的に物質化・視覚化されているといえるだろう。

4　光明真言の絵画的表現

「光明真言絵巻」は、第一節でも触れたように、制作当初から絵を付すことが前提となっていたと思われる。但し、詞書と絵は完全には一致していない。そのことを考える為、本節では具体的な内容についてみていくが、紙幅の都合上、今回は下巻に限定して検討したい。

下巻は、明恵と関係のある僧侶の蘇生譚である。以下、詞書の大要を記す。北山の麓に、定円という僧が住んでいた。彼が後世菩提について明恵に相談すると、明恵は自分の住坊にいた定龍という小僧について話す。昼夜光明真言を誦していた定龍は、ある時病により意識を失い、冥途と思しき場所に赴く。そこで恐怖のあまり光明真言を誦すと、冥官や獄卒は彼を敬い、もと居た所に戻れるよう計らってくれたという。その話を聞いた定円は、昼夜不断に光明真言を唱えていたが、やがて頓死して野辺に葬られる。冥途をさまよう定円は、門の前で鬼神と出会うが、光明真言の功力により鬼達は昇天する。門の内には琰摩大王がおり、定円が怠らずに光明真言を誦持した事を讃え、悪趣の人ではないとして本土に帰らせる。蘇った定円がこの出来事を明恵に報告すると、感銘を受けた明恵は、石水院近くの清流の沙を取って加持し、衆生や死骸にかけて苦報から救済するという請願を立てた。定円はその八年後に最期を迎え、往生の素懐を遂げたという。

定龍の蘇生譚については、明恵の『加持土沙義』（一三～一四頁）および『勧信記』巻下（二〇六頁）に、光明真言の功徳を証する逸話として記載されている。定龍は、明恵の高弟高信が編集した『明恵上人歌集』（一二四八年成立）の中にも明恵の侍者として名が出てくるので、▼注[21] 実在の人物であったことが確認できる。

これに対し定円は、管見の限り明恵周辺の資料に見いだすことができない。「光明真言絵巻」の記述を見ると、明恵の弟子や侍者ではなさそうだが、これほどの光明真言にまつわる霊験譚がある僧にもかかわらず、何の記録も残されていないのは不審である。現段階では、「光明真言絵巻」の制作者によって創作された人物の可能性が高いと考える。

定円から冥途での体験を聞いた明恵が、清浄な沙を用いて悪趣の衆生の救済を請願したというのは、『加持土沙義』の定龍の記事に基づいて作られた話であろう。『加持土沙義』では加持土沙の功徳を述べた後に、その証拠として定龍の話を持ち出すのだが、「光明真言絵巻」はその構成を借りながら、明恵が定円の体験を聞くことによって加持土沙法が生まれたというように、主役を定龍から定円に変更している。おそらく「光明真言絵巻」の制作者にとって、定龍の話は光明真言の功能を示すには不十分だったのではないかと思われる。絵巻では、定龍の体験は定円の説話の中に組み込まれ、全てが定円の蘇生譚に収斂していく構造になっている。「光明真言絵巻」が最も伝えたかったのは、定円の物語だったのである。次に、そのことを絵によって見てみよう。

下巻第一段の絵では、僧坊の奥で掛け軸の前に坐している僧侶と、手前の部屋で、看病する同行の側に横たわる僧が描写されている。これは、異時同図法で同一の僧侶を描いているとみられるが、梅津論文ではこの僧を定龍、水野論文では定円とする。詞書にはこの二人の事が書かれているので、両方の可能性がある。続けて僧が野辺に葬られている場面を描いているが、詞書との対応からこれは定円であると考えられる。僧坊の僧が定龍ならば、定円の遺体が唐突に描かれることになり不自然であろう。したがって、初めの僧は水野論文のように定円とするのが妥当である。そうであれば、この絵巻には定龍の蘇生譚に関する絵が全く描かれていないということになる。下巻は、定円の物語を中心として構想されていると言えよう。

ちなみに、この室内の掛け軸は青地に白丸を描いたもので、絵巻には、同様の掛け軸が五箇所に描かれている【図2】。これらは修法の本尊であると思われるが、詞書には一度もでてこない、絵だけに見える光明真言の表象である。この色の組み合わせについては、「光明真言を誦するに、声につきて白青色の光明、定龍前に照し来る」（一六五頁）というように、詞書の中に光明真言の光を「白青色」であるとする記述があり、それに基づいて描かれていると推測される。▼注[22]

続く第二段の詞書では、定円が唱えた光明真言を聞いた鬼達が、皆跪いて首をたれ、「この真言の光にあたりて只今都率天に生すべしといひ、或は忉利天に生すべし」（一六六頁）といって消えたとある。つまり、偶然聞いた光明真言の力によって昇天してしまったというのだ。絵では、獰猛な表情の鬼達が、無垢な幼子の顔で雲に乗り、天に昇る様子が描かれている【図4】。この姿は、天や浄土に生まれ変わる図像の伝統に基づいた表現である。とりわけ極楽図や地獄図では、往生者は極楽の池や地獄の釜に咲いた蓮華に坐す子供として描かれることが少なくない。詞書では単に昇天することを示唆するのみだが、絵では極楽往生のイメージを重ねているとみていいだろう。▼注[23]

この時、定円の口から五色の光線が出ているように描かれているが、他の巻でも同様に、口や手から五色の光を発する表現がみえる【図1】。絵巻などでは、しばしば僧侶の読経・念誦を、口から出る線として表すので、▼注[24]ここでも

図１　「光明真言功徳絵詞（絵巻）」（十四世紀後半）
中巻　地獄で亡者を救済する僧（明王院蔵）

図２　同 中巻　土沙を加持する僧

図３　同 中巻　加持土沙で悪趣の衆生を救済する僧

口から放射されているのは光明真言を可視化したものと判断できる。五色の光は、例えば『増一阿含経』巻一に「爾時世尊便笑、口出二五色光一」（大正二・五五一下）というように、仏の口から発する光として仏典中に頻出しており、そうしたイメージを下敷きにしているのであろう。

　では、手から出ているのは何か。可能性としては光明真言か、加持された土沙が考えられる。そこで、明確に土沙を散じていると認識できる中巻第五段の絵をみると、墓所に土沙を撒く事によって、悪趣の標幟である地獄道の釜、畜生道の馬、阿修羅道の阿修羅が乗った雲が立ちのぼる様子が描写されている【図3】。雲は五色に彩られているが、土沙には色がついていない。他の箇所では、昇天の雲を五色に彩色することはないので、特別な表現であることがわかる。おそらく、土沙はあくまで土沙として描き、その功徳の甚深なることを五色の雲で表現しているのではないか。

　手から放射される光については、例えば恵什撰とされる『図像鈔』（十二世紀前半）の巻二「光明真言法」を見ると、「光明真言三身印」を説く中、化身印について「挙二右手一申二五指一、想下従レ掌放二五色光一、上照中非想非非想天上。左手揚レ掌垂二五指一、想下従レ掌放二光明一、下及中無間地獄上云々。此印或拳二左手一安レ腰云々」（大正図像三・九下）とあり、光明真言法では手から五色の光を放って三界全体を照らすと観じることが行われていたようだ。こうしたことを踏まえると、手から出ているのは、光明真言の印による光明の放射を可視化したものである可能性が高い。▼注[25]

　五色は、五智・五仏に配当されるなど、密教で重視された色彩である。また、例えば『撰集百縁経』巻六に「仏以二慈力一於二五指端一放二五色光明一照二彼蛇身一、即得二清涼一熱毒消除、心懐二喜悦一挙レ頭四顧」（大正四・二二八中）とあるように、仏の指先から五色の光明が放射されることが仏典に説かれており、こうした記述に倣ったとも考えられる。

　あるいは、光明真言の儀軌に「若諸鬼神魍魎之病、加二持五色線索一、一百八結繫二其病者腰臂頂上一、則便除差」（『不空軌』大正一九・六〇六下）と、除病に五色の線索を用いたことが記されているが、こうしたことも与って力があったのかもしれない。「光明真言絵巻」の詞書では、光明真言の色については、先にみた白青色という記述以外には特に触れ

図４　同 下巻　定円の唱えた光明真言で昇天する鬼達

図５　同 上巻　金色の光を発する忍辱仙人

ていないが、おそらく光明真言の修法などに基づいて、五色の光という表現が選ばれたと思われる。

なお「行状絵」では、巻二第二段の、空海が土佐の室戸の崎で求聞持法を修していた時、口の中に入った明星を吐き出した場面と、第三段の毒龍等を退治する際に呪語を唱え唾を吐き出した場面で、空海の口から出る金色の光明が描かれている。こうした描写は「光明真言絵巻」での光明真言の表現と共通しており、「光明真言絵巻」と東寺の関係を考える上で興味深い。

次の第五段は、定円の臨終を描いている。詞書は「猒離穢土のおもひ切にして、欣求浄刹のつとめおこたる時なし」（一六七頁）とあり、最期は往生の素懐を遂げ紫雲虚空にたなびくとする。ここは、極楽浄土に往生した事を述べていると考えられるが、言葉の上では控え目な表現にとどまっている。これに対し絵では、上品下生印の阿弥陀の来迎を描き、明確に西方極楽に往生することが表されている。これも定龍の話にはないもので、絵巻の制作者がどうしても入れたかった場面ではなかったか。光明真言は、その誦持によって極楽に往生できることが最も重要な功徳として強調されてきたのであり、この絵巻を閉じるにあたって、最後は阿弥陀が来迎して定円を浄土に引摂する様子を描いて終わらなければならなかったのであろう。

付け加えれば、この絵巻には雲に乗って昇天する衆生が少なからず描写されているが、その多くは絵巻の左方へと向かっている。これは彼らもまた、最後に登場する阿弥陀に迎えられて往生することを暗示しているのではないだろうか。この時阿弥陀の白毫から放たれた光は、究極の光明といっていい。詞書と絵は、相互に補い合いながら、見る者に光明真言の功徳を実感させるように作られているといえよう。

5　おわりに

本稿では取り上げられなかったが、この絵巻の冒頭には、釈迦が前世に忍辱仙人として修行していた時、「常に此呪を誦し給しかは、頂より百千の光明をはなちて、三千大千世界を照曜して正覚をなり給」（一四六頁）という詞書があり、それに対応する絵では、洞窟中の仙人の頭から九つの金光が放射される様子を描いている【図5】。九つの光明は、十界のうち因位の九界を照らすことを意味しているとみられるが、この光と下巻の最後に描かれた阿弥陀の光明は相呼応しているといっていいだろう。「光明真言絵巻」は、冒頭から終わりまで、救済の光に満ちているのである。

【注】

［1］この絵巻の本来の名称は不明である。江戸時代には「光明真言功徳」や「光明真言絵詞伝」、「光明真言功徳絵詞」等と称されていたが、旧国宝指定時に、「光明真言功徳絵詞」が正式に採用されたようだ。「絵詞」とは、近世には絵巻自体を表す場合にも用いられたが、もとは絵巻の詞書を指す用語である。こうしたことから、今日では「光明真言功徳絵」あるいは「光明真言功徳絵巻」と呼ばれることが多い。本稿では、歴史的名称として「光明真言功徳絵詞」を用い、絵巻であることをカッコで補って示した。

［2］梅津次郎「光明真言功徳絵詞」『絵巻物叢誌』（法蔵館、一九七二年、初出一九四一年）、水野僚子「「光明真言功徳絵巻」における男女の表象―「場」の設定と「型」に注目して―」（『日本女子大学紀要 人間社会学部』二六、二〇一六年三月、初出二〇一〇年）。

［3］「光明真言絵巻」の詞書・奥書は注2梅津前掲論文所載の翻刻を使用する。なお、筆者は二〇一五年に実物を閲覧する機会を得たが、梅津の翻刻と原本を比較するといくつか誤りが認められるので（但し梅津初出論文では正確に翻刻されていた字もある）、参考のため以下にその箇所を列記する。（煩雑になるので仮名の字体の違いなどは取り上げない。また、判断が難しい文字は、内閣文庫本を参照した。）「□地」（一四六頁上段）―「冒地」、「三井」（一五三頁下段）―「三千」、「叡丘」（同）―「叡岳」、「イフナラク玖」（同）―「イフナラ玖」、「なを」（一五九頁上段）―「なをし」、「のふさ」（一六〇頁下段）―「つふさ」、「道に赤き鬼」（一六五頁下段）

―「前に赤き鬼」、「往して」（一六六頁下段）―「住して」。また添状の翻刻の割注部分にも一箇所誤りがある。「天明五年迄」（一四四頁注9）―「天明七年迄」。

[4] 現在、筆者はこの絵巻に関する著作を準備している。本稿で論じられなかった問題は、そちらを参照して頂きたい。

[5] 注2梅津前掲論文、一四三頁。なお成立に関して、注2水野前掲論文では、先行する原本が存在していた可能性も否定できないとする（一五五頁）。

[6] 融然の生年は、杲宝『金剛頂宗綱概』の書写奥書（大正七七・七七三上）および、「観智院法印御房中陰記」（大日本史料七―三、三三一頁）の記述によった。歿年は、富田正弘「中世東寺の寺院組織と文書授受の構造―付 寺僧一覧・諸職補任・索引」（『京都府立総合資料館紀要』八、一九八〇年三月）に基づく。

[7] 「行状絵」の成立については、『弘法大師行状絵の世界―永遠への飛翔―』（東寺〈教王護国寺〉宝物館、二〇〇〇年）、新見康子「東寺所蔵『弘法大師行状絵』の制作過程―詞書の編纂を中心に―」（中野玄三他編『方法としての仏教文化史』勉誠出版、二〇一〇年）等参照。

[8] 東寺の光明真言講については、橋本初子「中世東寺の光明真言講について」『中世東寺と弘法大師信仰』（思文閣出版、一九九〇年）参照。

[9] 注2梅津前掲論文では、吉祥園院は観智院に属していたとするが、梅津が言及する融念（融然）は観智院の院主ではなかった。したがって、応永頃の吉祥園院がいずれに属していたのかは慎重に考える必要がある。融然と観智院の関係については、新見康子「観智院の歴史と美術」（『東寺観智院の歴史と美術―名宝の美　聖教の精華―』東寺宝物館、二〇〇三年）一一頁参照。

[10] 橋本初子「杲宝と賢宝―中世寺院における師弟関係の一考察―」（中世寺院史研究会編『中世寺院史の研究』下、法蔵館、一九八八年）二六五頁、平雅行「顕密仏教と女性」『日本中世の社会と仏教』（塙書房、一九九二年）四〇七頁。

[11] 大日本史料六―二四、七―三等による。栄海については、佐藤愛弓『中世真言僧の言説と歴史認識』（勉誠出版、二〇一五年）参照。なお、「貞和二年十月八日前僧正栄海自筆譲状」（佐藤前掲書、二三三頁）には、栄海の蔵書に関して「八坂聖教」という言葉がみえる。

[12] 願海に関しては、清水粂蔵『大行満願海』（大行満願海宣揚会、一九三四年）等参照。

[13] 「慕帰絵」、「石山寺縁起絵」、「行状絵」各々の詞書については、梅津次郎「石山寺絵考」『絵巻物叢考』（中央公論美術出版、一九六八年）で比較している。

［14］注2梅津前掲論文では、「行状絵」と「様式的近似を示すとはいえ」、これらの書体は南北朝―室町初期に「普通にある一体であることを認め得るにとどまる」とする（一四二頁）。

［15］『本朝画史』は『訳注本朝画史』（笠井昌昭他訳注、同朋舎出版、一九八五年）、『本朝画図品目』は、早稲田大学図書館蔵本（同図書館Webサイト・古典籍総合データベースで公開のデジタル画像）を使用した。なお、屋代弘賢『輪翁画譚』の「光明真言絵詞」項には、豊後法橋が「八坂法観寺縁起」を描いたという『本朝画史』の説について、「坦斎曰く、真言画詞の跋に、右一部三巻、東山八坂吉祥園院常住絵なり、応永五年二月日とあり。若しこの八坂の地名によりておしはかりしことにはあらずや」（『日本画談大観』目白書院、一九一七年、九三〇頁）とみえるが、いずれにしても、こうした連想で作者が比定されたことは想像に難くない。ちなみに、坦斎とは弘賢と交流のあった檜山坦斎のことであろう。

［16］日本における光明真言信仰の歴史については、田中海応『光明真言集成』（徳蔵寺出版部、一九五八年、のち東方出版、一九七八年再版）、櫛田良洪「光明真言信仰の勃興」『真言密教成立過程の研究』（山喜房仏書林、一九六四年）、速水侑「光明真言と平安浄土教」『平安貴族社会と仏教』（吉川弘文館、一九七五年）等参照。

［17］注16速水前掲論文、一八二頁。

［18］明暦本は国文学研究資料館所蔵本（同館Webサイトで公開のデジタル画像）を使用した。なお、末木文美士「明恵と光明真言」『鎌倉仏教形成論』（法蔵館、一九九八年）二七三頁には、高山寺に寛治八年（一〇九四）の写本が現存することを指摘しているが未見である。

［19］明恵の光明真言信仰については、小泉春明「明恵上人の仏光三昧観に於ける光明真言導入に関して」（『高山寺典籍文書の研究』東京大学出版会、一九八〇年）、注10平前掲論文、注18末木前掲論文、山田昭全「明恵上人作『光明真言土沙勧信記』について」『文覚・上覚・明恵』（おうふう、二〇一四年）、Mark Unno, *Shingon Refractions: Myōe and the Mantra of Light* (Wisdom Publications, 2014) 等参照。

［20］『加持土沙義』は真言宗安心全書、『勧信記』巻上と『勧信別記』は『明恵上人手訂定稿本 光明真言土沙勧信記』（大東急記念文庫、一九八五年）、『勧信記』巻下は日本大蔵経（華厳宗章疏三）を用いた。

［21］『明恵上人歌集』（和歌文学大系六〇）三〇六頁。なお、第2節で触れた勧修寺の栄海は、自ら撰した『真言伝』（一三二五年）の巻七に、明恵とともに定龍の伝記を採録しており、この蘇生譚をかなり重視していた事が窺える。また、東寺の賢宝は『真言伝』を書写しているので（注11佐藤前掲書、三八五頁）、定龍の話を知っていた事は間違いない。このことも、本絵巻の成立を考える

上で重要な視点を提供するものと考える。『真言伝』は説話研究会編『対校真言伝』（勉誠社、一九八八年）を使用した。また定龍伝については、野村卓美「明恵上人伝記の研究―『真言伝』巻七の高弁上人伝を巡って―」（『文芸論叢』七〇、二〇〇八年三月）参照。

[22] 白青色の記述は、明恵『加持土沙義』（一四頁）に基づく。なお梅津は、この画中の掛け軸を「光明真言破地獄曼荼羅」ではないかとする（注2梅津前掲論文、一四三頁注3）。破地獄曼荼羅については、斎藤彦松「破地獄曼荼羅の研究」（『印度学仏教学研究』一六―一、一九六七年一二月）等参照。

[23] 往生の図像については、Caroline Hirasawa, "Cracking Cauldrons and Babies on Blossoms: The Relocation of Salvation in Japanese Hell Painting," *Artibus Asiae* 73, no. 1（2012）で論じている。なお、曹源寺本（京都国立博物館本）「餓鬼草紙」第五段で、餓鬼が仏の説法を聞いて清らかな姿となり、雲に乗って昇天する姿が描かれていることを、注2水野前掲論文（一四三頁注13）で指摘している。

[24] 山本陽子「僧の声を聴く」『絵巻の図像学「絵そらごと」の表現と発想』（勉誠出版、二〇一二年）参照。

[25] なお、『覚禅鈔』「光明真言」には、「土砂加持事」として、光明真言を念じ右手の五指から土砂に光明を放つと、土砂自体が光を放って光明輪を成じ亡者らを照らすとある（仏全四五・二七六下）。そうした点では、加持土沙を五色の光で描いてもおかしくはないが、本絵巻では、むしろ土沙の効果に重点を置いた表現になっていると考えられる。

＊原文の引用に際しては、私に句読点、濁点を補った所がある。

＊「光明真言功徳絵詞（絵巻）」につきましては、明王院、延暦寺に閲覧・掲載についての御許可を賜りました。記して感謝申し上げます。また、京都国立博物館には、絵巻閲覧の便宜を計って頂き、更に掲載用の写真を提供して頂きました。閲覧に際しましては、呉孟晋氏・井並林太郎氏にお世話になりました。あわせて御礼申し上げます。

3 百鬼夜行と食物への供養

――「百鬼夜行絵巻」の魚介をめぐって――

塩川和広

1 はじめに

「百鬼夜行絵巻」とは、異形異類のものたちが群行する様子を描いた絵巻を総称したものである。これらは中世から近世にかけて数多く生み出され、単独模本四系統と、その複合型に分類がなされている。▼注[1]描かれた異形異類のものたちの姿は多岐にわたり、その多くを占めるのは禽獣や器物を擬人化したものである。それはたとえば天狗であり、狐狸であり、また付喪神などである。しかし本稿で注目したいのは、居並ぶ禽獣や器物の中にまぎれて姿を見せる魚介の異形である。「百鬼夜行絵巻」のうち、日文研本と京都市芸大本の二つの系統には、蛤、栄螺、蛸という三種の魚介が登場する。▼注[2]そしてこれら百鬼夜行の魚介たちは、狂言との関わりの中で生まれ、▼注[3]当時の食物への意識を反映したものと考えられるのである。

食物やその調理への意識は、たとえばお伽草子において、祝言に付随する饗応準備という形で表れている。庖丁人をはじめとする調理の場面は、『鼠の草子』や『猿の草子』など、異類物に限っても、多く婚礼の場面とともに類型化されて描かれている。しかし、「百鬼夜行絵巻」から読み取れるのは、饗応準備とは別の形での食物への関心である。本稿では、右に挙げた三種の魚介の中でも、特に狂言との関わりが強いと考えられる蛤の妖怪を中心に、百鬼夜行に描かれた魚介の妖怪のイメージを、異類物や芸能との関わりから考察する。

なお本文の引用に際しては、私意により句読点、漢字を充てた。また「百鬼夜行絵巻」に描かれる異形異類については、他との区別を図って、本稿では、便宜的に妖怪という語を用いるものとする。

2　魚介の妖怪の位置づけ

まず、「百鬼夜行絵巻」群における魚介の妖怪の位置づけから考えていきたい。はじめに述べたとおり、百鬼夜行の妖怪の多くは、禽獣と器物をモチーフとしたものが占めている。それに対し魚介の妖怪は蛤、栄螺、蛸の三種のみであり、百鬼夜行の中では珍しい存在であるといえる。

「百鬼夜行絵巻」は、単独模本四系統と、その複合型に分類がなされている。このうち、蛤と栄螺の妖怪は、日文研本【図1】と京都市芸大本【図2】の単独模本二系統と、それらを含む複合型に描かれる。日文研本系には栄螺に手を引かれる蛤が、京都市芸大本系には田楽を見物する妖怪の中に栄螺と蛤が描かれており、ともに両者が近接して描かれているのが注目される。また蛸の妖怪は、東博模本をはじめとした、真珠庵本系と日文研本系の複合型の一部にしか見られず、その他の伝本では烏帽子を被った鬼の図像として描かれている。▼注[4]

これら魚介の妖怪の起源については、日文研本と京都市芸大本の祖本は室町時代にさかのぼるとの指摘がある。▼注[5]し

図１　日文研本『百鬼之図』（『百鬼夜行の世界』人間文化研究機構、2009年）

図２　京都市芸大本『百鬼夜行絵巻』（『妖怪絵巻　日本の異界を覗く』別冊太陽、2010年）

かし現段階では、蛤と栄螺の妖怪の図像についてさかのぼることができるのは、日文研・京都市芸大の両伝本が成立したとみられている近世初期ころまでであろう。さらに蛸の妖怪は、複合型の一部にしか見られないものであるから、蛤や栄螺に比してやや遅い成立と考えられる。そのため魚介の妖怪は、器物や禽獣の妖怪に比べて、「百鬼夜行絵巻」群の中では新しいものであると考えられよう。

さらに、中世の説話や物語に異形異類を探してみても、その多くは頭部に禽獣の特徴を持つもので、魚介をモチーフとした例は少ない。[注6] たとえば『今昔物語集』十三・一には「様々ノ異類ノ形ナル鬼神共来ル。或ハ馬ノ頭、或ハ牛ノ頭、或ハ鳥ノ首、或ハ鹿ノ形」とさまざまな禽獣の頭部を持つ鬼神が登場する。また『融通念仏縁起絵』には、武蔵国与野郷名主の夢の中に、「異形の者ども」としてさまざまな疫神が描かれ、獣の頭部を頂いたものや、鶏頭の異形が描かれている。この鶏頭の異形は、『大乗院寺社雑事記』文明十五年（一四八三）六月二日条に見る「鶯・ニワ鳥ヲ頭ニイタダク」男の貧乏神の姿とも重なる。

こうしてみると、魚介を描くという行為は百鬼夜行の中ではまれであるといえよう。では、これら魚介の妖怪の姿は何に由来するものなのか。改めてその姿を見てみると、蛤は女童ないし女性、栄螺は男性、蛸は槍を持つ男性であり、貝はそれぞれ頭部に貝殻をかぶる姿で、蛸は頭部そのものが蛸として描かれている。この姿は、擬人化された龍宮の眷属の姿と共通するのである。

擬人化された魚介は、十五世紀の『精進魚類物語』をはじめ、『俵藤太絵巻』、『水宮慶会絵巻』など多くの作品に登場している。魚介は龍宮の眷属として、さらにその連想から、[注7]福神の恵比須の眷属としても位置づけられ、登場する作品は魚介に焦点をあてたものにとどまらない。また、これらには物尽くしの趣向が取られることが多く、[注8]登場する魚介の種類は多岐にわたる。その姿は、スペンサー本『水宮慶会絵巻』に「形は人に似たる異形のものぞ多かりける。あるひは頭に魚をいただき、後ろに貝をおひ、貝の冠いとおかしき姿にて」とあるように、魚介の妖怪と同じく、多くは魚介を身につけた異形の姿をとる。[注9]

個別に見ていくと、蛤は大阪青山短期大学本『山海相生物語《さんかいあいおいものがたり》』や金戒光明寺本『俵藤太絵巻』などに、蛤の妖怪と同じく、口の開いた貝殻を頭部にかぶる異形の姿で描かれている。また『山海相生物語』の女童や女房姿、大阪青山短期大学本『あわびの大将物語』の蛤の中将姫など、女性や子どもの姿で描かれることも多く、「百鬼夜行絵巻」と通じ合う。同じく栄螺も貝をかぶった異形の姿で描かれ、『あわびの大将物語』に「角打つたる甲」（大阪青山短期大学本）を身につけた姿で描かれる。また「百鬼夜行絵巻」と同じく、『山海相生物語』や『俵藤太絵巻』などに蛤のそばに描かれ、両者が取り合わせされやすい存在であったことがうかがえる。[注10]蛸についても、『精進魚類物語』の「蛸入道」に示されるように、頭部が蛸そのものの姿で描かれている。[注11]

以上のことから、単純にその影響関係を論じることはできないが、百鬼夜行に描かれた魚介の妖怪は、お伽草子に描かれた龍宮の眷属と響き合うものであったことは間違いないだろう。そこで、次に問題となるのは、なぜ多くの魚介の中から、蛤、栄螺、蛸が選ばれたのか、という点である。

3　狂言「蚪蛤」の幽霊と食材への供養

結論から先に述べれば、蛤、栄螺、蛸が百鬼夜行に並ぶのは、狂言の影響があったと考えられる。次に引くのは享保九年（一七二四）以前成立▼注[12]の鷺流の狂言台本である保教《やすのり》本「蚪蛤《はまぐり》」である。台本の年代のみでみれば魚介の妖怪の図像よりもやや遅い成立に見える。さらに現存する狂言台本のうち、「蚪蛤」は鷺流の保教本にのみ見える曲目で、▼注[13]上演記録も見つかっていない。しかし「蚪蛤」の前書きに「近年珍シキ狂言、御尋各諸流余儀シテ絶タルモ、改集タルヲ、残サズ、末世ノ芸者ノタメニ記」とあって、もとは大蔵、和泉などの各流派にあったものが途絶えてしまったことが示唆されている。さらに後に確認する狂言「栄螺」、「たこ」との関わりや、その内容からも、曲の成立が十七世紀にさかのぼる可能性はある。

是ハ此方ヨリ出タル僧ニテ候……伊勢国桑名ノ浜ニ着キニケリ……アト「……是ハウルハシキ蚪蛤ニテ候」、……アト「扨ハ蚪蛤ノ亡霊、假ニ顕ハレ、我ニ言葉ヲカハシケルゾヤ。……草木国土有情非情皆共成仏道……」、シテ「我ハ蚪蛤ノ幽霊成ルガ……サイゴノ有様、語リ申スベシ……此ノ浦ニ住ミ馴レシ蚪蛤ノ姫貝ナルガ……口ワラレ、サモハシタナク身ハ出デテ、猟師ノ口ニ入リヌレバ、殻ハ気疎キ海ニ入ル……夏ノ虫ノ飛ンデ火ニイル焼蚪蛤ノ、炭ノ火ニ炙ラレテ、焦熱大焦熱ノ火盆地獄モ是ナラン。紅蓮大紅蓮ノ軒ノ氷ノ柱モトラレ、終ニ此ノ身モカカル苦シミ、誓ヒノ網ニ漏レケルヲ、他生ノ縁アル御僧ノ御法、其ノ甲斐アリテ仏果ヲエン」（保教本「蚪蛤」）

シテは蛤の幽霊であり、アドは僧である。伊勢国桑名浜を訪れた僧の前に蛤の幽霊が顕れ、僧に経をあげるよう頼む。僧が経の文句を唱えると、蛤の幽霊は自らが調理されて死んでしまった苦しみを述べ、僧に供養を頼む。僧は供養を行い、蛤の幽霊は成仏する。

まず蛤の姿に注目してみれば、僧の足に触れたことにより結縁したという貝殻は姫貝とされ、その幽霊は見目麗しい女性とされる。先に確認したとおり、『あわびの大将物語』において、蛤は姫とされ、その容貌は「柳の糸の嵐になびくひまよりも、有明の月ほのかに出る心地して、匂ひみちぬる御有り様」（大阪青山短期大学本）【図３】と賞賛される。『山海相生物語』や百鬼夜行絵巻においても蛤は女性ないし女童として描かれ、狂言「蚪蛤」のイメージと重なる。

曲全体の構成としては夢幻能のパロディというべき形をとる。夢幻能は、ゆかりの土地を訪れた旅人の前に古人の霊や神霊が人間の姿で顕れ、その土地にまつわる物語や身の上を語り、後に本来の姿で登場し、自分の過去を語るものである。さらに言えば、僧の前に幽霊が現れ、末期の様を語り、菩提回向を頼むという点で、「蚪蛤」は修羅能や、能「鵺《ぬえ》」を意識したものと考えられる。特に「鵺」は、僧が唱える「一仏成仏観見法界、草木国土悉皆成仏」、鵺が応える「有情非情、皆共成仏道」という文句が、「蚪蛤」の僧の文句と重なる。「草木国土悉皆成仏」は、鎌倉期の密教の事相書『渓嵐拾葉集』「草木成仏事」に「中陰経云、一仏成仏観見法界、草木国土悉皆成仏」とひかれる。「有情非情、皆共成仏道」は『法華経』化城喩品の偈文であるが、お伽草子『月林草』、『猫の草紙』など、異類の成仏を願う場面で常套の文句である。しかし単に修羅能のシテである武者を蛤に置き換えて、諧謔性を加えたと理解するだけでは不十分であろう。ここで意識されているのは食材としての蛤である。

図３　大阪青山短期大学本『あわびの大将物語』（大阪青山短期大学国文科編『御伽草子集　擬人物の世界』同朋舎、1996 年）

伊勢国桑名浜は、正保二年（一六四五）刊『毛吹草』「名物」に伊勢の名物として「桑名蛤」が挙がっているほか、元禄十年（一六九七）刊の本草書『本朝食鑑』十「蛤」条に「以勢州桑名海上者為上品」とあるなど、蛤の産地であった。そして『本朝食鑑』に「炙食極好……炙食有法。以松毬火為上。

稲草火炭火次之」、正徳二年（一七一二）成立の類書『和漢三才図会』「文蛤　花蛤」に「勢州桑名炙蛤得名」とあるなど、松毬や炭の火で炙ったものが美味とされる。その調理の過程は、まさに「蚪蛤」に示されるようなものであったろう。「蚪蛤」は、修羅能の構造の中で蛤の幽霊を供養することで諧謔性を得ると同時に、詳細な調理の過程を描き、食物への供養の意識を作品に取り入れたのである。▼注[14]

この「蚪蛤」と主題、構成を同じくする狂言に、「栄螺」、「たこ」がある。両者とも大蔵流最古本である寛永十九年（一六四二）の虎明本《とらあきら》に収録されているほか諸流に見えるが、「栄螺」を伝えるのはほとんどが鷺流の台本である。▼注[15]「栄螺」では、栄螺の殻を見つけた僧の前に、栄螺の精が顕れて供養を乞う。供養を受けた栄螺は、「あるひは打ち割りむしりとられ、塩をこまれ、壺煎りにする時は、炭の火に炙られて、角をもがるる苦しみなるを」（虎明本）と、調理される苦しみを述べ、成仏する。同じく「たこ」では、清水の浦を訪れた僧の前に、蛸の幽霊が顕れて供養を乞う。僧が弔うと、蛸の幽霊が再び顕れて、「渋皮も剥けよ剥けよと洗はれて、削り立てたるまな板の上に引きすへられて、後ろより庖丁を押し当てらるれば、眼もくらみ息詰まつて、うつぶしに押し伏せられて、ずを吐いてぞ伏したりける。……あるいは四方へ張蛸の、照る日にさらされ足手を削られ塩にさされて、隙も無き苦しみなるを」（虎明本）と、調理される苦しみを述べ、成仏する。

ここに記される栄螺、蛸の調理法は、室町期の『大草家調理書』の「辛螺、栄螺は、みをぬきて、水出し多く入れて、醤油を入れて、加減をして後に煎るなり」、鎌倉末期の『厨事類記《ちゅうじるいき》』の「焼蛸。蛸ヲ石ヲヤキテ、ホシテ削テ供之」などの庖丁書の記述とも重なり、いずれも調理風景を取り込みつつ、食物への供養がなされている。ただし「たこ」については、本来は「阿耨多羅三藐三菩提《あのくたらさんみゃくさんぼだい》」、「南無阿弥陀仏」とあるべき経の文句自体にも、「あのくたこ三百三銭にて買うて、仏にこそは手向けけれ。手向けけれ。なまだこ、なまんだこ」（虎明本）と、狂言「魚説経」にも見られるようなもじりがなされている点で「蚪蛤」、「栄螺」とは異なる。

　このような食物への供養を主題とした狂言作品で、最も古い成立と考えられるのが、天正六年（一五七八）奥書の『天正狂言本』に収録されている「野老《ところ》」である。鞍馬山を訪れた僧の前に野老の精が顕れて、「三途の川にてふり濯かれて、地獄の釜に投げ入られて、くらくらと煮やう」と調理される芋の苦しみを述べ、供養を受ける内容である。この「野老」は大蔵、和泉、鷺の各流派に引き継がれているが、その後で同じ主題の狂言が、「蚪蛤」、「栄螺」、「蛸」と魚介の中で展開していることには注意すべきである。そしてこの三者は、そのまま百鬼夜行に描かれる魚介の妖怪と一致するのである。

　さらに注目すべきは、「引き揚げたる者に祟りをなして候」（虎明本）という「たこ」の一節で、蛸の幽霊は、それを捕らえ食した人間へ祟りをなしていたのである。この「たこ」のように祟りをなす食物は、次の『伽婢子《おとぎぼうこ》』十一・六「魚膾の怪」にも見える。

　大嶋藤五郎盛貞といふもの……膾をくふ事一鉢ばかり、たちまちに喉に物のさはるやうにおぼえしかば、喝して吐出してみれば、大きさ豆ばかりなる骨なり。其の色、薄色に赤くして珠のごとし。……骨の珠一尺ばかりになり、人の形と化して動きたり。……これ魚の精あらはれあつまりて、此の怪異ありけるにこそ。

『伽婢子』は寛文六年（一六六六）刊の仮名草子で、右話は晩唐の『酉陽雑俎』「諾皐記《だくこうき》」の翻案である。このような、食物を供養しなければ祟るという意識が、百鬼夜行における魚介の妖怪を生み出したと考えられるのである。

　こうした食物への供養の背景には、調理や食物への関心が不可欠であろう。しかし本来、調理、さらにいうなれば食は、作品の主たるテーマにはなりにくいものであった。それはたとえば和歌や連歌において、食に関する語がほとんど用いられない▼注[16]という点からもうかがえる。食が詩歌に読み込まれるのは中世後期からであり、近世に入って俳諧に詠まれる食に関する語の多くは魚介が占めているという。▼注[17]食への意識が、魚介を媒介として広まっていったことは、狂言とも共通する。

食への関心は、早くは往来物の中に物尽くしの形で見え、十一世紀の『和泉往来』に米などの食材が並ぶ。しかしここからうかがえるのは、あくまで食材の名を列挙することを目的とした知識への関心である。十三世紀の『古今著聞集』十八・飲食二十八には三十四の説話が採られるが、こちらは饗応や酒にまつわる貴族や僧の話題が中心で、調理の方法は記されない。料理書という形式では、鎌倉末期に『厨事類記』や『世俗立要集』が成立しているが、調理よりも饗応の作法に重きが置かれており、これは室町時代に各庖丁流派の成立に伴って生まれた『四条流庖丁書』、『武家調味故実』、『庖丁聞書』、『大草家料理書』、『大草家より相伝之聞書』などにも共通する。調理そのものに焦点をあてた料理書は、寛永二十年（一六四三）の『料理物語』まで下り、先に見た狂言はこうした料理書などに先だって調理の過程を作品に取り込んでいたといえる。▼注[18]

お伽草子に目を向けると、より早い段階から食材への意識がうかがえ、十五世紀には『精進魚類物語』が成立している。『精進魚類物語』は精進方と魚類方が上座を争って合戦に及び、戦死した多くの魚は鍋となって、天皇である御料によって食べられる。魚介の擬人化という点でも早い時期の作品であるが、魚介の擬人化が食と結びついて語られていたことが注目される。

また、食物への関心としては、美物と呼ばれる味のよい食物も忘れることはできない。文明十三年（一四八一）までの成立とされる『尺素《せきそ》往来《おうらい》』に「美物雖難得候、……貝類者鮑、螺、牡蠣、蚌蛤等、此外海老、……蛸等、済々尋出候也」、お伽草子にも大英図書館本『猿の草子』に「さて又美物は何々ぞ。……伊勢蛸、……栄螺、蛤」とあるなど、魚介の名が列び、『四条流庖丁書』「美物上下事」に「上ハ海ノ物、中ハ河ノ物、下ハ山ノ物」と魚介の優位が説かれる。近世に入っても、『料理物語』などに記される食材や調理法の数から、魚介の種類やその調理法に対する高い関心を読み取ることができる。

このように中世以降高まっていく調理への関心が、美物として意識された魚介に向けられたことは自然なものといえる。そして、その流れの先に発露した調理される食物への供養という意識が、狂言「蚪蛤」、「栄螺」、「蛸」、ひいては百鬼夜行の魚介の妖怪を生み出す原動力となったのであろう。

さらに付け加えるならば、食物への供養という意識は、当然ながら狂言の中で突然に生まれたものではない。『古今著聞集』二十・魚虫禽獣三十「東大寺春豪并びに主計頭師員《かずえのかみもろかず》蛤を海に放ち夢に愁訴を受くる事」は、蛤の放生に取材した話である。東大寺の上人春豪房と主計頭中原師員が、それぞれ蛤を放生したところ、夢に蛤が集まって、畜生道からの出離の期を失ったと恨み言を述べる内容である。本説話では放生ではなく食すことが供養につながるという考え方が示されるが、これは食材を殺生する罪悪感の裏返しであろう。さらに直截に食材の殺生への意識が表れるのは、同じく『古今著聞集』二十・魚虫禽獣三十「宮内卿業光尼の哀願するを夢みて後螺を喰はざる事」で、宮内卿平業光と右近大夫信光の夢に、それぞれ螺と蛤が顕れて嘆き悲しみ、「螺、蛤は、まさしく生きたるを食ひ侍れば、かく夢にも見ゆるにこそ」と結ぶ。こうした放生儀礼などの中で育まれた殺生への罪悪感が、食物への供養という意識に結びついていったのであろう。

4　怪異としての蛤のイメージ

最後に妖怪としての蛤のイメージが、近世においてどの程度共有されていたのかについて確認していきたい。

既に述べたとおり、蛸については十七、八世紀の類書や本草書に人を襲う姿が記され、恐ろしい怪異としてのイメージが共有されていたことが確認できるが、▼注[19] 蛤にはそうした記述は見られない。▼注[20] また連歌の寄合や俳諧の付合からも、人を襲う恐ろしいイメージは連想されない。ただし『毛吹草』「付合語」や『俳諧類舩集』に、『礼記』「月令」の「雀入大水為蛤」を元としたとみられる「雀」が立項されている。雀が海に入って蛤となる伝承は、『塵袋』四や寛文

図４『今昔百鬼拾遺』
（稲田篤信、田中直日編『画図百鬼夜行』国書刊行会、1992年）

十二年（一六七二）刊の狂歌集『後撰夷曲集』などにも引かれる。[注21] 異類が別の物に変化するのは、日光天海蔵『直談因縁集』六・二一や十六世紀末成立の『義残後覚』四「大蛸の事」に引かれる、蛸に変ずる蛇の話と重なるが、[注22] これも恐ろしいイメージからは遠い。蛤の妖怪は広く共有された伝承を下敷きにしたものではなく、先に述べた狂言との関わりの中で生まれたものと考えられる。

そして、この蛤の妖怪は百鬼夜行絵巻の外に出ることなく消えていったようである。天明四年（一七八四）刊『百鬼徒然袋』には、日文研本系統で蛤の妖怪の手を引いていた栄螺の妖怪が、「栄螺鬼」の名で描かれているのに対して、蛤の妖怪は描かれない。『百鬼徒然袋』には貝児《かいちご》という妖怪が立項されているが、これは貝桶ないし貝合の貝の付喪神とみられる。保教本「蚪蛤」で、「セメテ大内貴人ノ前ニ並ビ居ル貝合ワセノ身トモナラズ、貝バリノ身トモナラデ、沈ム辛サ」と貝合の貝を羨むように、人に恨みを残す食物としての蛤は、貝合に用いられる蛤とは明確に分けられるべきであろう。百鬼夜行絵巻においても、江戸時代中期の東大本『百鬼夜行絵巻』は、京都市芸大本系の絵を持つが、栄螺の妖怪はそのままに蛤の妖怪は双頭の妖怪に置き換えられている。

蛤の妖怪が定着しなかった理由があるとすれば、人を襲う類いの伝承を持たなかったことに加えて、妖怪とは異なるイメージが広まっていたからではないだろうか。恐ろしいイメージから離れれば、蛤はいくつかの怪異と結びつけて考えられていた。ひとつは蜃気楼、いまひとつは蛤蜊《こうり》観音《かんのん》である。

蜃気楼【図4】は、古くは『大智度論』六に「乾達婆城」とあり、『史記』「天官書」には大蛤の吐いた気が楼閣を形作ったものとする。日本では近世に入ってから用いられるようになった語のようで、元禄十一年（一六九八）成立の『北越軍談』二十九「一、越中魚津蜃気楼付乾達婆城ノ事」が早い例である。「魚津の海上に於て、貝の城造るを見るとて、男女老弱浜辺に市をなす事、堵の如し。暑熱の時に属りて、蛤の屯して靄気を立るにてぞ有ける。中華の書に所謂蜃楼是ならん」とあって、永禄七年（一五六四）、上杉謙信が魚津で蜃気楼を見たと記す。さらに安永十年（一七八一）刊『今昔百鬼拾遺』には蜃気楼が立項され、蛤が吐いた気の中に楼閣が描かれている。この楼閣は龍宮とも蓬莱とも考えられており、実践女子大学蔵『蓬莱物語』には蜃気楼の中に蓬莱山が描かれている。

蛤蜊観音は蛤の口から顕れたとされる観音で、三十三観音の二十五番に挙げられている。『景徳伝燈録』四、『仏祖統記』四十二などを原拠とし、日本では鎌倉時代末頃までの成立といわれる『園城寺伝記』七・八に「蚌ノ中ニ観音現ジ給」とある。その内容は、『月庵酔醒記』下「蛤蜊より菩薩現じ給ふ事」に、

> 唐文宗帝、つねに蛤蜊をこのみ給ふ。一日、御撰の中にひらけざる物あり。帝不思議なりと思し召し、すなはち香を焼て是を祈り給ふに、則開則現じて、菩薩の形となる。梵相具足せり。

と引かれる唐の文宗の故事であり、延宝九年（一六八一）序の浅井了意『新語園』九・二十五にも見える。また白隠の描いた永青文庫蔵「蛤蜊観音像」【図5】には、龍王をはじめ

図5　永青文庫蔵『蛤蜊観音像』
（『白隠　衆生本来仏なり』別冊太陽 203、2013年1月）

として、擬人化された魚介が描かれ、龍宮とのつながりも見える。

この蛤蜊観音信仰を背景に成立したと考えられるのが次の渋川版『蛤の草紙』である。▼注[23]

この蛤貝、二つに開き、その中より容顔美麗なる女房の、年の齢一七、八ばかりなるが出でたり。……「南方補陀落世界の観音の浄土より、御使ひとして参り候ふ。今は何をか包むべき。われは童男童女身といふ、観音に仕へ奉る者なり」

『蛤の草紙』は天竺摩訶陀国のしじらの孝心に感じ入った観音が、童男童女身という美しい女房を使わして、しじらを致富へと導く観音霊験譚である。蛤と美女の結びつきは、狂言「蚪蛤」や『あわびの大将物語』にも通じる。そしてこの童男童女身が顕れるのが、蛤の中からなのである。昔話「蛤女房」とモチーフを同じくするようにも見えるが、観音の使いとして登場する童男童女身の名は、『法華経』「観世音菩薩普門品」に記される三十三応化身の一であり、観音の化身と考えてよいだろう。つまり、蛤から童男童女身が顕れる場面は、「蛤蜊観音像」に通じるといえる。

近世において共有された蛤の怪異イメージは、蜃気楼に想像された蓬莱や龍宮、そして蛤の中から顕れる蛤蜊観音のように、理想郷や信仰を描いたものである。これは狂言や百鬼夜行に登場する、調理される苦しみを述べ、食べた人間に祟りを為す魚介の妖怪とは結びつきがたいものであったろう。しかしこの狂言と「百鬼夜行絵巻」にしか見られない妖怪としての蛤の姿は、むしろ「百鬼夜行絵巻」の魚介たちが、狂言に表れた食物の供養と密接に結びついていることを強調しているといえよう。

5　おわりに

以上、蛤の妖怪をはじめとする魚介の姿を手がかりに、食物への意識という観点から「百鬼夜行絵巻」を読み解いてきた。

お伽草子には多くの龍宮の眷属が描かれるが、そのうち「百鬼夜行絵巻」に登場するのは蛤、栄螺、蛸のみであった。この三者に共通するのは、狂言において調理される苦しみを述べる幽霊として登場する点である。これらの狂言は、修羅能のパロディというべき構造で、そこに諧謔性を見いだしつつも、意識されているのは食物への供養、殺生をすることへの贖罪意識である。そして、狂言における食物の供養の問題と「百鬼夜行絵巻」との結びつきを強調していたのが、蛤の妖怪であった。

これら魚介の妖怪や食材の幽霊の背景には、中世から近世にかけて増大していく魚介の調理への関心が読み取れる。蛤、栄螺、蛸の妖怪は、百鬼夜行と狂言との関わりを示すとともに、直接に食と関わる作品以外にも、個別に食という観点から捉えなおすことができるモチーフが多くあることを示しているといえよう。こうした食への意識が、主に魚介とともに展開していたこととあわせて、今後の研究につなげたい。

【注】


［1］小松和彦『百鬼夜行絵巻の謎』（集英社、二〇〇八年）。

［2］出光美術館蔵『異形賀茂祭絵巻』に鯛の妖怪が描かれるが、成立は十九世紀まで下り、本稿では百鬼夜行には含めない。

［3］徳田和夫「妖怪の行進」（『人間文化』二〇〇九年一〇月）、小林健二「芸能的な絵画世界」（同前）などに、百鬼夜行の異形異類と田楽や風流などとの関わりが指摘されているが、狂言との関わりについては論じられていない。

［4］東博模本のほかに、狩野文庫本、大阪人権博本など。

［5］前掲注1。

［6］クリーブランド本『融通念仏縁起絵』の疫神の中には幣と神楽鈴を手にし、巻き貝らしきものをかぶる疫神が描かれるが、東博本では馬頭として描かれ、その正体を断じがたい。

[7] 鎌倉中期の『古今和歌集聞書三流抄』に「蛭子ト申ハ、二神ノ三男也……二神是ヲ海ニ打入玉フ。龍神是ヲ取奉テ、天神ノ御子ナレバトテ養子トス」とあって、ヒルコすなわち恵比須と、龍神とのつながりが示されている。

[8] たとえば神宮文庫本『精進魚類物語』に「第一に地獄道と言ふは、以外《もってのほか》に海月なり。助けよと蛸の手をするめけども、ゑいといふこのしろも無し」など、もじりを利用した表現で用いられることが多い。もじりを利用した魚介の物尽くしは、狂言「魚説経」などにも見られる。

[9] 拙稿「お伽草子「福神物」にみる龍宮の眷属—蛸イメージの変遷を中心に」(『伝承文学研究』六二、二〇一三年九月)。

[10] 両者の取り合わせは絵画におけるものと考えられ、本文はもちろん、『毛吹草』「付合」や、延宝四年(一六七六)刊『俳諧類船集』などの付合語集にも見られない。

[11] 現存する『精進魚類物語』は諸本挿絵を持たず、絵画として蛸入道の姿が見えるのは、たとえば『山海相生物語』や、慶応本・國學院本『隠れ里』、あるいは浮世草子『色道大皷』五・一「女房三人の行衛」、草双紙や錦絵などである。

[12] 橋本朝生『中世史劇としての狂言』(中世文学研究叢書五、若草書房、一九九七年)。

[13] 前掲注12。

[14] 小峯和明「お伽草子と狂言—料理・異類・争論」(『アジア文化研究別冊』一八、二〇一〇年三月)に、同様の主題の狂言「たこ」について、放生儀礼・殺生禁断への意識についての指摘がされている。

[15] 前掲注12所載、「狂言台本・曲目所在一覧」に拠る。

[16] ハルオ・シラネ「詩歌・食文化・魚」(『文学に描かれた日本の「食」のすがた—古代から江戸時代まで』国文学解釈と鑑賞別冊、二〇〇八年一〇月)。

[17] 前掲注16。

[18] 狂言「鱸庖丁」に「箸、刀おっとって、紙をば三つに切り、二つを下におしおろし、一つをまな板頭にとうど置き、例式の水こそげ、さつさつと三刀するままに、……天竺の搔敷に、深草土器にちよぼちよぼとよそふて」(虎明本)と、『大草家料理書』「庖丁士之俎寄時体配事」に記されるような饗応の作法や次第、また盛りつけに至るまでが詳細に記されている。

[19] たとえば『本朝食鑑』九「蛸魚」には、「若斯者長足巻取人、入水而食。其足疣当人之肌膚、則吮血甚急」、『大和本草』「章魚《たこ》」に「海中ニテ人ニ吸イ付テ離レズ。血出ヅ。……但馬ニアル大ダコハ甚大ナリ。或牛馬ヲトリ、又夜泊ノ小舟ニ手ヲノベテ、人ノ有無

ヲ探ルト云。……諸州ニテ大ダコ人ヲトル事アリ」と、人や牛馬を取って食らう蛸の伝承が載る。同様の伝承は、『和漢三才図会』、『日本山海名産図会』などにも見られる。

［20］『日次紀事』「正月」に、「凡新年、俗間始買葷辛之類并蛤蜊海参。葷辛除疫鬼、蛤蜊取和合之儀、海参其形似米嚢、故祝之曰俵子」と和合の象徴として、『滑稽雑談』二「蛤」には、「俗に云、（筆者注：二月）初午の日稲荷にて酢蛤を喰へば、鬼気に犯されずといへり」と鬼気を払うものとされるが、怪異としてのイメージは見られない。

［21］『塵袋』には「一、九月ニ、雀入大水為蛤ト云ヘルハ、大水トハイカナル水ゾ、蛤ハハマグリカ。／礼記ノ注ニハ、大水ハ海ト云ヘリ。蛤ハハマグリナリ」と『礼記』が引かれ、『後撰夷曲集』には「村雀彼海底へ飛いれば、蛤貝にかいなりにけり（一一六一）」と詠まれる。

［22］蛇の尾が裂けて蛸となる話で、広川英一郎「蛇が蛸になる話」（『伝承文化研究』五、二〇〇六年三月）、同「世間話と目撃体験―蛇が蛸に変わる話」（『世間話研究』一八、二〇〇八年一〇月）などに詳しい。

［23］蛤蜊観音と『蛤の草紙』については、中野真麻理「『蛤の草紙』攷」（『国語国文』六三、一九九四年三月）に詳しい。

4

『福富草紙』の脱糞譚

──『今昔物語集』巻二八に見るイメージの回廊──

吉橋さやか

1　はじめに──『福富草紙』の概要と問題の所在

『福富草紙』は、一五世紀半ばまでには成立していたと考えられるお伽草子の絵巻で、物語は、放屁の妙音の芸を披露して金持ちになった翁の成功譚と、それを真似ようとして脱糞してしまう隣の翁の失敗譚とから成っている。

この作品には二つの系統があり、成功譚を上巻に、失敗譚を下巻に描く二巻本系と、成功譚を省略して失敗譚を中心に一巻で描く一巻本系とに分けられる。二巻本系の代表的な伝本は、京都の妙心寺春浦院本や、米国のクリーブランド美術館本など[注1]があり、いずれも室町期のものである。また一巻本系では、出光美術館本をはじめ金沢の常福寺本や兵庫県立歴史博物館本などが比較的古い伝本として挙げられ、一巻本系は別名『福富長者物語』などともいわれる。[注2]早い段階で二巻本系から一巻本系が派生したが、両系統とも室町期から近世末期にわたる多数の伝本が残されている。

この両系統の大きな違いを簡単に述べておく。まず主人公の名前が、二巻本系では成功者＝高向秀武、失敗者＝福富織部であるが、一巻本系では成功者＝福富織部、失敗者＝乏少藤太となっている。また、二巻本系は地の文の詞書がほぼなく、漫画のように登場人物のセリフの画中詞が中心であるが、[注3]一巻本系では地の文が中心である。そして一巻本系では冒頭に「人は身に応ぜぬ果報をうらやむまじきことにぞ侍る」[注4]という一文がある伝本が多く、教訓的な意味合いが強調される。

本絵巻の先行研究は少なくないが、放屁や脱糞の物語という観点では、口承文芸「屁ひり爺」との関連や、[注5]他の放屁絵巻との関連性[注6]について言及されるにとどまり、放屁や脱糞というモチーフや内容そのものを真正面から検討しようとしたものはあまりない。[注7]筆者は、そうしたモチーフを研究の俎上に載せずに軽視することは、中世の文学・文化の歪曲した認識につながりかねないとの立場から、本作品の放屁についてもこれまでいくつかの論考を試みてきた。[注8]本稿では、物語後半の、脱糞という失態を演じる男の物語の方に着目し、この失敗譚が、どのような表現上・構造上の特徴をもつのか、詞書と絵画の双方について紐解くべく、その第一歩として、まずは説話世界に目を向け、本作品の脱糞譚のイメージの回廊を探りたい。

では、『福富草紙』の失敗譚である脱糞譚の梗概を簡単に確認しておこう。以下、私に絵巻の場面ごとにⅠ～Ⅺに分けて記すが、本稿において場面を示す際にこの数字を用いることとする。なお、先に述べたように、二巻本で失敗する爺の名前は福富織部だが、一巻本では、成功する方の爺の名が福富織部となっているため、両者の混同を避けるため、梗概においては、ただ「爺」と記す。

〈脱糞譚の梗概[注9]〉

Ⅰ　爺、放屁芸で裕福になった隣の爺を見習うよう、妻に説得される。
Ⅱ　爺、隣の爺に弟子入りをして教わった放屁芸の方法を、嘘と知らず信じ込む。
Ⅲ　爺、中将邸に乗りこみ、放屁芸をするつもりが、下痢便をひり散らし、打擲される。
Ⅳ　爺、血まみれ・糞まみれで家路をたどる。
Ⅴ　爺の妻、色彩豊かになって戻る夫の姿を遠目に確認し、豪華な着物を褒美に貰ったと勘違いする。そしてこれまで着ていた古い着物をすべて焼き払う。
Ⅵ　事の顛末を知って落胆する妻と、着る物もなく裸で震える爺。
Ⅶ　下痢が治るよう、夫の腰を踏む妻。
Ⅷ　妻、夫をだました隣の爺の呪詛を決意。御先の烏に祈る。
Ⅸ　依然として下痢便がおさまらない爺。
Ⅹ　妻、夫のために薬をもらいに行く。
Ⅺ　復讐に燃える妻、路上で隣の爺を待ち伏せ、噛み付いて恨みを晴らす。

2　推参し、打擲されるヲコ者の源流――『今昔物語集』の曾禰好忠

本作品が滑稽譚・笑話であることは、異論のないところであろう。本作品の笑話性の源流を探る上で、阿部泰郎がその著書『聖者の推参』[注10]の中で、非常に示唆に富む視点を提示している。阿部は、中世のさまざまな推参する者に光を当て、中世世界の深層に迫るが、その中で、『今昔物語集』（以下、『今昔』と略す）巻二八第三話「円融院御子日参曾

禰吉忠語」における好忠の例を挙げ、推参者のヲコ[注11]について述べる。[注12] この話は子の日の遊宴に粗末な衣で推参した（「召モ無キニ押テ参タル」[注13]）好忠が、その場の貴族たちに「曾丹《そたむ》」という蔑称で呼ばれ、打擲され追い出される話であるが、阿部は、この好忠が推参の原型であると指摘する。[注14] そしてさらに、好忠のような推参するヲコが、お伽草子『十二類合戦絵巻』における狸の推参にも見受けられることを指摘し、[注15]中世にそうしたヲコの流れが受け継がれたとしている。

『今昔』も『十二類合戦絵巻』も、推参し打擲され追い出されるという構造を持つが、これと同様の構造が、『福富草紙』にも見受けられる。阿部も先の著書の中で、

> 打擲され追い出されて血塗れで帰るのを、妻は遠目に纏頭の緋の衣と勘違いするという、ヲコの一幕は、やはり推参の芸能が基本のモティーフであった。

と述べている。[注16] 本作品の脱糞する爺は、たしかに、放屁の芸を披露しようと、招かれもしないのに中将邸に押しかける推参の者であり、失態を演じて打擲され、追い出されるという展開を辿っており、本作品を推参者のヲコの文脈で捉える阿部の指摘は首肯できるものであろう。しかし両話の類似性は、そうしたストーリーの展開だけにとどまらず、場面描写にまで及ぶことを、ここでは述べたい。『今昔』の好忠の話をさらに見てみると、好忠が打擲される場面の情景描写が、『福富草紙』における、爺が中将邸で脱糞して打擲される場面と似ていることに気付く。『今昔』では、

> 曾タムガ狩衣ノ頸ヲ取テ仰様ニ引倒シテ、幕ノ外ニ引出シタルヲ、一足ヅ、殿上人共踏ケレバ、七八度許被踏ニケリ。其ノ時ニ、曾タムガ起走テ、身ノ成様モ不知逃テ走ケレバ、殿上人ノ若キ随身共、小舎人童共、曾タムガ走ル後ニ立テ、追次キテ手ヲ叩テ咲フ。

と、推参した好忠を殿上人や随身・小舎人童たちが引き倒して踏みつけ、逃げようとする好忠を追って笑った、とある。『福富草紙』の脱糞譚では、たとえば二巻本は、[注17]「彼奴は唯断して追い出よ。見目よりはじめて憎し。尻腰を死ぬばかり踏め。いみじう汚なし。懲る許り斯うせよ」という中将のセリフがあり、家来たちが脱糞した爺の烏帽子をお

さえ、ねじ伏せて痛めつける絵が描かれている。そして周囲の者たちはこれを笑って見ている。また一巻本では、

桃尻をすへて走り逃げんとしけるを、雑色、随身下り立ちて、笞振り立て打伏せて、いと黒きゐどころ引上られてうめくを、烏帽子、髻引立てゝ、やう〳〵御庭を追ひ出す。

とあり、これも『今昔』の好忠の打擲される場面の情景描写と似ていると言えよう。

このように、推参という物語の構造上の類似に加え、その場面の詞書内容の類似からも、『福富草紙』の推参する爺のヲコが、『十二類合戦絵巻』と同様、その源流を『今昔』の好忠のヲコに辿ることができるといえるのではないだろうか。▼注[18]

その上で、『今昔』巻二八に描かれるさまざまな「嗚呼者」や「嗚呼ノ事」、「白物」や「白事」の話を概観し、それらの笑話と『福富草紙』とを照らし合わせると、内容や表現の点で、他にもいくつかの通底するイメージが看取できる。よって次は、『今昔』巻二八の笑話と『福富草紙』の脱糞譚とのさらなる類似点について述べていく。

3　脱糞をめぐって

だまされて下痢便をひりちらすヲコ者

『福富草紙』で失敗する爺は、隣の爺にだまされて脱糞する（前掲梗概Ⅱ〜Ⅲ）。だまされて下痢便をひりちらすことになった話には、『今昔物語集』巻二八第五話「越前守為盛付六衛府官人語」がある。大粮米を納めない越前守為盛が、怒って邸に押しかけた官人たちを下痢症状にさせて退散させた話であるが、為盛が官人たちを下痢に陥れた方法は、炎天下で長時間待たせて喉を渇かせてから邸に呼び入れ、塩辛い魚などを肴として出し、よく熟した紫色の李を十ばかりずつ皿に盛り、酸っぱい濁り酒に朝顔の種を濃くすり入れて飲ませる、というものであった。朝顔の種は下

剤として用いたものであり、これによって官人たちはみな下痢便を「ヒチメカ」することになったのである。

『福富草紙』では、隣の翁が放屁芸の方法を教える際に嘘を教える。その内容は、二巻本では「かう〳〵、ていはう、ひち〳〵」と三度言い、酒の肴が出てきたら朝顔の種十粒を飲み、尻を振りながら息め、というものであった。酒と一緒に下剤である朝顔の種をのむという点が『今昔』と同じである。また一巻本では、

黒く丸めたる薬二粒取り出し、「これかまへて、すき腹にすかせ給ふな。ちとおなかをつくろひて、其芸をなさんと思ふ二時ばかりこなたに、塩湯ぬる〳〵として用ひ給へ。（中略）あまりに芸のおそなはり侍らば、盥に水を汲みてゐどころをひたし、息をのみ給へ」と、細々と教ゆ。


と、朝顔の種とは記されず「黒く丸めたる薬二粒」となっているが、その薬といっしょに「塩湯ぬる〳〵として」飲め、という部分からは、『今昔』での塩辛い酒の肴が想起される。

さらに、下痢便を放るまでの経過についても類似している。『今昔』では、

腹ノ鳴ル事糸頻也。サフメキ喤ルヲ暫シハ笏ヲ以テ札ヲ叩テ交ハス。（中略）末ノ座ニ至ルマデ皆腹鳴合テ、スビキ□合ヘリ。


となっている。一方、本作品の二巻本では、セリフの画中詞が中心の詞書であるため、経過を説明する地の文の詞書はないものの、一巻本には、「道すがら、おなか筋ばり引（き）つりて、雷の如く鳴りけるを念じつゝ、ゐどころをすへて急ぐ」とあり、腹が鳴る様子や引きつる様子、それを我慢する様子などに、『今昔』と通底するイメージがうかがえる。

また、下痢便を放る際の擬音語も、『今昔』では「ヒチメカシテ」、『福富草紙』では「ひち〳〵」といった表現になっており、これも似ている。

このように、相手をだまして下痢に追いやる方法や、徐々に腹を下していく翁の描写、そして下痢便を放る際の擬

音表現などに共通するイメージが看取できる。

脱糞の笑い

先の『今昔』巻二八第五話の脱糞譚と『福富草紙』の脱糞譚とで異なる点は、『今昔』では、大勢の人々があちこちで下痢便を垂れ流す場面で、「互ニ咲合テ」「皆咲ヒテ腹ヲ病テ痢合タリ」「咲テ逃テ去ニケリ」とあるように、だまされた本人たちが笑い合い、さらに「其ノ時ノ人咲ヒケル」とあるように、当時の人もこの出来事を笑ったことが記され、皆が笑うという展開になっている点である。『福富草紙』で笑うのは、だまされた本人ではなく、それを見る周囲の者たちであり、その笑いは『今昔』のそれとは性質を異にする。それは『今昔』でだました側である為盛という人物が、「極タル風流有ル物ノ、物云ヒニテ、人咲ハスル馴者ナル翁」「極タル風流ノ物ノ上手」であったのに対し、『福富草紙』でだました翁は、風流の者でも物云でもなかったからにほかならないだろう。さらに下痢便をする人の数にも違いが見られる。『今昔』では大勢の官人たちが同時にあちこちで下痢便を垂れ流すが、『福富草紙』ではたった一人で脱糞し、治まらない下痢に苦しむ。妻に説得されて仕方なしに隣の翁に弟子入りし、教えて貰った方法を嘘と疑うことなく信じ込み、その結果脱糞してしまう一人の年取った貧しい翁が、大勢の殿上人や通りすがりの老若男女に笑われ、一人でそれに耐えるという内容は、『今昔』での互いに興じ合うような笑いにはなり得ず、他者の不幸を笑う残酷さや、嘲笑される者の悲哀が強調される。

この悲哀については、早とちりした妻によって着物を焼かれてしまった翁が、着るものもなく丸裸でぶるぶる震える場面（梗概Ⅵ）での翁のセリフ、「老の果てに、斯かる目を見つる悲しさよ」に表れているが、これも『今昔』巻二八の、第三〇話「左京属紀茂経鯛荒巻進大夫語」に「老ノ浪ニ極キ態カナ」、第三六話「比叡山無動寺義清阿闍梨嗚呼絵語」にも「老ノ浪ニ極ク恥見給ハムズル御房カナ」とあり、年老いた果てにひどい目に遭うことへの嘆き、嫌悪が述べられる点が本作品と同様である。

また、本話における脱糞のヲコについては、詞書だけでなく、絵画からも確認できる。中将邸で脱糞する場面の絵では、爺の下痢便が弧を描いて噴出する様子が描線で表現されているが、この下痢便の絵画表現は、『今昔』巻二八第三六話「比叡山無動寺義清阿闍梨嗚呼絵語」の中で、嗚呼絵の名人である義清阿闍梨の絵について、「筆墓無ク立タル様ナレドモ、只一筆ニ書タルニ、心地ノ艶ズ見ユルハ、可咲キ事無限シ」とあるような描かれ方に通ずるイメージで表現され、まさに「嗚呼絵」的表現といえる。そして一巻本の詞書では、

取はづしてさつと散らし侍るは、水はぢきの如し。白洲はさながら山吹の花の散り敷きたるやうにて、井出の屋形もかくやらんとおぼすに、俄に風吹き出て、御殿も御階も匂ひ満ちて、あさましといふもはかりなし。

とあり、爺が下痢便を垂れ流すさまを「水はぢきの如し」と、水が勢いよく噴射するような、線をイメージさせる表現で形容するとともに、下痢便で汚れた庭の様子を「山吹の花の散り敷きたるやう」と表現するなど、脱糞を笑えるようにデフォルメした表現となっており、「嗚呼絵」的絵画表現による笑いを一層盛り上げる。

さらに、糞を笑う話としては、第二四話「穀断聖人持米被咲語」に、穀断ちをしているという聖人の糞を調べてその嘘を暴いたという話がある。この話には「米屎ノ聖」と大声で囃し立てて笑う殿上人が描かれているが、これは本作品の、中将邸で脱糞する爺を、非難しつつも笑って見る、多くの見物人たちの姿（梗概Ⅲ）と重なる。

以上、ここでは、脱糞をめぐる描写や笑いについて、本作品と『今昔』巻二八との間に通底するイメージ・内容があることを確認した。

4　ヲコ者の姿

冠落ち――その妻にも及ぶ――

烏帽子など、冠りものが頭から落ち、その中に収められていた髪の束ねた部分である髻が露見してしまう冠落ちの滑稽については、すでに指摘されていることではあるが、▼注[19]本作品で脱糞する爺の烏帽子も、中将邸で打擲された際にむんずと掴まれて落ちており（梗概Ⅲ）、中将邸を追い出された爺が血塗れ・糞まみれで帰途につく場面では、烏帽子が脱げ落ち、薄く禿げ上がった頭に結われた小さな髻が露見し、人目に晒されている（梗概Ⅳ）。一巻本でも、烏帽子がずれる絵に加えて、詞書にも「烏帽子、髻引（き）立て〻、やう〳〵御庭を追ひ出す」とある。一方『今昔』巻二八においては、第一・二・六・四一・四二・四三話に冠落ち（あるいはそれに準じたもの）が描かれる。

第一話「近衛舎人共稲荷詣重方値女語」では、美女に扮した妻が、妻が変装しているとは知らずにその美女をしつこく口説く夫・重方に対し、「低シテ念ジ入タル髻ヲ、烏帽子超シニ此ノ女ヒタト取テ、重方ガ頬ヲ山響ク許ニ打ツ」とある。これは本作品の梗概Ⅲの場面の、中将邸で打擲される爺の描写と重なる。と同時に、この話で夫をひっぱたく妻の姿は、『福富草紙』の梗概Ⅺの場面の、夫をだました隣の爺を路上で待ち伏せ、その胸に噛み付いて恨みを晴らそうと復讐に燃える妻の姿にも重なる。本作品の、噛みつかれてよろけた隣の爺の頭からは、烏帽子が落ちて禿げ頭と小さな髻が露わになっている。『今昔』では重方の妻が夫を責め立てる中で、「シヤ頬打欠テ、行来ノ人ニ見セテ咲ハセムト思フゾ、己ヨ」とあるように、打擲された夫の姿を往来の人に見せて笑わせてやろうという。本作品で妻が隣の爺に噛みつく場面でも、周囲には道行く人々が描かれており、この出来事を見ている。そして噛みつかれた隣の爺は、「人見るとよ、放ち給へ」と言うが、妻は「人見ば、見よ。死なんと思ふぞ。おい、おい」と言っており、人目を意に介さない。▼注[20]むしろ梗概Ⅷの場面で御先の烏に呪詛する際、「待ち狂はして、大路道に打ち伏せて、惑はせ給へ」と言っていることからもわかるように、本作品での妻が望み、実行した復讐劇は、まさに公衆の面前での冠落ちの仕返しであったといえよう。

次に、『今昔』巻二八第二話「頼光郎等共紫野見物語」には、賀茂祭の行列見物のため牛車で紫野に向かった三人の武士が、車酔いをして反吐をし烏帽子も落とし、その後寝込んで賀茂祭の行列を見損ねた話があるが、三人の武士が帰る際、「烏帽子ヲ鼻ノ許ニ引入テ、扇ヲ以テ顔ヲ塞テ」徒歩で帰ったとある。そして話末には、「此ゾ悲シテ酔死タリケル、嗚呼ノ事也」とある。この、烏帽子を鼻先までずらし、顔を隠すようにして歩くという描写は、本作品の血塗れ・糞まみれで帰途につく梗概Ⅳの場面の爺の姿の絵と重なる。失態を恥じて徒歩で帰る道すがら、周囲の目を気にして烏帽子を目深に被るその姿が、両作品に共通して見受けられる。

第六話「歌読元輔賀茂祭渡一条大路語」は、すでに阿部泰郎が、猿楽事の契機として冠落ちがあることを述べる中で取り上げているが[注21]、清原元輔が落馬して起き上がった時、冠が落ち「髻なし」であったことを、その場の殿上人が「咲ヒ喤ル」話である。冠落ちによって晒される頭が禿げ頭であることは、本作品の梗概Ⅳの場面の爺や、梗概Ⅺの場面の隣の爺の絵と重なる。本作品での爺は髻はあるものの、額が禿げ上がって後退しているため、その髻は小さく描かれている。落ちた冠の下が禿げ頭であるということは共通である。

第四一話「近衛御門倒〔人〕蝦蟆語」は、「世ノ嗚呼ノ者」が蝦蟆退治をしようとするも、蝦蟆を飛び越した際に冠を落とし、その冠を蝦蟆と勘違いして踏みつぶす。その後貴族の行列に「蝦蟆の追捕使」と名乗りをあげたが、雑色たちに追い出される。その後冠がないことに気づいたが、雑色たちに取られたと勘違いして彼らを追いかける途中で倒れ、顔から血を流すという、独り相撲のドタバタ劇が繰り広げられている。この話は、ヲコの者が貴族のもとに名乗り出るが、結局追い出され、しかも結果的に顔から血を流すという部分が、本作品の爺の姿（梗概Ⅲ〜Ⅳ）と重なる。さらに自らの冠を蝦蟆と勘違いして踏みつけるという部分も、本作品の梗概Ⅴの場面での勘違いする妻と通底する、ヲコの一つの要素と思われる。

その部分に注目すると、第四二話「立兵者見我影成怖語」が興味深い。この話は、やたらと勇者ぶった男の妻が、早起きして食事の用意をしていたが、自分の影が壁に映ったのを盗人と早とちりして寝ている夫を起こす。起きた夫は太刀を握りしめ、「裸ナル者ノ髻放タル」状態で盗人を捕えようと意気込むが、そんな自分の影を見て、太刀を抜いた盗人と思いこんで怖気づき、寝てしまう。ここでの男の頭部にかんする描写は、被っている冠が落ちるという、いわゆる冠落ちの例ではないが、冠を被っていないという点で冠落ちに準ずるものとしてここでは捉えたい。そしてその後妻が立ち上がった拍子に障子が倒れ、それに驚いた夫は、盗人が障子を倒しただけで逃げたのだとし、妻に笑われるという話になっている。この夫について「世ニハ此ル嗚呼ノ者モ有ル也ケリ」とある。『今昔』のこの話と本作品との類似は、冠云々に加えて、視覚的な早とちりという点にも見いだせよう。『今昔』では夫婦そろって自らの影を盗人と勘違いすることが騒動の発端だが、本作品では、梗概Vの場面で、夫が中将邸から褒美をもらって帰ってくるのを待ちわびた妻が、血まみれ・糞まみれで夫が帰ってくるのを遠目に見て、綾や錦といった色とりどりの衣を貰って帰ってきたのだと早とちりし、家にある古い着物をすべて焼き尽くしてしまうという、妻のヲコが描かれる。帰った夫により事の顛末を知った妻は落胆し、早とちりした妻に着物をすべて焼かれてしまった夫は、血まみれ・糞まみれの衣を脱ぎ捨てても着替えがなく、丸裸で膝を抱えて震える。まさに夫婦揃ってのヲコである。

『今昔』巻二八の第四三話も、冠落ちに準ずる内容を持つ話で、烏帽子を鼠に食いちぎられてしまう話である。この話は、烏帽子を失った男が主人の古烏帽子を貰って被り「物可咲ク云フ」ことにより、物言いの上手を称賛する話となっている点で、第四二話のヲコ者や本作品の脱糞するヲコ者とは性質を異にするが、烏帽子という冠の有無を問題にしている以上、一応挙げておく。

以上見てきたように、『福富草紙』で脱糞するヲコ者の物語は、『今昔』の冠落ちの男たちの物語と多くの点で重なり、さらにはその妻のヲコにまで共通点が見いだせることもわかった。『福富草紙』の脱糞譚における詞書や絵画表現が、『今昔物語集』巻二八の冠落ちの笑話と通底するイメージを持つことを、ここに確認できよう。

黒い身体

では最後に、脱糞する爺の身体の色について触れておきたい。『福富草紙』の諸本は二巻本・一巻本ともに多くの伝本が現存するが、その多くが、脱糞する爺の肌を、他の登場人物より黒く描いている。そして黒い肌になるのは、中将邸で脱糞し打擲された後の、梗概Ⅳの場面以降においてで、梗概Ⅸの場面の、依然として腹を下し苦しむ爺が、庭で足駄を履いてしゃがみ込み、勢いよく下痢便をひり出す場面では、ほとんどの伝本でその肌は際だって黒く表現される。その黒さの濃淡の程度は伝本によって差があるものの、明らかに意識的に黒く描いていることが見て取れるのである。▼注[22] 一巻本の詞書でも、下剤は「黒く丸めたる薬二粒」（梗概Ⅱ）、爺の尻は「黒きゐどころ」（梗概Ⅲ）、爺の陰嚢については「黒くふぐりは垂れて」（梗概Ⅵ）、爺の顔については「まみのほどいとゞ黒み、をち入たり」（梗概Ⅸ）と、黒の表現が随所に見られる。いうなれば、本作品の脱糞する爺は、〈ヲコなる黒き身体〉として描かれているのである。

これは何を意味するのか。下痢をして顔色が悪いという以上の意味があることは間違いないだろう。『今昔』巻二八には特徴的な外見を持つ人物を笑う話がいくつかあるが、第二一話「左京大夫□付異名語」には、「有様・姿ナム嗚呼也ケル」とあるように、動作や姿が「嗚呼」である人物の話がある。この話では、左京大夫某が、顔が青かったために「青経ノ君」という異名で呼ばれ、殿上人や天皇に嘲笑される。言動や事の顛末などに加え、身体的特徴もまたヲコになり得ることが見て取れるが、その男の外見にかんする記述の一つに、「眼皮ハ黒クテ」と、まぶたが黒いことが記されており、本作品の脱糞する爺についての一巻本の詞書「まみのほどいとゞ黒み、をち入たり」（梗概Ⅸ）を想起させる。本作品で、糞する爺を見る様々な人々（中将邸に集まった人々や、路上で行き交う人々、家の塀の外からのぞき込む人々など〉が、みな嘲笑の表情で描かれているのは、『今昔』における、青経の君の風体を天皇はじめ多くの殿上人が嘲笑することと同様の力学が、そこに存在しているからではないだろうか。この〈ヲコなる黒き身体〉については、中世の様々な問題を孕んでいるように思われ、▼注[23] 様々な観点から分析する必要があるだろう。本稿では、紙幅の都合上それについて検討することは叶わず、別稿に譲ることとしたいが、本作品の脱糞する爺の姿について、今後解明すべき問題であることを、ここに述べておく。

5 おわりに

以上、本稿では、お伽草子『福富草紙』の脱糞譚について、その内容・表現のイメージの回廊を探るべく、まずは『今昔物語集』巻二八のさまざまな笑話について検討した。阿部泰郎のいう推参するヲコ者として、本作品の脱糞する爺を捉えることから始め、両作品の類似点をより詳細に炙り出した。その結果、推参し打擲されるヲコ者のだまされ方や、脱糞の描写、それをめぐる笑い、そして身体表現などの点で、『今昔』巻二八と通底するイメージがあることを確認できた。もちろん他の説話や、中世の他ジャンルの作品なども検討すべきであることはいうまでもない。とはいえ、本稿で『福富草紙』の脱糞譚のさまざまな部分に、『今昔』巻二八の笑話やヲコ者の話と同じ要素が見いだせたことにより、本作品の脱糞譚が、物語前半部の放屁による成功譚のたんなる対比としてではなく、また、「人は身に応ぜぬ果報をうらやむまじきこと」という教訓を導くためだけのものでもなく、いわば、それ以前の説話世界のヲコ集成的な物語として形成されていることが示せたのではないだろうか。

身体の色彩についてなど、中世の基層文化の解明につながると思われる新たな問題もあり、『福富草紙』の脱糞譚の研究は今後も続く。そして成功譚である放屁譚の方も、翻って改めて検討する必要があろう。本稿は『福富草紙』

のイメージの回廊を探る、その第一歩として位置づけたい。

【注】

［1］春浦院本やクリーブランド美術館本は、小松茂美編『能恵法師絵詞　福富草紙　百鬼夜行絵巻』（日本絵巻大成二五、中央公論社、一九七九年）などに掲載されている。

［2］市古貞次校注『御伽草子』（日本古典文学大系三八、岩波書店、一九五八年）所収『福富長者物語』の詞書も、この一巻本系のものである。

［3］二巻本系の画中詞の機能や物語とのかかわりについては、吉橋さやか「『福富草紙』の画中詞をめぐって」（『立教大学日本文学』一〇二号、二〇〇九年七月）を参照されたい。

［4］『福富草紙』の一巻本系の引用本文は、市古貞次校注『御伽草子』（日本古典文学大系三八、岩波書店、一九五八年）所収『福富長者物語』による。以下同じ。

［5］岡見正雄「福富草紙絵巻について」（『昔話研究』一巻八号、一九九三年五月）、同「お伽草子絵に就いて」（『新修日本絵巻物全集』一八、角川書店、一九七九年）、市古貞次『中世小説の研究』（東京大学出版会、一九五五年）、佐竹昭広『民話の思想』（平凡社選書二五、一九七三年）、金沢弘「『福富草紙』考」（『日本絵巻大成』二五、中央公論社、一九七九年）、美濃部重克「御伽草紙『福富長者物語』本文の成立―物語と絵と文章と―」（『伝承文学研究』二三、一九七九年三月）などにより、本作品が、「竹伐爺」など隣の爺型の屁っぴり爺系列の昔話を文芸化したものであると指摘されている。

［6］榊原悟「放屁譚三題」（『サントリー美術館開館二十五周年記念論集』二、サントリー美術館、一九八七年）、「「をこ絵・ざれ絵・勝絵」三題」（『日本の美学』一五、ぺりかん社、一九九〇年一〇月）、「後崇光院と二つの放屁譚」（『中世文学』四三、一九九八年五月）参照。

［7］放屁や脱糞といった物語の中心モチーフについては、たとえば市古貞次は『中世小説の研究』（東京大学出版会、一九五五年）二九一頁で、「このような下劣な話を、文芸に取り入れることは、平安期の貴族的な文芸には考え得ないこと」と述べる。また小田切秀雄は、『日本近世文学の展望』（お茶の水書房、一九五七年）七八～八〇頁で、屁や糞といった「卑陋」で「醜穢」なものが文学の素材として取り上げられていること自体を問題視しており、「酷薄な中世的態度」で、「甚だしく卑陋なものを中心とし

て取り入れられているに過ぎぬ」ことを「脆弱さ」であるとして、一蹴する。

［8］吉橋さやか「『福富草紙』の放屁表現をめぐって」（『立教大学日本文学』一〇三、二〇〇九年十二月）、「『福富草紙』の予言・予祝」（小峯和明編『アジア遊学』一五九、勉誠出版、二〇一二年）参照。

［9］梗概Ⅶ〜Ⅹについては、二巻本系の一部の伝本に、異なる順序で配列されたものが存在するが、本稿では、春浦院本をはじめとした多くの二巻本系伝本や、一巻本系伝本の順序に従った。

［10］阿部泰郎『聖者の推参』（名古屋大学出版会、二〇〇一年）。

［11］「ヲコ」は、ばかばかしいこと、愚かであることなどの意味で、漢字は「嗚呼」や「尾籠」などいくつかの表記があり、時代や作品によって異なるが、『今昔物語集』においては主に「嗚呼」の表記が用いられている。本稿では、引用部分を除き、「ヲコ」と片仮名で記すこととする。

［12］阿部泰郎『聖者の推参』（名古屋大学出版会、二〇〇一年）第三章「推参考」。

［13］『今昔物語集』の引用本文は、森正人校注『今昔物語集』五（新日本古典文学大系三七、岩波書店、一九九六年）による。以下同じ。

［14］阿部は、鴨長明の『無名抄』七〇「式部・赤染勝劣のこと」に、「曾禰好忠といふ者、人数にもあらず、円融院の子日の御幸に推参をさへして、をこの名をあげたる者ぞかし」とあることなどに触れ、好忠がヲコ者として知られていたことも併せて確認している。

［15］『十二類合戦絵巻』では、狸が十二支の異類たちに受け入れられた鹿を真似て推参するものの、打擲され追放される。

［16］阿部泰郎『聖者の推参』（名古屋大学出版会、二〇〇一年）第七章「笑いの芸能史」。

［17］『福富草紙』の二巻本系の引用本文は、注1掲載の日本絵巻大成二五所収の春浦院本の釈文による。春浦院本において欠損している箇所については、クリーブランド美術館本によって私に補うこととする。以下同じ。

［18］『福富草紙』と『十二類合戦絵巻』とは、源流を同じくするお伽草子作品といえよう。しかし両作品の共通点は、実は推参という点だけではない。狸が打擲される場面の絵が、『福富草紙』における打擲の場面の絵と類似しており、ここに物語の構造上の類似だけでなく、絵画表現上の類似も指摘できる。さらに『十二類合戦絵巻』の作者である後崇光院貞成親王については、宮内庁書陵部蔵『粉河寺縁起』の紙背の説話断片の中に、『福富草紙』の詞書冒頭部分を書き留めていたことが、石塚一雄「後崇光院宸筆物語説話断簡について」（『書陵部紀要』一七、一九六五年十月）によって報告されている。本作品の作者についてはいくつ

かの説があり、未だ見解の一致を見ないが、紙背に本作品の詞書が書かれていたというこの事実は、貞成親王が、推参する者のヲコの作品に関心を寄せていたことを示し、彼の人物像を浮かび上がらせるだけでなく、後崇光院が本作品の担い手として関わっていた可能性も示す。さらに、中世のヲコ物語の担い手の一端を知ることができるという意味で、興味深い。『福富草紙』と『十二類合戦絵巻』という同ジャンルにある作品が、推参という点で、物語上の構造と絵画表現に類似点があるだけでなく、作品の担い手においても後崇光院貞成親王という共通点を持つことは、中世の絵巻や物語のあり方を考える上で重要であるが、これについては別の機会に取り組むこととし、本稿ではその関係性についての言及に留める。

〔19〕阿部泰郎『聖者の推参』（名古屋大学出版会、二〇〇一年）第七章「笑いの芸能史」。

〔20〕引用した隣の爺と妻との会話のセリフは、二巻本のもの。一巻本でも妻が隣の爺を路上で「乳の辺にがぶとかみつく」点は同じだが、二人の会話を示す詞書は書かれていない。

〔21〕阿部泰郎『聖者の推参』（名古屋大学出版会、二〇〇一年）第七章「笑いの芸能史」。

〔22〕これにかんする『福富草紙』諸本の各伝本の調査結果は、紙面の都合上、ここでは詳しく掲載しないが、脱糞した爺の肌の色を確認できた伝本は、以下の伝本である。二巻本では、春浦院本、クリーブランド本、学習院大本、宮内庁書陵部本、東北大狩野文庫本、静嘉堂文庫本、大谷女子大本、早稲田大本、逸翁美術館本、立教大本、松平公益会本、フランス国立図書館本、東京国立博物館本を、一巻本では、出光美術館本、常福寺本、白百合女子大本、大阪市立美術館本、中野幸一本、東洋文庫本、立教大本、石川透本について確認した。その他の伝本については、肌が彩色されていなかったり、色の濃淡の判断のつかないものであったり、該当する場面の絵が無かったり、未だ管見に入ることができていなかったりするため、本稿では挙げないが、今後それらも確認したい。

〔23〕身体や衣装などの色彩については、歴史学（中世史）や民俗学などにおいてすでに問題にされており、それらも鑑みる必要がある。

【コラム】

挿絵から捉える『徒然草』

――第三二段、名月を「跡まで見る人」の描写を手がかりにして――

西山美香

『徒然草』第三二段といえば、高校の教科書にもとりあげられる、あまりにも有名な章段である。

九月廿日のころ、ある人に誘はれたてまつりて、明くるまで月見歩くこと侍りしに、思し出づる所ありて、案内せさせて入り給ひぬ。荒れたる庭の露しげきに、わざとならぬ匂ひ、しめやかにうちかをりて、忍びたるけはひ、いとものあはれなり。

よきほどにて出で給ひぬれど、なほことざまの優に覚えて、物の隠れよりしばし見ゐたるに、妻戸をいま少し押しあけて、月見るけしきなり。やがてかけこもらましかば、くちをしからまし。跡まで見る人ありとは、いかでか知らん。かやうのことは、ただ朝夕の心づかひによるべし。

その人、ほどなく失せにけりと聞き侍りし。

この章段については、九月廿日という設定から、『枕草子』をはじめとする王朝物語的世界における秋の名月の夜の男女の逢瀬を想起させることは、従来から指摘されてきた。

江戸時代の注釈書からすでに指摘されるように、兼好が『枕草子』の以下の章段をふまえて執筆したことは明らかであろう。

あるところに、なにの君とかやいひける人のもとに、君達にはあらねど、その頃、いたう好いたる者にいはれ、心ばせなどある人の、九月ばかりにいきて、有明のいみじう霧り満ちておもしろきに、「なごり思ひ出でられむ」と、言葉を尽くして出づるに、「いまは、去ぬらむ」と、遠く見送るほど、得もいはず艶なり。出づるかたを見せて、立ちかへり、立蔀の間に、蔭に添ひて立ちて、「なほいきやらぬさまに、いま一たびいひ知らせむ」と思ふに、「有明の月のありつつも」と、忍びやかにうちいひて、さしのぞきたる髪の、頭にも寄り来ず、五寸ばかり離りて、火をさしともしたるやうなりけるに、月の光もよほされて、驚かるる心ちしければ、やをら出でにけり、とこそ語りしか。（三巻本一七三段）

図1 「徒然草絵巻」（サントリー美術館蔵）

小川剛生訳註『新版徒然草』（角川文庫）は、「この頃は深夜から明け方にかけて月が出る。和泉式部日記『九月廿日あまりばかりの有明の月に』とあるように女性が男性を待ちわびる、恋愛の情緒を深く感ずる季節」とし、久保田淳校註『新日本古典文学大系　徒然草』は、『徒然草』の「荒れたる庭の露しげき」が、『源氏物語』帚木巻の「思ひ出でしままにまかりたりしかば……荒れたる家の露しげきをながめて」を念頭に置くか、としている。

これらの指摘のように、『徒然草』三二段は男性が「待つ女」を訪れた夜を描いたもの、と解釈するのが妥当であろう。サントリー美術館蔵「徒然草絵巻」（海北友雪筆）【図1】や東京国立博物館蔵「徒然草画帖」（住吉具慶筆）【図3】が、「垣間見」の図様として描いていることは、王朝物語的なこの章段の内容や雰囲気を象徴している。

しかし、江戸時代に刊行された『徒然草』の挿絵には、屋敷の主人を女性ではなく、男性とするものが存在する。

本稿では以下の四種の版本の挿絵をみてみたい。

①『なぐさみ草』慶安五年（一六五二）刊

②『徒然草よみくせつき』寛文一二年（一六七二）刊

③『改正頭書徒然草絵抄』元禄四年（一六九一）刊

④『絵本徒然草』元文五年（一七四〇）刊　西川祐信画

訪れた人物を送り出したのち、名月を「跡まで見る」屋敷の

①『なぐさみ草』

②『徒然草よみくせつき』

図２「徒然草図（模本）」（東京国立博物館蔵）

主人を男性と描くもの①②③、女性と描くもの④であることがわかる。

　管見に入る限り、挿絵が付された初期のころは、屋敷の主人は男性として描かれているが、その後、女性として描かれるように変化した傾向にあることがうかがわれる。

　ただし、ここで注意しなければならないのは、兼好そのひととして解釈される人物の描写である。屋敷の主人を男性とする①②③はすべて兼好を法体姿とし、女性とする④は兼好を俗体姿として描いていることに注目すべきであろう。

　この理由として、兼好「法師」が女性にささやかな憧憬をほのめかすことはあまりふさわしくない、と考えられたのであろうか。

　しかし、三二段の挿絵は、この章段が兼好の実体験をもとにして執筆されたか、ということや、もしそうであるならば、それが兼好の出家前、出家後の出来事か、ということを考えるための手がかりとするものではなく、『徒然草』という作品の性格をどうとらえるか、という問題と深く密接に関わるように私には思われる。

　『徒然草』をひとりの個人の体験や述懐を記述した「随筆」と考えるのか、読者に向けて「朝夕の心づかひ」つまり平生の心がまえや礼節を示した作品ととらえるのか（作品全体すべてではないとしても）、という重要な問題と、この三二段の挿絵は大きくかかわっているように思われてならないのである。

東京国立博物館蔵「徒然草画帖」【図３】は飛鳥井雅章の孫娘・清姫が、福井藩主・松平綱昌へ輿入れする際に制作された作品という。

③『改正頭書徒然草絵抄』

④『絵本徒然草』

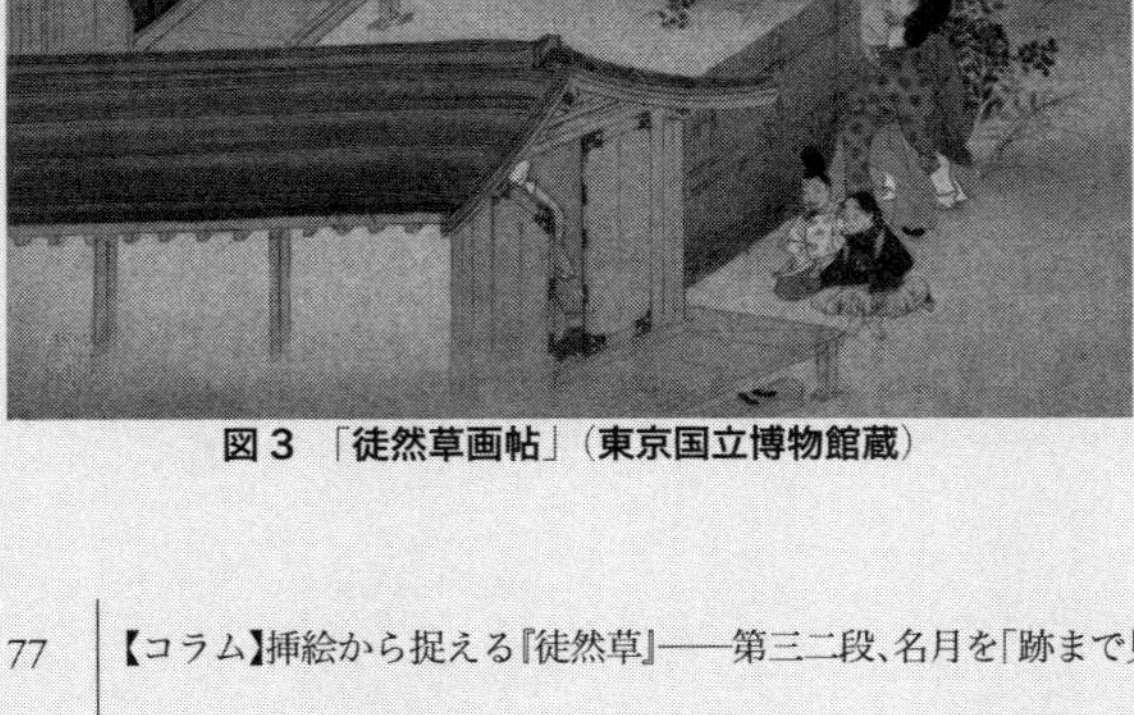

図３　「徒然草画帖」（東京国立博物館蔵）

これは『徒然草』の読者層が男性から女性へも広がったことを意味している。『徒然草』が、江戸時代に入り、版本として刊行され、挿絵が付される（絵画化される）ことによって、男性「だけ」ではなく、男女共通、もしくは女性の「朝夕の心づかひ」を示す作品へと〝変化〟していったことが、三二段の挿絵における名月を「跡まで見る」屋敷の主人の変化にこそ象徴されているであろう。

【図版出典】

図2・図3　東京国立博物館デジタルコンテンツ

①『なぐさみ草』（『なぐさみ草（日本古典文学影印叢刊29）』日本古典文学会、一九八四年）。

②『版本絵入　徒然草　影印叢刊26』（和泉書院、一九八一年）。

③『改正頭書徒然草絵抄』（架蔵）

④『絵本徒然草』（国立国会図書館デジタルコレクション）。

【付記】図版の掲載を許可していただいたサントリー美術館に深謝申し上げます。

第2部

社会をうつしだす絵画

1 「病草紙」における説話の領分
――男巫としての二形――

山本聡美

1　はじめに

院政期に制作が活発化する絵巻や似絵について、小峯和明は「言語だけではとらえにくくなった世界を可視化しようとする動きにほかならない」といい、院政期文学創造の根源に「〈他者〉を言語によっていかに獲得し秩序化するか、もしくは排除・放逐するか」があり、「〈他者〉の発見は、見る側も〈他者〉化されかねない価値転倒のあやうさや緊張をはらみ、不安定で流動的な様相を示す」ものであると指摘する。▼注[1]

この視点を、私自身が専門とする美術史学の領域に敷衍し、院政期美術創造の根源に同じ様相を想定することが可能であろう。本稿で取り上げる「病草紙」の詞と絵には、まさにその全ての要素が含まれている。言葉だけではとらえにくい〈病〉という〈他者〉を発見し、可視化し、秩序化し、時に排除・放逐し、場合によっては鑑賞者の側を〈他

者〉化しかねない価値転倒のあやうさや緊張、それが「病草紙」創造の根源に横たわっているのである。▼注[2]

また、この絵巻創造の原動力となった世界の可視化への欲望は、不安定で流動的な世界のありようについての説明や物語化をも要請する。絵巻の内外において展開するテクストとイメージが連鎖的に干渉しあって、病をめぐる幾多の説話がポリフォニックに奏でられている。「病草紙」の詞を読み絵を見ることとは、その多声性の響きを、時には全体として、時には旋律の細部に分け入って耳を澄ます行為に似ている。本稿では、この絵巻の中から「二形《ふたなり》」の場面を取り上げ、そこにいかなる世界が可視化され、秩序化され、時に排除・放逐されているのかについて分析する。その結果として鑑賞者を待ち受ける価値転倒のあやうさを予感しつつ、詞と絵をひもといてゆく。

2 「病草紙」の典拠

後白河院（一一二七〜九二）周辺で成立したと推定される「病草紙」は、かつて名古屋の関戸家に伝来した十七場面に、その連れと思しき断簡をあわせた二十一場面が現存している。▼注[3] 各場面には、歯痛や腹痛など一般的な病に加え、二形、白子、侏儒など先天性疾患をも含む多種多様な症例が表されている。この絵巻の主題を人道苦相と解釈し、同じく後白河院周辺での制作と見られる「地獄草紙」（東京国立博物館、奈良国立博物館他で分蔵）、「餓鬼草紙」（東京国立博物館、京都国立博物館で分蔵）と一連の六道絵であった可能性が早くから指摘されている。▼注[4]

「地獄草紙」や「餓鬼草紙」に関しては、詞の分析を通じて、その典拠が『正法念処経』『起世経』『救抜焔口餓鬼陀羅尼経』などの経典にあることが解明されており、▼注[5] これら二種の絵巻が六道絵の一部であることは明白である。ところが「病草紙」に関しては、詞の出典を特定できず従来典拠不明とされてきた。ただし、先に掲げた「地獄草紙」「餓鬼草紙」の典拠経典のひとつである『正法念処経』には、「身念処品」として、人間の身体と病の仕組みが説かれている（同経巻第六四〜七〇）。その中には二形や侏儒を、因果応報による業病と捉える内容もあり、「病草紙」との関連がうかがわれる。また、平安時代中期の医師丹波康頼（九一二〜九九五）が、永観二年（九八四）に編纂した日本最古の医書『医心方』や、同書が参照する隋・唐時代の医書では、風病、重舌（小舌）、霍乱、口臭、不眠、嗜眠、雀目など、「病草紙」に直結する症例が数多く解説されている。

以上を考えあわせると、「病草紙」は、平安時代の貴族社会において保有されていた、病に関する宗教的・医学的知識を基盤として成立した絵巻と理解できる。そうであるにもかかわらず、経典や医書に直接的な出典を見出し難い理由のひとつとして、この絵巻における説話的な潤色の豊かさがあげられる。多くの場面で、詞には場所や登場人物の社会性に関わる説明がなされ、画面では、背景や着衣によって彼らの置かれた状況が詳細に表されている。テキストとイメージ双方におけるこの豊かな肉付けこそが、本作における説話の領分ということになろう。

「病草紙」に関する総合的な研究を行った佐野みどりは、本作の成立過程を、症例集的な先行作品を基盤に、卑俗な説話的趣味と宗教的契機が結合した作例と位置付けた。▼注[6]「病草紙」における医学的・宗教的基盤が解明されつつある現時点において、再び佐野の問題提起に立ちかえるならば、医学的知識と宗教的契機をつなぐ「卑俗な説話的趣味」ともいうべき様態の把握が、さらなる本作理解のための重要な課題として浮上する。

また、かつて筆者は「病草紙」の詞・絵と『正法念処経』との対応関係を精査した。▼注[7]その結果、現存二十一場面の中には、経文に忠実な経説絵巻としての性格を留めるものがある一方で、詞や画面内容が説話的な飛躍を遂げているものまで、経文からの距離に幅があることが判明した。その上で、経文との対応関係を基準に、主な場面を以下の三群に分類する見方を提案した。

第一群は、詞と絵に、経文の痕跡を直接的に確認できる「霍乱の女」「尻の穴のない男」の二場面。「地獄草紙」や「餓鬼草紙」に近い、経文の直訳的な制作過程を想定することができる。

第二群は、一致する病状を『正法念処経』中に確認することができるが、詞と絵の内容には経文にない要素も多く含まれる場面。「顔にあざのある女」「不眠症の女」「頭のあがらない乞食法師」「風病の男」「小法師の幻覚を見る男」「歯のゆらぐ男」「居眠りの男」「息のくさい女」「尻の穴あまたある男」「背の曲がった男」「朱儒」の十一場面をこれにあてる。現存場面の中では、この第二群に属するものが最も多く、本絵巻の制作態度の基調をここに求めることができる。第一群の制作態度を基点としながら、いつ・どこで・誰がといった、あたかも現実に起こった出来事を記録したかのような情報を盛り込むことによって、現実感を付加してゆく方向性が看取される。

第三群は、詞も絵も説話的な構造を備えた「二形」「眼病治療」「肥満の女」の三場面。取り上げられた病そのものは『正法念処経』に由来するが、絵巻からうかがわれるその痕跡はわずかである。代わりに病者の社会性や彼らをとりまく環境について詳しく説明されている。このような制作態度は第二群の延長線上に位置づけられるが、現実感の表出、起承転結を備えた語りの構造においてその完成度は格段に高い。

以上の試論をさらに検証すべく、以下では、第三群に分類した諸場面の中から「二形」を取り上げ、その医学的・宗教的基盤を明らかにしたうえで、この場面に備わる説話的性格について考察を進める。そこにはいかなる〈他者〉が発見され、可視化され、秩序化され、時に排除・放逐されており、制作者や鑑賞者の側はいかなる形で自らが〈他者〉化する可能性にさらされているのか、その不安定で流動的な様相について明らかにすることを、考察の目的とする。

3 「二形」の詞と絵

「二形」（京都国立博物館蔵）【図1】には、男性器と女性器を具有する占い師が登場する。その詞は以下の通り。

中頃《なかごろ》、京都《みやこ》に鼓《つづみ》を首に懸けて、占《うら》し歩《あり》く男あり。形男なれども、女の姿に似たることもありけり。人これを覚束《おぼつか》ながりて、夜寝入りたるにひそかに衣《きぬ》をかき上げて見ければ、男女の根、共にありけり。これ二形《ふたなり》の者なり。（〔現代語訳〕少し前のことである。京都に、鼓を首に懸けて占いをして歩く男がいた。外見は男なのだが、女の姿に似ていることもあるそうである。世間の人がこれを不審に思って、男が夜寝入ったところで、こっそり衣をめくり上げて見たところ、男女の性器が両方とも備わっていたという。これが二形と呼ばれる者である。）

画面では、二形の寝所に忍び入った男が、二形の衣の裾をめくり上げてみると、両性具有の性器が露わになったという場面が描かれる。寝入る二形は烏帽子を被り髭をも蓄え、一見したところ殊更に男性的な姿で描かれるが、よく見るとほのかに赤い唇や頬、壁に掛かる赤い扇が女性的性質を物語る。首から提げた数珠、枕元の笛や鼓はその生業が巫覡であることを示唆する。▼注[8] 寝室に闖入した男は、勢いよく裾をめくって性器を露出させ、後から来る別の男を手招きして呼び寄せる。呼び寄せられた男は、下半身を部屋とは反対方向にねじって明らかに逃げ腰であるものの、垂布から覗き込む顔には好奇心を隠し切れない。闖入者二人は、この異形の性器を見て大いに嘲り笑っている。

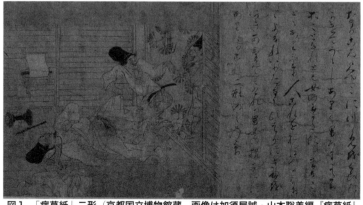

図１　「病草紙」二形（京都国立博物館蔵、画像は加須屋誠・山本聡美編『病草紙』中央公論美術出版、2017 年より転載）

4　二形をめぐる医学と経説

二形は、現代医学に照らして理解すると、性器の発達が通常と異なる性分化疾患のひとつである。染色体、生殖腺、各種ホルモンの分泌異常など様々な原因がある。ただし、本図に描かれたように、男性器と女性器の外形が、ともに成人になるまで発達するという症例は存在しない。つまりこの場面は、現実に目にした病を題材にしているのではなく、「二形」という言葉から連想される架空の病者を描いているのである。では、肝心の二形という言葉や概念の淵源はどこに求められるのであろうか。

平安時代の医学的知識を集大成した『医心方』には、該当する病が見当たらない。その一方で、仏典には二形やこれと同義の二根《にこん》という言葉が頻出する。広範に見られる使用例の中から一例を挙げると、優填王による釈迦像造立譚を説く『仏説大乗造像功徳経』では、造像の功徳の筆頭として、常に丈夫（男）に生まれ女あるいは黄門や二形の卑賤の身を受けることはないと説く（『大正蔵』一六、七九三c）。人間の性別を、男、女、黄門（去勢した者、性的不具者）、二形の四つに分類し、そのうち男に生まれる以外は全て悪業の報いと定義している。

また、「地獄草紙」や「餓鬼草紙」の典拠経典のひとつである『正法念処経』においても、同様の教説を見出すことができる。

転胎風を見る、此の衆生先世邪業を以て、若し是男子を転じて女人となし、或いは黄門となす、或いは胎中にて死す。悪業を以ての故、若し先世に於いて悪業無くば、能く害をなすことなし（『大正蔵』一七、三九二b）。

これは同経の「身念処品」に含まれる、人の性別をつかさどる「転胎蔵風」に関する経説である。「前世の邪業のせいで、ある者は男子として生まれるはずが転じて女人となり、ある者は黄門となってしまい、ある者は胎内で死んでしまう。悪業が原因であり、前世になんら悪業の無い者には、害をなすことはない」と説く。このうち「男子転為女人」や「黄門」との経文が、先に掲げた詞「形男なれども、女の姿に似たる」や、画中に描かれた両性具有の性器そのものを想起させる。

同経には、性的不具を前世における淫らな行いと結びつける考え方も見られる。例えば「畜生品」では、牛馬を性行させたり他人に邪行を無理強いしたりした者が、まず地獄に堕ち次に畜生となり、人間界に生まれたとしても黄門となってしまうとある（『大正蔵』一七、一〇四ａｂ）。また「十善業道品」には、二形と同義である二根の語が見え、邪淫を楽しんだ者は地獄・畜生・餓鬼の世界へ堕ち、人に生まれたとしても妻が随順でなく、あるいは二根となって世間に悪《にく》まれると解説されている（『大正蔵』一七、三ｃ）。

「病草紙」における二形は、詞に言うところの「人」、そして画中では二人の侵入者によって代表される不特定多数の世間から侮られ冷笑される存在である。先述した経説を踏まえて、この詞や画面内容を解釈するならば、その侮蔑や冷笑の根底に経典由来の因果応報観を指摘することができよう。つまり、絵巻の制作者や鑑賞者にとって二形とは、笑い侮られて当然の罪深き者として認識されていたはずである。ここに「病草紙」と経説との深い結びつきがある。ただし、一見して明らかなように、この場面の詞や絵に、先に掲げた経文の直接的な痕跡を見出すことはできない。それだけでなく、この場面には経典には説かれていない具体的な設定がふんだんに盛り込まれている。詞には「占し歩く」とその生業が記され、絵にも、男が首に懸ける長い数珠、床に転がっている鼓や笛など巫覡《ふげき》に特徴的な持物が描かれている。

なぜ、二形にこのような属性が与えられているのであろうか。その答えは、この絵巻が作られた平安時代に、男と女の両性を備えた占い師、つまり女装の男巫（おとこみこ、おかんなぎ）が実在していたからに他ならない。経説に基づく二形の概念が、現実の男巫に投影されることで、この場面は成立している。▼注［9］

以下では、文献史料や絵画史料を通じて男巫の実態を探った上で、再び「二形」の場面に立ち戻り、この場面成立の基盤となった時代のコンテクストを追う。

5 『御堂関白記』に登場する男巫

平安時代、呪《まじな》いや口寄《くちよ》せを行う男巫が実在していた。藤原道長（九六六〜一〇二八）による『御堂関白記』長和四年（一〇一五）閏六月十三日条に、三条天皇（九七六〜一〇一七）の眼病治療に召し出された男巫に関する以下の記録がある。

十三日、辛卯。資平朝臣云はく、御目を平復せしめ奉ると申す者あり。奉仕せしむるは如何、と云々。奉仕すべき間の様を申して云はく、少物を賜り、北野辺に御祭を奉仕す、てへり。奉仕すべき者と申さしむ。即ち大内に参る。案内を問ふ。男巫、と云々。物を給はらしむ。

前年来眼病に悩まされていた三条天皇のために、種々祈祷が行われていた時期の記録である。政治的対立から、日頃より確執のあった三条天皇と道長の間の取次役をしていたのが、藤原資平（九八六〜一〇六八）で、この日も、天皇の眼病治療を申し出た男巫に関する情報が、資平を通じて道長に伝えられた。それによると、男巫が提案する祈祷方法は「少々の物を賜って、北野の辺りで祭祀を行う」というもので、道長は奉仕するようにと命じさせた。また、急ぎ参内して子細を確認すると、祈祷を申し出たのは男巫であるということであった。そして、下賜品が与えられた。「北野辺」とは、北野天満宮付近のことを指すのであろう。この時祭祀を行った男巫が女装であったかどうかまでは不明である。しかしながら道長が敢えて「男巫」と記すからには、本来「巫」（ふ、かんなぎ、こうなぎ）が女性の役割と認識されていたことを示唆する。神がかりして託宣を告げたり、口寄せや占いに従事したりするのが主に女性であった点については、多くの専論がある。▼注[10]

また、平安時代の用例として、巫を女性、覡（げき、かんなぎ、こうなぎ）を男性と使い分ける場合もあった。源順（九一一

～八三）が承平四年（九三四）頃に編纂した漢和辞書『和名類聚抄』（二十巻本、巻第二人倫部）に「巫覡」の項目があり、後漢の許慎編『説文解字』や、梁の阮孝緒編『文字集略』を引いて「説文云、巫〈無反、和名加牟奈岐〉祝女也、文字集略云、覡〈乎乃古加牟奈岐〉男祝也」と解説している。ここに記された和名に着目すると、加牟奈岐（かむなき）に対して、乎乃古加牟奈岐（おのこかむなき）と呼ばれていることからも、やはり大多数が女性の「巫女」で、「男巫」は特別な存在であったものと推定される。

先に掲げた『御堂関白記』の文脈から察するに、祈祷を行うのが男巫だと知った道長は一抹の驚きや意外性を感じたのではないだろうか。ただし、そこに男巫に対する格段の差別感情を読み取ることはできない。女性の巫女に比べて特異な存在ではあるものの、公家社会の中枢においても容認され、あり得る選択肢の一つとして、時には男巫による祈祷が行われていたものと推定できる。

6　異化される男巫

ところが、院政期に至って男巫に対する人々の視線が明らかに変調する。それを端的に示すのが、後白河院撰集の『梁塵秘抄』である。数多くの巫女を詠んだ今様があり、そこには男巫を詠じたものも含まれている。最も良く知られた「東《あずま》には女は無きか男巫《おとこみこ》、さればや神の男には憑く」（五五六）では、男巫が、東国において特徴的に見られる辺境的な習俗として揶揄されている。また「上馬《じょうめ》の多かる御館かな、武者の館とぞ覚えたる、呪師《じゅし》の小《こ》呪師《ずし》の肩踊り、巫《きね》は博多の男巫」（三五二）では、駿馬の揃った武士の館に集まって芸を披露する者たちの中に「博多の男巫」が混じっていたことを詠う。ここにも、公家から見た武家という異文化、京都から見た九州博多▼注[11]という異空間を表象する者として、二重の他者性を帯びた男巫が登場するのである。

図２「年中行事絵巻」住吉家模本巻三、男巫（個人蔵、画像は小松茂美編『年中行事絵巻』日本の絵巻８、中央公論社、1987年より転載）

さらに「住吉の一の鳥居に舞ふ巫《きね》は、神はつきがみ衣《きぬ》はかり衣《ぎぬ》しりけれも」（五四五）では、「憑き神」と「付き髪」、「狩衣」と「借り衣」を掛詞にする。解釈には諸説あるが、住吉の鳥居付近で舞う下級巫女と、付き髪（鬘）と借り物の衣装（女装を暗示する）にて舞う男巫の風情とをダブルイメージで詠んだものと理解したい。本殿から最も遠い、一の鳥居という聖俗の境界線上で舞を披露する巫女／男巫もやはり、社会の周縁に位置付けられる存在に他ならない。

女装する男巫らしき者の姿が、やはり後白河院の命で成立した「年中行事絵巻」に描かれている。江戸初期に焼失した原本に最も忠実な写しと見られる、住吉家模本「年中行事絵巻摸本」巻三には、市井の神社の境内で庶民が闘鶏に興じる場面がある。同じ境内には粗末な家屋があり、その中に、華やかな小袖に袿姿で、鼓を鳴らしながら占いをする者がいる。良く見ると、その顔には口髭があり、これが男巫であると判明する▼注[12]【図２】。

この場面の男巫は、社殿の中ではなく、その傍らに設えられた建物の中で祈祷を行っている。これは、先に見た『御堂関白記』において、男巫が祈祷を行う場所が「北野辺り」と曖昧に表記されていたことを想起させる。また、今様に詠われた一の鳥居の巫女／男巫とも通じる。彼らは特定の神社に所属する正規の神主や巫女ではなく、「歩き巫女」と呼ばれる一段格下の存在で、各地を移動して口寄せや占いを行った者たちでもあった。

再び『梁塵秘抄』をひもとくと、「わが子は十余になりぬらん、巫《かうなぎ》してこそ歩《あり》くなれ、田子の浦に潮踏むと、いかに海人集ふらん、正《まさ》しとて、問ひみ問はずみなぶるらん、いとほしや」（三六四）との今様があり、漂泊の歩き巫女が田舎の漁師相手に占いをして、当たる当たらないと嘲弄されている様が詠まれている。
「年中行事絵巻」の前掲場面で、闘鶏に興じる人垣の一角、小さな祠の近くで蓆を敷いて座る老女が描かれている【図3】。膝前には占いに使う鼓が置かれており、これも典型的な歩き巫女の姿であろう。彼らは人の集まるところをわたり歩いては、占いや口寄せ、時には芸能も披露して生活していたものと思われる。

図３「年中行事絵巻」住吉家模本巻三、人垣の中の歩き巫女（個人蔵、画像は小松茂美編『年中行事絵巻』日本の絵巻８、中央公論社、1987年より転載）

以上見てきた、後白河院周辺で共有されていた男巫や歩き巫女に関するテキストとイメージの射程の中に、「二形」もまた位置付けられよう。今様や「年中行事絵巻」に見られる、男巫あるいは歩き巫女を周縁的なものとして疎外していく傾向は、「二形」の詞において「人これを覚束ながりて」と、世間一般の人々が二形を訝《いぶか》しがる態度と通じる。

そしてこのような同時代の歴史的・文学的コンテクストが、「二形」の場面にとっては、豊かな説話性への回路として機能する。仏典の中に潜在していた二形という概念が、現実に存在する男巫へと接続されることで、この場面に重層的な物語が招き寄せられることとなる。すなわち、三条天皇の眼病平癒を祈祷する男巫、東国の男巫、博多の男巫、武家が好むという男巫、芸能者としての男巫、鬘を付け借り物の女の衣装で舞う男巫、鳥居の下の男巫、髭を生やし小袖を着けた男巫、田子の浦の歩き巫女、人垣の中の歩き巫女。これらの虚実織り交ぜたテキストとイメージが、経説にまつわる因果応報観と結びつく時、「二形」は、詞や画面内容以上の豊饒な物語を伴って、私たちの前にその真の姿を現すこととなる。

再び「二形」の詞と絵を見ておこう。「鼓を首に懸けて、占し歩く」、そして「形男なれども、女の姿に似たる」ことで人々から不審がられていた者に、詞を通じて二形という他者性が発見され、画面において男巫の姿かたちが与えられることで、絵巻の中に一定の納得と秩序の体系が出現する。さらに、二形は闖入者に指さされ、笑われることで、彼らに代表される世間から排除され放逐される。

ただし二形に刻印された他者性は、社会からの排除と放逐だけを引き起こすのではなく、人々の関心を強烈に惹きつける魅力にも転じ得る。今様に詠われた男巫は、異形の者であると同時に、呪術や芸能の力で人を魅了する異能の者でもあった。そしてそのあやしい魅力は、男巫の外見的特徴が異化されていく時、すなわち「女の姿に似たる」という異装性をまとった時にこそ最大限に発揮されるのである。

さらに、この場面に描かれた二形の身体が、単なる男巫という以上に複雑であることも見逃せない。男女両方の性器を備えた彼／彼女は、結局のところ男が女装しているのでもなく、女が男装しているのでもない。脱ぎ捨てられた狩衣、烏帽子、口髭といった「男装」と、真っ赤な口紅や頬紅、紅色の扇という「女装」が一つの身体に同居し、いわば男／女を超越した何者かとして横たわっている。そのことに思い至る時、絵巻の外の鑑賞者は、指さされ、嘲笑されているのが自分自身の一部に他ならないことを知るのである。

7 おわりに

性を超越する二形の物語は、院政期の文学や美術に浸透するもう一つの変身物語へと接続する。変成男子、すなわち『法華経』提婆達多品に説く龍女成仏説話である。

仏教において女性は、「女身垢穢にして、これ法器にあらず。いかんぞ能く、無上菩提を得ん」(『法華経』提婆達多品、『大正蔵』九、三五c)と蔑まれ、梵天・帝釈・魔王・転輪聖王・仏身になることのできない五障の身とされる。ところが娑竭羅龍王の女《むすめ》は、齢八歳にして『法華経』を聴聞すると、瞬時に菩提心をおこし不退転の決意で成仏を願う。龍女は自ら所有していた宝珠を仏に献納し、それを仏が納受するよりも一層速やかに、世間の全ての人々の目の前で変成男子を遂げ、菩薩行を実践してついに成仏した。罪障の身である女が男となり、菩薩となって最後に成仏する。刹那の間に連続する身体のメタモルフォーゼを鮮やかに解き明かす龍如成仏説話は、二形の物語を鏡うつしに反転させる。

罪の証としての「男子転為女人」(『正法念処経』身念処品)と、善行の証としての「変成男子」(『法華経』提婆達多品)とが、性の越境をめぐる対概念として意識される時、双方向的に性を行き来する二形は、世の嘲笑と侮蔑を全身で引き受けながら、男か女かという問いそのものを無効化する、新たな物語の地平を切り開くのである。「病草紙」における説話の領分がそこにも出現する。

【注】

［1］小峯和明『院政期文学論』(笠間書院、二〇〇六年)、二三一～二四頁。

［2］「病草紙」をめぐるこのような視角は、美術史内部にも既に存在し、加須屋誠「『鼻黒の男』とは誰か?—病草紙の世界観」(『日本文学』四九—七、二〇〇〇年七月、『仏教説話画の構造と機能—此岸と彼岸のイコノロジー—』中央公論美術出版、二〇〇三年に収録)では、本作における「異形の姿を見下してみたい」という欲望を発露させた「権力者による支配的まなざし」の存在を指摘している。また、佐藤康宏「都の事件—『年中行事絵巻』・『伴大納言絵巻』・『病草紙』」(二〇〇一—二〇〇三年度科学研究費補助金研究成果報告書『描かれた都市　中世絵画を中心とする比較研究』二〇〇四年、『講座日本美術史』六、東京大学出版会、二〇〇五年に収録)では、揺らぎはじめた社会秩序と政治権力喪失への不安を「制御可能な混乱」と「弱者」を描くことで心理

的に補償する側面があると指摘。

[3] 現存二十一場面と所蔵先は以下のとおり。京都国立博物館蔵「風病の男」「小舌の男」「二形」「眼病治療」「尻の穴あまたある男」「陰虱の男女」「霍乱の女」「息の臭い女」「歯の揺らぐ男」、九州国立博物館蔵「尻の穴のない男」「頭のあがらない乞食法師」「顔にあざのある女」「侏儒」、福岡市美術館蔵「肥満の女」、香雪美術館蔵「小法師の幻覚をみる男」、サントリー美術館蔵「不眠症の女」、文化庁保管「背の曲がった男」、個人蔵「鼻黒の父子」、同「鶏に目を突かせる女」、同「白子」、同「居眠りの男」。なお、本稿で用いる各場面名称は、詞を伴う場合は極力そこで用いられている語に基づく病名をあて、詞を欠く「鶏に目を突かせる女」は、画面内容を端的に説明した。そのため、既存の刊行物や各所蔵先で用いる通例の表記と異なる場合がある。なお、全場面のカラー図版に関しては、加須屋誠・山本聡美編『病草紙』（中央公論美術出版、二〇一七年）参照。

[4] 福井利吉郎「六道絵に就て」（『心理学及芸術の研究（下）』改造社、一九三一年）、同『六道絵巻解説』（大和絵同好会、一九三一年）、同「六道絵」（『MUSEUM』一〇八〜一一四、一九六〇年三月〜九月、『福井利吉郎美術史論集』中央公論美術出版、一九九九年に収録）。

[5] 上野直昭「餓鬼草紙考察」（『思想』二八、一九二四年二月）、田中一松「地獄草紙」（『日本絵巻物集成（九）』雄山閣、一九三〇年）、小林太市郎「辟邪絵巻に就て」及び「仏名と沙門地獄草紙」（『小林太市郎著作集（五）』淡交社、一九七四年〈初出は前者が一九四四年、後者が一九四六年〉）、真保亨「原家本地獄草紙の画題と出典」（『筑波大学芸術年報』一九八五、一九八五年十月）、梅沢恵「矢を矧ぐ毘沙門天像を「辟邪絵」の主題」（『中世絵画のマトリックスⅡ』青簡舎、二〇一四年）参照。

[6] 佐野みどり「病草紙研究（上）（下）」（『國華』一〇三九・一〇四〇、一九八一年一月・二月、『風流　造形　物語—日本美術の構造と様態』、スカイドア、一九九七年に収録）。

[7] 山本聡美「「病草紙」の典拠—『正法念処経』身念処品と現存二十一場面との対応関係—」（村重寧先生星山信也先生古稀記念論文集編集委員会編『日本美術史の杜　村重寧先生星山信也先生古稀記念論文集』竹林舎、二〇〇八年）、同「『正法念処経』経意絵としての「地獄草紙」「餓鬼草紙」「病草紙」」（『金城日本語日本文化』八五、二〇〇九年三月）、同「『正法念処経』から「病草紙」へ—経説の変容と絵巻の生成—」（『國華』一三七一、二〇一〇年一月）、同「経から絵巻へ—経説絵巻の詞と絵」（『説話文学研究』四八、二〇一三年七月）、同「「病草紙」と経説」（加須屋誠・山本聡美編『病草紙』中央公論美術出版、二〇一七年）。

[8] 黒田日出男「巫女のイメージ」（『姿としぐさの中世史』平凡社、一九八六年）、加須屋誠及び佐藤康宏の前掲注2論文参照。

［9］二形を男巫として理解する視角は、阿部泰郎「性の臨界を生きる【中世日本の宗教と芸能の境界領域から】」(『環【歴史・環境・文明】』一二、二〇〇三年)、同「性の越境―中世の宗教／芸能／物語における越境する性―」(『女の領域・男の領域　いくつもの日本VI』岩波書店、二〇〇三年)において既に示されている。

［10］早くは、柳田国男が「巫女考《ふじょこう》」として、大正二年(一九一三)三月から翌年二月にかけて『郷土歴史』に行った十二回の連載がある。柳田は、その後も継続して「玉依姫考」など、神祇における女性の役割に着目し、昭和十五年(一九四〇)創元選書『妹の力』へと結実、民俗学的な観点から巫女の役割を論じた。その他、本論では堀一郎『日本のシャーマニズム』(講談社、一九七一年)、山上伊豆母『巫女の歴史』(雄山閣、一九七二年)を参照した。

［11］大阪府和泉市にある伯太彦神社を指すとの説もあるが、八幡信仰圏を擁する北部九州が、平安時代に巫覡集団の拠点のひとつであったことから、九州の博多と解釈しておきたい。山上伊豆母『巫女の歴史』(雄山閣、一九七二年)参照。

［12］この点については、既に三橋順子『女装と日本人』(講談社、二〇〇八年)が指摘している。ただし、同氏も髭の有無に関しては可能性の指摘にとどめているように、年老いた巫女のほうれい線などがやや濃く見えているだけという可能性も排除しきれない。

2

空海と「善女龍王」をめぐる伝承とその周辺

阿部龍一

1　はじめに

空海を扱った中世の伝承には龍との関連を示すものがいくつか見られる。これらの伝承は一見すると史実に反する荒唐無稽な作り話のように思われるが、その物語の深部に空海の密教実践の特徴、彼が密教を流布させた経緯、さらに空海の密教が後世にどのように受容されてきたかを示す糸口を秘めているものも多い。

本稿では神泉苑での善女龍王の出現の物語として名高い「神泉祈雨」の逸話を取り上げてみよう。これについては平安中期以降に行なわれた祈雨法を中心とした藪元晶氏やスティーブン・トレンソン氏などの優れた論考があるが、▼注[1] 本稿はこれら先行研究の方法とは異なり、空海が実際に行なった祈雨法の記録と、また空海が実践した密教の特徴と、照らし合わせることによって「善女龍王」解釈を試みる。

空海の生涯を描いた絵巻類でも最も整ったものとされ、康応元年（一三八九）成立とされる東寺蔵本『弘法大師行状絵詞』の詞書によると、淳和天皇の天長元年（八二四）仲春（二月）に日照りが続いたので、朝廷は空海に勅して祈雨法を行わせることとした。しかし守敏大徳が空海より僧位が高い自分がまず修法すべきでと上表したので、七日の間まず守敏が祈雨を勤めた。しかし洛中がわずかに湿ったほどで一向に降雨しなかった。そこで空海を神泉苑に招いて七日祈雨させたが、やはり効能が現れない。空海が不思議に思って、禅定に入り雨を呼ぶ龍王の在処を調べると、すべての龍王が守敏の法力によって水瓶の中に捉えられていた。ところが北天竺の雪山中深くにある無熱達池の龍王だけは守敏の法力を逃れていた。そこで空海は朝廷にその旨を奏上し、修法を二日間延長することを許され、この龍王を神泉苑に招き入れた。御幣に様々な供物を添えて勅使に龍王を供養させると見事に降雨し、天下が普く潤い旱魃がすっかり治まった。この功により空海は小僧都に直任されたとある。▼注[2] これと同様の物語は『今昔物語集』（第十四巻、四十一話）や『古事談』（第三巻、僧行、十一話）などにも収録されている。

図１　「神泉祈雨」（東寺蔵本「弘法大師行状絵詞」巻八）
（小松茂美編『弘法大師行状絵詞　下（続日本絵巻大成）』中央公論社より）

この逸話で注目されるのは神泉苑に出現した龍の特異性であろう。まずなぜこの龍王だけが守敏の法力の免れていたのだろうか。無熱達池（あるいは無熱悩池）は天竺、唐、日本が位置するという大陸である南瞻部洲のすべてを潤す四大河の一大水源であるという。『起世経』や『大智度論』によるとこの湖は大地の菩薩であり、衆生済度のために姿を阿耨達《あのくだつ》龍王（あるいは阿那婆達多《あなばだった》龍王、無熱悩のサンスクリット名、アナヴァタプタの音写）に変えるという。▼注[3] いわゆる三熱の苦を負う龍族の龍王とは異なり、この龍王は八地の大菩薩であるとされている。つまりこの龍はいわゆる畜類の龍王とは異なる優れた菩薩だったという経典の裏付けによって、守敏の法力の及ばない

図２　小龍と大龍としての善如龍王（部分）
（白鶴美術館蔵本「弘法大師行状図画」巻８）
（梅津次郎編『弘法大師伝絵巻』角川出版より）

真龍が空海の修法に感応して神泉苑に出現したと説明して、空海の優位性を示すのがこの物語であると理解できる。

　この物語に対応する事例が『日本後紀』の天長四年（八二八）五月二十六日条として記されている。長引く旱魃を止めるために、この月の二十一日に大極殿に百名の僧を招いて『大般若経』六百巻を三日間転読させるという大掛かりな法会が営まれた。しかし効果がなかったので、二十六日に小僧都空海に祈雨を命じた。空海が仏舎利を内裏に運び密教の修法を行なうと、「天陰りて雨降る。数剋にして止む。地を湿すこと三寸なり。是すなわち舎利霊験の感応する所なり」と述べられている。▼注[4] 天長四年五月という日付、祈雨法の行なわれた場所、すでに空海が小僧都の任にあったことなどは、異なっているが、一般の祈雨の儀礼が効果を示さなかったので、空海が登用された点は逸話と似ている。また請雨に用いられたのは舎利法であり、後世盛んにおこなわれた『大雲請雨経』や孔雀明王法による祈雨法ではなかった点も異なっている。『日本後紀』の記述によると空海が唐から持ち帰った舎利が如意宝珠と同一視され、舎利と宝珠の意味の重なり合いに依拠して空海が後七日御修法を宮中儀礼として創設したことが知られている。すると空海が祈雨のために舎利法を修したのは舎利を宝珠に見立て、宝珠を持物とする龍王を鉤召するためであったと考えられる。

２　龍王女としての善女

この歴史的記述から「神泉祈雨」の伝承を見直すと、そこに語られる龍王の独自性をさらに示すのがこの龍の形状の描写と名称だ。「神泉祈雨」の逸話を伝える諸本は一貫して金色の八寸ばかりの蛇が九尺の蛇の頭上に乗って神泉苑に現れたと伝えている。つまり神泉苑の龍王は実は小龍と大龍の二龍であり、しかもそれが蛇つまり蛇の姿で現れたとある。またこの特異な龍は善女（または善如）という名であったという。これらの諸点は「神泉祈雨」伝承の原典と考えられる『御遺告（遺告二十五箇条）』に記された内容が忠実に繰り返されている。承和二年（八三五）の空海入寂から一世紀以上経過した後に空海の遺書として偽作された『御遺告』には「この池に龍王あり、名を善如という。もとこれ無熱池の龍王の類なり。（中略）あたかも金色のごとく、長さ八寸ばかりの蛇なり。この金色の蛇、長さ九尺ばかりの蛇の頂に居在す。」とあり、実恵をはじめ空海の主だった弟子の多くがそれを目撃したと言われている。▼注[5]

逸話で龍王と呼ばれているのが実は二頭の龍であり、それが「善女龍王」と呼ばれたこと、また無熱池の「龍王の類」であったことについては、それらを説明する興味深い経典が存在する。「大正新修大蔵経」十九巻所載の不空三蔵訳『宝悉地成仏陀羅尼経』である。この経は釈尊が摩伽佗国清浄園の白蓮華池のほとりで仏舎利の功徳を説いた密教経典であるが、ここで説かれた秘法を受け守りついでゆくものとして「無熱悩池の龍王と善如龍王女」が経典の結論部（流通分）に列挙されている。▼注[6]これは無熱悩池の龍王つまり阿耨達龍王とその娘の善如と名乗る龍族の龍女を意味する。つまり「神泉祈雨」で無熱悩池の「龍王の類」と述べられているのは、龍王と龍王の親族を意味したのであり、「善女龍王」とは「善女・龍王」であり、善如と名乗る王女とその父王の二頭の龍であったと理解できる。また同じく「大正新修大蔵経」十九巻に掲載される『如意宝珠転輪秘密現身成仏金輪呪王経』にも善女という名の龍女が登場する。この経の第三章「如意宝珠品」では釈尊が無熱悩池の龍王の龍宮に赴いて法を説き、そこで「龍王女善女」が仏に宝珠を奉献するという、『法華経』の龍女譚に類似した物語が載せられている。▼注[7] この経は日本撰述の偽経であると疑われているが、「大正大蔵経」所収の本には以下の石山内供として知られる淳祐（八九〜九五三）による奥書が添えられている。

この経の相承は高祖大師遍昭金剛、真雅僧正にこれを伝う。以下先師般若寺僧正に至る。大日如来よりおよそ十二代なり。よって淳祐これを伝う。眼睛にこれを秘すがごとく、いま元杲大法師にこれを授け、次の阿闍梨也となすのみ。天暦三年己酉八月二十三日。伝授阿闍梨内供奉十禅師淳祐。▼注[8]

つまり現代の文献学的見地からは偽経であっても、淳祐はこの経を真証の経として扱い、その教えを密教の師資相承の正当な証として重要視していたことが知られる。彼の師の般若寺僧正寛賢（八五四〜九二五）から受け、いま弟子の元杲（九一四〜九九五）に伝える旨を明記している。ちょうど弘法大師信仰が高まりを見せ、「神泉祈雨」をふくむ空海に関するさまざまな逸話が生まれ始めた時期に、この経が空海が唐から将来した重要な経典であると認識されていたと思われる。これらの経典の記述に依拠して「神泉祈雨」の逸話は作られたのであり、善女龍王とは善女という龍族の王女とその父の阿耨達龍王を指していたのが、後世あたかも「善女（如）」という名の龍王であったと誤認されてしまったと考えられる。その結果として金剛峰寺蔵の国宝の男神として描かれた「善如龍王」などに代表される、男神一体のみの「善女龍王」図が作図されたのであろう。しかし神泉苑に現れた龍が小龍と大龍の二頭であったこと

図３　長谷川等伯「龍女龍王図」（七尾美術館蔵）（東京国立博物館・京都国立博物館編『没後400年・長谷川等伯』毎日新聞社より）

は『御遺告』に明記されており、「図画」系、「絵詞」系に関わらず弘法大師の行状を描いた絵巻の「神泉祈雨」の場面に忠実に描かれている。

長谷川等伯筆の「善女龍王」図は童女の姿の龍族の王女を龍形の大龍王が取り巻き守護している姿を描いている。これは「神泉祈雨」の小龍が大龍に乗って現れた図の二龍の関係をよく保った作図であり、本稿の視点からは注目されるべき作品であろう。松嶋雅人氏の指摘があるように、本境寺蔵で京都妙顕寺大三世朗顕の署判を持つ十四世紀制作の「絵曼荼羅」中にある、龍王に守護されつつ宝珠を奉献している童女として描かれた龍女の場面などを参考にして、等伯は自らの「善女龍王」図を考案したと考えられる。▼注[9] これらは『如意宝珠転輪秘密現身成仏金輪呪王経』の例が示すように、『法華経』の龍女の宝珠奉献とも近似性のある善女龍王女の姿が真言宗系の寺院以外でも伝承されていたことを示すものではないだろうか。

3　善女龍王女と空海撰『般若心経秘鍵』

前節の考察から、神泉苑に出現したという二頭の龍のうち金色の小龍が善女であり、善女を頭頂に載せた大龍が父王の阿耨達龍王であったと理解できる。「善女・龍王」という呼び方からも分かるように、「神泉祈雨」の伝承では二龍のうちでも善女が重視されているのが明らかである。つまりこの伝承で空海の祈雨の修法に感応して雨を降らせるのに最も貢献したのは、まず善女龍王女であり、阿耨達龍王は彼女を輔佐し守護する役割を担っているといえよう。それが「神泉祈雨」の龍は「阿耨達」ではなく「善女」という名で記され記憶されてきた理由でもあろう。

なぜ龍王よりも金色の小蛇として出現した龍女に重きが置かれているのだろうか。これについては空海による『般若心経』の注釈書として名高い『般若心経秘鍵』に興味深い記述がある。『心経秘鍵』の序論の終結部で空海は『般若心経』は『大般若経』六百巻を要約した「心要」であるという説を紹介し、それに続き「いわゆる龍に蛇の鱗のあるがごとし。」と述べている。▼注[10] 龍にたとえられるように膨大な経典である『大般若経』と比べると、『般若心経』はたった一紙十四行の小品であり、小さな蛇のようである。しかし蛇が龍とまったく同じ鱗を持つという言い伝えにより、それを『心経』が『大般若経』の心髄を要約したものであることの証であるとしている。六百巻という大部の「大般若経」と比べても『心経』が決してそれに劣るものではないと指摘している。さらに空海は『心経』が実は悟りの知恵「般若波羅蜜多（悟りの知恵の完成）」を人格化した女性の菩薩である般若菩薩の禅定体験を開示した経典であると主張する。般若波羅蜜多のサンスクリット原語の「プラジュニャー・パーラミター」が女性名詞であることも龍王女との関連で注目される。また『心経秘鍵』ではその女菩薩の悟りの体験そのものを音声で示したのが『心経』の結末に置かれた真言「羯諦（ぎゃてい）羯諦（ぎゃてい）波羅羯諦（はらぎゃあてい）波羅僧羯諦（はらそうぎゃてい）菩提薩婆訶（ぼうじそわか）」であると述べられている。空海によれば『心経』で最も肝要な部分はこの真言であり、「観自在菩薩が深く般若波羅蜜多を行ぜられた時」に始まる経典の本文は、観音菩薩がこの真言を唱えることによって得た悟りの禅定体験を舎利弗（舎利子）に示した教えであるとして、画期的な解釈を提示している。▼注[11]

また空海は『心経』の真言には仏教諸宗のあらゆる教えが凝縮されていると説明する。これは般若菩薩が仏母として信仰されているからであろう。あらゆる菩薩は般若波羅蜜多を体得することにより覚者つまり仏陀となるのだから、般若菩薩は諸仏菩薩を、さらに諸仏が説く様々な仏教の教えを生み出す根源であると考えられている。つまり『大般若経』六百巻は般若波羅蜜多が何であるかを教理的に説明した経典であるのに対し、仏母の般若菩薩の悟りの内面的体験である般若波羅蜜多そのものを真言の音声として示す『般若心経』は、『大般若経』を含む全仏教経典の根源であり母であると言えよう。空海が『心経秘鍵』で依拠した般若菩薩の悟りを詳しく説く『陀羅尼集経』所収の『般若波羅蜜多大心経』は般若菩薩の禅定を示す真言の威力について以下のように説明している。

至心に如法に受持し、随誦一遍せば、一万八千の修多羅蔵を出生す。また彼のいちいちの修多羅蔵より、おのおの二万五千の修多羅蔵を出生す。また彼のいちいちの修多羅蔵より、おのおの百万の修多羅蔵を出生す。（中略）すなわちこれ十方三世諸仏の宗祖なり。またこれ十方三世諸仏の無尽の法蔵、一切般若波羅蜜多の母なり。▼注[12]

ここで修多羅といわれるのはスートラつまり「経」であるから、空海の解釈に従えば『般若心経』の方が『大般若経』よりもはるかに深く優れた教えであることは明白だ。

空海が『心経秘鍵』で示した思想に従えば、『般若心経』のたった十六字の「羯諦羯諦、波羅羯諦、波羅僧羯諦、菩提薩婆訶」の真言と六百巻の『大般若経』との関係は、「神泉祈雨」の逸話の小龍（善女龍王女）と大龍（阿耨達龍王）との関係に対応するといえよう。それは真言の念誦を通して観想する密教の修法と経典の読誦を中心とした顕教の法会との相違に対応するものでもある。前述したように『日本後紀』によれば旱魃を止めるために天長四年の五月二十一日に百名の僧が大極殿で『大般若経』を転読したが効果がなかったので、同月の二十六日に空海が内裏に請じられ、唐から持ち帰った舎利を安置して真言の修法を行なったところ、降雨を得られたという。つまり百名の僧による『大般若経』の転読は大龍に、それに続く空海の真言による修法が善女龍王女に、それぞれ当てはまる。

空海がこの時に内裏で仏舎利に対して行なった修法がどのようなものであったかを知る手がかりはない。しかし彼が仏舎利を中心として宮中の年中儀礼として創設したことで名高いものとして後七日御修法が知られている。これは国家を安泰にして繁栄させるために正月の八日から十四日まで宮中で高僧が『金光明経』を読誦し講義する奈良時代から続いていた御斉会の効力をさらに強めるために空海が公案した密教の修法だ。承和元年に仁明天皇の勅許を得るために認めた奏状で空海は、御斉会の読経と講経はちょうど医学書を読み上げ、その内容について講義しているようなものであるが、それでは病者を癒すことはできない。医学書の記述に沿って実際に薬を調合し、それを病者に与えるのと同様なのが、『金光明経』に記述されている真言を念誦し、それに従って禅定を修し、その功徳を人々に与えることであり、そのために後七日御修法が必要である、と空海は述べている。▼注[13] 空海は唐から持ち帰った仏舎利を如意宝珠に見立て、後七日御修法の本尊としている。『金光明経』の第十四章に説かれる如意宝珠の真言について、『金光明経』の密教的解釈を詩頌で示した『金勝王経秘密伽陀』で、空海は以下のように説明している。

我が心は清浄にしてこれ無染なり　よく諸願を満たせば宝珠と号す
秘主と観音と梵と帝釈と　多聞と諸龍とはことごとく我が躯なり▼注[14]

真言を念誦することによって修行者の心が清らかな状態になると、その心こそが如意宝珠であることが知られる。すると修行者の体は覚者の身体となるから、それは釈迦牟尼仏の真の姿である毘盧遮那仏、その変化身である観音菩薩、梵天、帝釈天と何ら変わりのないものである。さらに如意宝珠を持って国を災厄から守る多聞天（毘沙門天）や諸龍王もすべて自分の身体と同じであるから、修行者の唱える真言に感応して龍を含むこれらの諸尊が災いを防いでくれる、そう空海は説明している。また空海がこの経の眼目であるとする第八章金勝陀羅尼品にあげる金勝陀羅尼と名付けられた真言については以下のような詩頌で説明している。

金勝の真言は諸仏の母　諦観し思惟すれば身の空を解す
六根五蘊は相い識らず　一々の細念は我が躬にあらず
この理を修行せば宝耀を得　男にあらず女にあらず蓮宮に座す
四天梵王は帰して接足し　妙なる法力は人をして崇めしむ▼注[15]

ここでも真言がすべての仏教の教えを内包する神聖な言葉として扱われている。だからその真言を唱えて禅定に入り、真言の諸仏菩薩を産出する力を修行者がその体に内在化すれば、男女の別に関わらず空性の真理に光り輝く身体を得るという。護国の四天王でさえもその修行者に帰依しその足元に跪くほどの法力を得ることが出来るという。

4　「明」あるいは「明妃」と善女龍王女

このように空海の思想では真言による修法によって仏教経典を学問、講説、読誦の対象である教理書から除災や招福の力を発揮する実践の書へと変成してゆくことが可能であると考えられている。その変成を可能にする真言の力は「明」とよばれている。空海が唐から将来して重視した「瑜伽瑜祇経」の第九章金剛吉祥大成就品では、その力とは「一切の明を成就」するものであり、「一切の願を能く満たし、一切の不祥を能く除き、一切の福を能く生ず」と述べられている。▼注[16] 明とはすべての煩悩の原因である無明を破る知恵の光を指すから、真言の力はその根源であるとされている。これは密教の修法や法会の次第で用いられる「明一遍（真言を一度となえる）」という表現で示されるように、真言と明が同義語として用いられていることからも理解できる。

密教の根本経典である『大日経』の学習に不可欠とされる善無畏三蔵が叙述し、それを一行禅師が書きまとめた『大日経疏』では、真言の力が「明妃」という言葉で現されている。

明妃とはすなわち如来の身と同じなり。（中略）妃とは世の女人のごとく男女を生じて種胤をして絶えざらしむがごとく、この明妃もよく一切如来の所有の功徳と生ずるがゆえに、義をもって妃という。仏は三昧の中においてこの明妃を現じたまうなり。口に説くを真言陀羅尼と名づけ、身に現ずるを明という。十方三世の仏および菩薩は、この門に入るによるがゆえに、法界に普門示顕す。▼注[17]

密教では真言や陀羅尼を唱えることで禅定を深め、悟りに至ることが出来るとするが、こうして、覚者、仏陀、如来となったものの身体は男性的な要素である禅定（三昧、三摩地）と女性的な要素の知恵（明、明妃）の結合から生まれるという。その知恵が音声として現れたのが真言であり、形となって示顕したのが覚者である仏菩薩の身体であるという。このように明妃とは仏母と同義であるが、それをまさに知恵の光の妃と表現している。

以上、空海が依拠した真言とは何かという密教思想を要約すると、真言は経典の言語としては短小であっても、「大般若経」のように長大な経典の意味を産出する力を内に備えていること、それは般若波羅蜜多を人格化した女性の菩薩であり仏母である般若菩薩信仰と深く結びついていること、また真言の力とは知恵の光の根源である「明」あるいは「明妃」として説明されると言えよう。これらの特徴は「神泉祈雨」の伝承で出現したたった八寸ではあるが、「大般若経」に喩えられる大龍の頂きに乗った金色に輝く龍王女である善女の姿によく現されていると言えるのではなかろうか。

空海が真言を唱えた祈雨の修法により、その真言の力である般若波羅蜜多が善女龍王女の姿で現れた。その「一切の願を能く満たし、一切の不祥を能く除き、一切の福を能く生ず」という力により、降雨によって旱魃が治まり、しかもそれが数刻の後に止んだので水害になることもなかった、と「神泉祈雨」の伝承の深層にあるものを理解できるのではないだろうか。『瑜伽瑜祇経』の「一切の明を成就」するという記述の通りに、無明の闇を破る「明」または「明妃」―知恵の光を生み出す根源―が光を放つ金色の小龍として出現した善女龍王女の姿が象徴しているものであろう。

5　結びにかえて――真言の力としての龍

空海と龍をめぐる逸話で「神泉祈雨」と並んで著名なものとして「虚空書字」の伝承をあげることができる。白鶴美術館蔵本『弘法大師行状図画』の詞書によると、唐長安に留学し青龍寺の恵果和上から密教の伝燈を受けた空海は、川のほとりを散策していた。すると一人の童子が現れて、「あなたは日本からいらした能筆の方ですね。虚空に字を書いてみてください」と訊ねた。空海が童子のいうとおりにすると、空海の書いた書は空中に浮いている。「では私も書きましょう」と言い、童子も空中に字を書いた。次に童子は空海に今度は川の流れに字を書いてくださいという。

空海が流水に漢詩を書くと、その詩は乱れずに川面に浮いていた。それを見て喜んだ童子は流水に龍という字を書いたが、その字には小点が欠けていた。空海が童子になぜ点を打たないのですかと訊ねると、童子は「忘れました。どうぞあなたがお加えください」と言う。空海が字に点を加えると、水面の龍の字はたちまちに真龍となって、光を放ちつつ天に昇って行った。▼注[18]

これは空海がいかに稀有の能書家であったかを示す奇瑞譚として理解されている。しかし詞書には昇天した龍を見送った空海が童子に「あなたは一体どなたですか」と問うと、「我をば五髻の童子と申すなり」として、童子が実は文殊菩薩の化身であった種明かしがされてある。また東寺蔵本『弘法大師行状絵詞』には同じ逸話が「流水点字」として紹介されているが、童子を文殊の化身とする点では変わりがない。▼注[19]なぜ文殊菩薩がこの逸話で弘法大師の対話者に選ばれているのだろうか。

空海は『般若心経秘鍵』の冒頭に揚げた詩頌で般若波羅蜜多を以下のように図式化している。

文殊の利剣は諸戯を絶ち　覚母の梵文は調御の師なり
Dhih・Maṁの真言を種子となす　諸教を含蔵する陀羅尼なり
無辺の生死はいかによく断つ　ただ禅那と正思惟をもってす▼注[20]

般若波羅蜜多とは男性的な要素の禅定（禅那・三昧・三摩地）と女性的な要素の知恵（明・正思惟）が結びつくことで成り立っているが、男性

図４　流水点字（東寺本「弘法大師行状絵詞」巻四）
（小松茂美編『弘法大師行状絵詞　上（続日本絵巻大成）』中央公論社より）

的な要素は利剣を持つ文殊菩薩に、女性的要素は梵篋を持つ般若菩薩によって人格化される。また文殊菩薩と般若菩薩の種子真言であるDhih（チク）とMam（マン）にはすべての仏教の教えが凝縮されているという。この図式に従えば、「虚空書字」の逸話では童子である文殊菩薩が禅定を、真龍が悟りの知恵である明を、それぞれ現しており、この両者を結びつけて天に昇って行く龍として般若波羅蜜多を現成させたのが、空海による仕上げの一点を龍字に加えた運筆であったと理解できるのではなかろうか。

空海は彼の言語理論を論述した『声字実相義』で「等正覚の真言は言名成立の相なり」、覚者によって説かれた真言とは言語が成立してゆく原初的な位相を示したものだ、と説明している。▼注[21]

内外の風気わずかに発すれば、必ず響くを声という。響きは必ず声により、声はすなわち響き、これの本なり。声を発してむなしからず、必ず物の名を現すを号して字という。名は必ず体を招く。これを実相と名づく。▼注[22]

内と外とは生命あるものの内なる意識と外の環境世界を意味している。生物の呼吸が大気にふれあうときに、その響きは意識の働きを反映して単なる自然現象から声へと変化する。その声が一定の形に定まって、つまり字になって常に特定の事物を対象として示す時、名、名称、記号が成立する。その名によって指示された対象が実相（実体あるもの）と呼ばれるという。空海は動物的な叫びである原初的な声が言語になるための決定的な要素として、声から字への変化に注目している。「あらゆる言語はみな声によって起こる。声に長短高下、音韻屈曲あり。これを文と名づく。文は名字により、名字は文を待つ。ゆえに諸々の訓釈は文すなわち字という。▼注[23]」叫びである声が文、もん、あや、パターンとして定型化される時、声は字となると同時に、名つまり言葉になると空海は説明する。彼の思想では言葉は単に事物を代替する透明な記号ではなく、声を発する意識と、それを文（もん）として保存あるいは記憶する素材が重なり合うところに生じる、身体性と物質性を切り離すことが出来ない現象として捉えられている。この意味では話し言葉も発話という行為によって空気に刻まれ書きこまれた、音の波形の秩序を持った「文字」である。言語の生成とはまさに声が原初の息づかい、呻き、叫びなどであることを止めて、文に変成して行く過程であり、その過程の中心にあるのが、「書く」という身体的な営為であるといえよう。

このように空海の言語理論の視点からみると「虚空書字」の逸話は声から文へ、文から名へと言語が成立して行く過程を見事に示した暗喩であると読むことが可能なのではなかろうか。虚空や流水のように不可分な原初的混沌の中にあった意識が言語を習得することによって言別け（ことわけ）されて知能が発達し、また外界の環境世界も事別け（ことわけ）されて、名前と対応した様々な事物（実相）が立ち現れる。このことは例えば風に関わる国字である凪（なぎ）、凩（こがらし）、颪（おろし）などの例を考えれば明らかであろう。他の言語文化では区別されない大気の動きが日本語の文化圏では、あたかもこれらが本来自然界に本来存在していた物かのように意識され、作詩や作文では季節の変化の描写のため、また作者の詩情の投影としても用いられる。

ところが「羯諦羯諦　波羅羯諦　波羅僧羯諦」などの真言の言語は文法的な主語や述語の繋がりも、一々の言葉に対応する事物も持たない。▼注[24]それはむしろ原初的な声に近いものだから、真言を唱える修行者を、実相から名へ、名から字へ、字から文へ、さらに原初の声へと立ち返らせ、言別けによって生じた自我の意識も、事別けされた事物の世界も、実は言語によって構築された物であると覚らせる。それにより修行者は自我と事物への執着から離れて般若の知恵の完成へと向かうことが出来る。これが空海が「真言は言名成立の相」であると位置づけている理由であろう。

真言とは言語の成立するありようをあらわに示す特殊な言語であると言えよう。すると声から文へ、さらに字へ、名へという過程に変化が起これば、それに対応する事物（実相）をも変化させることができるはずだ。真言を唱えることで現象界にも変化が起き、除災や招福が可能となるとするのは、このような思考によるのであろう。すると水面で揺れていた龍の字が真龍に変わって天に昇ったとするのも、「言名成立の相」そのものである真言の力を示すための譬喩として考えられるのではなかろうか。つまり水面の未完の龍字に仕上げの一点が加えられることで、流水に現れた文（もん）であったものが字になり、さらに名となって実相である真龍を出現させた、と。白鶴本『弘法大師行状図画』ではこの場面を「小点をうち給時、忽に真龍となりて雷をかがやかし雲をおこして天にのぼる」と記述している。東寺本『弘法大師行状絵詞』の詞書には「時に、此の字、響きを起こし、光を放ちて、真龍となりて空に昇りにき」と記されている。龍が真言の力の表出として般若波羅蜜多の光を放ちつつ出現するという主題は「神泉祈雨」の善女龍王女の伝承と共鳴しあうものであるといえよう。

このように空海の言語理論を視野に入れて「神泉祈雨」の逸話を考えると、中世に「善女龍王」という名の龍王が神泉苑の池に棲む龍神として実在性を持ち盛んに信仰されたのは、平安初期に真言の念誦や修法という実践法を空海が導入したことの影響が中世期を通していかに広範であったかを物語っている。「善女龍王」という中世の新語は、声から文へ、文から字へ、字から名へ、さらに名が指し示す実相の産出へと続く言語の成立の過程を通して独り立ちし、室生の竜穴や龍王による空海への宝珠伝授などの更なる伝承を生み出して、中世特有の顕密仏教のありようや仏法と王法の共生的関係を特徴づけていった。▼注[25]

【注】

［1］藪元晶『雨乞儀礼の成立と展開』（岩田書院、二〇〇二年）。特に第二章第一節および第二節、一三二～一八九頁。スティーベン・トレンソン「神泉苑における真言密教祈雨法の歴史と善如竜王の伝説」（『アジア遊学』七九、勉誠出版、二〇〇五年）所収。同氏『祈雨・宝珠・龍—中世真言密教の深層』（東京大学出版会、二〇一六年）二四一頁以下。

［2］小松成美編『弘法大師絵詞』上巻（中央公論社、一九九〇年）九八～九九頁。

［3］「大正新修大蔵経」（以下「大」と略称）第一巻、三一二頁下～三一三頁上。「大」二十五巻、一一四頁上。

［4］黒板伸夫・森田悌編、『注釈日本史料・日本後記』（集英社、二〇〇三年）九四六頁。

［5］『定本弘法大師全集』第七巻、三五三～三五四頁。

［6］『大』十九巻、三三七頁中。

［7］『大』十九巻、三三二頁上。

［8］『大』十九巻、三三四頁下。

［9］東京国立博物館・京都国立博物館編『没後四〇〇年・長谷川等伯』（毎日新聞社、二〇一〇年）二五九〜二六〇頁。

［10］『定本弘法大師全集』第三巻、六〜七頁。

［11］『定本弘法大師全集』第三巻、四頁。

［12］『大』十八巻、一〇八頁中―下。

［13］『定本弘法大師全集』第八巻、一六二〜一六三頁。

［14］『定本弘法大師全集』第四巻、二八四頁。

［15］『定本弘法大師全集』第四巻、二四七頁。

［16］『大』十八巻、二五九頁下。

［17］『大』三十九巻、七〇八頁上。

［18］梅津次郎編、『弘法大師伝絵巻』（角川出版、一九八三年）三七〜三八頁。

［19］小松成美編『弘法大師行状絵詞』上（中央公論美術出版、一九九〇年）一一三頁。

［20］『定本弘法大師全集』第四巻、三頁。

［21］『定本弘法大師全集』第四巻、三七頁。

［22］『定本弘法大師全集』第四巻、三六頁。

［23］『定本弘法大師全集』第四巻、三九頁。

［24］この陀羅尼をサンスクリット原語で読むときはその限りではない。原文の文法的秩序とその日本語現代語訳については、阿部龍一「マンダラ化するテクスト―空海撰『心経秘鍵』の言語力学をめぐって」（弘法大師墨蹟聚集刊行会編・刊『弘法大師墨跡聚集・論文編』二〇〇八年所収）を参照されたい。

［25］善女龍王の伝承と宝珠、室生寺、さらに長谷寺などへの関連については、藤巻和宏「『長谷寺縁起文』観音台座顕現譚成立の背景」（『国文学研究』一三三、二〇〇三年三月所収）などに詳しい。

3

文殊菩薩の化現

──聖徳太子伝片岡山飢人譚変容の背景──

吉原浩人

1 はじめに

文殊師利菩薩は、現代では智慧の象徴として信仰され、著名な文殊の霊場は合格祈願の受験生を多く集めている。では日本古代において、文殊菩薩はどのような霊格として尊崇されていたのだろうか。当時、アジア各地に広く知られた文殊の聖地は、中国の五台山であった。日本からは、円仁（七九四〜八六四）・奝然（九三八〜一〇一六）・成尋（一〇一一〜一〇八一）らの著名な僧侶が巡礼し、あるいは霊仙（七五九?〜八二七?）のように五台山で遷化した僧侶もあった。さらに、日本では文殊菩薩の化現・化身と称される僧侶や俗人が出現し、また文殊菩薩が貧者を救済するという平等思想もこれにより広まった。日本古代中世における五台山文殊信仰を包括的に論じたものに、小峯和明「五台山逍遙──東アジアの宗教センター──」▼注[1]があり、まず第一に参照すべきものである。

小稿においては、文殊信仰の中でも、菩薩が人としてこの世にあらわれるという思想に絞り、化現の根拠を仏典に探り、日本における受容例を跡付け、聖徳太子伝にみる片岡山の飢人が文殊菩薩に比定される説の淵源について闡明することを目指したい。

2　文殊菩薩の経典と『法華経』序品

文殊菩薩を主題とする経典は、『文殊師利浄律経』『文殊師利問経』をはじめ二十以上を数え、他の仏・菩薩の教理を説く経典に比して圧倒的に多いという。▼注[2] 初期大乗仏教において、文殊菩薩がいかに大きな役割を果たしていたか、あらためて認識できるであろう。無限の過去より修行を続けたという文殊菩薩は、智慧の象徴とされるばかりでなく、経典によってさまざまな相貌がある。

『梁塵秘抄』巻二―二六には、以下のように謡われている。

文殊菩薩はそもそも何人ぞ　　三世の仏の母といます
十方如来諸法の師　　みなこれ文殊の力なり

これは五台山で非業の死を遂げた霊仙▼注[3]が訳場に参加した、般若訳『大乗本生心地観経』巻三の偈文▼注[4]に拠っている。三世の仏の母とされるのは、文殊が過去久遠劫から繰り返し衆生を教化し、釈尊の師でもあったことを踏まえているからである。

文殊菩薩が何度も転生していることは、『法華経』序品▼注[5]にも説かれている。釈尊出世以前のはるか過去に、日月燈明という名の仏が出現し、その後同じ名の二万の仏が次々に現れ、その最後の仏である日月燈明仏には八人の王子がいた。日月燈明仏の弟子に妙光という菩薩がおり、仏はその前で『法華経』を説き、涅槃に入った。その後、妙光菩薩は八十小劫間にわたって『法華経』を説き続け、八人の王子も仏道を完成させたという。釈尊は現世において、耆闍崛山（霊鷲山）で『法華経』を説こうとした時、大衆・阿羅漢・菩薩らとともにいた文殊菩薩の前身は、この時の妙光菩薩であったと明かした。

文殊の転生は、他の諸経にも繰り返し説かれることから、菩薩が人としてこの世に化現するのはあり得べきことと、考えられる素地ができていたのである。

3　文殊菩薩の化現としての行基

奈良時代の名僧行基▼注[6]（六六八〜七四九）は、大僧正に補任され、東大寺大仏殿の造立に尽力した。平安初期に南都薬師寺僧の景戒が編纂した『日本霊異記』巻上―六には、「行基大徳者、文殊師利菩薩反化《へんげ》也」とあり、文殊菩薩の変化身として理解されていた。聖者として、行基は数々の逸話を残しているが、『三宝絵』巻中―三「行基菩薩」には、南天竺から来日した婆羅門僧正（菩提僊那）（七〇四〜七六〇）に対して、行基は次のような和歌を詠みかけたという。▼注[7]

霊仙ノ釈迦ノミマヘニ契テシ　真如クチセズアヒミツルカナ

霊鷲山において釈尊が『法華経』を説法した際、共に約束した真実が朽ちずに互いに会うことができましたねと。すると、婆羅門僧正は、以下のように返した。

迦毘羅衛ニトモニ契シカヒアリテ　文殊ノ御貌アヒミツルカナ

迦毘羅衛城において共に約束した誓いの甲斐があって、文殊菩薩のお顔を拝することができましたねと。すなわち婆羅門僧正は、釈尊が霊鷲山において『法華経』を説法していた時の聴衆の一人であり、行基はその説法を主導していた文殊菩薩であった、前世からの因縁を感得したというのである。もちろんこれは歴史的事実ではないが、行基や婆羅門僧正が遷化した半世紀のちには、すでにこのような伝承が語られていたことに注意しなければならない。

4　文殊会の創祀

平安初期から、文殊菩薩を本尊とする法要である文殊会が、全国各地で毎年七月八日に厳修されていた。天長五年（八二八）二月二十五日付太政官符「応レ修二文殊会一事」▼注[8]には、その経緯が次のように述べられている。贈僧正伝燈大法師位勤操（七五四～八二七）と、元興寺伝燈大法師位泰善らが、畿内各郡で広く文殊会を設け、飯食を備えて貧者に施そうと志していたが、勤操が遷化してしまった。そこで泰善はその遺志を継ぎ、僧綱に申請して裁可され、京畿七道諸国に命じ、定額寺から各郡の一村邑に至るまで練行の法師を招請し、毎年七月八日に文殊会を修すことが定められた。また、その前後三箇日には殺生を禁断し、会集の男女等には三帰五戒を授け、薬師・文殊の宝号を各一百遍称えさせたという。

この法会の典拠の一つとなったのが、西晋・聶道真訳『文殊師利般涅槃経』▼注[9]である。ここには、以下のように説かれている（傍線・記号は私に附した。以下同じ）。

a若有二衆生一、但聞二文殊師利名一、除二却十二億劫生死之罪一。若礼拝供養者、生生之処恒生二諸仏家一、為二文殊師利威神一所レ護。是故衆生、当下懃繫念念二文殊像一、念中文殊像法上。先念二琉璃像一、念二琉璃像一者、如二上所説一、一一観レ之皆令了了。若未レ得レ見、当下誦二持首楞厳一、称二文殊師利名一、一日至中七日下。文殊必来至二其人所一。

ひたすら文殊師利の名を聞く衆生がいれば、過去十二億劫の生死の罪が除却され、もし礼拝供養すれば、生まれ変わるたびに諸仏の家に生まれ文殊師利の威神に護られる。だから衆生は、文殊像に思いを繋いで念じなければならない。

まず瑠璃像を念じても、文殊を見ることができなければ『首楞厳経』を誦持して、文殊師利の名を称えれば、一日ないし七日のうちに、必ず菩薩がその人の前に来たり至ると説いている。さらに、次のようにいう。

此文殊師利法王子、b若有レ人念、若欲三供養修二福業一者、即自化身、作二貧窮孤独苦悩衆生一、至二行者一前。若有レ人念二文殊師利一者、当レ行二慈心一。行二慈心一者、即是得レ見二文殊師利一。

この文殊師利法王子は、もし人が念じ供養し福業を修そうと思えば、ただちに自ら化身して、貧窮で孤独な苦悩する衆生となって行者の前に現れ至る。慈悲の心をもって修行する者は、文殊師利を目の当たりに見ることができるとしている。『往生要集』巻上「大文第二欣求浄土・第七聖衆倶会楽」には、この部分を含む『文殊師利般涅槃経』を取意引用している。

さきの太政官符「応レ修二文殊会一事」には、この経を要約して以下のように記している。

此則所レ依下文殊涅槃経云、a若有二衆生一聞二文殊師利名一、除二却十二億劫生死之罪一。若礼拝供養者、生生之処、恒生二諸仏家一、為二文珠師利威神一所レ護。b若欲三供養修二福業一者、即化レ身作二貧窮孤独苦悩衆生一、至二行者前一者上也。

これを受け、『三宝絵』巻下―二三「文殊会」では、以下のように和訳している。

aモシ衆生アリテ、文殊師利ノミ名ヲキカバ、十二劫ノ生死ノヲモキツミヲノゾク。
bモシ供養ゼムトヲモハヾ、スナハチ身ヲワカチテ、マヅシク飢タルモノ、ミナシゴ、病人ラノカタチニナリテ、ソノ人ノマヘニイタラム。

aもし衆生がいたとして、文殊師利菩薩の御名を聞いたとすれば、十二（億）劫もの生死の重い罪を除くことができる。
bもし文殊菩薩を供養しようと思うならば、すぐに身を別ちて、貧しく飢えた者、孤児、病人らの形に変化して、その人の前に至るであろうと。

すなわち、太政官符と『三宝絵』で、ともに重視しているのは、a文殊師利菩薩の名号を称えることにより、過去十二億劫の間に繰り返した罪障を除却することができることと、b文殊菩薩を礼拝供養した者の前に、貧しく飢えた者・孤児・病人など、苦悩する人々の形をとって菩薩が姿を現すという、二つのことである。

奈良時代や平安時代初期には、街や村にこのような被差別者たちが溢れていた。それらの中に、実は姿を変えた文殊菩薩の化身がいるかもしれない。文殊会の創始には、こういった人々を差別せず、慈悲の心をもって大切にしなければならないという強い意図が籠められていたのであろう。日本において、『文殊師利般涅槃経』の所説の中から、特にここの部分を切り取って強調したところに、日本仏教における文殊信仰の特徴を読み取ることができよう。

5　円仁の五台山巡礼と文殊菩薩

中国の五台山【図1】【図2】において、文殊菩薩が老人などの姿で化現する【図3】ということは、日本でも広く知られていたらしい。唐・開成五年（八四〇）に五台山に入山した円仁は、中国の諸大徳に「客僧若是文殊歟」と疑われたが、円仁も「主人御名是文殊歟」と、互いに疑い合ったという。▼注[10]

円仁は、同年五月二十二日に北台の上米普通院で五道の光明【図4】を見ることができ、六月二十一日には大華厳寺において色光の雲を見るという奇瑞の相に出会い、七月二日には南台の空中に聖燈一盞を見たという。▼注[11]円仁は同日条に、五台山に入る者は自然に平等の心を起こすとして、僧俗・男女・大小を問わず、斎会を設けて供養するとして、往昔の霊験譚を記録している。斎食の際に、懐妊した乞丐が腹の中の子の分まで食事を求めたので、再三拒否したところ、それは実は文殊菩薩の化身で、金毛の獅子に乗って一万の菩薩とともに、空に騰って去っていったため、これ以後斎会を設ける際は、身分の上下を問わず、平等に供養するようになったという。この話は、『広清涼伝』巻中「菩薩化身為㆓貧女㆒」▼注[12]に収載される著名な話の古態であり、貴重な記録である。『広清涼伝』は南宋・延一撰述であるが、円仁の記述により、唐末の五台山において、この話が広く語られていたことを証明することができる。敦煌石窟莫高窟第六十一窟西壁「五臺山化現図」▼注[13]「大福聖之寺」の下に描かれる「貧女庵」【図5】も、この伝承に基づいている。この図は、唐末五代に描かれたものといい、やはり『広清涼伝』の成立より前のものである。

こういった伝承は、文殊菩薩が貧窮の姿で化現するという『文殊師利般涅槃経』の所説に基づいている。さらに、『文殊師利普超三昧経』巻上▼注[14]には、前世に文殊師利が食物供養を行った故事が記され、『大宝積経』巻六十「文殊師利授記会」▼注[15]には、前世に文殊師利が貧窮諸衆生の類に、食をもって供養すると誓願した菩薩行に由来するとある。円仁は、こういった経説に基づいた貧者救済の平等思想が、広く五台山に根付いていることを、驚きをもって記している。

『今昔物語集』巻十九―二「参河守大江定基出家語」には、この話の変形ともいえる伝承を記す。三河守大江定基が、出家して寂照と名乗り、大陸に渡り実際に体験したという話である。五台山で寂照が喜捨をして、大衆に湯浴みをさせたところ、疱瘡を病んだ「穢ゲナル女」が子どもと犬を連れて現れた。人々はこれを追い返そうとしたが、寂照はこれを制し、食べ物を与えて帰らそうとした。ところが女たちは、強引に湯屋に入って湯浴みした。人々がそれを追い出そうとしたところ、掻き消すように失せてしまった。驚き怪しんでいると、紫雲が光を放ちながら昇っていったので、文殊が女に化したのだと泣き悲しんで礼拝したという。この話は、寂照の弟子の念救が帰国して語ったものだという。北宋代に、寂照も貧窮衆生に化した文殊菩薩を、目の当たりにしたことになろう。

円仁の伝記である『慈覚大師伝』には、五台山において数々の文殊菩薩の奇瑞に遇ったため、日本に文殊閣【図6】を造立することを決意したと記している。その本尊とした文殊菩薩と眷属像は、円仁自身が五台山で感得した姿であろう。円仁は、開成五年七月二十六日に五台山において、「化現図」一鋪を描かせている。文殊菩薩が獅子に騎乗し、仏陀波利・大聖老人・善財童子・優塡王という老若の四眷属を従える図や像を、日本では円仁感得像・渡海文殊像・

図1　莫高窟第61窟「西臺」

図4　莫高窟第61窟「五色光現」

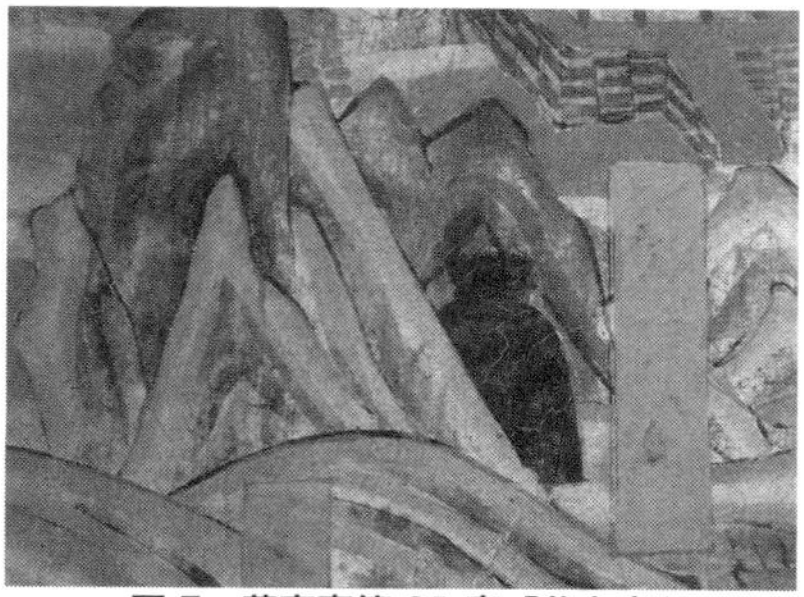

図5　莫高窟第61窟「貧女庵」

図2　莫高窟第61窟「大清涼寺」

図3　莫高窟第61窟「文殊化現為老人」

図6　比叡山文殊楼（寛文８年再建）

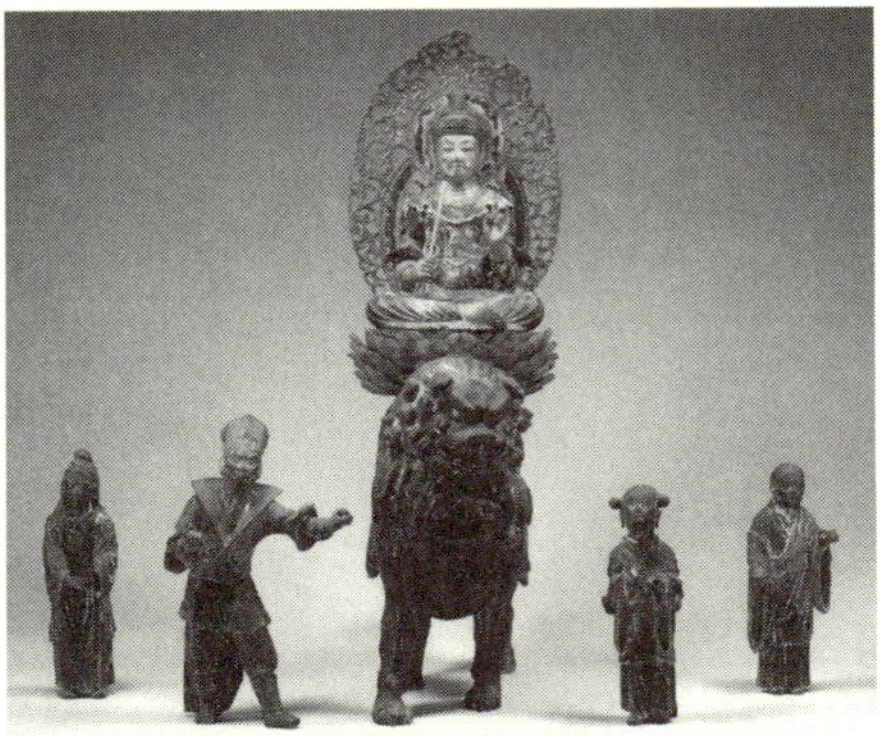

図7　新宮寺蔵文殊菩薩像

図8　叡福寺蔵文殊菩薩画像

五台山文殊像などといい、各地に伝えられている▼注[16]【図7】【図8】。

円仁は帰国後の仁寿四年（八五四）四月、延暦寺座主に補任された。貞観二年（八六〇）に文殊楼造立の勅許を得て、翌三年に五台山から持ち帰った霊石を五方に埋めて建設を始め、六年に二重の高楼が完成した。円仁はこの年に遷化するが、同八年六月には新たに文殊尊像が造立され、円仁が持ち帰った五台山の香木をその中心に嵌入した。その他、脇侍像・童子像・御者像などが、文殊楼建設の際に新たに造立されたが、これは円仁が五台山を巡礼している時に、文殊菩薩が獅子に乗って聖燈円光の中に出現した像を再現したものである。貞観十八年（八七六）六月には、この延暦寺文殊影向楼を「聖朝誓護」の場所とするため、朝廷に奉進して許可を得て、元慶五年（八八一）三月には、文殊楼に国費によって常時四僧を置く勅許が下された▼注[17]。ここに、円仁の五台山文殊信仰が、国家に公認されたものとなり、新たな鎮護国家・衆庶利益の道場として、比叡山の文殊楼が機能することとなったのである。現在でも寺院の楼門上層に多く文殊菩薩像を祀るのは、この伝統による。

6　大般若会に化来した文殊菩薩

応和三年（九六三）八月二十三日、空也（九〇三～九七二）は、鴨川原で金字『大般若経』供養を勤修した。この法会は、六百口の僧を崛請し、左大臣藤原実頼以下道俗諸人が結縁し、昼は『大般若経』を講じ、夜は万燈会を行うという大がかりなものであった。[▼注18] 同時代の源為憲『空也誄』[▼注19]には、以下のような話を伝えている。この法会の盛況に、乞食比丘が百人余りやってきたが、八坂寺の浄蔵は、その中に一人の不思議な人物を見いだした。浄蔵が驚いて上座に引き入れて、一鉢の食を与えたところ、比丘は無言で三四斗ばかりを平らげてしまったため、さらに追加を与えた。浄蔵は、莞爾として比丘に謝して見送ったが、食べ尽くされたはずの飯はもとの通り残っていたという。浄蔵はこれを、文殊菩薩が空也の行に感応して化現したと看破した。これは、院政期の三好為康『六波羅蜜寺縁起』[▼注20]、同『拾遺往生伝』巻中―一「大法師浄蔵」にも引き継がれ、縁起では「大聖文殊感二上人之善一、所二化来一也者」、往生伝では「是文殊化身也」とする。『文殊師利般涅槃経』にいう貧窮孤独苦悩の衆生として、大般若会に文殊菩薩が化来したことを、強調するのである。

7　文殊菩薩の化現としての片岡山飢人

日本仏教の実質的な創始者として尊崇される聖徳太子（五七四～六二二）の生涯には、さまざまな不思議な話が伝えられている。中でも、太子が大和の片岡山で飢人に出会い衣裳を与え、歌を詠んだが、翌日飢人が死んでいたので墓に埋めたものの、数日後墓を開いたところ屍骨がなくなり、ただ衣服のみ残されていたという話は、『日本書紀』推古天皇二十一年（六一三）十二月朔日条はじめ、諸書にみることができる。▼注[21] この片岡山の飢人の正体について、奈良時代に成立したと思われる『七代記』に「彼飢者、蓋是達磨歟」とある。最澄の弟子光定（七七九～八五八）が編纂した『伝述一心戒文』には「彼飢者、蓋是達磨也」とあることから、飢人が達磨の化身であるという説が、奈良時代から平安時代初期には流布していたことがわかる。▼注[22]

ところが、平安中期ごろからこの飢人は、文殊菩薩が太子の前に現前したものと解されるようになった。聖徳太子は観音菩薩の化身であると信じられていたが、日本最初の和歌の贈答が、観音と文殊の変化身によって始まったと喧伝されるようになったのである。

この説の初見とされるのは、喜撰の撰述とされる『倭歌作式』▼注[23]である。その序文に、文殊が出現して和歌の字数を三十一文字と定めたと記している。

風聞、和歌自二神御世一伝而未レ定二章句一。隠人文殊現二於聖徳御世一、択レ字定二三十一一。従レ此以降、貴賤共学流布良弘レ之。雖レ爾未レ足レ摸二遺跡一。余智拙才暗弘レ之何安耶。

和歌は神の御世から伝えられていたものの、章句はいまだ定まっていなかった。そこに隠人の文殊が聖徳太子の御世に出現し、三十一文字を択んだ。これ以降、貴賤ともに学び流布して、良く広まったという。さらに文殊師利は、太子に次の和歌を奏上したという。

文殊師利奏二聖徳太子一和歌一首、例レ此為レ跡。

いかるがやとみのを川のたえばこそ　我おほきみのみなは忘れめ

斑鳩の富の小川の流れが絶えたとしても、私は聖徳太子のお名前は決して忘れることはできましょうか、という歌が定形歌の起源であるとする。この歌の初出は、最古の聖徳太子伝である『上宮聖徳法王帝説』であるが、巨勢三杖大夫の詠んだ三首の歌の一つとされている。

『日本書紀』では、聖徳太子の方から飢人に歌を詠みかけるものの、飢人の返歌はみられない。

斯那提流　箇多烏箇夜摩爾　伊比爾恵弖　許夜勢屢　諸能多比等阿波礼　於夜那斯爾　那礼奈理鶏迷夜　佐須陀気能　枳弥波夜祇　伊比爾恵弖　許夜勢留　諸能多比等阿波礼（しなてる　片岡山に　飯に飢て　臥せる　その田人あはれ　親無しに　汝生りけめや　さす竹の　君はや無き　飯に飢て　臥せる　その田人あはれ）

しかし、『七代記』『上宮聖徳太子伝補闕記』『伝述一心戒文』『日本霊異記』をはじめとする諸書では、この太子の歌に対して、飢人から短歌を返す形になっている。したがって、この歌の往返は、奈良時代にはすでに定着していたことは確実である。『三宝絵』巻中―一では、太子の歌が長歌ではなく、

シナテルヤ片岡山ニ飯ニ飢テ　臥セル旅人アハレ祖無

と、短歌になっている。これに対し、飢人も

斑鳩ヤ富ノ緒川ノ絶バコソ　我ガ大公ノ御名ヲ忘レメ

と返し、和歌を応酬する形になっている。▼注[24]

この飢人の歌は、『古今和歌集』真名序にも踏まえられている。

至レ如下難波津之什、献二天皇一、富緒河之篇、報中太子上、或事関二神異一、或興入二幽玄一。

「難波津之什」とは、『古今和歌集』仮名序に引く、王仁から仁徳天皇に奉られたという次の歌のことである。

難波津に咲くやこの花冬籠もり　今は春べと咲くやこの花

これに対し「富緒河之篇」については、仮名序には触れられていない。しかし「太子に報《こた》ふ」とあることから、片岡山飢人が聖徳太子に奉った歌を指すことは明らかである。これを、「或いは事神異に関わり、或いは興幽玄に入る」

とまとめるのは、「神異」が飢人の歌、「幽玄」が王仁の歌のことを指しているのであろう。顕昭『古今集序注』に引く「公任卿注」には、この部分を注して、次のようにいう。

達磨和尚献二聖徳太子一歌也。和尚、文殊垂跡云々。

藤原公任（九六六〜一〇四一）は、達磨和尚が聖徳太子に献上した歌で、達磨は文殊菩薩の垂跡であると解している。平安後期の歌論書では、この和歌の贈答が特別な意味を持つものとして大きく取り上げられる。源俊頼『俊頼髄脳』では、巻頭に「歌の姿」を論ずる中で、素戔嗚尊の和歌に次いでこの応答が収載されるが、これらを次のように解している。

これは、文殊師利菩薩の飢人にかはりて、聖徳太子にたてまつり給へる御返しなり。（中略）飢人は文殊なり。太子は救世観音なれば、みな御心のうちに知りかはして、詠ませ給ひけるにや。

文殊師利菩薩が、飢人にかわって救世観音の化身である太子に奉ったが、互いに化身として御心のうちでは諒解していたのだろうとする。

藤原清輔『袋草紙』巻上「希代の歌」には、「権化の人の歌」として取り上げられている。詞書にはそれぞれ、「聖徳太子、救世観音の化身なり」、「達磨和尚、文殊の化身なり」とあり、後注に「これは、達磨の餓人の体を作して伏せるを見て、太子の読み給ふ返歌なり」とある。『袋草紙』にはこれに続いて、行基と婆羅門僧正の贈答歌も載録しており、「行基菩薩、文殊の化身なり」と、前述の説を踏襲している。同じく藤原清輔の『奥義抄』序文にも、「文殊飢人になりて聖徳太子に奉御歌」として、「いかるがや」を和歌の最初に引いている。

このように院政期には、片岡山飢人譚は聖徳太子と達磨の歌の往反は、観音菩薩と文殊菩薩が日本の人々を導くため、また和歌とはいかなるものかを人々に示すために詠じられたと考えられていたのである。この説は、中世には『沙石集』巻五末などにおいて、さまざまな言説に発展する。

8　なぜ飢人が文殊菩薩の化現とされたのか

ではなぜ片岡山の飢人が、他の仏・菩薩ではなく、文殊菩薩とされたのだろうか。従来の日本思想史・文学史研究では、必ずしもこの点が明らかにされてこなかった。しかしそれは、ここまで述べてきたことで明らかであろう。

初期大乗仏教の成立に深く関わるという文殊菩薩への信仰に基づき、数多くの経典が成立したことは、前述の通りである。後漢・支婁迦讖訳『阿闍世王経』を初め、西晋・聶道真訳『文殊師利般涅槃経』など、中国への仏教伝来初期には数多くの文殊の教理を説く経典が訳出された。日本では、仏教伝来とともにこれらの経典が受容され、文殊信仰が広まった。奈良時代の行基が、文殊菩薩の化身とされたのは、もちろん市井において庶民に交わりながら法を説き、人々と共に土木工事などを行ったからである。

平安初期には文殊信仰の昂揚とともに、天長五年（八二八）七月八日には、文殊会が創祀された。これにより、全国で文殊経典が読誦され、教化が行われた。中でも文殊師利の名を聞くだけで、十二億劫の生死の罪を除却されるという滅罪の意義が強調された。さらに、文殊菩薩を礼拝供養すれば、転生するごとに常に仏教を信奉する家に生まれ変わり、文殊に守護され続けるという功能があると説かれた。そして、福業を修し供養した者の前には、文殊菩薩が貧窮孤独苦悩の衆生として現れるとされた。文殊会は、定額寺から各郡の一村邑に至るまで行うよう命じられたことから、これによって文殊信仰が全国津々浦々に広まったと考えられる。

そして、卑賤の貧者や、道端の行き倒れの中にも、実は文殊菩薩が混じっているかもしれないとの教えは、仏教の平等思想を徹底させ、困窮の者を広く救済することになったであろう。『三宝絵』巻下―二三「文殊会」には、

物コフ物カホニキタラバ、カナラズ物ヲアタヘヨ。ヤマヰスルモノ道ニモフセラバ、ネムゴロニ病ヲヤシナヘ。

と、乞食には物を与え、病人が道に伏せっていれば懇ろに治療せよという。さきに紹介した、円仁が五台山で採録した、乞丐の妊婦が実は文殊菩薩の化身であったという話は、日本でも広められたであろう。また、空也や浄蔵が見た乞食の比丘も、文殊の化来であった。

文殊会の所依の経典となった『文殊師利般涅槃経』に説かれる言説を背景に、さまざまな霊験譚が語られたことであろう。こういった信仰の中から、聖徳太子が片岡山で声をかけた貧窮孤独苦悩の衆生である飢人が、文殊菩薩と解されるようになったのである。

当初、この飢人は達磨和尚の化身とされていたが、奈良後期から平安初期の文殊信仰の隆盛にともない、文殊菩薩の化現とされた。さらに、この和歌のやり取りが、歌論の世界で日本最初の贈答歌とされたことから、尋常の人々の

図９　太子絵伝（本覚寺）第二幅片岡山飢人

図10　太子絵伝（本證寺）第九幅片岡山飢人

図11　太子絵伝（光照寺）第四幅片岡山飢人

しわざではなく、観音の化身である聖徳太子と、文殊の化現である飢人の聖なる行為と解されたのである。これは、さきに紹介した行基と婆羅門僧正との和歌の贈答とともに、和歌往返の起源として語られたが、その双方に文殊菩薩の化身が登場することに、この時代の文殊菩薩への信仰の深さがうかがえよう。

平安時代で唯一現存する、延久元年（一〇六九）、法隆寺絵殿に描かれた『聖徳太子絵伝』（障子絵、法隆寺献納宝物）にこの場面はないが、鎌倉時代以降に制作された『聖徳太子絵伝』には、ほぼすべてに片岡山飢人譚が描かれている。[注25] 絵伝には、飢人が達磨の姿で描かれるもの【図9】と、病身に描かれるもの【図10】【図11】の二種類がある。病身の中でも、小屋掛けに打ち捨てられた姿は、業病を背負った被差別者そのものである。飢人がこのような姿に描かれた背景には、文殊菩薩への信仰があったとみて、間違いなかろう。

9　結語

日本古代において、文殊菩薩の化身とされたのは、行基や片岡山の飢人ばかりではない。『今昔物語集』巻十七―三八、『古事談』巻二―三四には、説経の名手興福寺清範が、実は文殊の化身だとする説話が残されている。また白居易は、平安時代において最もよく知られた詩人であり、その詩文は日本では特別の存在であった。その白居易は、日本では文殊菩薩の化身あるいは文曲星の精として語られていた。[注26] これらは、文殊菩薩の智慧の側面をあらわすもののため、小稿では触れていない。

五台山を聖地とする文殊信仰は、平安中期以降、奝然や成尋の入宋によって、さらに広まることとなった。これらについて論ずべき点は多いが、小稿では聖徳太子伝片岡山飢人譚の変容に絞り、その由縁を明らかにしたことで、とりあえずの目的は果たせたであろう。飢人の達磨化現説については、別稿で論ずることとしたい。

【注】

［1］『巡礼記研究』第五集、二〇〇八・九。他に、朝枝善照「『日本霊異記』と「五台山仏教文化圏」について」（門脇禎二編『日本古代国家の展開』下巻、思文閣出版、一九九五・一一）、崔福姫「五台山文殊信仰における化現」（『佛教大学大学院紀要』三三号、二〇〇五年三月）など参照。

［2］平川彰著作集第六巻『初期大乗と法華思想』「第二章　大乗仏教の興起と文殊菩薩」（春秋社、一九八九年一月）。『新国訳大蔵経』「文殊経典部1／2」（大蔵出版、一九九四年一一月／一九九三年五月）に、主要経典の国訳と解説がある。

［3］小川貫弌「入唐僧霊仙三蔵と五臺山」（『支那仏教史学』五巻三・四号、一九四二年三月）、頼富本宏「入唐僧霊仙三蔵—不空・空海をめぐる人々（三）」（『木村武夫教授古稀記念　僧伝の研究』永田文昌堂、一九八一年一二月）、NHK取材班／鎌田茂雄『仏教聖地・五台山—日本人三蔵法師の物語』（日本放送出版協会、一九八六年三月）など参照。

［4］「文殊師利大聖尊、三世諸仏以為レ母、十方如来初発心、皆是文殊教化力」（『大正新脩大蔵経』三—三〇五c）。本経は般若三蔵が元和六年（八一一）に翻訳進上したが、霊仙三蔵が筆受訳語として加わっている。本経の訳出と流布の経緯については、別に論じたい。この偈文は、『往生要集』巻上（『大正新脩大蔵経』八四—四四a）に引かれており、第四節に後述する。

［5］『大正新脩大蔵経』巻九—三一c。

［6］行基の事跡に関する研究は数多く、主要単行書のみ掲げる。井上薫『行基』（吉川弘文館、一九五九年七月）、平岡定海・中井真孝『日本名僧論集』第一巻「行基・鑑真」（吉川弘文館、一九八三年三月）、根本誠二『奈良仏教と行基伝承の展開』（雄山閣出版、一九九一年六月）、米山孝子『行基説話の生成と展開』（勉誠出版、一九九六年六月）、井上薫編『行基事典』（国書刊行会、一九九八年七月）、速水侑編『民衆の導者　行基』（吉川弘文館、二〇〇四年三月）、吉田靖雄『行基　文殊師利菩薩の反化なり』（ミネルヴァ書房、二〇一三年二月）。

［7］同類話は、『今昔物語集』巻十一—七など。この和歌の贈答は、神明の感応による和歌贈答の起源譚として、平安後期から中世の歌論書に多く引用される。米山孝子「行基と婆羅門僧正との贈答歌成立の背景」（『水門—言葉と歴史—』二二号、二〇一〇年四月）など参照。

［8］『類聚三代格』巻二「経論并法会請僧事」。当時の文殊会・文殊信仰については、吉田靖雄『日本古代の菩薩と民衆』（吉川弘文館、一九八八年七月）など参照。

［9］『大正新脩大蔵経』巻十四—四八一a。

［10］『日本三代実録』貞観六年（八六四）正月十四日条「円仁卒伝」、『慈覚大師伝』。

［11］『入唐求法巡礼行記』の、各日条文参照。

［12］『大正新脩大蔵経』巻五十一―一一〇九b。

［13］敦煌研究院主編『敦煌石窟全集』一二「仏教東伝故事画巻」（商務印書館（香港）、一九九九年九月）から、（図1）～（図5）を引用した。

［14］『大正新脩大蔵経』巻十四―四一三a。

［15］『大正新脩大蔵経』巻十一―三四七b。

［16］印度罽賓国の仏陀波利が、清涼山で老人に出会い、印度に戻り『仏頂尊勝陀羅尼経』を伝えた故事は、『仏頂尊勝陀羅尼経』序文・『宋高僧伝』巻二・『広清涼伝』巻中などに記される。善財童子・優（于）塡（闐）王は、さきの『広清涼伝』巻中などの貧女譚に、貧女が文殊となり、犬は獅子となり、貧女の二人の児は善財と于闐王と化したとある記事に拠っている。于闐王については、『法華験記』巻下―九二「長円法師」（『今昔物語集』巻十三―二一に同類話あり）に、「有二一老人一（中略）我是五台山文殊眷属。名二于闐王一。依下誦二法華一功徳甚深上、奉二上名簿一」とあり、平安後期には文殊の眷属が于闐王であることが周知されていたことがわかる。五臺山中にしばしば出現する文殊菩薩の化身としての老人を何と呼ぶか、日本では諸説ある。鎌倉時代の『阿娑縛抄』「文殊五字」には、文殊の眷属を「仏陀波利・善財童子・大聖老人・難陀童子・于闐国王／已上文殊使者也」（『大正新脩大蔵経』図像部巻九―二三八c）としており、平安後期の『梁塵秘抄』二八〇にも「伴には優塡国の王や大聖老人、善財童子の仏陀波利、さて十六羅漢諸天衆」とある。この大聖老人は、最勝老人とされることもある。渡海文殊像として最も著名なのは、奈良県桜井市安倍文殊院蔵、建仁三年（一二〇三）快慶作の文殊五尊像（国宝）である。［特別展図録］『慈覚大師 円仁とその名宝』（NHKプロモーション、二〇〇七年四月）には、宮城県新宮寺蔵「文殊菩薩騎獅像及び四眷属立像」（図7）・和歌山県遍明院蔵「文殊菩薩五尊蔵龕」（重要文化財）・京都府醍醐寺蔵「諸文殊図像」（重要文化財）・大阪府叡福寺蔵「文殊渡海図」（重要文化財）（図8）の写真を掲載している。

［17］『類聚三代格』巻二「修法灌頂事」。『日本三代実録』貞観十八年六月十五日条、同元慶五年三月十一日条。円仁と文殊楼をめぐる史実と説話の展開については、荒木計子「奝然将来の五台山文殊の行方」（『学苑』六六八号、一九九五・九）、同「奝然将来〝五台山文殊〟と「延暦寺文殊楼」及び「文殊会」」（『学苑』六七四号、一九九六・三）、松本昭彦「五臺山獅子の跡の土―円仁説話の成長―」（『国語国文』第六八巻第一〇号、一九九九・一〇）など参照。

［18］『日本紀略』同日条。

［19］『真福寺善本叢刊』第六刊「伝記験記集」（臨川書店、二〇〇四年七月）。小林（平林）盛徳「空也と平安知識人―『空也誄』と『日本往生極楽記』弘也伝―」（『書陵部紀要』一〇号、一九五八年一〇月↓『聖と説話の史的研究』吉川弘文館、一九八一年七月再収）、石井義長『空也上人の研究―その行業と思想』（法蔵館、二〇〇二年一月）など参照。

［20］井上和歌子「『空也誄』から『六波羅蜜寺縁起』へ―勧学会を媒体にした一著作の再生産―」（『名古屋大学国語国文学』九二号、二〇〇三年七月）、平林盛徳「六波羅蜜寺縁起の検討」（『汲古』五〇号、二〇〇六年一二月）など参照。

［21］他に、『七代記』・『上宮聖徳太子伝補闕記』・『伝述一心戒文』・『日本霊異記』巻上―四・『三宝絵』巻中―一・『日本往生極楽記』一・『今昔物語集』巻十一―一・『倭歌作式』・『拾遺和歌集』巻二十・『俊頼髄脳』・『袋草紙』巻上など。片岡山飢人譚についての研究は、追塩千尋「片岡山飢人説話と大和達磨寺―古代・中世達磨崇拝の一面―」（『年報新人文学』九号、二〇一二年一二月）など多数ある。

［22］『和漢朗詠集』巻下［六七三］にも、達摩和尚の作として収載される。この説の由縁について小稿で触れる紙幅はないが、名古屋大学人文学研究科附属人類文化遺産テクスト学研究センター・早稲田大学日本宗教文化研究所主催シンポジウム「南岳衡山と聖徳太子信仰」（二〇一七年八月二一日、於中国湖南省衡陽市南岳区君雅洲際酒店）において、「達摩と慧思の対面―聖徳太子伝にみる達摩東漸譚の諸相―」と題し基調講演を行い、論文を執筆する予定。

［23］四種の歌病について論じた和歌の作法書。平安後期には、喜撰が仁和年間（八八五〜八八九）に勅を奉じて撰述したと信じられていたが、十世紀後半以降成立の仮託書とされる。小沢正夫「喜撰式の成立年代」（『愛知県立女子大学　説林』Ⅱ、一九五八年七月↓『古代歌学の形成』塙書房、一九六三年一二月）参照。ここに片岡山飢人の文殊化現説についての文献を博捜されており、学恩を蒙った。

［24］『拾遺和歌集』巻二十にも、両歌が収載されるが、太子の歌の後半部分は、後注としたため不自然な形になっている。

［25］この二種類の絵相については、注22で行う講演に基づく論文において詳述する予定。主な『聖徳太子絵伝』は、奈良国立博物館編『聖徳太子絵伝』（東京美術、一九六九年一〇月）、平松令三・光森正士・百橋明穂『真宗重宝聚英』第七巻「聖徳太子絵像・聖徳太子木像・聖徳太子絵伝」（同朋舎出版、一九八九年二月）、大阪市立美術館監修『聖徳太子信仰の美術』（東方出版、一九九六年一月）などに収載されている。

［26］これについては、吉原浩人「神として祀られる白居易―平安朝文人貴族の精神的基盤―」（河野貴美子・張哲俊編『東アジア世界と中国文化―文学・思想にみる伝播と再創―』勉誠出版、二〇一二年一月）で論じた。他に白居易の文殊化身説を論ずるもの

としては、以下の論考がある。柳瀬喜代志「白居易出生異聞」（『中国詩文論叢』三集、一九八四年六月↓『日中古典文学論考』汲古書院、一九九九年三月所収）、小川豊生「大江匡房の言説と白居易―『江談抄』をめぐって―」（『白居易研究講座』第四巻勉誠社、一九九四年五月）、山崎誠「もうひとりの白楽天―偽伝と偽書の世界から―」（同前）、北山円正「平安時代における白居易」（『説話論集』十三集「中国と日本の説話Ⅰ」清文堂、二〇〇三年一二月）、陳翀「『政事要略』所収の「白居易伝」を読み解く―白居易の生卒年・家庭環境・成仏に関する諸問題を中心に―」（『白居易研究年報』十号、二〇〇九年一二月）、張硯君「白楽天文殊化身説の生成と展開」（『白居易研究年報』十七号、二〇一六年一二月）。

【使用テクスト】主に以下に依拠しつつ、適宜、句読点・読み等を私に改めた。
『古今和歌集』『三宝絵』『今昔物語集』『袋草紙』＝新日本古典文学大系、『倭歌作式』『奥義抄』『古今集序注』＝日本歌学大系、『日本書紀』『梁塵秘抄』『俊頼髄脳』＝新編日本古典文学全集。『法華験記』『拾遺往生伝』＝日本思想大系、『六波羅蜜寺縁起』＝図書寮叢刊。

【付記】小稿は、二〇一六年八月二十六日、中国山西省五臺山万豪酒店において開催された、山西省仏教協会·五臺山仏教協會主催「文殊信仰暨能海上師誕辰百三十周年国際学術論壇」において、「文殊の化現―日本平安朝僧俗の信仰の諸相―」として発表したものの一部を成稿化したものである。また小稿は、平成二十七～三十年度日本学術振興会科学研究費補助金基盤研究（C）「院政期・摂関期の宗教思想研究―菅原文時と永観を起点に―」（課題番号：一五K〇二〇八七）における研究成果の一部である。

【図版出典】
図1～5　敦煌研究院主編『敦煌石窟全集』一二（「仏教東伝故事画巻」、商務印書館（香港）、一九九九年）。
図6　筆者撮影。
図7・8　［特別展図録］『慈覚大師 円仁とその名宝』（NHKプロモーション、二〇〇七年）。
図9～11　『真宗重宝聚英』第七巻「聖徳太子絵像・絵伝・木像」（同朋舎出版、一九八九年）。

4　『看聞日記』にみる唐絵の鑑定と評価

高岸　輝

1　はじめに

平成二十九年（二〇一七）三月から五月にサントリー美術館で開催された「絵巻マニア列伝」展は、平安末期の後白河上皇にはじまり、鎌倉時代の源実朝、花園天皇、室町時代の貞成《さだふさ》親王（後崇光院）・後花園天皇父子、三条西実隆、歴代の足利将軍、そして江戸後期の松平定信に至るまで、六百年あまりの間に登場した絵巻マニアたちに焦点を当て、制作・蒐集・貸借・鑑賞など美術受容の問題を正面から取り上げた展覧会であった。▼注[1] 絵巻は、やまと絵という「和」の領域に属するものであるが、舶来の中国美術を基盤とする「漢」の領域の唐物・唐絵に関しても、平成二十年（二〇〇八）に徳川美術館で開催された「室町将軍家の至宝を探る」展、平成二十六年（二〇一四）に三井記念美術館で開催された「東山御物の美」展において、関連作品と史料が一堂に会したことは記憶に新しい。

和漢にわたる美術受容をさらに詳細に分析することをめざし、本稿では室町時代前期に活躍した伏見宮貞成親王（一三七二～一四五六）の『看聞日記』にみえる唐物や唐絵に関する記述を再読することとしたい。

『看聞日記』は、応永二十三年（一四一六）から文安五年（一四四八）までの記事が断続的に現存し、その内容は貞成の置かれた立場の変化を如実に反映している。貞成は崇光天皇（一三三四〜九八）の孫にあたるが、北朝の分裂によって後光厳天皇（崇光の弟、一三三八〜七四）の子孫が皇位を占めたため、父・栄仁親王（一三五一〜一四一六）、兄・治仁王と同様に登極できず、京都南郊の伏見（現在の京都市伏見区）に逼塞、伏見宮という一宮家の主に甘んじていた。転機となったのは正長元年（一四二八）である。称光天皇（一四〇一〜二八）が後継者のないまま没して後光厳流が断絶し、貞成の王子・彦仁王が十歳で践祚、後花園天皇（一四一九〜七〇）となった。これ以降、貞成は天皇の父として朝廷で重きをなすに至る。同じ年、室町幕府第四代将軍足利義持（一三八六〜一四二八）も没し、弟の足利義教（一三九四〜一四四一）が第六代将軍となる。義教は人に対する好悪が激しく、その苛烈な執政によって大名や公家を圧迫したため、万人恐怖と称される世となった。一方で和漢の美術品をコレクションし、永享九年（一四三七）には自邸の室町殿（室町御所）に後花園の行幸を迎え、ここに大量の唐物が展示されるなど、その時代は室町前期の文化が爛熟した様相を示す。義教が暗殺される嘉吉元年（一四四一）までの永享年間（一四二九〜四一）は、『看聞日記』に美術品の記事が最も多く現れる。

2　玉阿と頓書記——和製の唐絵

正長元年（一四二八）以前、伏見殿（伏見御所）に逼塞していたころの貞成周辺には、超一流の美術品はほとんど登場しない。それは唐物や唐絵についても同様である。しかしながら、伏見周辺の寺院や庵室に現れる絵画と絵師の記事からは、舶来の中国絵画を模倣した和製の唐絵が受容され、評価された実態が浮かび上がってくる。このころの『看聞日記』には二人の唐絵師、玉阿《ぎょくあ》と頓書記《とんしょき》が登場する。

玉阿の初出は、『看聞日記』応永二十六年（一四一九）二月一日条である。この日、貞成は近臣らとともに玄超が伏見に新造した松林庵という庵室を訪れ、「当世絵師玉阿」が描くところの「唐絵山水」を見て「殊勝也」との感想を記している。「当世絵師」という記述からは、中国宋元の大画家に対する、日本の同時代の絵師という含意が読み取れよう。応永二十七年（一四二〇）五月六日条には、「帰路松林庵ニ行、此間障子絵書加之間見之、聊盃酌、玄超中沙汰、小時帰了、」とあって、障子絵に描き加える様子を観察している。宴席で注文主を前にして、絵師がパフォーマンスとして絵を描くことを席画《せきが》といい、江戸時代に流行するが、この記事はそれを思わせる。「当世絵師」ならではの受容のあり方といえよう。玉阿を気に入った貞成は、松と梅の掛軸を一幅ずつ注文し、妙法院尭仁法親王（一三六三～一四三〇）が揮毫した「天神名号」の両脇に懸けて三幅対としている（応永二十八年八月十一日条、同二十九年六月二十五日条）。▼注[2]

頓書記の名は、応永三十年（一四二三）七月五日条に現れる。「退蔵庵ニ行令納涼、其後蔵光庵ニ行、有絵書僧、〈大光明寺住、長老弟子云々、〉書屏風、暫見之、殊勝也、宰相以下候、」とあって、ここでもやはり絵師が屏風を描く様子を観察している。七月十九日条には、「昼大通院ニ参、御所間障子絵頓書記《長老弟子》書之、為一見参、梅花〈大木、〉四間障子ニ書渡、其勢殊勝也、」とあり、「絵書僧」の名は頓書記といい、伏見宮家の菩提寺・大光明寺の住僧であったことがわかる。ここで注目されるのは、四間ある障子の大画面に梅花の大木を描き渡し、其の勢いが殊勝であったという記述である。即座に想起されるのは、桃山時代に狩野永徳（一五四三～九〇）が大徳寺聚光院方丈に描いた「花鳥図」であろう。豪壮な巨樹を画面いっぱいに展開する障壁画は、すでに室町前期に萌芽していたことを示す。その後、貞成は頓書記に絵を注文している。応永三十年十一月二十八日条には、「行豊朝臣帰京、妻子皆相伴、余波不少、但片思歟、弥無人習悪事也、阿茶丸絵二幅〈大光明寺住僧頓書記筆、〉賜之、表餞送而已、」とあって、貞成に近侍する世尊寺行豊が伏見を引き払って京都に移転するに際し、行豊の子・阿茶丸（世尊寺行康）に餞別として頓書記筆の絵を二幅与えている。

玉阿と頓書記は伏見周辺を活躍の舞台とし、貞成は彼らが大画面に描くところを実際に見、その後、絵を注文している。後述するように、貞成は玉阿の絵を「下品《かひん》」（永享十年三月二日、四月十日条）、すなわち市井で流通する比較的安価なものと考えており、彼ら絵師の作品は宋元の大家による唐絵に比べ、大きく格の下がるものであった。しかし、次代を先取りするような勢いある巨樹など、新たな創造力の片鱗を感じさせることは注目すべきであろう。

3　永享六年の唐人入洛と唐物ブーム

永享四年（一四三二）、足利義教は明に使節を派遣した。「唐船公方・相国寺・諸大名等三艘也、」（八月十六日条）とあり、前年に出発の予定が延期されていたものという（同日条頭書）。八月十七日早朝、義教は「諸大名・近習等済々」を引き連れて兵庫（現在の神戸市）に下向し、出航を見送った。

永享六年（一四三四）五月八日、「去々年唐船」がおよそ二年ぶりに帰朝し、赤間関（現在の山口県下関市）に到着したとの知らせが届いた。義教は女中らを連れて兵庫入港を見物する予定だという。十二日、貞成は、義母の東御方《ひがしのおんかた》（三条実継の女、栄仁親王の妃、一三六三～一四四一）から、唐船はまだ兵庫に着岸しておらず、義教の下向日程は未定と聞かされている。東御方は「利発で軽口の才もある老女」▼注〔3〕であったから義教のお気に入りとなり、伏見宮家と将軍家のパイプ役を務めていた。十九日、唐船はすでに兵庫に着岸し、二十一日、早朝に京都を発った義教一行には女中の輿が「卅六丁」従った。

六月一日条には、「聞、唐人今夕入洛、官人五人〈乗輿、〉・騎馬輩千二三百人云々、方々道場宿ニ被点被置云々、兵庫ニも猶相残云々、」とあり、大使節団が入京した。六月五日、雷春を長とする明の使者は、義教の室町殿に参じた。雷春以下、「官人五人〈乗輿、〉・騎馬輩・雑人等六七百人」の一行は、「進物辛櫃五十合・鳥屋十籠・鵝眼卅万貫云々」

を携え、宿舎である樋口大宮道場（長福寺）から「道すから奏楽、〈於馬上吹楽〉」しつつ室町殿に向かい、「見物雑人群集数万人、希代之見物也云々、」という熱狂が京都の街を包んだ。

この日、室町殿に参じた庭田重有は、翌日になってその様子を貞成に語った（六月六日条）。申の刻に室町殿に到着した明使は、義教に対して返牒一通を持参、進物の唐櫃五十合と鳥屋十籠は寝殿に置かれた。やがて明使が唐櫃の蓋を開けて「唐物」を取り出し、義教の観覧に供した。ただし、すべての櫃が開かれたわけではなかった。使者が退出したあと、「宝物共正蔵主取出、目六校合、金襴曇子・盆・香合・絵・花瓶・香炉・涼轎・日照笠・良薬等、其外之物共未開筥、寝殿棚数脚立並置、珍物等不知数、驚目云々、」とある。膨大な量の唐物が、義教のもとに集積されたことがわかる。

義教は、遣明船を派遣するにあたり、現地で購入する唐物についても指示を出していたようだ。六月十九日、「遣唐使瑞書記」が流罪に処せられたとの情報が入った。瑞書記は、「三十三間堂御堂造営之奉行」の「勧進聖」として明に派遣されたが、「於唐買得之物悪不法之由」との理由で更迭・処罰されたという。同日条の頭書には「後聞、瑞書記於兵庫死云々、流罪愁歎断食死云々、又聞、死去事虚説也、無為云々、」とも記される。唐物に対する価値観の相違が生んだ悲劇と言えよう。

今回の唐船が運んできたのは公的な贈答品のほかに、市場に流通するものもあった。貞成のもとに近臣の島田定直が持参した「新渡唐墨三丁」は「唐人商買流布云々」というものであった（六月十八日条）。

九月三日、明の使者は兵庫から帰国の途につく。三ケ月余りの滞京であった。しかしその後も、唐物ブームの余波は続く。永享七年（一四三五）正月二十八日、貞成は室町殿に参賀したが、ここでは「肴物美麗、点心魚鳥唐物等飽満、初三献之時唐酒被出、気味如砂糖、其色殊黒、茶子風流悉珍物、尽善尽美、」とあるように、義教の周辺には食や酒に至るまで唐物が満ちていたのである。

同年七月、貞成は伏見殿に対屋の新造を開始した。足利義教の渡御を迎えるためであった（七月二十日条）。事始が行われた二十八日には、「チカ井棚後障子絵、法性寺之絵所ニ令書出来、唐人京入之体也、」と記される。この違棚も渡御を意識して制作されたものであろうか。前年の唐人入洛を主題とする絵を描かせ、その棚の上に唐物、たとえば、「新渡唐墨三丁」を置くというような趣向であったと推定される。法性寺絵所は、安芸守定久という絵師で、その父は崇光院の時代に奉公しており、家運が上昇した貞成のもとに旧縁を頼って現れたのであった（永享八年正月十三日条）。

4　永享九年の唐絵をめぐる騒動

足利義教の東御方に対する贔屓ぶりに対し、貞成は「老後之幸不可思儀也」と記す（永享六年十二月三十日条）。「東御方御所《室町殿》ニ不断被候云々、老之幸不思儀也、」（永享七年正月十四日条）あるように、義教は彼女を常に傍に置くことを望んでいた。機知に富む話し相手であったようだ。

義教渡御に備え伏見殿に対屋の建設が開始されたばかりの永享七年（一四三五）八月六日、義教から貞成に対し京都移住の打診があった。京都に御所を準備するというのである。これも東御方の口添えによるもので、かねてから伏見殿の「狭小荒廃」を訴えていたのであった。「老耄無正体」であった東御方が、無理な希望を義教に伝えたのではないかと貞成は危惧したものの、京都移住という年来の希望が叶うことになったのである。

永享九年（一四三七）、七十五歳となった東御方について、貞成は「老耄無正体事也、不及記、」（正月二十九日条）、「今御所入来、東御方事物語、老耄不可思儀也、但先無為云々、」（二月二日条）と記し、その老化の症状を強く懸念している。矢先の二月九日、騒動が発生した。この日、義教は三条実雅邸に渡御した。三条家は、義教の後室・三条尹子の実家であり、東御方の実家でもあった。同日条には「抑東御方三条御共被参、御雑談之時、一言悪被申、御腹立忽御追出、仍伏見禅照庵被逃下、言語道断驚歎無極、」とあり、義教との雑談の際、東御方が「一言、悪しく申した」というのである。翌十日条には、より詳しい経緯が記される。「東事以御乳人西雲ニ相尋、非別事会所之飾唐絵殊勝之間、就其事東御方ニ被問申、御返事悪被申、忽御腹立抜御腰刀金打給、向後不入可見参とて被追立申云々、」とあるように、会所に飾られた唐絵に感心した義教が東御方に感想を求めたところ、悪口を言ってしまった。激怒した義教は抜刀して東御方を打擲し、その場から追い出したという。彼女は伏見に蟄居することになった。貞成は、「老後之不運、不便無極」（二月十一日条）と述べる。

東御方の「老後之幸」は、「老後之不運」へと暗転した。引き金となったのは唐絵に対する評価の相違であった。ここからは、義教の唐絵鑑識に対する絶対的な自信とともに、東御方もまた義教にコメントを求められるだけの眼力を認められていたことがうかがえる。

同年十月二十一日、後花園天皇は、足利義教の室町殿に行幸した。室町殿の内部には周文の描いた障壁画があり、能阿弥の『室町殿行幸御餝記』（徳川美術館蔵）▼注[4]よれば、二つの殿舎、二十六の部屋に膨大な唐物が飾られたことがわかる。宋元画は二十三件あり、徽宗「桃鳩図」「山水図」、梁楷「出山釈迦図」、銭選「宮女図」、牧谿「瀟湘八景図」、玉澗「瀟湘八景図」など十二件は、能阿弥編『御物御画目録』（将軍家コレクションのリスト）と合致し、現在に伝えられている。これらは、後に東山御物と称される、将軍家コレクションの中核を占める。

5　永享十年の唐絵鑑定

永享十年（一四三八）三月二日条には「唐絵屏風一双、或人沽却、玉阿筆云々、不分明、然而神妙之筆也、仍召留了、」と記される。ある人が売却した玉阿筆という唐絵屏風が貞成のもとに持ち込まれ、それを手許に留めておいたのであ

▼注[5]る。四月一日、二条家から貞成に対し屏風の借用依頼があり、「尋常之物不所持、唐絵一双雖下品可進之由令申、」とあるように、この下品《かひん》の唐絵屏風を遣わすことになった。翌日、屏風は足利義教の二条家御成に際して使用された。四月四日、相国寺の光侍者がやってきて、奇妙な事件について語った。「先日法堂開、室町殿御桟敷屏風さかさまニ立、其僧二人召捕云々、不思儀之失錯歟、」とあり、義教が禁忌とされる逆さ屏風に激怒、僧二人を処分したというのである。義教の周囲では、美術品をめぐる騒動がしばしば起こり、人々は神経を尖らせていたようだ。

四月十二日条には、「光侍者参、感得唐絵屏風筆者不審之間令見、是ハ多智筆云々、彼筆有難不吉云々、有其支証之由申、此事不存知之間買得了、後悔已、多智ハ粟田口民部弟子云々、民部ニ可披見之由申、可相尋也、」とある。光侍者がやってきて、先日購入した唐絵屏風を見た上で、粟田口《あわたぐち》隆光《りゅうこう》の弟子である多智《たち》の筆と鑑定した。そして、多智の絵は難があり、不吉だと述べたので、知らずに購入した貞成は後悔した。四月十六日、貞成は隆光を呼んで屏風を鑑定させた。隆光の答えは次のとおりである。「多智筆也云々、有難事、於此屏風者、無禁忌之事、凡会所なと其座敷書て、主之不吉ハ書合たる不祥歟、人々申成候、一切不吉之条ハ不存知云々、」。すなわち、確かにこの屏風は多智の筆であるが、難はない。また、会所の主に不吉なことが起こった際、その座敷の障壁画を描いた絵師が原因とする見解があるが、絵や絵師が注文主や所有者に不幸をもたらすということはない、というのである。

義教の時代、大量に舶載されて流通した唐物・唐絵は、その評価と鑑定をめぐって短期間のうちに多くの人々の運命を狂わせた。義教の鋭利な審美眼と酷薄な性格は、唐物・唐絵を介して貞成の脳裏に強く刻み込まれることになった。絵や絵師に吉凶を見る貞成の見解、それを否定する絵師の主張は、一見、正反対のように見えるが、両者ともに、美術品を介した不幸から身を守る理論武装であった。

6 おわりに

永享十年（一四三八）四月九日、貞成は御所に周文を呼び、障子絵を鑑定させた。「周文参、障子絵見之、〈此僧筆也、〉瑛蔵主・真珊同道参、雖自筆猶無覚束歟、」とある。この御所は京都の一条東洞院（現在の京都市上京区）に所在し、永享七年に義教が準備したことは先に述べた。東洞院通をはさんで向かいにあった後小松上皇（一三七七～一四三三）の仙洞御所から寝殿ほかを移築したため、▼注[6]貞成が制作事情を知らない障壁画も存在したと思われる。相国寺の画僧であった周文は、室町殿の障壁画制作を主導し、前年の行幸を通じて神格化が進んだとされる。▼注[7]貞成が鑑定を依頼したのは、周文自身による真筆のお墨付きを求めてであろう。しかし、それは期待通りにはいかなかった。貞成曰く「自筆といえどもなお覚束なきか」と。周文によるこの曖昧模糊とした鑑定は、義教周辺で起こった唐物・唐絵をめぐる悲劇を見てきた我々からすると、きわめて賢明なもののように感じられるのである。

【注】

［1］髙岸輝「絵巻マニアの絵巻評」（『絵巻マニア列伝』サントリー美術館、二〇一七年）。絵巻の受容については、同「天皇と中世絵巻」（『天皇の美術史』三、吉川弘文館、二〇一七年）参照。

［2］『看聞日記』永享四年正月二十八日条には「自椎野唐絵二幅給之為悦、玉珂（阿）筆云々、」とあり、嵯峨椎野寺（浄金剛院）の松崖洪蔭から貞成に玉阿筆の唐絵が贈られたことがわかる。

［3］横井清『室町時代の一皇族の生涯』（講談社、二〇〇二年）。

［4］佐藤豊三「将軍家「御成」について（二）―足利義教の「室町殿」と新資料「室町殿行幸御餝記」および「雑華室印」―」（『金鯱叢書』二、一九七五年三月）、『室町将軍家の至宝を探る』（徳川美術館、二〇〇八年）。

［5］鈴木廣之「絵画のアルケオロジー―室町時代における屏風絵の意義―」（『国華』一二〇〇、一九九五年十一月）。

［6］川上貢『日本中世住宅の研究〔新訂〕』（中央公論美術出版、二〇〇二年）。
［7］綿田稔『漢画師─雪舟の仕事』（ブリュッケ、二〇一三年）。

【コラム】

フランス国立図書館写本部における日本の絵巻・絵入り写本の収集にまつわる小話

ヴェロニック・ベランジェ

1 序

私が、フランス国立図書館写本部の小さなロートシルトの間のシャンデリアの下で、学生を連れた小峯和明教授と初めて出会ったのは、十年ほど前のことだった。小峯教授は、日本コレクションの最も貴重な核を構成する『酒呑童子《しゅてんどうじ》絵巻』や『浦島太郎』といった絵巻物や、『異国物語』などの奈良絵本を学生たちと一緒に見入っていた【図1・2】。

いつでも若い学生たちと知識を共有しようとする、小峯教授の個性に私は強い感銘を受けたものだった。そして、詞書《ことばがき》に付随する絵、書、紙や、一般的に資料の物質性といった、いわゆる詞書の「まわりを」取り巻く要素に対する教授の関心にも心を打たれた。

小峯教授のこれらの訪問は、フランス国立図書館との有意義な学術協力に結実した。二〇一〇年にフランス国立図書館で立ち上げられた古文書学の講義や、二〇一〇年から二〇一二年にかけての『酒飯論《しゅはんろん》絵巻』の調査プロジェクトの際の学術協力がそれに当たる。この『酒飯論絵巻』の調査プロジェクトは、立教大学の教授陣の室町文学に関する該博な知識と、とりわけ小峯教授の学際的なアプローチの恩恵に浴したのだった【図3】。

図1 Bnf での小峯教授の調査

小峯教授がフランス国立図書館にしばしば足を運んだのは、教授の関心の中心である中世文学が、日本コレクションの展開の主要な軸――物語の絵巻・絵入り写本――となっていたからである。

フランス国立図書館写本部の日本コレクションは、巻子本、折本、冊子の形で三〇〇点の写本と、およそ六〇〇点の版本を所蔵している。

写本部所蔵の日本の写本の中には、物語の絵巻が約二十点と奈良絵本が十五点ある。▼注[1] 本稿では、これらの絵巻・絵入り写本がフランス国立図書館に収蔵された年代と状況を考察したい。『源氏物語』のような古典が十九世紀中葉以降、西洋で瞬く間に知られるようになったのに対し、御伽草子《おとぎぞうし》のような無名の作品はどうだったのだろうか。

図2 『酒呑童子絵巻』Smith-Lesouëf japonais K 13

図3 『酒飯論絵巻』Japonais 5343

2　十九世紀の写本部のコレクション

今日、写本部の日本コレクションは豊かではあるが、一九一三年まで物語の絵巻・絵入り写本は一点も所蔵されていなかった。十九世紀にフランス国立図書館が入手した日本関係の写本は、「中国」の写本として分類されており、言語の手引書、分類用のカード、覚書きといった、西洋の学者が作成した教材（十九世紀欧文日本関係手稿本）であった。辞典、地図、名《めい》所図会《しょずえ》といった、版本の摸本もあった。写本部の他の日本コレクションは、日常の情景を描き出した版画、絵入り版本、画帖から成るが、物語の絵巻・絵入り写本はなかったのである。コレクションは、当時の学者の関心も反映しており、日本学・地理学・民族誌学の研究向けであった。▼注[2]

いわゆる「日本」部門が実際に創設され、中国部門と区別されるようになったのは、一八八九年のことでしかない。一八九七年にパリ東洋学会の一環として、フランス国立図書館で展覧会が開催された際でもなお、キリシタン版やオランダ語の辞典といった日本の書物は、中国の書物として展示されていたのである。

実際に日本語の知識のある司書がいなかったために、日本文学の分野のコレクションの拡充が進まなかったのだろう。東洋写本部の司書はみな中国学者であり、中国部門で多数を占めていた版本に重きを置いていた。それゆえ逆説的ではあるが、中国より日本で発達した絵入り写本は、十九世紀の写本部では重視されていなかったのである。

3　収集家の時代

十九世紀後半、日本の絵入り写本に注意を払わなかった図書館とは異なり、幾人かの収集家や学者は、日本の写本に強い関心を抱いていた。

日本の開国以来、収集家が市場で最も入手しやすかったのは、工芸品と版本だったと考えられる。しかしながら、批評家ルイ＝エドモン・デュランティ（一八三三〜一八八〇）は、一八七八年の万国博覧会の際、トロカデロ宮殿の一翼において、おびただしい漆器や陶磁器のただ中に、「ビュルティ氏が展示した、本当に貴重な絵巻や画帖」▼注[3]をいくつか見出していた。それは、フランス国立図書館の蔵書に似た十七世紀の写本――文正草子▼注[4]などのような奈良絵本や江戸時代の絵巻物――であった。

デュランティに感銘を与えたのは、絵の洗練された様式である。デュランティは、それらの写本を、当時収集家に高く評価されていたペルシアの細密画と比較している。これら日本の冊子と絵巻は、愛書家の新たな対象となったのだ。

一八七〇年代から一八八〇年代にかけては、日本においてさえ、絵入り写本を市場で入手するのは困難なままであった。実際、絵入り写本は、名家で細心の注意を払って保存されるか、開設されつつあった最初の国立美術館に収蔵された。

こうした状況にもかかわらず、日本に赴任した外交官、医師、教授らが集めたコレクションのいくつかは、一般的に江戸時代とされる絵入り写本を多数有していた。これらの写本は、ヨーロッパの公共のコレクションに収蔵され、日本絵画の研究に活気を与えることとなる。こうしたコレクションの例としては、ドイツ人医師ハンス・ギールケ（一八四七〜一八八六）▼注[5]、イギリス人外交官アーネスト・サトウ（一八四三〜一九二九）▼注[6]、イギリス人医師ウィリアム・アンダーソン（一八四二〜一九〇〇）▼注[7]のコレクションが挙げられよう。

ギールケが一八八二年に作成した目録▼注[8]では、ヨーロッパで初めて中世絵巻の模本（『清水寺縁起絵巻』、『法然上人絵伝』、『大江山絵詞』……）が紹介された。ギールケは、奈良絵本も「冊子写本」としている。

アンダーソンにとって、絵巻や奈良絵本の物語画は土佐派に属し、彼によれば、ある種のアカデミスムを反映するものだった。アンダーソンは、自身の目録の中で物語絵巻、とりわけ彼によって土佐派に関連づけられた『酒呑童子絵巻』のかなり忠実な模本を紹介している。アンダーソンは、フレデリック・ヴィクター・ディキンズ（一八三八～一九一五）の訳に基づいて、この絵巻の逸話を入念に記した。実際、西欧言語への翻訳の対象となった書物は、コレクションの目録や売立て目録に最も詳しく記載されている。アーネスト・サトウは、すでに一八七四年に、いくつかの平安時代の「物語」と中世の説話（『竹取物語』、『宇津保物語』、『住吉本地《すみよしのほんじ》』、『落窪物語』、『狭衣《さごろも》物語』……）の筋を紹介していた。▼注[9] 後にディキンズは、『酒呑童子』と『竹取物語』を翻訳する。▼注[10] フランス領事館の翻訳官ジョゼフ・ドートゥルメール（一八六〇～？）は、『絵入源平盛衰記』を訳した。▼注[11] しかし、全訳は稀にしか刊行されなかった。

図4　愛書家オーギュスト・ルスエフ（1829～1906）の肖像。五姓田義松画 Smith-Lesouëf R-10477.

4　オーギュスト・ルスエフ・コレクションと一九一三年のフランス国立図書館への遺贈

フランスでは、日本の物語の絵入り写本を所蔵しているコレクションは少ない。版画家フィリップ・ビュルティ（一八三〇～一八九〇）と愛書家オーギュスト・ルスエフ（一八二九～一九〇六【図4】）のコレクションだけが、ささやかだとしても、とりわけ物語の絵入り写本を有していた。一八九一年のビュルティの売立てにおいて、（数百の作品番号の中で）十五点の絵入り写本が確認されており、他のコレクションと比べて、ビュルティの特別な関心を反映している。

ルスエフは、一八八六年の論文の中で、▼注[12] 他のフランス人の収集家とは異なる、まさに日本の写本に対する個人的な偏愛ぶりを記している。愛書家としてアプローチしたルスエフは、これらの独特で華やかな外観の作品を殊の外好んだのである。ルスエフのコレクションの大半を、贅を尽くして彩飾された奈良絵本が占めているのは、そのためであろう。こうして、ルスエフの目録には、金銀砂子散らし、すやり霞、金柄料紙、平仮名の書といった、写本の材質が記されている。▼注[13] 論文中でルスエフは、人物表現の繊細さ、緑の平塗り、俯瞰視点、吹抜屋台《ふきぬけやたい》、鮮やかな色彩という、奈良絵の様式を正確に述べている。

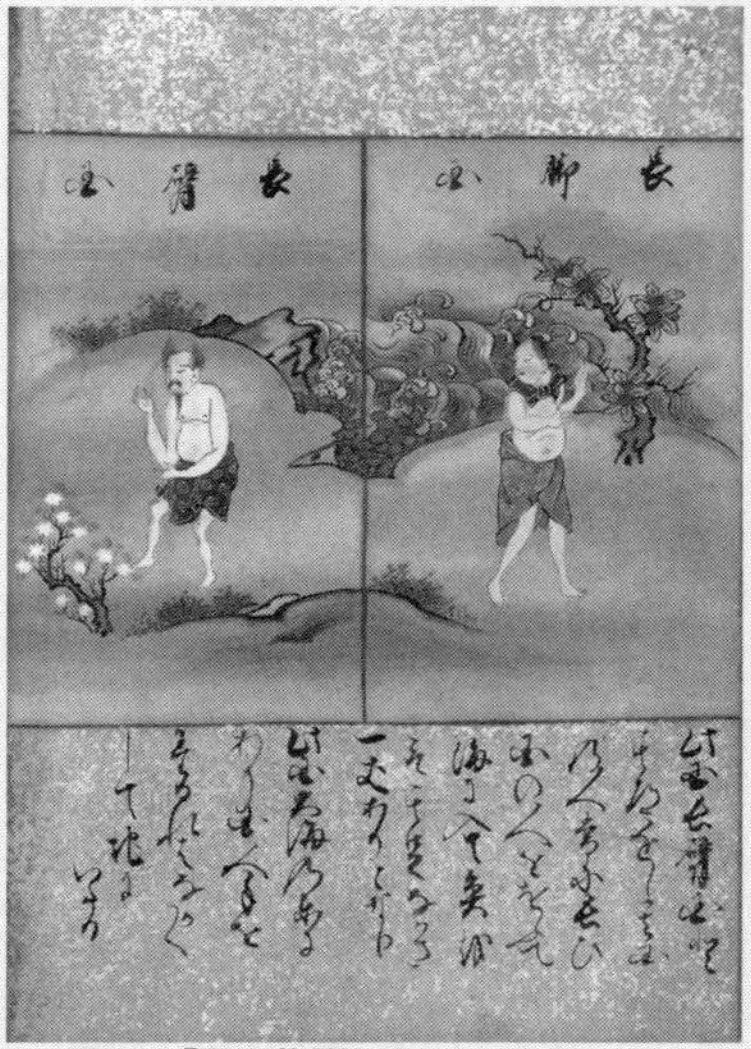
図５　『異国物語』Smith-Lesouëf japonais 3

なぜルスエフは、こうした写本に関心を抱いたのだろうか。ルスエフは中世のヨーロッパと比較している。

「美術の観点から最も興味深く、最も好奇心をそそる日本人の書物のうち、何よりもまず絵入り写本を挙げなければならない。中世のヨーロッパと同じように、日本の富裕な大名は、その領国で最も優れた画家の手になるあまたの線描で装飾された、有名な作品の美しい豪華な模本を、居城に有するのを楽しみにしていたのだ」▼注[14]

それゆえ、ルスエフにとって、こうした絵巻・絵入り写本は、封建時代の日本を物語るものであった。たとえ作品自体の作者は不詳であったとしても、色彩や金の輝きが、威光に満ちた起源を想像させたのである。

一九一三年、オーギュスト・ルスエフ・コレクション全体がまとまって、フランス国立図書館に遺贈された。このコレクションは、おびただしい数の西洋中世の写本、インクナブラ、史書、版画、ペルシア・アラビア写本を有している。

それゆえ、この膨大なコレクションとともに、ルスエフが好んだ貴重な日本の写本がほとんど「知られないうちに」図書館に入ってきたのである。このように、日本の写本がフランス国立図書館に収蔵されたのは、当時の図書館が特に関心を寄せていたからではなかった。

しかしながら、『酒呑童子』【図２】といった中世物語絵巻が数点、奈良絵本四点（『異国物語』、『蓬莱山』、『住吉本地』、『ひともと菊』）、軍記物の奈良絵集二点、『源氏物語』の奈良絵の画帖一点が、フランス国立図書館に入ってきたことで、▼注[15] それは図書館の日本部門の新しい方向性を決める、重要な収蔵となったのだ。

『蓬莱山』、『住吉本地』、『浦島物語』、『酒呑童子』、『百鬼夜行』

といった作品の主題は、遥かな想像上の国への旅を喚起している。これらの作品の挿絵は、夢のように美しい島々、壮麗な城、鬼の行列を描いており、鮮やかで高価な顔料が金のハイライトと相まって、驚異の世界の印象を生み出している。『異国物語』は、実際の中国風の異人を描いているだけではなく、手長足長の想像上の人物も描き出している【図5】。

したがって、日本の物語の絵入り写本は、十九世紀のヨーロッパにおいては数が少なかったのである。愛書家、芸術家、日本美術の専門家だけが、あまり知られていないこれらの写本に関心を抱いていた。こうした写本が同定されたり記述されるのは稀だった。

5　二十世紀におけるコレクションの拡充

収集家の第二世代は同時期に、ヨーロッパ（ダブリン、オックスフォード）やアメリカ（スペンサー・コレクション、ライエルソン・コレクション……）の公共美術館・図書館にコレクションを委託した。しかし、研究が日本の絵入り写本に着目するのは遅れた。作者や画家がはっきりしている作品が優先され、大半の作者が不詳であるこれらの写本は、等閑視される傾向があったからである。こうした絵入り写本は、遂行が困難な学際的アプローチをも必要とした。

フランス国立図書館では、写本のジャンルは、版画（浮世絵）ほど関心を持たれなかったようで、日本の分野は手書きの写本よりむしろ版本に結びつけられていた。一九二五年にフランス国立図書館で開催された「東洋展覧会」では、その頃すでにいくつかの絵入り写本が日本部門に所蔵されていたにもかかわらず、日本の版画しか出品されなかった。▼注[16]その後しばらくの間、日本の写本が取得された形跡はない。一九五五年に個人から不完全な『西行物語』を購入したのが唯一である。一九七〇年代初頭までは実りの多い時期ではなかった。

実は、国際的な研究が日本の絵入り写本の大規模なコレクションに関心を抱き始め、それは市場を刺激し、写本購入の機会の増大につながった。

このように写本に対する関心が再び高まった起源をたどると、一九三〇年代の日本まで遡る。▼注[17]当時研究者は、奈良絵本や御伽草子といわれるジャンルに関心を抱いていた。この研究は、戦後も日本で続けられた。一九六〇年代初頭にバーバラ・ルーシュ（ペンシルベニア大学）が、ダブリン・チェスター・ビーティー・ライブラリー所蔵の写本の宝庫を発見したことが研究を大いに進展させることになる。▼注[18]フランスでは、ジャクリーヌ・ピジョーが中世の物語に関心を示す。一九七二年にピジョーは、『横笛』と室町時代の物語のジャンルについての研究を発表した。▼注[19]当時フランス国立図書館日本部門の責

図６　『浦島絵巻』Japonais 4168

図７　『八幡本地絵巻』Japonais 5347

任者であった小杉恵子は、学術的研究の進展に呼応するように、一九七三年に『横笛』の奈良絵本と『浦島絵巻』【図6】を取得した。この二つの作品は翌年、写本部門の新収蔵品展に出品され、[注20]すぐさま大規模に公開されたのである。

写本の自発的な収集方針は継続され、一九七四年から二〇〇六年にかけて、フランス国立図書館のコレクションは、奈良絵本十点と物語写本五点が増えた。[注21]取得された作品の題は、ルスエフ・コレクションにすでに見られるテーマを示している。想像上の世界への旅（『浦島太郎』、『七夕』）、軍記物（『源平盛衰記』）、悲恋物（『横笛』、『貴船の物語』）が、親密で美しい絵柄で表されている。これらの作品のいくつかは、古典文庫コレクションにおいて刊行されることになっている。[注22]一九九四年に小杉恵子は、『酒飯論絵巻』のとりわけ優れた模本を取得した（狩野元信の原本は消失）。この絵入り写本の共同研究が行われ、原本の優れた質をうかがわせる、この精緻な模本のあらゆる質の高さが明らかにされた[注23]【図3】。

こうした写本の収集方針は、二〇〇六年以降今日まで、パリの競売における購入（『竹取物語』、『八幡本地絵巻』【図7】、『酒呑童子絵巻』【図2】）などによって継続されている。『八幡本地絵巻』の取得は、フランス国立図書館のコレクションに初めて新しいジャンルの説話を導入することとなった。すなわち、寺院や神域の創設をめぐって形成された伝説に関する「縁起」というジャンルである。

結局、一九一三年に偶然収蔵されたいくつかの絵入り写本から、室町時代の物語に関する研究をこれからも刺激し続けるであろう、フランス国立図書館写本部の豊かなコレクションが形成されたのだ。これらの資料は、学際的なアプローチを必要とし、今後の更なる共同研究を促すものである。

【注】

［1］補遺を参照。

［2］十九世紀の日本部門については、小杉恵子「パリ国立図書館における十八―十九世紀収集和古書目録稿――ティチング・シーボルト・ストゥルレル・コレクションを中心として――」（『日蘭学会会誌』一七―一、一九九二年）。

［3］収集家フィリップ・ビュルティ（一八三〇〜一八九〇）のこと。E. Duranty, « l'Extrême-Orient. Revue d'ensemble des arts asiatiques à l'Exposition universelle », *Gazette des Beaux-arts*, déc. 1878, t. 18, période 2, p. 1014.

［4］一八九一年のビュルティの売立て目録に記載された奈良絵本。

［5］一八八二年にベルリンで展示されたコレクション。

［6］一八八四年に大英博物館に収蔵されたコレクション。

［7］一八八二年に大英博物館に収蔵されたコレクション。

［8］*Japanische Malereien aus dem Besitz des Prof. Dr. H. Gierke zu Breslau.2. Sonderausstellung 24. October-15. December 1882.* URL：http://resolver.staatsbibliothek-berlin.de/SBB0001545F00000000（最終閲覧　二〇一六年十二月十五日）

［9］Ernest Satow, "Japan, Language and Literature." In George Ripley and Charles A. Dana, eds. *American Cyclopaedia : A Popular Dictionary of General Knowledge*, vol. IX. New York, D. Appleton and Company, 1874, pp. 547-565.

［10］Henri Cordier, *Bibliotheca japonica*. Leroux（Paris), 1912, pp. 651-652. http://gallica.bnf.fr/ark:/12148/bpt6k54409947/f343.image（最終閲覧　二〇一六年十二月十五日）

［11］Christophe Marquet, « Emmanuel Tronquois（1855-1918), un pionnier des études sur l'art japonais, et sa collection de peintures et de livres illustrés », *Ebisu. Etudes japonaises*, n° 29, 2002, p. 140. URL http://www.persee.fr/doc/ebisu_1340-3656_2002_num_29_1_1308（最終閲覧　二〇一六年十二月十五日）

［12］A. Lesouëf, « Les manuscrits à peintures chez les Japonais, étude sur la collection de A. Lesouëf », *Mémoires de la Société des Etudes japonaises*, t. 5, 1886, pp. 128-131.

［13］*Catalogue des livres et manuscrits japonais collectionnés par A. Lesouëf*, Leide, E.J. Brill, 1887.

［14］A. Lesouëf, « Les manuscrits à peintures chez les Japonais, étude sur la collection de A. Lesouëf », *Mémoires de la Société des Etudes japonaises*, t. 5, 1886, p. 128.

［15］補遺を参照。

［16］*Catalogue de l'exposition orientale - Catalogue des manuscrits à peintures, estampes, médailles, monnaies, objets d'art, livres et cartes* : exposés du 19 mai au 19 juin 1925［Paris, Bibliothèque nationale］.

［17］日本の写本に関する研究史については、奈良絵本国際研究会議編『御伽草子の世界』（三省堂、一九八二年）と Delphine Mulard, *Production et évolution de la réception des manuscrits enluminés du XVII et XVIII siècles : le cas du Bunshô sôshi*, Thèse de doctorat de l'INALCO, juin 2017 を参照。

[18]『おとぎ草子・奈良絵本　特別展示・海外所蔵本』展覧会カタログ（サントリー美術館、一九七九年）。

[19] Jacqueline Pigeot, « Histoire de Yokobue. Etude sur les récits de l'époque de Muromachi », in *Bulletin de la Maison Franco-japonaise*, nouvelle série, Tome IX, n° 2, PUF, 1972 を参照。

[20] Enrichissements : 1961-1973 : [exposition], Bibliothèque nationale, Paris, [28 mars-19 mai] 1974 / [préface par Étienne Dennery], pp. 173-174.

[21] これらの収蔵リストは、『御伽草子の世界』の補遺として一九八二年に刊行された。

[22] ジャクリーヌ・ピジョー、小杉恵子共編『よこぶえ・すゞりわり』（フランス国立図書館写本）（古典文庫四九二、一九八七年）、ジャクリーヌ・ピジョー、小杉恵子共編『奈良絵本集　パリ本』（七話収録）（古典文庫五八二、一九九五年）、吉田幸一編『異国物語』（古典文庫五八八、一九九五年）。

[23] 阿部泰郎、伊藤信博編『『酒飯論絵巻』の世界　日仏共同研究』（勉誠出版、二〇一四年）、伊藤信博、クレール＝碧子・ブリッセ、増尾伸一郎編『『酒飯論絵巻』影印と研究　文化庁本・フランス国立図書館本とその周辺』（臨川書店、二〇一五年）。

【補遺】

フランス国立図書館所蔵の絵入り本コレクション（フランス国立国会図書館写本室）。大部分の資料はガリカの電子図書館（gallica.bnf.fr）で閲覧できる。

- 異国物語　上中下巻　袋綴三冊　奈良絵本　古典文庫五八八　Smith-Lesouëf Japonais 3
- 伊勢物語　折本一帖　奈良絵集　Smith-Lesouëf Japonais 165
- うらしま　下（上欠）巻　絵巻一軸　古典文庫五八二　Japonais 5339
- 浦島太郎　絵巻一軸　元奈良絵本　古典文庫五八二　Japonais 4169
- 蝦夷拾遺　袋綴二冊　Smith-Lesouëf Japonais 89
- 近江八景　折本一帖　八首・八図　Smith-Lesouëf Japonais 16
- 花様藻［草］　折本一帖　元禄・正徳頃写　表：近江八景の十五図・裏：十四首　Japonais 5386
- 観音経絵巻／菊池容斎（一七八八〜一八七八）画　絵巻　絹本二軸　Smith-Lesouëf Japonais K 44
- きぶね　上下巻　袋綴　洋装一冊　奈良絵本　古典文庫五八二　Japonais 5331
- 源氏物語　折本十帖　奈良絵集　Smith-Lesouëf Japonais 52
- 源平盛衰記　折本一帖　奈良絵集　Japonais 5342
- 西行法師　上巻（下巻欠）袋綴一冊　奈良絵本　Japonais 1085
- 桜の中将　四、五巻　横本二冊　奈良絵本　Japonais 5345
- 時雨　上中下巻　列帖装三冊　奈良絵本　Japonais 4322
- 修学院八景和歌画帖　折本一帖　八首・八図　Japonais 1241
- ［十二月花鳥和歌］　折本一帖　二十九図　Smith-Lesouëf

Japonais 184

- 十二月花鳥和歌　折本一帖　十二首・十二図　Smith-Lesouëf Japonais 194
- 酒呑童子之絵　上巻（中下欠）　絵巻一軸　Japonais 5387
- 酒呑童子之絵　中下巻（上欠）／狩野良信・藤原栄信（一七〇四〜一七八五）画　絵巻二軸　詞書なし　Smith-Lesouëf Japonais K 13
- 酒飯論絵巻　絵巻一軸　詞書なし　阿部泰郎、伊藤信博編『酒飯論絵巻』の世界　日仏共同研究』（勉誠出版、二〇一四年）、伊藤信博、クレール＝碧子・ブリッセ、増尾伸一郎編『酒飯論絵巻』影印と研究　文化庁本・フランス国立図書館本とその周辺』（臨川書店、二〇一五年）Japonais 5343
- すずりわり　上中巻（下巻欠）　列帖装二冊　奈良絵本　古典文庫四九二　Japonais 4260
- 住みよしのほんぢ　上中下巻　横本　列帖装三冊　奈良絵本　古典文庫五八二　Smith-Lesouëf Japonais 177
- 曽我物語（他）　折本二帖　奈良絵集　Smith-Lesouëf Japonais 132
- 竹取物語　絵巻一軸　詞書なし　Japonais 5346
- 七夕　上中下巻　袋綴三冊　奈良絵本　古典文庫五八二　Japonais 4442
- 二十四孝／梅溪平世胤（一七四九〜一八〇三）画　折本一帖　Japonais 5330
- ［八幡本地絵巻］／［朝倉重賢］写　絵巻一軸　Japonais 5347
- ひともと菊　上中下巻　列帖装三冊　奈良絵本　Smith-Lesouëf Japonais 96
- 百人一首歌仙絵［上］（下欠）　絵巻一軸　Japonais 4261
- 福富草子　絵巻絹本二軸　小絵　Smith-Lesouëf Japonais 134
- ほうらい山　上下巻　袋綴二冊　奈良絵本　古典文庫五八二　Smith-Lesouëf Japonais 23
- 布袋草子　絵巻一軸　Japonais 5332
- 百合若大臣　横本　袋綴一冊　奈良絵本　Japonais 4499
- よこぶえ　上下巻　横本二冊　奈良絵本　古典文庫四九二　Japonais 4168

（翻訳　河本真理）

図2―7© Bibliothèque nationale de France

第３部

〈武〉の神話と物語

1

島津家「朝鮮虎狩図」屏風・絵巻の図像に関する覚書

山口眞琴

1　はじめに

豊臣秀吉の第一次朝鮮侵略（文禄の役＝壬辰倭乱）に出陣していた島津義弘・忠恒父子らが、文禄四年（一五九五）三月十日に昌原で行った虎狩の様子を描いた屏風・絵巻については、内倉昭文の論考に拠りつつ、[注1]前稿にやや詳しく述[注2]べたところだが、改めてその概況を示せば、以下の通りである。

現存する諸本としては、都城島津邸蔵『高麗虎狩図屏風』六曲一双（以下『都城屏風』）、鹿児島県歴史資料センター黎明館蔵『虎狩之繪』一巻（以下『黎明館絵巻』）、九州国立博物館蔵『島津家朝鮮虎狩絵巻』一巻（以下『九博絵巻』）、鹿児島県立図書館蔵『朝鮮征伐島津勢虎狩絵巻』一巻（以下『鹿県図絵巻』）などがあり、このうち最も原作に近いと想定されるのが『都城屏風』である。その傍証として、「虎狩御屏風」の筆者を狩野常信（一六三六～一七一三）とする説（『本藩人物誌』巻之九「喜入摂津守忠続」）、同じく小濱常慶（生没年不詳）とする説（『三暁庵談話』〈一七六二年跋〉[注3]）を挙げることができる。前者に関連して言えば、常信の弟子であった永井慶竺＝常喜（一六八五～？）を筆者として伝えるのが『都城屏風』で、それに従うと同屏風は「常信筆屏風」の模写本である可能性が高い。後者については、実は常慶も常信に学んでおり、その意味では、「常慶筆屏風」は原作と言うより『都城屏風』と同様の位置にあるものとも思われる。

そのようになお不明な点が多い中で、「朝鮮虎狩図」の原作が狩野派もしくはその流れを汲む絵師の筆に成る「屏風」であることは、確かなようだ。また、成立時期に関しては、『都城屏風』における図像が、概ね『征韓録』(一六七一年序・跋)巻之三「虎狩之事」等の記述に拠っていることから、「原作屏風」も同書成立の十七世紀後半から十八世紀初めにかけて成ったと見て、誤りないだろう。他方、絵巻諸本においては、『黎明館絵巻』が『都城屏風』に次ぐ内容を有しており、いずれかの屏風を絵巻に仕立て直したものと考えられる。これに対して、『九博絵巻』は『黎明館絵巻』の如きを簡略化したもので、『鹿県図絵巻』はさらにその虎狩場面だけを抄出したものと思しい。但し、後述するように、それら後出絵巻も『都城屏風』の如きを部分的に参照した可能性がある。

以上のような概況を踏まえて、小稿では『都城屏風』を中心に「朝鮮虎狩図」の図像に関する分析的考察を試みることとする。とくに『都城屏風』と、『黎明館絵巻』などの絵巻諸本との比較、朝鮮虎狩に関する島津家の文書・記録類との照合等を通して、「朝鮮虎狩図」屏風・絵巻の制作事情や変容過程に少しでも迫ってみたい。

2 『都城屏風』の全体的構成

まず『都城屏風』の右隻【図1】・左隻【図2】の全体像を見ておこう。それぞれの構成については、既に所蔵機関の図録解説に次のような分析がなされている。▼注[4]

右隻では、ほぼ同幅で平行に3段が構成されて、右から左、上から下へと時系列にそって朝鮮半島へ迫る帆船の船団、接岸、島津家の陣営、山中に向かう人々が描かれているのに対し、左隻では、中段と下段に虎狩、上段に

図１　『高麗虎狩図屏風』右隻（都城島津邸蔵）

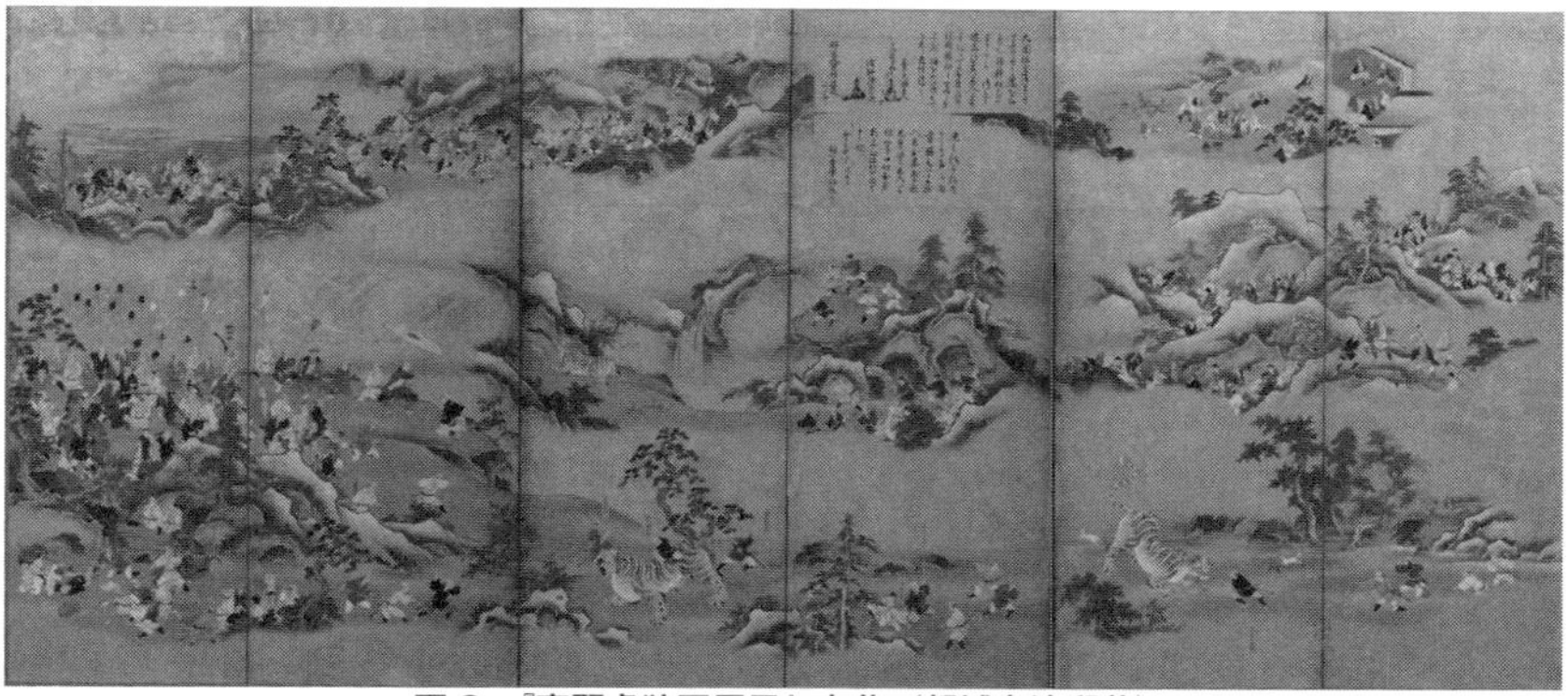

図２　『高麗虎狩図屏風』左隻（都城島津邸蔵）

捕獲後屋敷へ向かう様子を描き、下段左側を大きく、上段右隅を小さくというように画面構成に変化をつけている。

首肯すべき的確な指摘であるが、一つだけ修正の要を感じるのは、右隻の中段も「右から左」へ展開すると見る点である。中段右端の船団は、帆の靡き方から、上段の「朝鮮半島へ迫る帆船の船団」とは逆の右方向に進んでいると判断される。すなわち、中段の画面は左から右へと展開し、まず第六扇で島津氏が在城した唐島（巨済）で虎肉等の秀吉への献上を命じた奉書を受け取り、次の第五・四扇で春の雪解けを待って陣営を出立、第二・一扇に唐島から昌原のある朝鮮半島に向け再び出帆する様子を描くのだろう。これを承けて、下段では半島に上陸した島津一行が改めて昌原の山中へ向かうのである。

図３　『虎狩之繪』部分（鹿児島県歴史資料センター黎明館蔵）

図４　『虎狩之繪』部分（鹿児島県歴史資料センター黎明館蔵）

結局、右隻の三段はS字曲線を描くように展開する。それを裏づけるのが『黎明館絵巻』である。そこでは、巻頭の島津船団が肥前名護屋を出て朝鮮へ渡る場面のあと、陣営で奉書を受け取り【図3】、その後再び船団が出帆する光景【図4】を描く。その図像は、『都城屏風』右隻中段の左から右への展開を、絵巻にふさわしく逆方向に描き直したものに相違ない。『黎明館絵巻』の制作者は、『都城屏風』の如き構成のあり方を熟知していたと思われる。

一方、左隻については、上記指摘の通り、変化に富む構成をとったようだ。「上段に捕獲後屋敷へ向かう様子」を描く左隻は、右隻とは逆に、およそ下から上へと展開するわけだが、問題は「虎狩」の様子を描いた中段と下段の関係であろう。もとより左隻の三段は、右隻のように並列的ではない。中段が実質は第一扇から第四扇までで、その第五・六扇には下段第五・六扇の画面が一体に広がる。上記の「下段左側を大きく」とは、これを指す。では、左隻の画面展開はどこから始まるのか。中段の第一扇上方から第二扇にかけて、島津一行が山あいを縫うように進むのが見える。これが右隻下段の昌原への行軍から繋がる場面で、左隻の画面展開の起点と解される。続く中段第三・四扇は、山を駈け上る一頭の虎に矢を放つ数人の侍などを描くが、結局この虎は獲り逃がすのであろう。中段の画面展開は一旦ここで途切れて、下段右側へと転じる。▼注[5]そう判断されるのは、下段の虎狩において、第二扇の安田次郎兵衛が刀を虎の口に突き貫いて仕留める獲物が一頭目、第三扇の上野権右衛門の負傷（即死）を経て、第四扇の帖佐六七、福永助十郎、長野助七郎の三人が死闘を繰り広げた末の獲物が二頭目であることが、関係の文書・記録類を通して周知されるからだ。従って、左隻下段は右から左へと展開、先に触れた中・下段に広がる第五・六扇に辿り着くこととなる。それは島津義弘・忠恒ら一行が虎狩の様子を高台から眺望するという大画面である。ここから上段左側に移って、第六〜四扇が二頭の虎を運搬しながらの帰路となり、さらに右の第二・一扇の陣営前で虎の解体・塩漬けを行う光景をもって、全体の終結となる。なお、その間の第三扇は、虎肉等所望の奉書と秀吉謝辞の朱印状を貼札の如く写しを記すが、ちょうどそれらに隠れて、島津一行は半島から再び船で唐島に凱旋したというのであろう。手の込んだ趣向と言ってよい。

なお、左隻第五・六扇の義弘・忠恒らの虎狩眺望の図は、絵巻諸本すべて『都城屏風』と同趣の図像に描く。絵巻ならば描かれ難いその図像自体、原作が屏風であることを示すが、とくに右隻中段を絵巻に合わせて描き直した『黎明館絵巻』でも、その眺望図を起点に左から右へ視線が向かう左隻下段を、逆方向に改めることはなかった。それは二頭の虎狩図の右から左への展開を尊重したからだろう。これに対して、『九博絵巻』は同じ向きの眺望図を先に描き、そのあと左隻下段の第一〜四扇の順序通り二頭の虎狩図を描く。貼り違えの可能性もあるが、▼注[6]もしそうでなければ、『九博絵巻』は逆方向ながらも眺望図を起点にした画面展開にこだわったのだろう。それが『鹿県図絵巻』では〝二頭目の虎狩→義弘・忠恒らの眺望→一頭目の虎狩〟と一層混乱した様相を示す。これも単純な誤りでなければ、原因はやはり『都城屏風』左隻中・下段の虎狩全体図が画面展開と視線方向を錯綜させる点にあったと思われる。なぜそのような描き方をしたのだろう。

3　三虎籠り説のゆくえ

右のような『都城屏風』を主たる依拠資料の『征韓録』と照合するに、当然の如く、一致・不一致の両面が認められる。最も忠実な図像的再現たり得ているのは、左隻下段の二頭の虎を仕留めた場面である。それに直接関わった計五人の名前の「書込」が、その重要性を物語る（「書込」はほかに右隻下段の義弘こと「惟新公」と「忠恒公」のみ）。逆に最も相違するのは、同中段の一虎を獲り逃がした場面で、『征韓録』にはこれに当たる記述がない。そのことは「奥関助覚書」（一六六〇年奥書）、『島津世家』（一七六六年撰）、『島津国史』（一八〇二年撰）の虎狩記事、『薩藩旧記雑録』、『本藩人物誌』の関係文書・伝記等も同じだが、一方で『翰遊集』（一六〇三年奥書）、『島津世禄記』（一六四八年序）、『加治木古老物語』（成立時期不詳）第三「大中様御軍記之事」は、囲いに籠った虎は三頭で、うち一頭が逃げたとする。『都城屏風』はその三虎籠り説（以下、三虎説）を採ったわけだが、ではいずれの記事を参照したのか。最初に一虎が逃げたと描く点では、『翰遊集』の「虎社三疋篭リケリ。其中ニ一ツハ手負、深山指シテ逃ノビヌ。」、『加治木古老物語』の「御鹿倉江虎三疋籠、壱疋ハ洩レ、」という記述に重なる（『島津世禄記』では、二虎捕獲後に三頭目が逃走）。ちなみに、『都城屏風』が所謂「虎狩概要文書」（右隻上段第一扇）と「書込」に、二頭目の虎を最後に仕留めた人物を「永野助七郎」（『黎明館絵巻』も同）と表記する点も、『征韓録』を含む関係資料の多くが「長野助七郎」と記すのに相違するが、この異同において『都城屏風』と一致するのは『翰遊集』だけである。天文二十四年〜慶長三年▼注[7]の島津合戦記である『翰遊集』は、玉里文庫本の下巻末に「慶長八年癸卯八月五日書レ之」という他本奥書が転記され、「長谷場宗純」（一五四七〜一六二四）が著したものと注記される。▼注[8]それらに従うとすれば、最初期の虎狩資料となる『翰遊集』所収記事が影響を及ぼしたことは否定できない。なお、一虎が山に駈け上る姿は、絵巻本では『鹿県図絵巻』にのみ描かれる【図5】。『都城屏風』に拠ったのか、相似る図様だが、ともあれそれは三虎説が根強く支持された証でもある。

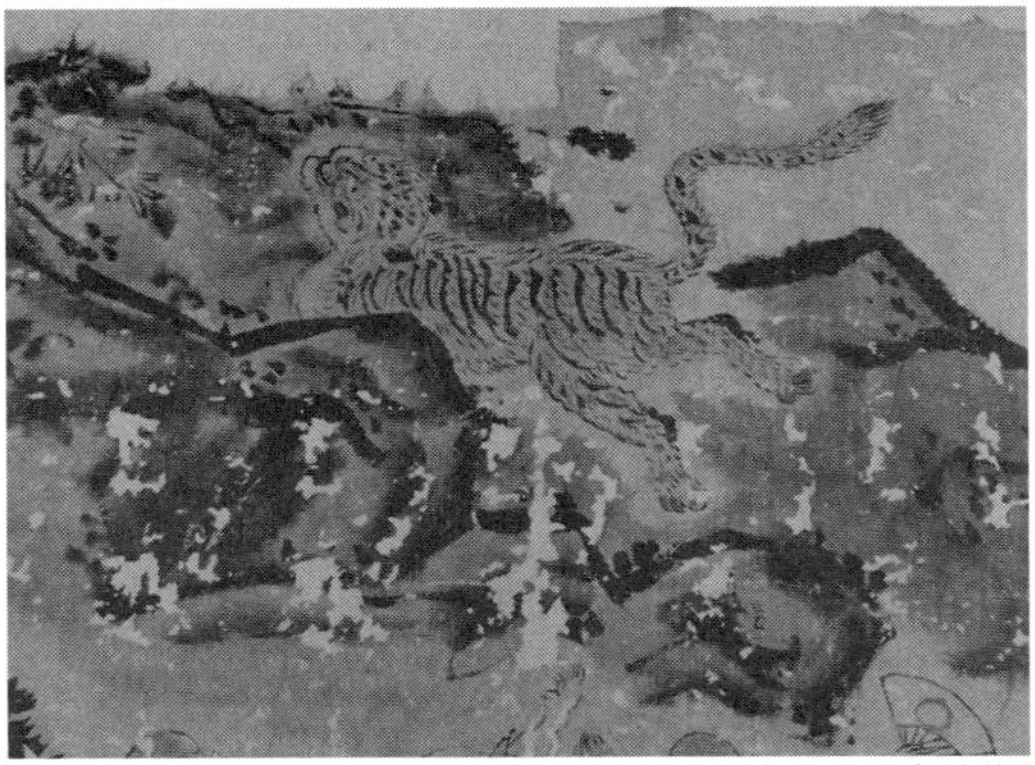

図5　『朝鮮征伐島津勢虎狩絵巻』部分（鹿児島県立図書館蔵）

三虎説を採る虎狩資料でさらに注目したいのは、忠恒（のち家久）がいずれかの虎に鉄砲を放ったと記すことである。『翰遊集』にはないが、『島津世禄記』に「其ノ後一虎逐ヒレ人ヲ出テ、而シテ多シレ害。忠恒主屢 放シテレ鉄―炮ヲ励スレ気ヲ。虎モ亦倍シテレ威ヲ破リレ囲ヲ隠ルレ林ニ去。」、『加治木古老物語』に「虎狩ノ時ハ大雨ニテ何レモノ鉄炮火縄キヘ申候由、御鹿倉江虎三疋籠、壱疋ハ洩レ、一番ニ家久公、御鉄炮ニテ被遊候得共不当、御中間上野権右ヱ門ヲ喰殺シ、二番ニ帖佐六七ヲ喰殺シ」とある。前者は逃走する三頭目、後者は捕獲する一頭目への発砲であろう。むろん『都城屏風』に忠恒発砲を感じさせる図像はない。その一方で『翰遊集』は、昌原虎狩の前に、元禄元年当初、義弘と朝鮮に出陣した久保（文禄二年九月八日、唐島で病死）に関する虎狩の様子を詳述する。そこになぜか「帖佐六七」▼注[9]が登場するなど、信憑性に欠ける点があるものの、実際に久保虎狩の方が、安田次郎兵衛の一頭目捕獲を「今一ツノ虎モ亦取セラル。」と省略する昌原虎狩よりも、よほど精細に語られる。とりわけ、鹿倉から出た大虎が帖佐六七を噛み殺すなど暴れ狂うのを見て、狩人らも岩木に登ったところを、「又一郎久保様、高岡ヨリ御覧ジテ、ハセ下ラセ玉ヒツ、、御鉄炮ヲ取合セ、有無ニ詰入リヲハシマス。虎モ掛リタル所ニ、矢比ハ二間計ニテ、マン中ヲ被レ遊。」という、久保の果敢な奮闘ぶりが目を引く。留意したい一つは、彼が虎狩を「高岡」から見ていたことで、それは『都城屏風』の眺望図に通じる意味で類型性を感じさせる。もう一つは、彼自ら鉄砲で虎を射たことである。これを類稀な武勇として語る『翰遊集』は、前稿に述べたように、状況は異なるが、久保射虎を「絶倫之勇。稀世之気」の例とする『島津世禄記』と重なり、「楚忽ノ儀」と難じる『征韓録』とは対立する。この武勇譚の直後に、『翰遊集』は「カ様ニ弥武キ御心ノ花ノヤウ成玉躰」の病悩・夭折の無常を悼んで記事を閉じる。その久保寄りの立場に対して、逆に久保批判を展開する『征韓録』は、替わって朝鮮に参陣した忠恒の称賛に努める。忠恒に大将としての器を求めたと思しい『征韓録』は、猛虎に詰め寄り鉄砲を放つような真似はさせない。その延長線上に、『都城屏風』の父義弘とともに床几に腰掛ける虎狩眺望の図があるのではないか。重要なのは、そこに新しく描かれた一虎逃走の図が、事実の可能性もある忠恒発砲のさまを喚起しかねない点である。『都城屏風』はそんな忠恒像に関わるリスクを負っている。

4　「原作屏風」からの変容

改めてここで冒頭に触れた『本藩人物誌』（十五世紀半ば〜十七世紀の島津氏・薩摩藩諸士の略伝集）の虎狩屏風に関する記事を見てみたい。虎狩に関わる記事は多いが、その屏風等の図像に言及するのは、次のような三例である。

①〈虎狩之画ニ、　義弘公　忠恒公、御床机ニ被遊御座候節、　両公之間ニ桃色之陣羽織ニ蝶之紋付タル下ニ具足ヲ着候人、畏リ居、何歟申上躰ナリ。貞昌ニモ候哉〉。（巻之一「伊勢兵部少輔貞昌」）

② 虎狩之「《朱》御屏風絵ニ」丸之内ニ扇之紋付タル陣羽織ニ振袖之衣裳着タル児、騎馬ニテ手鑓ヲ為持　忠恒公御跡ヨリ御供イタス人、頼景ナルベシ。狩之場ニテ、　忠恒公御床机ニ被遊御座候時、右之児、公之陣笠ヲ持公之右之方ニ伺公ス。（巻之二「仁礼蔵人頼景」）

③〇虎狩ノ時、　義弘公　忠恒公、御床机ニ被遊御座候時、　御前ニ六丁子ノ紋付タル陣羽織ノ下ニ具足着タル人、何歟申上ル躰ニ、虎狩ノ御屏風ニ見ヘタリ〈御屏風ハ常信筆ナリ〉。（巻之九「喜入摂津守忠続」）

所伝の本人が虎狩図・屏風に描かれると明記したこれらは、文禄期最大の武功とも扱われる昌原虎狩への参仕の確認や顕彰が、その制作目的にあったことを示す。具体的に見ていこう。①と③は、ともに義弘・忠恒が床几に腰掛け虎狩を眺める場面で、両公の間に居て畏まり言上するのが伊勢貞昌、同じく御前で言上するのが喜入忠続である、と各々指摘する。『都城屏風』左隻の当該場面【図6】には、確かに各々それらしき人物が認められるが、併せて記される傍線部の衣裳・紋に関しては同定できない。描かれた彼らの姿は「陣羽織」を着用してはおらず、その下に着したという「具足」が甲冑のことなら、それも確認できない。実際、③の忠続に当たる者の着衣に描かれた紋も、「六丁子ノ紋」には見えず、「七曜紋」に近い。また②の例は、右隻の昌原山中に向かう場面【図7】で、忠恒の後を騎馬で供するのが仁礼頼景（天正八年誕生。当時十六歳）だと言うが、該当する四人程の中に傍線部の姿を見出すのは難しい。とくに「振袖之衣裳着タル児」と言うのが合わない。実はそれと思しき衣裳が、『黎明館絵巻』の先掲図【図3】の陣営内に居る小姓のような人物に見出せる。忠恒付きの頼景がそのような存在だとすれば、②の後半に〝虎狩を眺める忠恒の「陣笠」を持ち右方に伺候する〟と言う人物とは、一層合わない。その位置に居るのは、忠恒に「大傘」を差す小者の如き人物である。右隻の行軍する忠恒は確かに「陣笠」を被るけれど、左隻の狩場では鉢巻姿である。この時、義弘も頭巾を被るので、到着後に揃って陣笠を脱いだことになるが、それにしても陣笠はどこに消えたのだろう。

　右の照合からは、『本藩人物誌』所引の虎狩図屏風が少なくとも『都城屏風』そのものではないことがわかる。もしそれが「原作屏風」に近いものであれば、模写本の『都城屏風』は衣裳・紋・具足等の細かな描写を省略したことが考えられる。とくに①③の陣羽織の下に具足を着したという姿は、全画面上、義弘・忠恒以外には見当たらない。両公が着す

図６　『高麗虎狩図屏風』左隻第五扇部分（都城島津邸蔵）

図７　『高麗虎狩図屏風』右隻第一〜三扇部分（都城島津邸蔵）

図８　『高麗虎狩図屏風』左隻第六扇部分（都城島津邸蔵）

るのは胴・草摺・籠手・臑当などの鎧類だが、「原作屏風」はそれらを着した島津武士を多数描いていたようである。なお、狩場で義弘が被る頭巾については、先の『加治木古老物語』第三「大中様御軍記之事」に、「翌十日之御狩ニ虎弐疋御取被遊、日本江御進上候。惟新様黒色ノ御衣裳連々御コノミニテ、此時モ黒衣裳被遊候。茶臼成之南蛮頭巾地黒羅沙、御手道具ハ三段之襞中段白襞、御馬印ハ三西瓜ニテ御座候。」と記される。そのほか「黒色ノ御衣裳」と「三西瓜」の馬印も、『都城屏風』『黎明館絵巻』などが確かに描くところである。確認できないのは手道具の「三段之襞中段白襞」だが、母衣の描写はあえて避けたのだとすれば、両公以外の陣羽織や具足の省略と相俟って、そこには狩猟本来の軍事合戦的な色彩を脱する指向性が窺われることになる。

その一方で、①〜③に共通する床几に腰掛ける義弘と忠恒の姿は、前後の人物配置の構図とともに不変であったようだ。すなわち、両公らが高台で虎狩を眺める構図自体は、尊重されて正確に模写された可能性が高い。では、現実はどうであったのだろう。比較的事実に近い体験記として前稿にも引いた「奥関助覚書」

によれば、捕獲一頭目の時は両公とも馬上にあったが、二頭目の時は判然としない。その場面、もう一虎が山に籠ると聞き、両公は馬で「平原」に移るが、囲みに入る勇士のないのに立腹し、忠恒が「忠恒様の御馬のめての口をひかへて罷居候」中間の上野権右衛門を呼び、虎の追出しを命じたところ、権右衛門自ら「御馬の口をゆるし、御両殿様御座候より右の方」を登って行ったという。日暮れになる程の長い時間経過があった状況からも、両公は下馬していたと見るのが穏当だろう。床几姿の両公を描く『都城屏風』は、ほぼそれと同じ高さの第六扇左端に、右隻に見えた両公騎乗の馬二頭を描くが、手前の馬には口取りが一人しかいない【図8】。これを、権右衛門が妻手の縄も弓手に譲った（同時に弓手が妻手に回った）状態を表す図像と解することも、無理ではなかろう。但し、両公が「高台」で「大傘」を差し掛けられ「床几」に腰掛けていた事実は、なお裏が取れない。とくに高台については、二頭目の虎狩を「下より皆々御覧被成候。」（「奥関助覚書」）とする記述に照らせば、事実に反すると言うほかない。そこはむしろ参照モデルが介在したと考えるべきなのだろう。

5 『曾我物語図屏風』などとの関連

その参照モデルとしては、やはり『曾我物語』の屏風・絵巻・挿絵等における所謂「富士巻狩図」が注目される。同図は、東京国立博物館蔵『月次風俗図屏風』（八曲一隻）第七扇「富士巻狩図」などの初期作例が示すように、室町後期頃から流布本『曾我物語』に拠って単独に描かれていたものが、のち十六世紀末の桃山時代に、幸若舞『夜討曾我』『十番斬』などに拠る「夜討図」と六曲一双を成す屏風に転用されて、所謂『曾我物語図屏風』（以下『曾我屏風』）の右隻に定着したとされる。▼注[10] それらのほぼすべてに描かれるのが、巻狩を眺める馬上の源頼朝、大猪に逆乗りする仁田四郎、落馬する曽我十郎だが、そのうち頼朝の図像については、上記『月次風俗図屏風』のそれが、中段のやや高

図9 『曾我物語図屏風』右隻第四扇部分（渡辺美術館蔵）

い所、直垂・侍烏帽子を着し、向かって左向きに仁田の大猪退治を眺める姿であるのに対して、現存最古の『曾我屏風』とされる渡辺美術館本（土佐光吉作、天正年間頃）では、右隻第四扇上方の高台、狩衣・立烏帽子を着し、朱色の大傘を差し掛けられ、左向きに第五・六扇の狩猟を眺める姿に描かれる【図9】。つまり装束・烏帽子の種類と大傘の有無に大きな相違があるわけだが、それ以降は、仮名本『曾我物語』の本文「風折したる立烏帽子、御狩衣は柳色」（古典大系。太山寺本・寛永版本等もほぼ同文）に即した渡辺本のような図像が主流となって、慶長頃の山梨県立博物館本や寛永頃の大阪歴史博物館本などの、頼朝が第二扇の高台から左向きに狩全体を眺める図へと展開、それが十七世紀中頃の馬の博物館本等々に認められる「（岩佐）又兵衛様式」▼注[11]として定型化する（頼朝の位置はさらに第一扇へ）。元来、物語本文に記されない高台や大傘は、図画化に際して案出されたものだろう。そうして成った頼朝巻狩眺望図に倣うことで、『都城屏風』のような両公虎狩眺望図が具象化されたと考えられる。陣笠はその時点で消えたのではなかろうか。

では、定型的な頼朝巻狩眺望図とは異なる両公の「右向き」に「床几」に腰掛けた姿は、どう理解すべきなのか。右向きの頼朝像（位置は第四〜六扇の山蔭や平原が主流）は、F家本・根津美術館本・出光美術館本などに存在し、床几姿も例外的に石川県立美術館本に見出せる。だが、そのように比較的特殊な『曾我屏風』が大きな影響力を持ったとは考え難い。抑も、『都城屏風』の虎狩全体図は、左向きの眺望図を先に描き、その左方に二頭の虎狩図を順に配するべきであった。そうしなかったのは、眺望図を三人がかりで仕留めた二頭目の虎狩に続けて描く必要があったからだ。前稿に注目した『都城屏風』所収「虎狩概要文書」に「義弘公・忠恒公御座近ク駈来ル哉《ヤ》ト、人皆冷レス膽《キモ》ヲ。」とあ

図10　『高麗虎狩図屏風』左隻第四〜六扇部分（都城島津邸蔵）

図12　『曾我物語図屏風』右隻第六扇部分（渡辺美術館蔵）

図11　『関ヶ原合戦図屏風』第六扇部分（岐阜市歴史博物館蔵）

るような場面作りである。その証拠に、捕獲二頭目の虎は、一頭目の虎とは逆の左側を向く。その虎が両公に突進するような気配は強くないが、それでも第五扇には虎に向かって侍たちが刀や槍を構える姿を、第六扇には恐れをなして馬が暴れ、口取りたちが狼狽・転倒する姿を見ることができる【図10】。全体としては相応の危険性を担保した図像と言えるだろう。

　残る床几姿については、両公の陣羽織や鎧具足などと同じく、実態であったと見てよいが、同時にそれが江戸後期の戦国合戦図の家康像に通じる点にも注意したい。『関ヶ原合戦図屏風』のうち、江戸初期の作例として重視される大阪歴史博物館本は、「江戸幕府の起源」にふさわしく「家康一人の勝利」の戦へと再構成する中で▼注[12]、左隻のみならず本戦前日の両軍対陣に関する右隻の家康も、馬上の勇姿に活写する。それが江戸後期になると、彦根城博物館本が松と幔幕で隠し、行田市郷土博物館本等が鎧櫃に見立てることで、家康の床几姿を不可視的に表す一方で、北側から合戦を俯瞰する構図の岐阜市歴史博物館本は、実際に甲冑を着け床几に腰掛ける家康を第六扇上方に描き出す【図11】。躍動感には欠けるが、総大将の威厳を湛えたその床几姿は、岐阜本と同じ工房での作と目される福井県立博物館蔵『姉川合戦図屏風』にも類型的に描かれる。直接の関係はともかくも、そのように後出の家康像が「朝鮮虎狩図」の義弘・忠恒像に重なるのは、先述した『都城屏風』の原作屏風からの変容と脱軍事合戦的な性格が再確認される意味で見逃せない。

再び『曽我屏風』について言えば、それと『都城屏風』との関連は右に留まらない。一つは、「又兵衛様式」には採られなかったが、上記渡辺本をはじめとする江戸前期の「富士巻狩図」に多く描かれた獲物の運搬図【図12】である（寛永整版本『舞の本』「夜討曽我」にも）。「朝鮮虎狩図」でこれに類するのが二虎の運搬図で、すべての屏風・絵巻に描かれるが、その具体的な記事は「虎は人数拾二三人にて持参り被申候。」（「奥関助覚書」）という程度に留まる。加えて、前稿に取り上げた阿蘇下野狩を描く阿蘇家蔵『下野狩図』（貞享元年〈一六八四〉狩野守供作）にも、「富士巻狩図」の影響らしい同趣の獲物運搬図がある▼注[13]ことは、その巻狩を象徴する図像としての重要性を窺わせる。もう一つは、『曽我屏風』左隻「夜討図」の幾つかに存する「幕紋尽くし」である。それが『都城屏風』右隻上段の朝鮮へ向かう船団の帆に諸家紋を描く趣向に繋がったようである。「帆紋尽くし」とでも呼べる、そこでの「丸に十の字」紋の島津船団は、太陰菱紋の二艘に次いで最後尾に描かれる。「日本一之遅陣」と義弘自ら嘆いた状況の表象にほかならないそれは、むしろ歴史叙述としての面目を示す図像であった。

6　おわりに

以上、不十分ながら『都城屏風』を中心に「朝鮮虎狩図」の図像分析を試みてみた。前節末尾の「帆紋尽くし」を例にとれば、『曾我屏風』とも関わる意匠性が理解されなかったからか、絵巻諸本にそれを見ることはできない（『黎明館絵巻』『九博絵巻』は島津家帆紋の船団のみ）。獲物運搬図との大きな違いだが、蓋しそうした意匠的図像の消長にも注意を払う必要があるのだろう。最後に同じような事例を試掘して結びにかえたい。

図13　『高麗虎狩図屏風』左隻第二扇部分（都城島津邸蔵）

『都城屏風』左隻の虎狩図には他の動物たちも見えるが、そのうち安田次郎兵衛が一頭目の虎と闘う画面の右側に一匹の兎と白狐・赤狐の二匹が、左側に白狐一匹が描かれる【図13】。それは、『寛永諸家系図伝』収載の初代忠久出生譚に基づく源姓由緒説を契機として、連綿と語られる島津氏における稲荷の加護・狐の奇瑞を表すものではなかったか。具体的には、鈴木彰がその「奇瑞の演出」の意味を追究した[▼注14]、慶長三年（一五九八）十月一日の泗川合戦での勝利をもたらす白狐・赤狐の出現に通じるところがある。他方、死傷者を出した二頭目捕獲の場面には他の動物は見えず、また、最初に虎を捕り逃がす中段画面には、山を駈け上る虎の前後に兎一匹と小鹿二匹が描かれる。すなわち、安田次郎兵衛の奇跡的な虎捕獲の場面にのみ、白狐と赤狐が描かれたことになる。単なる偶然ではないとすれば、件の図像は、前稿に述べた島津忠恒という新たな太守誕生を予祝する物語への再編において、とくに象徴的な意味を担ったことだろう。だが、それも絵巻諸本には引き継がれずに終わる。『曾我屏風』の獲物運搬図や「幕紋尽くし」も例外ではない。シンボリックな図像もまた継承と断絶の運命を生きるほかなかった。

【注】

［1］内倉昭文「史料調査報告　黎明館所蔵「虎狩絵巻」について」（『黎明』一九―四〈七五〉、二〇〇二年三月）。

［2］山口眞琴「島津家朝鮮虎狩伝承の光と影―〈虎退治〉から〈虎狩〉へ―」（『兵庫教育大学研究紀要』四九、二〇一六年九月）。

［3］大洲市立図書館蔵『三暁庵主談話』（写本、14-49）、国文学研究資料館蔵マイクロフィルム画像に拠る。

［4］『都城島津伝承館展示図録　都城島津の至宝―実物史料でみる都城と島津の世界―』（都城島津邸、二〇一〇年）。なお、当該解説にも絵巻に対する屏風の「初発性」について指摘がある。

［5］もし中段から下段右側の場面へと連続的に繋がるとすれば、中段第一扇左下の小高い岩山の上で数人が右方向を指差し振り向くなどの光景に、その可能性が感じられる。

［6］『九博絵巻』巻頭の島津船団が左向きに航行する画面のあと、第二紙に描かれる島津一行が右に進む図は、『黎明館絵巻』巻尾の捕獲した二虎の運搬のあとに続く島津一行の帰還図に酷似する。進行方向からしても、これは『九博絵巻』に貼り違え等の可能性が指摘できる。

［7］『翰遊集』は昌原虎狩のあった文禄四年までの合戦記とされるが、実は下巻末尾段の記述が慶長之役の泗川合戦にも及ぶため、慶長三年までの島津合戦記とした。

［8］玉里文庫本の上巻初に「長谷場越前自記／県庁ノ写本ニ右ノ如クノ外題ニテ、目録ハ無レ之。スベテ平仮字ニテ書ス。平田宗高ノ蔵本モ平仮字ナリ。外題ハ翰遊集トアリ。」（／は改行）とある。また、下巻末に「県庁本ニ云／長谷場宗純。小字弥四郎。又改二兵部少輔一。後改二越前守一。入道号二眠純斎一。以二天文十六丁未之歳一生。年七十八。死二于寛永元年甲子十月七日一。法名徹山慶薫菴主。此ニ所レ載慶長八年ハ。実ニ当二ル五十八歳ノ時一ニ。拠レ譜補云。／今按ニ此ノ奥書ハ蓋伊地知季安ノ所レ為。」と記される。

［9］当該部の頭注に本文と同筆で「コ、ニ虎狩ヲ書シハ誤也　帖佐六七ガ事モ下ニ出ルヲ正トス」と注される。結果的には正しい注記だが、『翰遊集』には文脈的に昌原虎狩記事を後で補入した形跡があり、また他伝本の東京大学史料編纂所蔵『長谷場越前自記』（謄写本、2044-49）に昌原虎狩記事がないことから、久保射虎が原態にあった可能性の方が強く感じられる。

［10］井澤英理子「曽我物語図の系譜における芸能との関連性」（『鹿島美術財団年報』一五別冊、一九九八年一一月）、同「曽我物語

図考―一双屏風の成立―」（『日本美術襍稿　佐々木剛三先生古稀記念論文集』明徳出版社、一九九八年一二月）。なお、『曽我物語図屏風』の諸本については、斉藤研一「「曽我物語図屏風」作品一覧・図版掲載文献一覧」（『研究成果報告〈曽我物語〉の絵画化と文化環境―物語絵・出版・地域社会』国文学研究資料館、二〇一六年三月）参照。

［11］井澤英理子「又兵衛風の曽我物語図屏風の量産について」（『日本美術史の杜　村重寧先生・星山晋也先生古稀記念論文集』竹林舎、二〇〇八年九月）参照。

［12］高橋修監修・文『図説・戦国合戦図屏風』（学習研究社、二〇〇二年）。

［13］飯沼賢司編『阿蘇下野狩史料集』（思文閣出版、二〇一二年）所収「口絵５　第６幅」。

［14］鈴木彰「再編される十六世紀の戦場体験―島津氏由緒との関わりから」（『文学』隔月刊一三―五、二〇一二年九月）、同「泗川の戦いにおける奇瑞の演出―島津氏を護る狐のこと―」（『国文学研究』一六九、二〇一三年三月）。

※注記した以外の使用テキストは次の通り。『島津世禄記』『本藩人物誌』『加治木古老物語』＝鹿児島県史料集、『征韓録』『翰遊集』「奥関助覚書」＝鹿児島大学附属図書館玉里文庫本。なお、本文引用に際して、句読点・濁点等を施し、割書を〈　〉に記すなど、一部表記を改めた。また、私に傍線・傍点を施した。

【付記】貴重な資料の画像掲載等をご許可下さった都城島津邸、鹿児島県歴史資料センター黎明館、鹿児島県立図書館、渡辺美術館、岐阜市歴史博物館の関係各位に厚く御礼を申し上げます。

【コラム】

武家政権の神話『武家繁昌』

金　英珠

室町物語『武家繁昌』は、蚩尤を討った黄帝の故事をはじめ、中国と日本の「武」に関わる物語を集めて武家の由来を説き、その繁昌を祝言する物語である。注目すべき点は「神功皇后の三韓遠征」や「剣巻」など、中世に新たに生まれてきた神話言説、いわゆる〈中世日本紀〉が撰録されていることである。『日本書紀』に代表される古代神話は、早くも平安時代から注釈の場を中心にさまざまな解釈が施され、次第に原文を離脱して新たな物語へと展開されていった。このような動きは中世日本紀という膨大な作品群を作り出すが、『武家繁昌』は、そのなかでも独自の変容を数多く有する興味深い作品である。これらの変容には、武家政権の首長である将軍の系譜を源頼朝に収束させ、その権力の正統性と正当性を唱えるという一貫した問題意識がみられ、『武家繁昌』の持つ武家政権の神話としての性格を読み取ることができる。

収録話のなかでも、「海幸山幸神話」として知られるヒコホホデミの海神宮訪問譚には、このような特徴が色濃く現れている。海幸山幸神話は、初代人皇である神武天皇の誕生にまつわる神話として、古代から重んじられ語り継がれてきた。神代では唯一、『彦火々出見尊絵巻』（十二世紀）と『かみよ物語』（別称『玉井物語』、室町後期）という独立した絵巻が制作されたこともその重要性を物語ってくれる。『武家繁昌』には上巻の最後に収録されており、挿絵（伝本によって、一～二図）を含め、八幡に次ぐ二番目に長い紙面が配され、大きな比重を占めている。詞書と挿絵には独自の潤色が施され、新たな意味付けがなされている。その変容の様子を具体的にみていく前に、海幸山幸神話のあらすじを簡単に紹介しておく。

①海幸彦（別称、ホスセリ）とよばれる兄と山幸彦（別称、ヒコホホデミ）とよばれる弟は、ある日、お互いの幸を交換する。②弟は兄の釣針を失くしてしまう。③弟は塩土老翁の教えで海神の宮へ赴く。④門のところにある井で海神の娘である豊玉姫に出会う。⑤弟は釣針を取り戻し、豊玉姫と結婚する。⑥三年後、海神は帰る弟に潮を操る宝珠を渡し、兄を服従させる方法を教える。⑦弟は宝珠の力で兄を服従させる。⑧兄は代々の

忠誠を誓う。⑨出産のために豊玉姫が海辺にやってくる。⑨⑩豊玉姫は出産場面を見ないように弟に頼むが、弟は覗いてしまう。⑪激怒した豊玉姫は生まれた子（ウガヤフキアエズ）をおいて帰ってしまう。⑫ウガヤフキアエズは後に叔母（玉依姫）と結婚してイワレビコ（神武天皇）を生む。（『日本書紀』による）

『武家繁昌』の全体的な展開は『日本書紀』とほぼ一致するが、結論部分は大きく異なっている。兄を服従させた後の後日譚（⑧⑨⑩⑪⑫）は語らないのである。この部分は、天神と海神を先祖に持つ聖なる出自を説き、その血を継ぐ神武天皇からはじまる王権の当為性を唱える、いわば物語の核心ともいえる箇所である。しかし、『武家繁昌』は同じ物語を述べながらも、「これ、神いくさの、はじめなり」と、天皇の誕生ではなく、あくまでも「武」の観点から、神戦の由来譚として位置づける。

そして、登場人物の関係（兄弟）が逆転されている（①）。これは、『武家繁昌』独自の変容として指摘できる最大の特徴であり、制作背景を知る重要な手がかりにもなる。詞書には、弓を以て山で狩りをする「ヒコホホデミ」は「兄の御神」であり、釣針を以て魚をとる「ホスセリ」は「弟の御神」と記される。このように逆転された兄弟関係は、神戦の由来譚という位置づけにも深くかかわっている。宝珠の力で兄弟を服従させる展開は共通するが、『武家繁昌』は「弟のホスセリは、兄の留守中に位を奪い取った」うえで、強弁を述べながら返した釣針を受け取らなかったので、兄のヒコホホデミが神戦をはじめたと説いているからである。逆転された兄弟関係は神戦の主な原因にもつながる。

戦い場面には「両陣、互いに防ぎ戦う」という興味深い描写がみえる。従来、海幸山幸神話は兄弟本人同士の戦いと理解されてきた。しかし、『武家繁昌』はそれを複数の兵、すなわち、互いの「武力」が動員された戦いとして表現することで、ヒコホホデミとホスセリが武士たちを率いる武家の棟梁であるように描写する。挿絵にはこのような解釈が一層はっきりと現れている。たとえば、中野幸一編『奈良絵本絵巻集 別巻（2）』に収録された奈良絵本『武家はん昌』は、戦争場面ではない場面でも、登場人物を甲冑をつけた姿で描いている。海幸山幸神話も例外でなく、井の場面（④）のヒコホホデミは武装した姿で描かれている。武士の場合も普段着は狩衣姿で描かれることが一般的であり、同じく海幸山幸神話に取材する絵巻『彦火々出見尊絵巻』と『かみよ物語』の両方も、ヒコホホデミは狩衣姿で表現される。このような表現の仕方は、江戸中期の浮世草紙である『風流神代巻』や、明治期に刊行されたちりめん本の挿絵など、海幸山幸神話に挿入された絵画にも一貫してみられる。武装姿で描かれたヒ

ヒコホホデミと豊玉姫の出会う場面

旧思文閣本『かみよ物語』
（『思文閣古書資料目録』202「善本特集」19、2007年より転載）

奈良絵本『武家はん昌』
（中野幸一編『奈良絵本絵巻集 別巻（2）武家繁昌・うつほ物語』より転載）

コホホデミは、絵画化されたヒコホホデミ解釈であり、『武家繁昌』がヒコホホデミを武士として解釈していたことを物語っている。

それでは、兄弟関係を逆転させた理由はどこにあるのか。打倒平家を掲げ、最初は一緒に戦ったものの、対立した末に兄が弟を殺した結果となった、源頼朝と源義経の関係を意識した潤色である可能性も考えられるが、『武家繁昌』全体を貫いている「下剋上」に対する強い警戒心と結びつけて解釈することもできる。

選録された物語の主題と、詞書に施された潤色や表現をみていくと、謀反を含む下剋上に「武」を以て厳重に対応するという姿勢が『武家繁昌』全体に現れていることがわかる。海幸山幸神話の前に収録された「国譲り神話」には、雉の頓使いの故事で知られるアメノワカヒコが登場する。アメノワカヒコは、命をうけて高天原から派遣されるも、土着神の娘と結婚して帰らず、様子をうかがいにきた雉まで矢で殺してしまう。結局、自分も同じ矢で命を落とす。物語のあらすじは『日本書紀』とほとんど変わらないが、『武家繁昌』は、アメノワカヒコは「謀反の心」「背く志」を抱いたから矢に当たって死んだと説く。『日本書紀』正文の「悪き心」を下剋上として具体化しているのである。それだけでなく、土着神と戦って国譲りを成功させたタケミカヅチとタテツヌシの二人を「神代の、武将、勇士のはじめ」と褒めたたえながら物語を締めくくり、国譲り神話を忠義で猛勇な武将の由来譚として再解釈する。『武家繁昌』下巻は「ツチグモ退治」「ヤマトタケルの東征」「源氏が八幡を信仰する由来」で構成される。ツチグモとヤマトタケルの物語には、「王命にしたがわない」朝敵を討伐する武士の姿が一層直接的に投影され、これらの物語に幕府の首長たる将軍の由来が求められる。

戦場で兵を率いる武家にとって、揺るぎない上下関係と忠誠心は、戦の勝敗、ひいては一族の興亡とも直結する大事な問題にほかならない。それに加え、そもそも武家政権（鎌倉幕府）は「平家に代表される朝敵を討つことによって、皇室に助力して国家を安泰にする」ことを政権の正統性として掲げていた。武家政権にとって、下剋上は警戒すべき危険要素であると同時に、政権存立の根拠でもあったのである。

『武家繁昌』は、その冒頭で、「文武のふたつは、鳥の二翼にたとえ、車の両輪になぞらえる」と、文武のふたつは天下を保つ大道であると説き、乱れる世は武をおもてに、安泰な世は文をおもてにするべきであると述べている。ところが、続く文では「昔も今も、異国も我朝も、下剋上とて、下として上を軽しめ、臣として君を蔑《ないがし》ろにする故に、上古、聖王の御代とても、文のみ行ふて、武を隠すこと能わず」として、いつの時代も下剋上が起こるので、安泰な世でも下剋上を戒めるために武は必要とされてきたことを強調する。『武家繁昌』の成立時期は確かではないが、現存する伝本の多くは江戸初期に制作された肉筆の絵入り本（絵巻と絵本）である。冒頭に述べられる文武論は、戦乱が終わった時代にこそ求められる思想であり、江戸初期多くの伝本が制作された理由もそこにあると推定される。

このように、下剋上を重罪とみなす『武家繁昌』の姿勢を考慮すると、海幸山幸神話にみえる逆転された兄弟関係も説明がつく。弟が兄を服従させて代々の忠誠を誓わせるという その内容は、下剋上と解釈される余地がじゅうぶんにあるからである。そのため、『武家繁昌』は、兄弟関係を逆転させたうえで、本来は戦いをしかけられ服従されるホスセリを、「兄の位を奪い取った」下剋上を起した逆徒へと変容させたと考えられる。そうすることで、嫡子の座を奪う弟の物語は、下剋上を起こした弟を戒める兄の物語へと作り替えられ、しかも、戦さのはじまりも下剋上の征伐に求めることができる。天皇家にまつわる神話が武家政権の神話として生まれ変わったのである。

以上、海幸山幸神話を中心に『武家繁昌』の変容をみてきたが、これらの変容は武家政権の神話作りとして理解することができる。このような性格は絵画にも反映されており、問題意識を一層はっきりと現わしている。『武家繁昌』の挿絵は、絵画化された中世神話としても価値が高いといえる。『武家繁昌』は二十点に近い伝本が現存し、当時の広がりがうかがえるが、出版文化が盛んな江戸時代、版本としては流布されなかった異質の作品でもある。その理由も、武家に偏った解釈や世界観にあるかもしれない。

【参考文献】


横山重・太田武夫校訂『室町時代物語集（5）』井上書房、一九六二年。

中野幸一編『奈良絵本絵巻集（9）長恨歌・武家繁昌・藤袋の草子』早稲田大学出版部、一九八八年。

中野幸一編『奈良絵本絵巻集 別巻（2） 武家繁昌・うつほ物語』早稲田大学出版部、一九八八年。

佐伯真一「「将軍」と「朝敵」―『平家物語』を中心に」（『軍記と語り物』二七、一九九一年三月）。

中島美弥子「『武家繁昌』の表現―八幡をめぐって―」（『立教大学日本文学』八三、二〇〇〇年一月）。

中島美弥子「『武家繁昌』の将軍―日本武尊から源頼朝へ―」（『平家物語』の転生と再生』笠間書院、二〇〇三年）。

金　英珠「『武家繁昌』の神話言説―国譲り神話を中心に」（『立教大学日本文学』一一一、二〇一四年一月）。

2　根津美術館蔵「平家物語画帖」の享受者像
——物語絵との〈対話〉を窺いつつ——

鈴木　彰

1　はじめに

根津美術館蔵「平家物語画帖」（以下、根津本と略称）は、上・中・下三帖からなる横長の折帖で、流布本系の『平家物語』から一部に改変を加えつつ抜き書きした詞書と、それに対応する場面を描いた全百二十面の扇面画（上四十図、中四十一図、下三十九図）とが、交互に現れる形で構成されている。外題には「平家物語抜書　上（中・下）」、目録題は「平家物語目録上」「平家物語抜書目録中（下）」とあるので、本来は「平家物語抜書」という名称で制作されたものと思われるが、ここでは便宜的に通称に従っておく。▼注［1］

この根津本と酷似した小絵の扇面画の例として注目されてきたのが、徳川美術館蔵「平家物語図扇面」（全六十図。以下、徳川本と略称）とベルリン国立アジア美術館蔵「扇面平家物語」（全五十九図。詞書は六十段分。以下、ベルリン本）である。

これらはいずれも十七世紀後半の、土佐派に属する絵師集団によって制作されたと考えられている。▼注[2] 加えて、これらと同じ体裁をとる扇面の保元・平治物語絵の存在が確認されたことによって、▼注[3] 根津本が制作された環境には、平家絵のみならず、多岐にわたる物語絵が蓄えられていたことが見通されるようになってきた。▼注[4]

こうした状況を踏まえ、根津本については、①抜き書きされた詞書とそのもとになった『平家物語』の本文の関係、②扇面に描かれた絵と詞書の関係、③扇面に描かれた絵と『平家物語』本文の関係をそれぞれに精査し、同本の制作事情や享受の具体相を解明していく必要がある。そのための一歩として、本稿では根津本のいくつかの場面を取り上げながら、制作時に想定されていた享受者像を伺い、あわせて同本の特質を把握してみたい。

2　白梅の枝と梶原景季──本文の外側への理解

まず注目したいのは、根津本に四度にわたって現れる、〈白梅の枝をかざした武者〉のモチーフである。まずはその登場箇所を整理しておこう。

表1

	位置	章段名	同構図の絵をもつ伝本
事例1	上巻第三十五図	「大ばがはや馬の事」	ベルリン本
事例2	中巻第二十六図	「かげするゑ馬じつけんの事」	ベルリン本・徳川本
事例3	中巻第三十二図	「のりより・よしつね院参の事」	ベルリン本・徳川本
事例4	中巻第三十九図	「二度のかけの事」	ベルリン本・徳川本

このうち、事例2の絵に関して、龍澤彩氏は、徳川本・ベルリン本・根津本のうち、根津本にのみ梶原景季の背に白梅が描かれていることに着目し、能〈箙〉などでよく知られていた「箙の梅」の話を引いたものとみて、「景季らしさ」を示すモチーフとして白梅が描かれたのであろうとしている。▼注[5]

龍澤氏の指摘は、徳川本を検討するなかで派生的に根津本の一面に言及したものであった。本稿ではこの指摘を踏まえつつ、分析の軸を根津本にすえなおし、複数場面で用いられているこのモチーフを窓として、根津本の絵と詞書の関係をさぐっていきたい。

さて、事例1については論述の都合上、後述することとして、事例2から取りあげていこう。中巻第二十六図には、頼朝から名馬「するすみ」を拝領して上洛の途についた景季の姿が描かれている【図1・2】。詞書は次のようにある。

かち原源太かけするゑ、高き所に打あかり、しはらくひかへて、おほくの馬とも見けるに、……かけするゑが給はつたるするすみにまさる馬こそなかりけれと、うれしう思ひてみるところに、こゝにいけずきとおほしき馬こそ一き出きたれ。……

（根津本・中巻「かけするゑ馬しつけんの事」）

図１　根津本・中巻第二十六図「かげするゑ馬じつけんの事」

図２　同・部分拡大図

このとき景季は、自分が望んでも頼朝から

拝領できなかった名馬いけずきが、佐々木高綱とともに現れるのを発見した。この場面の絵には、周囲よりも小高くなった場所に立つ景季の姿が描かれ——この点は徳川本・ベルリン本も共通——、根津本ではその背に白梅が加筆されている。詞書の内容を踏まえれば、その立ち位置から景季を特定できるが、白梅によって、景季の存在はいっそう発見しやすくなっているといえよう。ただし、詞書では白梅に言及されておらず、詞書のみではその意味を理解できないという状況にある。

続く事例3、中巻第三十二図は少し事情が複雑である。その詞書は次のようにある。

寿永三年、のりより・よしつね院さんして、平家ついたうのために西国へはつかうすへきよしをそうもんす。…（中略・三種神器を取り戻すよう仰せつけられる）…両人、庭上にかしこまり、うけ給はつてまかりいつ。

（根津本・中巻「のりより・よしつね院参の事」）

流布本『平家物語』▼注[6]でいえば、巻第九「三草勢揃への事」に相当する場面の本文である。ただし、この詞書と絵の内容は大きく食い違っている。詞書では範頼・義経という二人の大将が後白河院の御所に召された場面とされているが、絵には烏帽子をかぶった一人の大将らしき武者とそれを囲む四人の武者が描かれている【図3・4】。また、根津本

図３　根津本・中巻第三十二図「のりより・よしつね院参の事」

図４　同・部分拡大

ではその四人のうちの一人の背に白梅が描かれているが、詞書にも流布本『平家物語』の当該場面にも景季のことは一切出てこないのである（徳川本・ベルリン本では白梅は描かれていない）。

結論からいえば、この絵は本来、詞書とは異なる出来事を描いた絵だったと考えられる。この絵に対応するのは、同じ巻第九ではあるがこれより少し前、都で狼藉を重ねる木曾義仲を討つために上洛した義経がまっさきに後白河院の御所に駆けつけ、庭上へと招き入れられた場面であろう。該当箇所の流布本の本文は次のようにある。

法皇、中門の櫺子より叡覧あつて、「ゆゝしげなる者どもかな。みな名のらせよ」と仰せければ、先づ大将軍九郎義経、次に安田三郎義定、畠山庄司次郎重忠、梶原源太景季、佐々木四郎高綱、渋谷右馬允重資とこそ名のつたれ。義経具して武士は六人、鎧は色々変つたりけれども、面魂骨柄何れも劣らず。成忠、仰せ承つて、義経を大床の際へ召して、合戦の次第をくはしう御尋ねあり。……（巻第九「河原合戦の事」）

義経をかこむ武士の人数はわずかに異なるが、大床の際で成忠をはさんで法皇から下問されている大将義経とその一行という構図は、中巻第三十二図の内容と合致する。そして、このときの義経の同行者の中には、梶原景季も確かに含まれているのである（傍線部）。根津本の絵師は、本来この場面を念頭におい

図５　根津本・中巻第三十九図「二度のかけの事」

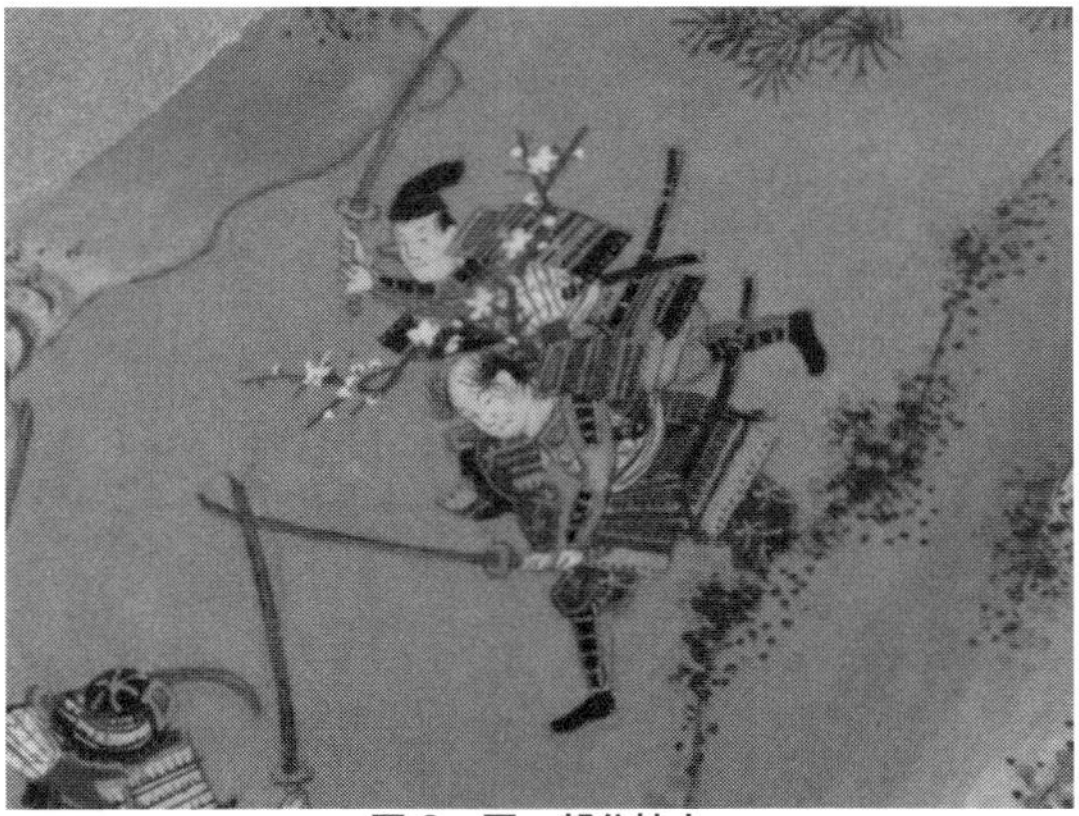

図６　同・部分拡大

て、景季を象徴する白梅を描き添えたのだろう。しかし、その絵が異なる場面の詞書と組み合わされてしまったため、結果的に、そこになぜ白梅の枝をかざした武者がいるのかがわからなくなってしまったものと思われる。こうした事情を勘案してみれば、もとはこの絵においても、白梅の枝は景季を示す記号として加筆されたとみてよいだろう。

事例4では、一の谷の戦いに臨み、追い詰められて奮戦する景季の姿が描かれている【図5・6】。「箙の梅」は、本来このときの話題である。徳川本・ベルリン本など▼注[7]も同じ構図の絵を持つことから、これらには共通の祖型が存在したようだが、根津本のみが独自に白梅を描き込んだものと考えられる。ただし、その詞書では、次のように、やはり白梅への言及はなされていない。

……源太は、馬をもいさせ、かち立になり、かふとをも打おとされ、大わらはにたゝかひなつて、二丈はかり有けるきしをうしろにあて、らうとう二人さうにたて、うちものぬひてかたき五人か中に取りこめられて、おもてもふらす、いのちもおします、こゝをさいことせめたゝかふ。……

（根津本・中巻「二度のかけの事」）

そもそも、根津本の詞書の母体と考えられる流布本系の『平家物語』には、「箙の梅」の話題が含まれていない。このことを踏まえて、あらためて以上の三例を見渡してみると、根津本の絵が、詞書にも、そのもととなった流布本『平家物語』にも書かれていない情報を意識的に盛り込む形で、徳川本やベルリン本とは異なる独自の一歩を踏み出していることが理解されよう。

また、景季が「箙の梅」を挿したのは一の谷の戦いでのことであった。にもかかわらず、根津本では、物語の展開上はそこから大きく遡る出来事である事例1〜3においてこのモチーフが使用されていることになる。根津本には、その詞書には記されていない「箙の梅」の逸話と景季イメージを熟知した者でなければ、その意味を十分には把握できないような絵が複数織り込まれているのである。それはすなわち、根津本がそうした理解をもつ享受者を念頭において制作されたことを意味するものであろう。

3　『源平盛衰記』との交雑

前節では、根津本において、景季の背に白梅を描き添えるという仕掛けがくり返し用いられていることを確認してきた。続いて、後回しにしていた事例1を見ていこう。そこにも〈白梅の枝をかざした武者〉が描かれているのだが、その図はこれまでの三例とはまた異なる事情を背負っているようである。

事例1は、流布本『平家物語』では巻第五「大庭が早馬の事」に相当し、大庭景親が頼朝挙兵の一報を福原にいる平家一門に早馬で伝える場面である。詞書には、景親らに攻められた頼朝がわずか七、八騎にまで追い込まれ、土肥の杉山山中へと逃げ込んだ様子が、景親からの報告の形で次のように語られている。

大はの三良かけちか、ふくはらへはや馬をもつて申けるは、「……かけちか、みかたに心さしをそんするものども、一千よきをゐんそつして、をしよせてさん〳〵にせめ候へは、兵衛のすけわつか七、八きにうちなされ、大わらはにたゝかひなつて、とひのすき山へにけこもり候ぬ。……　（根津本・上巻「大はかはや馬の事」）

画中には、一人の武者が山中で洞穴のような空間に身を隠し、赤旗を掲げた平家方の武者たちがそれを追って疾走する様子が描かれている【図7・8】。詞書に従えば、それは頼朝が大庭景親らに追われて杉山に逃げ込んだ場面ということになる。しかし、根津本の詞書に梶原景季の名はみえず、『平家物語』諸本でも、景親からの報告の中に景季の話題は含まれていない。すなわち、本文面からみるとここに景季が登場する余地はないのである。にもかかわらず、根津本の当該図には、中央に白梅を背にした武者が描き込まれている（ベルリン本も同じ構図の絵をもつが、白梅は描かれていない）。

他の三例について確認したように、根津本は白梅を梶原景季の記号として意識的に扱っている。しかし、それらと違って、この場面の武者を景季とみることはできそうにない。とすると、それに該当する人物の最有力候補は、景季との連想関係にあるという意味でも、やはり景季の父景時であろう。

『源平盛衰記』や読み本系『平家物語』諸本には、景時が頼朝をこの杉山山中で追う話が存在する。それはおおよそ次のような話である。

　挙兵したものの苦戦を強いられた頼朝は、杉山の中を進み、一旦臥木のうつほの中に身を隠した。このとき頼朝を追ってきた平家方の武者の一人が梶原景時で、景時はその臥木の奥に頼朝の姿を見つけたのだが、これから先のことを考えてあえて頼朝を見逃し、その危機を救った。

このいわゆる「臥木隠れ」の逸話は、こののち頼朝に仕えることになる景時の手柄話という性格を備えている。見方を変えれば、この話は、景時が杉山山中で頼朝を追った武者の一人だったことを読者に印象づける話ともいえるだろう。根津本は、この話に現れる、頼朝を追う景時の姿を念頭において、白梅の枝を描き添えた可能性が高い。加えて、周知のように、『源平盛衰記』では、一の谷の戦いで箙に梅の枝を挿したのは、景季ではなく景時とされていることも想起される。

図７　根津本・上巻第三十五図「大ばがはや馬の事」

図８　同・部分拡大

詩歌管弦ハ公家仙洞ノ翫物、東夷争磯城島難波津ノ言葉ヲ可レ存ナレ共、梶原ハ心ノ甲モ人ニ勝レ、数奇タル道モ優也ケリ。サキ乱タル梅ガ枝ヲ蚕簿ニ副テゾ指タリケル。蒐レバ花ハ散ケレ共、匂ハ袖ニゾ残リケル。…（中略）…平家ノ公達ハ、花箙トテ、「優也」、「ヤサシ、」トロ々ニゾ感ジ給ケル。

（『源平盛衰記』巻第三十七「平三景時歌共」）

根津本のこの絵に白梅が描き添えられた際、『盛衰記』にみえる景時の「花箙」に基づく理解が作用していたのではなかったか。この見通しが妥当だとすれば、興味深いことに、根津本では、景季と梅という能〈箙〉に基づく理解と、景時と梅という『盛衰記』に基づく理解とが共存しており、白梅はいわば梶原親子の象徴として受け止められていたことになる。そこには、諸書の記事を理解し、個々の設定差を厳密に腑分けすることなくゆるやかに物語理解に援用していた根津本の制作者と享受者の姿が浮かび上がる。

「臥木隠れ」の話は、根津本の詞書や流布本系の『平家物語』には出てこない。すなわち、この絵もまた、詞書から得られる情報だけでは、描かれた内容を把握しきれないものなのである。根津本の享受者は、こうした絵を理解することが期待されていたのであった。

4　物語絵との〈対話〉——享受者に求められたもの

ここまで、〈白梅の枝をかざした武者〉というモチーフを通して、根津本の絵には、徳川本やベルリン本とも異なる形で、能〈箙〉のモチーフが投影されている例や、『源平盛衰記』に依拠した理解が採用されている例があることを確認してきた。▼注[8]このように、根津本の絵は、詞書を読めばその内容をすべて読み解けるという性質のものばかりではないのである。

根津本は詞書と絵の組み合わせで成り立っている。その場合、享受者は詞書に導かれて絵を読み解こうとするのが自然である。そして、もし詞書だけでは理解できない情報が描かれていた際には、それが何を描いたものなのか、なぜそこに描かれているのかという問いと向き合うことになるだろう。その際、享受者はさまざまな知識と情報を動員して、その絵を読み解くことを求められる。根津本は、そうした読みかた、いわば物語絵との〈対話〉ができる享受者に向けて制作されたものと考えられる。根津本は、『平家物語』への理解度が低い享受者に提供されたものではなく、むしろ『平家物語』内外の知識を幅広くもつ享受者であればこそ、その内容を味読できるようなものとなっているのである。

根津本を読み解くためには、ここでいう物語絵との〈対話〉の内実をていねいに浮かびあがらせていく必要がある。それは、制作者・絵師が埋め込んださまざまな問いに、享受者たちがどのように解答することを期待されたのかを探ることに他ならない。

たとえば、中巻第十一図「同くびじつけんの事」の絵をみてみよう【図9・10】。それは、木曾義仲の前で、北陸での篠原合戦で討死した斎藤別当実盛の首実検がおこなわれている場面である。画中に、義仲と並んで髪の長い女武

図9　根津本・中巻第十一図「同くびじつけんの事」

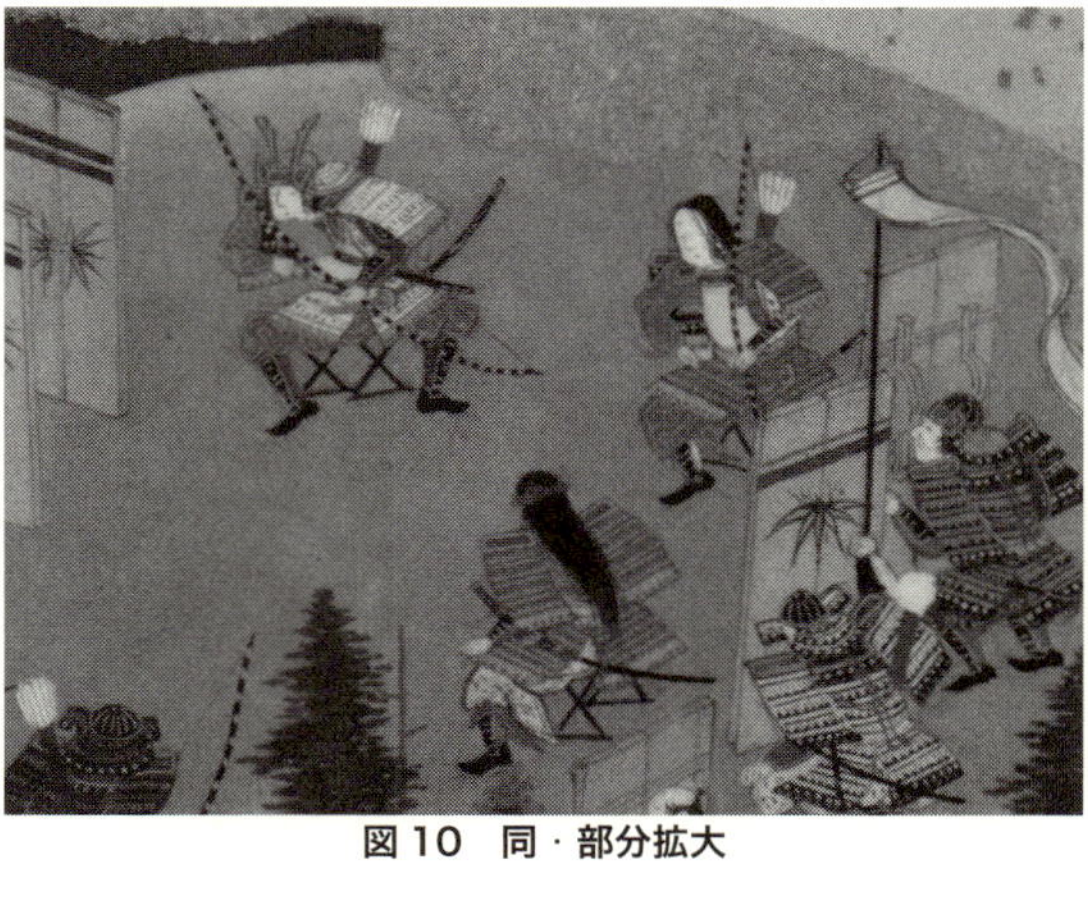

図10　同・部分拡大

者が二人描かれている。二人は義仲と同様、床几に座っており、他の武者たちより高い身分の人物とされているようだ。しかし、この段の詞書にはこの二人について、少しの言及もない。

この二人の女武者については、『平家物語』の次の記事を想起する必要があるだろう。

木曾は信濃を出でしより、巴・山吹とて、二人の美女を具せられたり。山吹は労りあつて都に留りぬ。中にも、巴は色白う髪長く、容顔まことに美麗なり。究竟の荒馬乗の悪所落し、弓矢・打物取つては、いかなる鬼にも神にもあふと云ふ一人当千の兵なり。されば、軍と云ふ時は、札よき鎧着せ、強弓・大太刀持たせて、一方の大将に向けられけるに、度々の高名肩を並ぶる者なし。（流布本・巻第九「木曾の最期の事」）

義仲のもとには、信濃を出たときから、巴と山吹という女性を連れていたとある。そして、巴の武者としての優秀性を語るなかで、いくさでは常に大将として抜群のはたらきをしてきたことが語られている。中巻第十一図の二人の女武者は、この記事を踏まえて描かれていると考えるのが妥当であろう。言い換えれば、根津本の享受者はこの記事を想起することを求められていたということになる。

併せて注意すべきは、巻第七「実盛最期の事」にあたる場面の絵が、物語の展開上はそれよりあとに位置する巻第九「木曾の最期の事」に出てくる本文情報をもとに描かれていることである。『平家物語』全体に対する理解をあらかじめ持ちあわせていることを前提とした絵といってよいだろう。

もう一例見ておこう。屋島の戦いにおける那須与一の姿を描く場合、与一の射た矢が船上に立てられた扇を見事に射貫いた瞬間が切り取られることが多い。しかし、根津本下巻第二十四図「な須の与一」では、確かに虚空に舞う射貫かれた扇も描かれてはいるが、それだけではなく、船首から黒革威の鎧武者が射落とされた瞬間が描かれている【図11・12】。詞書には与一が扇を射貫くまでの過程が記されているのみで、武者が射落とされたことについての言及はない。そうした意味で、この絵も詞書と緊密には対応していない。

この絵と詞書を読み合わせた享受者は、次の記事を連想したはずである。

あまりのおもしろさに、感にたへずや思ひけん、船の中より、年の齢五十ばかりなる男の、黒革威の鎧着たるが、白柄の長刀杖につき、扇立てたる所に立つて、舞ひすましたり。…（中略）…与一、今度は中差取つて番ひ、よつぴいてひやうと放つ。舞ひすましたる男の真たゞ中を、ひやうつばと射て、船底へ真倒に射倒す。

（流布本・巻第九「弓流しの事」）

図11　根津本・下巻第二十四図「な須の与一」

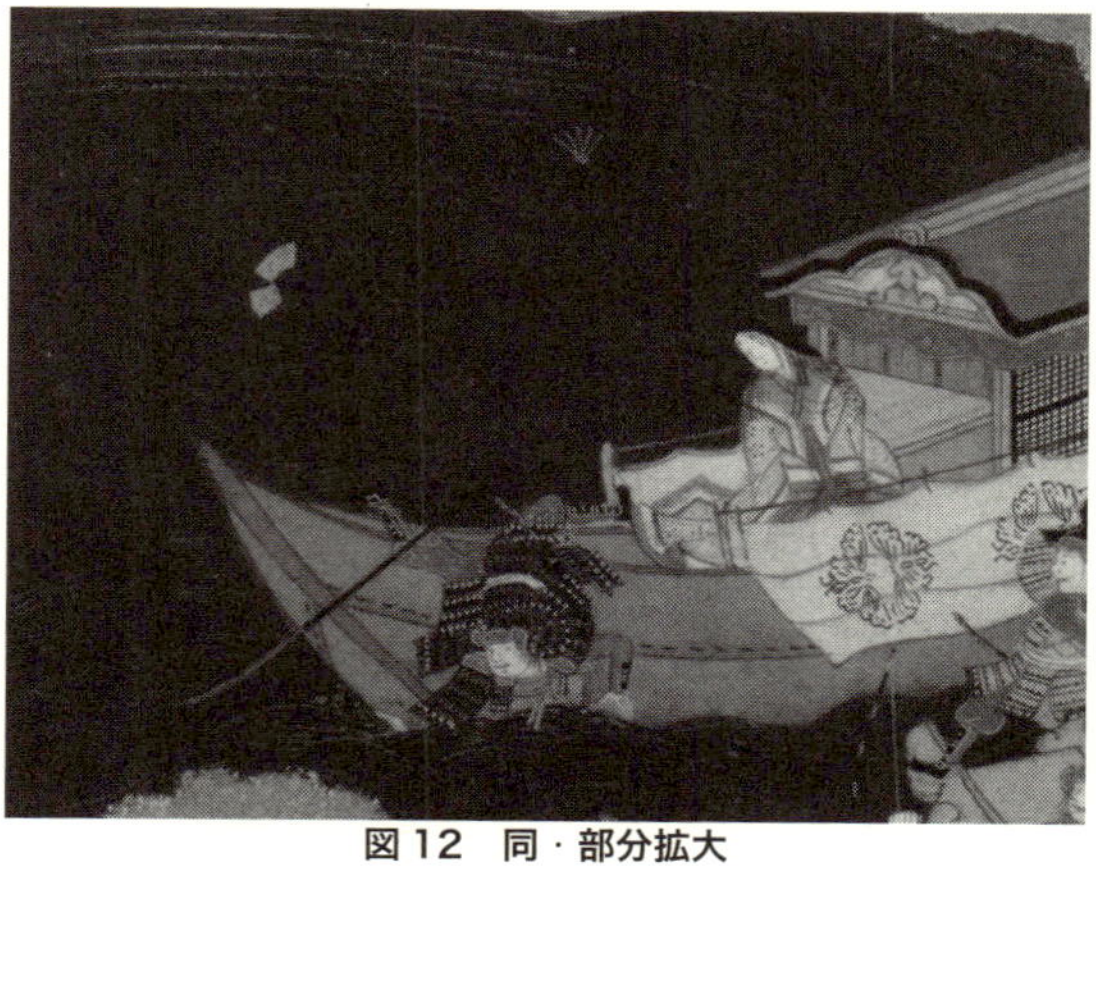

図12　同・部分拡大

画中の武者の姿は、流布本巻第九「那須与一の事」に続く「弓流しの事」の冒頭記事と対応している。そこに描かれているのは、扇を射貫いた直後に、船端に躍り出て舞い始めた五十歳ほどの男を、与一が射落とした瞬間とみてよいだろう。本文として連続する場面ではあるが、これも、詞書には示されない、異なる場面の情報に基づいて描かれた絵のひとつと考えられる。知っていなければ読み解けないモチーフを含む絵である。

ちなみに、絵では射られた男が海中に落ちているが、流布本『平家物語』では「船底へ真倒に射倒す」とあって、厳密にいうと描写にずれがある。じつは、この場面を『源平盛衰記』は、「十郎兵衛家員ガ頸ノ骨ヲイサセテ、真逆ニ海中ヘゾ入ニケル」（巻第四十二「与一射扇」）と記しており、絵師はこちらに基づいて描いた可能性がある。その場合、この絵も『平家物語』の外の情報を盛りこんだ絵ということになる。絵師側だけではなく、根津本の享受者もまた、『盛衰記』のこの場面を連想していた可能性は十分にあるだろう。

紙幅の関係もあり、ここでは二例の提示に留めざるをえないが、根津本の絵と詞書が単なる双方の解説・具象化という関係にあるわけではないことが理解できよう。そして、この二例のうち、前者は徳川本・ベルリン本に、後者は徳川本に、それぞれ同じ構図の絵が含まれていることからすれば、こうした関係は、決して根津本に特有な問題というわけではなく、濃淡こそあれ、同一の環境で制作されたとおぼしきこれらの扇面画に共通した性質であることも見通されるのである。

5　おわりに

絵と詞書の対応・非対応の様相をていねいに読み合わせることが、根津本の享受者たちが試みていたであろう物語絵との〈対話〉の内実に光を当てることに通じていく。こうした観点からの分析と事例把握をさらに続けることを期したい。それは、十七世紀の人々が『平家物語』をどのように受け止め、どのように読んでいたのかという、ひときわ大きな検討課題の一部であることはいうまでもない。

根津本は目録題に「平家物語抜書」とあるように、『平家物語』を抜粋する形で編まれている。したがって、長編物語としての『平家物語』は必然的に各場面に分節され、断片化されている。しかも、『平家物語』のすべての章段を盛りこんでいるわけではない。また、各詞書と絵はおおよそ『平家物語』の展開に沿った順序でまとめられているが、前後の話との脈絡は重視されておらず、多数の話が羅列される形となっており、詞書も極めて簡略なものである。このように、根津本では、『平家物語』全体のストーリー展開を読むことは放棄されているのである。

こうした様式は、根津本と同じく詞書を伴うベルリン本はもちろん、埼玉県歴史と民俗の博物館等が所蔵する『太平記絵巻』や水戸徳川家旧蔵の『源平盛衰記絵巻』など、同時期に少なからず生み出されている。こうした場面主義ともいえる享受を前提とした作品が次々と制作されていったことは、この時期を特徴づける動向として、大局的な視野をもって把握すべき問題であろう。

本稿では、根津本に焦点を合わせて絵と詞書のあわいを探ることで、そこから浮かび上がる享受者像の一端を探ってみた。ここで得られた展望を踏まえて、根津本やその他の関連作例について総合的に分析を深めていくことを今後の課題としたい。

【注】

［1］根津美術館学芸部編『平家物語画帖』（根津美術館、二〇一二年）に全図のカラー図版と松原茂「根津美術館所蔵「平家物語画帖」と同工作品」が載る。

［2］注1松原論文参照。徳川本は、高橋亨・久富木原玲・中根千絵編『武家の文物と源氏物語絵―尾張徳川家伝来品を起点として』（翰林書房、二〇一二年）に、全図のカラー図版と龍澤彩「徳川美術館所蔵「平家物語図扇面」について」が掲載されている。ベルリン本は、郡山市立美術館・岩手県立美術館・山口県立美術館・愛媛県立美術館編『美がむすぶ絆　ベルリン国立アジア美術館所蔵日本美術名品展』（ホワイトインターナショナル、二〇〇八年）に、全図のカラー図版と瀬谷愛「1885年収蔵のふたつのやまと絵―《天稚彦草子絵巻》と《扇面平家物語》―」が載る。なお、ボン・オークション本と遠山記念館蔵「源平武者絵」（遠山本）も、根津本・徳川本・ベルリン本との関係が注目されてきた。これらの伝本についての関連研究としては、他に、シュテェフィー・シュミット「プロイセン文化財団東洋美術館蔵「平家絵」扇面について」（『図説日本の古典第九巻月報』集英社、一九七九年十二月）、出口久徳「絵画」・「『平家物語』関連絵画一覧」（大津雄一・日下力・佐伯真一・櫻井陽子編『平家物語大事典』東京書籍、二〇一〇年）、龍澤彩「大名家の絵本享受と絵巻・絵入り本制作の隆盛について」（『説話文学研究』四九、二〇一四年十月）などがある。

［3］注1松原論文参照。この扇面保元・平治物語絵は、二〇一二年九月に開催された同館の企画展で展示された。

［4］この点に関する問題については、二〇一五年三月十二日にフランス・アルザスのCEEJAで開催された国際シンポジウム「『間（ま）と間（あいだ）』―日本の文化・思想の可能性」において、「Le Heike monogatari (le Dit des Heike) : De la relation entre le texte, les illustrations et les annotations – à propos de l' interprétation des monogatari du 17e siècle.」（日本語題目「『平家物語』本文と挿絵・註釈の間――十七世紀における物語解釈について――」）と題して口頭発表したことがある。なお、近時、立教大学図書館が所蔵することとなった扇面物語絵の画帖も、根津本等ときわめて関係深い作品と考えられ、『平治物語』と『平家物語』の諸場面を一帖のうちに組み合わせた注目すべき作例といえる。本資料については機会を改めて全体を紹介する予定である。

［5］注2龍澤論文。

［6］本稿では、寛文十二年平仮名整版本を用いた。

［7］遠山本にもこの構図の絵が収められている。財団法人遠山記念館編『遠山記念館蔵品目録―Ⅰ　日本・中国・朝鮮』（同館一九九〇年）参照。

［8］他に、本来は『太平記』の絵として描かれた構図が転用されている例があることを、注4の口頭発表で指摘した。詳細は別稿で論じる予定である。


【付記】貴重な資料の閲覧・調査、および図版利用に際してお世話になった根津美術館関係各位、とりわけ松原茂氏・野口剛氏に心より御礼申し上げます。

【引用本文】「平家物語画帖」（根津本）……原本、流布本『平家物語』……佐藤謙三校註『平家物語』（角川文庫）、『源平盛衰記』……慶長古活字本（汲古書院影印本）

【コラム】

猫の酒呑童子と『鼠乃大江山絵巻』

ケラー・キンブロー

中世後期の読み物としてのお伽草子の中では、鬼と英雄譚の『酒呑童子』や庶民出世譚の『文正草子』ほど江戸初期に数多く模写されたものはないであろう。近世に画かれた『酒呑童子』絵巻の大部分は、所謂サントリー美術館本として知られている狩野元信《かのうもとのぶ》の古法眼本《こほうげんぼん》（一五二二年頃）を手本とし、酒呑童子退治の小隊を率いるただひとりの指導者である一一〜一二世紀の源頼光の役割を強調する。元信の古法眼本系統の『酒呑童子』絵巻は鬼の住処を滋賀と岐阜の県境にある伊吹山とし、鬼の住処を京都府の大江山とする大江山系統の諸本と対照した場合、伊吹山系統の諸本とされる。

江戸初期に伊吹山系統『酒呑童子』絵巻の模写本が急激に増えた理由は定かではない。しかし、美濃部重克の推測は、頼光が清和源氏の代表的なひとりであり、徳川家康も清和源氏（九世紀の清和天皇の系統を引く分家）の家系であると主張し、この徳川の祖先が勅命で〈まつろはぬもの〉酒呑童子を征討したならば、徳川政権の神話的正当性を語れるというものだ。大名やその家来たちは頼光の役割は徳川将軍の武力的威光を象徴的に示せると気付いた故に『酒呑童子』絵巻や屏風の量産に結びついたという可能性を指摘した。▼注[1]

近世に数を増した『酒呑童子』絵巻が少なくとも一つのパロディー絵巻の発想源になったことは確かである。それが本稿の『鼠乃大江山絵巻』《ねずみのおおえやまえまき》だ。紙本・水墨着色・一巻本で、縦三〇・三cm横五〇六・五cm。米国テキサス州在住のジェラルド・ディーツとアリス夫妻（Gerald and Alice Dietz）の所蔵で、一九九一年に東京の美術商、マイケル・ダン（Michael Dunn）から購入したそうだ。絵巻に絵師の署名はなく、真偽は不明だが、題簽には「一蝶筆」の墨書がある。この英一蝶《はなぶさいっちょう》は元禄一一年（一六九八）に江戸から徳川綱吉によって島流しされた、今日戯画で知られる絵師である。綱吉の側室を皮肉った作品『朝妻舟図』《あさづまふねず》が罪状だったという噂が一八世紀中頃から広まったが、事実かどうかはわからない。▼注[2] 美術歴史学者のパトリシア・グラハム（Patricia Graham）は『鼠乃大江山絵巻』を一八世紀初期の作だと推定し、署名も落款もないことから作者不詳とみている。▼注[3] この絵巻にテキストは一切ない。けれども、このように有名な物語ではさして特別なことではない。

しかしながら、鬼の酒呑童子とその眷属たちを白、グレー、トラ縞模様の猫に、鬼を討ちに行く人間の勇士たちを小さな白鼠にする描写は格別である。

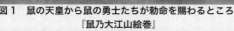

『鼠乃大江山絵巻』には八つの場面が描かれる。まず【図1】、擬人化された六匹の鼠が天皇の姿をした鼠から、猫の酒呑童子の首を取れとの勅命を受けたと思われる場面から始まる。この鼠たちは恐らく頼光と保昌、そして頼光の四天王であり、人間が〈人間になった鼠〉になった、というわけだ。天皇の正面に座した一匹の鼠の着物には「渡辺紋」とも呼ばれる三つ星に一文字の家紋があることから、この鼠は四天王のうちの渡辺綱であろう。絵巻の次の場面は【図2】、かつて羅生門で渡辺綱が酒呑童子の眷属の茨木童子に襲われたフラッシュバックだろう。甲冑の渡辺紋から綱鼠だと想像できる。赤い褌《ふんどし》を巻いた雉猫姿に描かれた茨木童子との戦いは、お伽草子『羅生門』や渋川版『酒呑童子』にも語られている。（一八世紀初めの渋川版『酒呑童子』と謡曲『大江山』は『鼠乃大江山絵巻』と同じく酒呑童子の住処を大江山だとする。）

図１　鼠の天皇から鼠の勇士たちが勅命を賜わるところ。『鼠乃大江山絵巻』

図２　鼠の渡辺綱が羅生門で猫の茨城童子の襲来にあうところ。『鼠乃大江山絵巻』

三番目の場面は【図3】、鼠顔の頼光と勇士たちが深い山や谷を越え、酒呑童子の岩屋へ進んでいくところが見える。錫杖を持ち結袈裟《ゆいげさ》と頭巾《ときん》で山伏に扮し、腰には太刀を佩く。川を挟み住吉大明神のような薪を背負った老鼠と出会う。第四場面は頼光と勇士が酒呑童子討伐の神力を与える三明神の前に膝を付き、畏まっている【図4】。伊吹山系統『酒呑童子』絵巻の八幡大菩薩、住吉大明神、熊野権現から、七福神のうちの大黒天、恵比寿、毘沙門天へと置換えられ、見立て絵のように近世風の滑稽な印象を醸《かも》し出す。鼠が大黒天の使いであると信じられていることを念頭におけば、当然の交換だったかもしれ

図３　鼠の勇士たちが猫の酒呑童子の岩屋に赴くところ 。『鼠乃大江山絵巻』

図４　鼠の勇士たちが三明神の前に畏まるところ 。『鼠乃大江山絵巻』

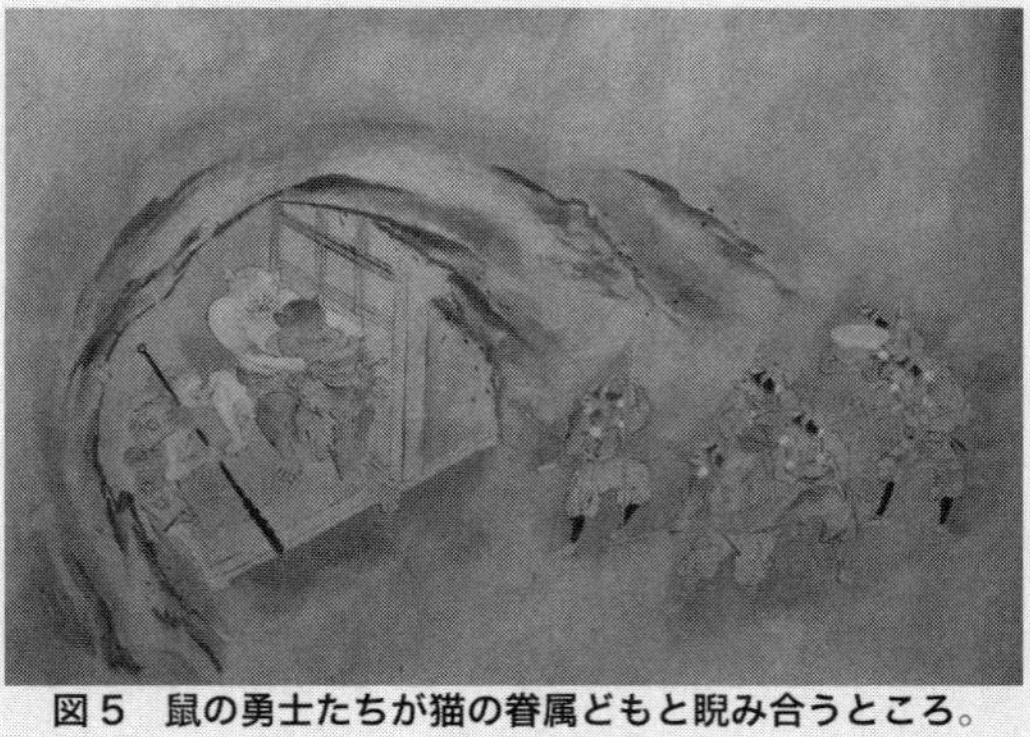
図５　鼠の勇士たちが猫の眷属どもと睨み合うところ。『鼠乃大江山絵巻』

ない。英一蝶は配流中に七福神を何度も描いたようで、▼注[4]それを考えると前述の老鼠も「寿老人」（七福神のひとり）ではないだろうかとさえ思わせる。三明神は頼光に朱の屠蘇器、鬼に毒を盛る「神便鬼毒酒《じんべんきどくじゅ》」の入った手桶、噛まれた時に身を守る大黒頭巾を差し出す。

第五場面は酒呑童子の眷属の三匹の猫と勇士の六匹の鼠が岩屋の入口で対面する【図５】。鼠たちに興奮した黒猫を仲間の白猫が押さえているようにも見てとれる。この絵は狩野元信の古法眼本を連想させるが、他のほとんどの『鼠乃大江山絵巻』のイメージと同様に、渋川版『酒呑童子』に相当するシーンはない。次の場面（第六）は酒呑童子が誘拐した女房の血と肉を振舞う悪名高い酒宴だが【図６】、ここでは頼光たちの前に人の足ではなく本物の黒鼠が、前足の一本を切られた状態で置かれている。この肴の鼠が雌鼠だと知る手がかりはなく、それどころか、絵巻のどこにも雌鼠として描かれた鼠は登場しない。鼠の渡辺綱は宴会の主人、すなわち人

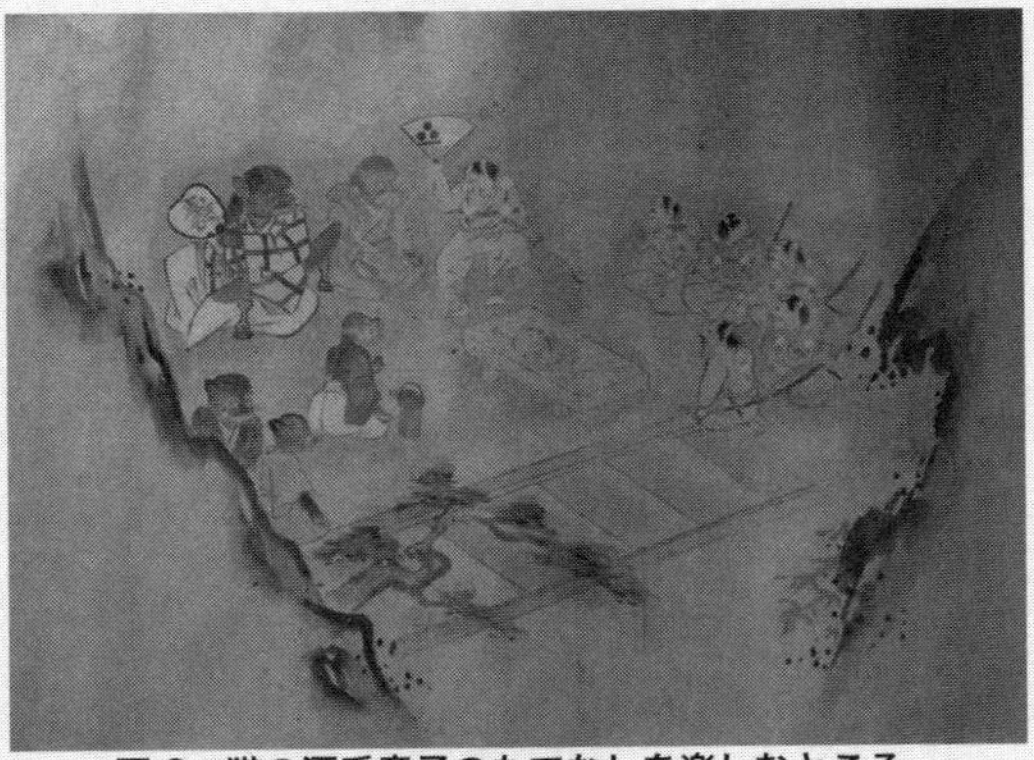
図６　猫の酒呑童子のもてなしを楽しむところ。『鼠乃大江山絵巻』

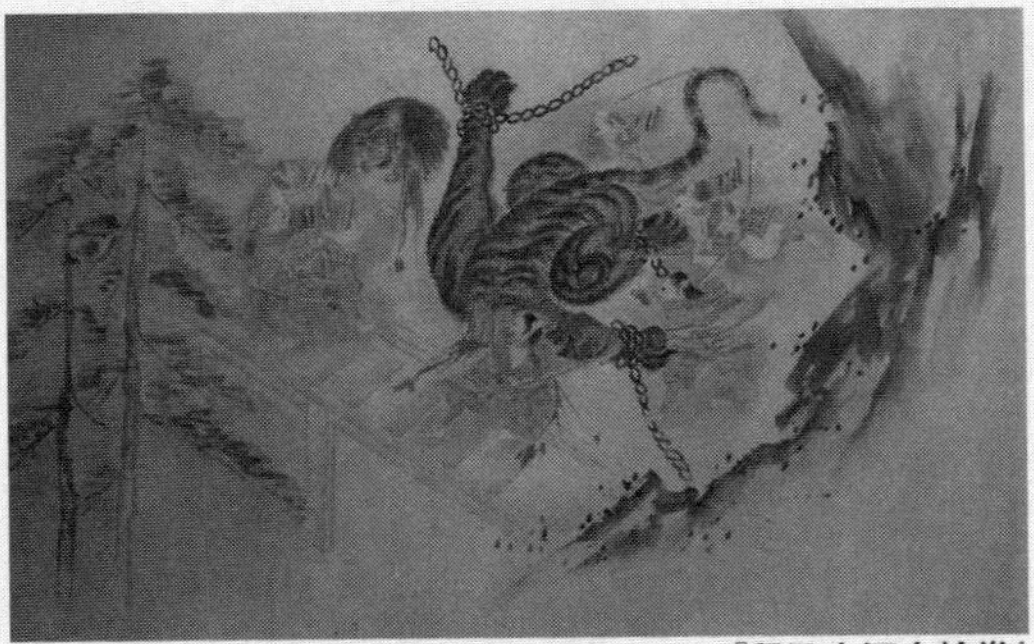
図７　猫の酒呑童子の頭をはねるところ。『鼠乃大江山絵巻』

間の着物を着て人間の頭髪を生やした、変化姿で描かれた赤猫の酒呑童子に舞を披露する。擬人化された鼠人間と寿司下駄の上に盛られた鼠の死骸との間には意外なコントラストがあり、絵巻の荒唐無稽さを際立たせる。

七番目の場面は物語のクライマックス【図7】、甲冑で身を固めた鼠の勇者たちが、鎖で縛られうつぶせになった猫の酒呑童子に襲いかかり、首をはねたところだ。酒呑童子は変化していない自然な姿を呈していて、茨木童子や他の猫眷属と同様に、人間的な鼠よりもともと動物的だと見せている。酒呑童子の切り離された頭は宙に浮き、敵の指導者である頼光鼠の上に襲いかかろうとするが、頼光は大黒天から授けられた大黒頭巾に守られる。最終の第八場面は鼠の勇者らが酒呑童子の恐ろしい頭を取り、棒にのせ、十九匹の鼠の家来に担がせて都へ戻る戦勝パレードのシーンである【図8】。鬼は鋭い牙と逆上して血走った目をした華やかな橙猫に描かれる。六匹の勇士たちはその後ろに続く。

飼い猫であれば、伝説の酒呑童子のように、獲物を殺したり食べたりする前にしばし遊ぼうと、生け捕りして連れ帰ることが知られているから、酒呑童子を猫に喩えるという絵師のやり方はかなり面白い。鼠から見れば、ことに猫が警戒していない鼠を誘拐して貪り食うところは、いかにも鬼の仕業に似ているかもしれない。さらに、こんな恐ろしいことを見たり、または逃げ隠れたりした鼠たちが、猫を殺し、その猫の頭を立派な鼠パレードで持ち帰る素晴らしい夢を見ているだろうと私たちは想像できる。

この画家の改作が単に面白いだけではなく、頼光と勇士たちを「鼠」にしたことは政治的にも意味がある。というのは、徳川家自身が頼光

図８　鼠の勇士たちが猫の酒呑童子の頭を担ぐところ 。『鼠乃大江山絵巻』

や清和源氏との縁があることを自ら認め、そして、美濃部が述べたように、幕府が頼光の功績を隠喩的に解釈していたのであれば、鼠としての描写がかなり大胆に見える。鼠は実生活でもお伽草子の中でも、例えば『鼠の草子』の権頭《ごんのかみ》のように、まず勇敢とは言えない。このように徳川家や徳川の神話を皮肉ることで、絵師には幕府をずる賢く嘲笑するねらいがあったかもしれない。

『鼠乃大江山絵巻』で一番注目すべき点は、恐らくパロディーだということだろう。この絵巻ほど他のお伽草子絵巻をはっきりと風刺した作品はないかもしれない。（関連した例としては、ダブリンのチェスター・ビーティ図書館蔵『義経地獄破り』や東洋大学図書館蔵『をこぜ』が挙げられるが、風刺の対象は『鼠乃大江山絵巻』ほど特定していない。）英一蝶が本当に『鼠乃大江山絵巻』を描いたかどうかは明確ではない。しかしながら、近世中期には将軍の側室を風刺して課されたと噂される、十一年間の三宅島への流刑を考えたら、作製動機は確かにあっただろう。一蝶が実際に描いたとしても、作品の内容を考えればサインしないのは当然のことだったかもしれない。

遺憾ながら、『鼠乃大江山絵巻』は猫と鼠の間の和平を与えない。失恋した鼠の権頭と猫の僧侶が親友となって話が終るサントリー美術館蔵『鼠の草子』絵巻と違い、『鼠乃大江山絵巻』は猫を完全な悪役にする。敵猫を鬼に見立てる手法で、鼠の勇敢さと仁義を強調する。絵師は勇士鼠の視点を通して描くことで、絵巻を鑑賞する我々も、鼠側、つまり、鼠にしてしまうわけだ。

（翻訳　キンブロー衣い子）

【注】

［1］美濃部重克、美濃部智子『酒呑童子絵を読む—まつろわぬものの時空』（三弥井書店、二〇〇九年）一三九～一四〇頁。

［2］ミリアム・ワットルス（Miriam Wattles）『*The Life and Afterlives of Hanabusa Itchō, Artist-Rebel of Edo*』（ブリル社、二〇一三年）一～二頁。

［3］パトリシア・グラハム（Patricia J. Graham）『*Japanese Design: Art, Aesthetics, and Culture*』（タトル社、二〇一四年）一〇四～一〇五頁。

［4］ワットルスの『*The Life and Afterlives of Hanabusa Itchō*』、六二頁と六八～六九頁（図二四と二八）を参照。

【付記】『鼠乃大江山絵巻』の図版掲載についてご快諾下さったジェラルド・ディーツとアリス夫妻に厚く御礼申し上げる。

本稿を書き上げた後に気付いたが、全八場面のうちの二つの場面（コラムの図2と図5）は菱川師宣の『酒呑童子』版画（延宝八〈一六八〇〉年頃、東京国立博物館所蔵）とかなり酷似している。『鼠乃大江山絵巻』の絵師は師宣の絵に基づいて描いたのだろう。

3

絵入り写本から屏風絵へ

――小峯和明蔵『平家物語貼交屏風』をめぐって――

出口久徳

1 はじめに

『平家物語』絵画の研究は、絵入り写本や絵入り版本等だけでなく屏風や画帖等についても進みつつある。▼注[1] 今後は、個々のテキストの分析だけでなく、多様な媒体を通じて展開する表現を関係づけること、それぞれの媒体における表現の特徴等を考えていくことが求められよう。小峯和明蔵『平家物語貼交屏風』【図1】(以下、本屏風)はそうした研究状況を考えても注目すべき作品である。本稿ではいくつかの問題を提起していきたい。

屏風の概要を以下に示していく。六曲一双の屏風(一扇は縦九二・〇cm×横四五・五cm)で、『平家物語』の絵入り写本を解体して貼り付けた「貼交屏風」である。絵入り写本の製作や屏風に仕立てた時期や事情等はわかっていない。▼注[2]「平家物語」という絵入り写本の題簽(縦一〇・三cm×横二・五cm)が右隻、左隻ともに一扇目の上方に貼られる。絵につい

図1 屏風左隻

ては、右隻が十二図、左隻が十二図の計二十四図がそれぞれ貼られている。各扇ごと、上下一図ずつ計二図が配置される。上下の二図は見開き図（縦二三・三cm×横三四・九cm）と片面図（縦二三・三cm×横一七・三cm）が組み合わされていて、各扇ごとに見開き図が上になるか片面図が上になるかは入れ替わる。屏風の裏面の下方には、各扇ごとに本文の断片が見開き一面で一枚ずつ貼られている。なお、もととなった絵入り写本は一種類である。

2 本文をめぐって

屏風裏面の本文の中に「巻六目録」（「平家物語巻第六目録／つち風の事／いしもんたうの事／無紋のさた／付とうろう金わたしの事／大臣るさい付ゆきたか事／法皇せんかうの事／せいなんのり宮の事」）がある。巻六とあるが、通常の十二巻本の巻三の後半部分である。もととなった絵入り写本は通常の十二巻本を三十巻本に仕立てたものと考えられる。三十巻本の絵入り写本としては、真田宝物館蔵本、プリンストン大学蔵本、チェスタービーティ・ライブラリィ蔵本（巻一と巻十七のみ）、島津家蔵本の例がある。それらの巻六該当部分としては、例えば、真田宝物館蔵本は「許文の事」から「頼豪事」で十二巻本の巻三前半部分で、プリンストン大学蔵本は「許文の事」から「少将都帰りの事」であるなど一致しているわけではない。絵入り写本製作の際、三十巻という巻数の意識があったようだ。

次に本文についてだが、先行研究では國學院大學蔵本で寛文十二年刊本（どちらかというと覆刻版である天和二年刊本か）が用いられた例と、林原美術館蔵『平家物語絵巻』で複数の版本を校合していた例が報告されている。▼注[3] いずれも版本を利用して製作されていることから、本稿では、寛永元年刊本、寛永三年刊本、元和九年刊本、寛永五年刊本、明暦二年刊本、寛文十二年刊本、延宝五年刊本と比較したが、利用した本を特定するには至らなかった。だが、いくつかの点からいずれかの版本を利用している（複数の本による校合した可能性も）ことは確認できる。本文については今後の課題としたい。▼注[4]

また、すべて見開き一面の形だが、右面と左面では本文としてはつながっていない。これは絵入り写本が列帖装であったことによるのだろう。各扇の本文を物語の順序に並べ直してみると、まず十二巻本・巻三「辻風の事」の末尾から「醫師問答の事」で岩田河の水に平維盛の浄衣が濡れたあたりまでの四面分（半丁分を一面として）が本文としてつながる。次に、「醫師問答の事」の後半の平重盛が出家したあたりから「無文のさたの事」で重盛が息子の維盛に対して他の子よりも優れていると語るあたりまでの六面分の本文がつながる。また、同段で重盛が清盛に先んじて死ぬので無紋の太刀を維盛に渡すと述べているあたりの一面分がある。「金渡の事」から「法印問答の事」にかけての二面分の本文がつながる。「大臣流罪の事」で流罪の人々が列挙されるところの二面分がつながる。さらに、十二巻本の巻四「橋合戦の事」の一来法師の死去の部分、巻四「若宮出家の事」の冒頭部分がそれぞれ一面ずつある。「巻六目録」にある章段の本文が多いが、それ以外のものも含まれる。本文に該当する絵がないわけではないが、必ずしも絵の読解のために貼られたわけではないようだ。

3　絵をめぐって――場面の特定を中心に

絵の配置は以下の通りである。なお、右隻・左隻は仮のものである。【　】内の「片面」とは半丁分の片面の絵、「見開き」とは見開きで二面分の絵である。巻数は、十二巻本相当の巻数とした。本文がないので、絵画表現から読み取れる特徴をもとに推定した。章段名や本文の引用は明暦二年刊本を用いて漢字をあてた箇所もある。

《右隻》

一扇…上　巻九「落足の事」【片面】／下　巻九「二度のかけの事」【見開き】
二扇…上　巻十一「勝浦合戦の事」【見開き】／下　巻三「城南の離宮の事」【片面】
三扇…上　巻三「城南の離宮の事」【片面】／下　灌頂巻「小原御幸の事」【見開き】
四扇…上　巻五「朝敵揃への事」【見開き】／下　巻五「月見の事」【片面】
五扇…上　巻九「濱軍の事」【片面】／下　巻十二「重衡の斬られの事」【見開き】
六扇…上　巻九「敦盛最期の事」【見開き】／下　巻三「辻風の事」【片面】

《左隻》

一扇…上　巻七・都落か【片面】／下　巻九「一二のかけの事」【見開き】
二扇…上　巻四「大衆揃への事」【見開き】／下　巻九「老馬の事」【片面】
三扇…上　巻三「無文のさたの事」【片面】／下　灌頂巻「小原御幸の事」【見開き】
四扇…上　巻九「三草揃の事」【見開き】／下　巻八「征夷大将軍の院宣の事」【片面】
五扇…上　巻九「重衡生捕の事」【片面】／下　巻三「法印問答の事」【見開き】
六扇…上　巻九「坂落の事」【見開き】／下　巻八「猫間の事」【片面】

図２　屏風・巻九「二度のかけの事」（左が争う景季、右が馬に乗り向かう景時）

前述したように、一扇ごとに片面図と見開き図が上下で入れ替わる。以下、個別の絵について述べていくが、その際には、林原美術館蔵『平家物語絵巻』（以下、絵巻）、真田宝物館蔵絵入り写本（以下、真田本）、永青文庫蔵絵入り写本（以下、永青文庫本）、明星大学蔵絵入り写本（以下、明星本）、明暦二年刊本（以下、明暦版）、寛文十二年刊本（以下、寛文版）、延宝五年刊本（以下、延宝版）と比較した。

右隻から見ていくと、一扇上【片面】は、巻九の一の谷合戦で平通盛が敵に追われる場面（「落足の事」）と考えた。逃げる通盛を軍勢が追っていく（本文では七騎とある）様子である。永青文庫本や絵巻では通盛は敵と向かい合っている。

一扇下【見開き】は、巻九「二度のかけの事」【図2】で、梶原源太景季が「かち立ち」になり戦うところに、父景時が向かう図である。この場面は諸本で描かれ、一の谷合戦図屏風諸本でも描かれる著名な場面である。それらでは「景季が背にする崖」「築地」「門」「景季が落とした兜」などが描かれることが多い。例えば、『日本屏風絵集成　第五巻』（講談社）の四二頁（三一図）に掲載される個人蔵『一の谷合戦図』（二曲一隻・もと襖絵、十六世紀）でも梶原父子の姿とともに、「崖」「築地」「門」が描かれる。明暦版【図3】では画面下に「築地」の脇を馬に乗り駆ける景時がいて、「門」もあり、景季の背後には「崖」が描かれ、景季は「兜」を落として奮戦する。真田本では景時の馬を進める方向は反対だが、明暦版と同様の要素が描かれる。延宝版も「築地」「門」「兜」を描き込む。永青文庫本や寛文版は景季に焦点化された表現だが、「崖」「兜」が描かれる。絵巻は二画面に分けて描くのだが、「築地」「門」「崖」が描かれる（落とした兜は描かれない）。本屏風【図2】は「築地」

を画面左下に入れ込むように描く。「兜」「門」はなく、「崖」は小高い山のような形で描かれる。先行する絵のいくつかの要素を取捨選択しつつ描いているようだ。

二扇上【見開き】は、巻十一「勝浦合戦の事」で源義経にこの場所はどこかと聞かれた近藤六親家が「勝浦」と答えた場面と解した。▼注[5]二扇下【片面】は、巻三「城南の離宮の事」で後白河法皇が幽閉された場面である。本文の「庭には雪ふりつもれ共跡ふみ付る人もなく」を意識したのか、法皇が雪景色を眺める姿を描く。真田本は法皇に焦点化された表現であるが、庭の松には雪が積もっている。明星本は見開きで雪景色が描かれ、御簾が下りていて法皇の顔は描かれない。絵巻は離宮の外の通りから中の様子を描くが、室内の人は描かれていない。いずれの絵からも幽閉という事態の深刻さは伝わらず、趣のある雪景色といった風情である。版本にこの場面がなく写本のみあるのは、着色された絵でこそ映える場面という意識があったのかもしれない。媒体によって場面選択の差異が見られる例としてもおさえておきたい。

図3　明暦版・巻九「二度のかけの事」

三扇上【片面】は、巻三「城南の離宮の事」で高倉天皇が後白河法皇からの手紙を読む場面と解した。本文に「主上此御返事を竜顔に押当させ給ひて御涙せきあへさせ給はず」とあるあたりか。絵巻や永青文庫本にはそれぞれ描き方は異なるが同様の場面がある。三扇下【見開き】は、灌頂巻「小原後幸の事」で後白河法皇が建礼門院の庵に到着した場面で、尼（阿波内侍）が地面に伏して泣き法皇は車の中にいる。絵巻では対面して法皇と尼が語り合っている。本屏風のように描くのは他本にはない。

図4　屏風・巻五「朝敵揃への事」

図5　屏風・巻五「月見の事」

四扇上【見開き図】【図4】は、巻五「朝敵揃への事」で醍醐天皇のもとに鷺を連れてきた場面である。神泉苑で鷺にこちらに来いと命じたところ、飛び去らずに向かってきた。その後、この鷺を五位としたという話である。この場面は他本にはなく、「五位鷺」譚自体が他本では絵画化されていない。この話は、平曲では「延喜聖代」として「小秘事」とされている。平曲における扱いがこの絵を描いた事情と関わっていようか▼注6。四扇下【図5】は巻五「月見の事」で、徳大寺実定が福原から都に戻り大宮（皇太后宮多子、実定の妹）の御所に行き、随身に惣門をたたかせている場面である。女が出てきているが、これは本文で女が「惣門は錠のさゝれて侍ぞ」と応対していることをふまえているのだろう。この場面は絵巻や明星本にも描かれる。明星本では見開き図で描かれ、館の内側にいる多子まで描きこまれる。例えば、『去来抄』には「此木戸や錠のさゝれて冬の月　其角」▼注7と、この場面をふまえた句が載り、さまざまに論評がなされている。俳諧で注目された物語の場面であったことに注意しておきたい。

五扇上は、巻九「濱軍の事」【片面図】で息子の知章を見捨てて逃げてきた平知盛が兄宗盛に向かい涙を流しながら語る場面である。絵巻・明暦版・真田本に同様の場面があるが、明暦版・真田本には知盛の馬が海に漂う様子も描かれる。これは、知盛の命令により馬を逃したことがふまえられている。本屏風は知盛が語るところに焦点をあてて描いたといえようか。五扇下【見開き】は、巻十一「重衡の斬られの事」で木工右馬允知時が阿弥陀仏（仏像）を持ってきて、紐を結びつけて平重衡に持たせた場面である。描き方に差異はあるが、諸本それぞれで描かれている。

図6　屏風・巻九「一二のかけの事」（画面左の四騎のうち、右から直実・小次郎・旗指・平山）

六扇上【見開き】は、巻九「敦盛最期の事」で熊谷直実が平敦盛を取り押さえたところに源氏勢（梶原・土肥等）が迫る場面である。本段は熊谷が敦盛を扇で招く場面が描かれることが多い。▼注[8] 組み伏せた際に源氏軍が迫る場面の絵は明暦版や絵巻にもあるが、それらでは熊谷が敦盛を呼び寄せる図もある。本屏風のもとの絵入り写本に熊谷が招く図があったのか不明だが、本段でこの図のみだとしたら、定番場面をずらしたといえようか。六扇下【片面】は、巻三「辻風の事」で風が激しく吹く場面である。版本諸本にはないが、絵入り写本や絵巻ではそれぞれが工夫を凝らした表現がなされる。例えば、絵巻では女性の髪が乱れる様子で風の強さを表現している。これも版本と写本という媒体による場面選択の差異が見られる例である。

左隻に移ると、一扇上【片面】は、京の街中を冠を被り直衣姿の男が歩く（他に男一人、童一人）ものである。後ろを気にしながら進む様子から、巻七の都落に関連した場面で平家一門から逃れる人の様子を描いたものかと考えた。▼注[9] 一扇下【見開き】【図6】は、巻九「一二のかけの事」で、熊谷

図７　屏風・巻九「重衡生捕の事」

直実と息子の小次郎、平山武者所季重が平家の館に迫る様子を描いたものである。直実については、本文にある「かちのひたゝれ」「あか皮おどしの鎧」「紅のほろ」「ごんだくりげ」（馬）をふまえて描かれている。小次郎が白い馬に乗るのは「白月げなる馬」によるのだろう。平山は「二引両のほろ」「ひおどしの鎧」「しげめゆひのひたゝれ」がそれぞれ絵に再現されている。平山の母衣（二引両）については、写本・版本諸本いずれでも再現されているが、本屏風では、直垂についても「しげめゆひ」が横に白い線の入った模様として表現されるなど詳細である。このように本文に即して丁寧に描かれたのは武士の勲功に関わる話であったからか。▼注[10]

二扇上【見開き】は、巻四「大衆揃への事」で乗円房の阿闍梨慶秀が意見した場面である。刀をさし長刀を持ち、衣の下に鎧を身につけ指を指す人物が慶秀であろう（「衣のしたにもへぎにほひの腹巻」「大なる打刀まへだれにさし」「白柄の長刀」等が描かれる）。真田本・永青文庫本・明星大本・絵巻にもそれぞれ描かれている。左二扇下【片面】は、巻九「老馬の事」で、平通盛が北方のもとに通う場面と考えた。真田本・永青文庫本・絵巻にも同様の場面があるが、それらでは弟教経も描かれる。本屏風は外で武士達が待ち、通盛と北方が顔を袖で覆い恥らうような様子から同場面と判断した。

三扇上【片面】は、巻三「無紋のさたの事」で妹尾兼康が自身の夢を平重盛に報告する場面と解した。二人の近くには他の人物も描かれ、「人を遥かにのけて」と本文にある点は絵には表現されないが、屏風裏面の本文が重盛関連の段が多いこともあり、この場面ではないかと考えた。三扇下【見開き】は、灌頂巻「小原御幸の事」で建礼門院を待つ後白河法皇一行が描かれる。他本でも室内で女院を待つ姿は描かれることは多いが、それらでは女院達が山から下りてくる姿も描く（諸本で共通。大原御幸図屏風諸本も）。本屏風のように法皇とその一行のみを描くのは他に見られず、これも定番の形をずらそうとしたのか。▼注[11]

四扇上【見開き】は、巻三「三草勢揃の事」で源範頼（大手軍）と義経（搦手軍）の軍勢が進行する様子が描かれる。

図８　屏風・巻九「坂落の事」

本文ではそれぞれの軍勢に加わった人々が列挙される。真田本・永青文庫本・明星本・明暦版にもそれぞれ描かれる。▼注[12] 四扇下【片面】は、巻八「征夷大将軍の院宣の事」で、院宣が三浦介義澄にもたらされた場面と解した。本文によると、三浦介は年配で甲冑を身につけており、その点は異なるのだが、中央に描かれる覧箱に注目した。「覧箱」とは「文書や宣旨などを入れて、貴人の御覧に供する箱」（『広辞苑　第六版』）である。本文に「院宣をば蘭箱に入られたり」とあるところからもこの場面と判断した。▼注[13]

五扇上【片面】【図7】は、巻九「重衡生捕の事」で平重衡が馬で海に乗り入れ、乳母子の後藤兵衛盛長に逃げられた場面である。本文に「三位中将馬は弱る海へさつと打入給ふ」とあるあたりか。他本では重衡が馬から下りて鎧を解いている姿が多く、海に馬を乗り入れた姿で描く本屏風は珍しい例といえよう。五扇下【見開き】は、巻三「法印問答の事」（見開き）で、平清盛と静憲の対面場面が描かれる。永青文庫本や明暦版、絵巻でも二人の対面は描かれている。

六扇上は巻九「坂落の事」【見開き】【図8】で、駆け下りてくる源氏軍を見開き図の左上から右下にかけて描き、その下では、平家の人々が海に浮かぶ船にめがけて逃げていく姿が描かれる。海では、人々が船に乗り込もうと急ぐ様子、船が沈む様子、乗り込もうとする人々を斬る様子などが描かれる。乗り込む人を斬ろうとするのは、「よき武者をば乗る共、雑人ばらをば乗すべからずとて太刀長刀にてうちはらひけり」とあるのに対応していよう。他本もそれぞれに描くが、「駆け下りてくる軍勢」と「船に乗り込む様子」を同じ画面に描くのは他に見られない。なお、真田本・永青文庫本・絵巻では、両者を別々の図として描いている。本屏風は複数の要素を組み合わせて描いたのか。六扇下は巻八「猫間の事」で源義仲が牛車で進む場面と解した。車の中の義仲の様子が本文では詳細に語られるものの、義仲の様子は描かれない。画面の下側に位置して描かれ、疾走する感じが出ている。

4　屏風が作り出す物語世界

前節での考察をふまえ、屏風の読解を行いたい。これについては、「絵入り写本」の段階と「屏風」の段階とに分けて考えるべきであろう。

「絵入り写本」としては他本との差異化が問題になるのではないか。例えば、「重衡生捕」や「大原御幸」などは流通していた表現をあえてずらした可能性もある。また、「坂落」では、複数の図像を組み合わせて一図としたと考えた。限られた例での比較ではあるが、製作の際に他本との違いが意識されたのではないか。▼注[14] これまで知られている絵入り写本に加えて、本屏風も大事な作例として、個々の絵の分析を深めていく必要がある。また、巻五「月見の事」の絵では俳諧における『平家物語』受容という問題が浮上してきた。さらに、巻五「朝敵揃の事」の絵（醍醐帝と鷺）は平曲の問題もあわせて考えるべきだと指摘した。これまでも能や幸若舞曲、古浄瑠璃等との関連で論じられてきたが、さらに広く文化状況をふまえた上で考える必要がある。

「屏風」の問題としては、まず、全体的に一の谷合戦関連の絵が多い点が指摘できる。「一二のかけ」「二度のかけ」「坂落」「敦盛最期」「重衡生捕」「知盛と宗盛」など一の谷合戦の主だったエピソードがちりばめられている。また、「二度のかけの事」と「一二のかけの事」（二扇）、「敦盛最期の事」と「坂落の事」（六扇）が左右の隻それぞれで同位置に配置される。屏風全体を一の谷合戦の著名な場面で取り囲む形でもあり、本屏風はまず「一の谷合戦図屏風」としてイメージされるのではないか。貼交屏風で一の谷合戦図が志向された例として、個人蔵『源平合戦図屏風』（斎宮歴史博物館編『《図録》特別展　ヒーロー伝説』二〇〇七年）がある。個人蔵屏風には複数の絵巻が裁断され貼り付けられている。「一二のかけ」「二度のかけ」「坂落」「敦盛最期」「重衡生捕」「知盛と宗盛」など本屏風と同様に一の谷合戦関連の絵が並ぶ。貼交屏風で「一の谷合戦図」を形作るのは、一の谷合戦図屏風の作例が多いことと関係しているのではないか。屏風という媒体に〈転換〉する際に、一の谷合戦図屏風がイメージされ、それにふさわしい題材が選び採られ、配置されたのだろうか。左右の隻の三扇下の同じ位置に大原御幸図があるのも大原御幸図屏風が意識されたはずだ。本屏風は絵入り写本から屏風へという媒体の〈転換〉という意味でも注目すべき作例である。

また、個々の人物の「物語」が読み取れる点にも注目したい。例えば、後白河法皇（「天皇との手紙のやりとり」「幽閉」「大原御幸」）や平重衡（「生捕」「最期」）、平通盛（「逢瀬」と「最期につながる合戦」）については、いくつかの局面が配置されることで、観者にはその人物の「物語」が想像されるだろう。『平家物語』から個々の人物を抽出するあり方は近世期に広く行われており、そうした物語受容とも対応していよう。

さらに、裏面の本文は断片的であるが、平重盛関連の部分が多い（左隻三扇上には重盛関連と読める絵もある）。『平家物語』から「忠臣」を読み取るのは時代を超えて行われているものだが、重盛はその最たる人物であろう。[注15] 重盛の考えは屏風裏面の本文の断片にも現れているのだが、本屏風はそれを示すために裏面に貼り付けた可能性もあるのではないか。絵では表現しにくいもの（考えや思想）を文字（本文）で示したとはいえないか。

このように見てくると、本屏風には『平家物語』の多様な面が表されている。一の谷合戦（合戦図）を基調に、大原御幸図、各人の「物語」、俳諧や平曲での展開、そして忠臣としての思想（裏面本文）などがある。限られた材料だが、そこから様々なイメージが響き合い交錯することとなる。観者は屏風の表現から蓄積された〈平家物語〉イメージを刺激され、それらを頭の中にめぐらしていくことになるだろう。本稿では絵の特定が論の中心となったが、今後は屏風絵からイメージされる〈平家物語〉としての読解をさらに進めていきたい。零本よりも完本、新しいものより古いもの、模本より原本といった価値観で研究を進めがちであるが、個々の作品がその形でそこに存在することの意味を追究すべきであろう。▼注[16]

【注】

［1］本書所収の鈴木彰の論など。なお、以下に述べていく絵入り写本諸本や屏風絵については『文化現象としての源平盛衰記』（笠間書院、二〇一五年）、『平家物語大事典』（東京書籍、二〇一〇年）の「絵画」の項目を参照のこと。

［2］もととなった絵入り写本の制作は十七世紀後半から十八世紀か。

［3］櫻井陽子「林原美術館蔵『平家物語絵巻』における詞書の底本と絵巻の成立」（汲古書院、二〇〇一年二月）、山本岳史「國學院大學図書館蔵奈良絵本『平家物語』考」（『國學院大學　校史・学術資産研究』五号、二〇一三年三月）。

［4］本文を特定することも必要だが、さらに、「近世期における絵入り写本の本文論」として多様な視点から考えてみたい。

［5］他に巻七「実盛最期の事」の斎藤実盛の首実検の場面、巻九「老馬の事」で道案内として、弁慶が老翁等を連れてきた場面の可能性を考えた。

［6］冨倉徳次郎『平家物語全注釈　中巻』（角川書店、一九六七年）等を参照した。

［7］本文は『連歌論集　俳論集』（日本古典文学大系、岩波書店）。なお、大系の注は『平家物語』巻五「月見」をふまえた句だとする。なお、この句は『猿蓑』に所収される。

［8］宮腰直人「舞の本『敦盛』挿絵考―明暦版と本問屋版を中心に―」（『文化現象としての源平盛衰記』）等参照。

［9］巻三「御産の事」で人々が駆けつけた場面、巻六で源仲国が小督を探す場面の可能性も考えた。

［10］なお、絵巻も「しげ目ゆひ」を別な形で表現している。絵入り写本は大名家が所有者であった例（真田家、細川家など）が複数報告されているが、本屏風のもととなった絵入り写本も大名家など武家が製作や享受に関わっていたことによるのか。

［11］大原御幸図については、相澤正彦「大原御幸図の源流―宮廷和画図像の継承」（佐藤康宏編『講座日本美術史3　図像の意味』（東京大学出版会、二〇〇五年）等。

［12］永青文庫本には、巻八の室山合戦等で進軍する義仲の軍勢を描いた絵もあるが、描かれることの多い三草勢揃と考えた。

［13］他には、巻十「八島院宣の事」で屋島の平家の人々のもとに院宣がもたらされた場面の可能性もある。また、巻三で御産に際して赦免状が出された場面、巻四、巻五、巻六などで頼朝や義仲の挙兵で様々な文書がめぐらされた場面等の可能性も考えた。

［14］東京国立博物館蔵『土佐文書』には豊臣秀頼から「平家物語屏風」の注文を受けていた旨が載る。一連の文書の中に「又、絵本などばかりにては如何と存じ候間」として、絵本（粉本・絵手本か）だけによって描くのはいかがなものかとある。同列には論じられないが、先行する絵を大事にしつつも、そこから離れた表現が求められたこともあったのではないか。川本桂子「「平家物語」に取材した合戦屏風の諸相とその成立について」（『日本屏風絵集成　五』一九七九年）、三宅秀和「〈翻〉研究資料　土佐光吉宛平家絵制作関連書状の再検討―狩野光信研究の視点から―」（『國華』一三六二号、二〇〇九年四月）を参考にした。なお、注文主を豊臣秀頼としたのは三宅論によった。

［15］例えば、万治四年（一六六一）刊『古老物語』巻一（仮名草子集成）では「徳をおさめ、道をまもり、文武のたしなミ、おはせし人ハ、いましむべき敵にむかひても、猶、礼をミださずして、これを、なぐさめ給ひけり」と称賛されている。

［16］例えば、小峯和明が「模本」に、鈴木彰が「佚文」に対してそれぞれ積極的に評価する見方を示したことを参考に考えていきたい。小峯和明「写し・似せ・よそおうものの現象論」（『日本文学』四七―一、一九九八年一月）等、鈴木彰「「佚文」の生命力と再生する物語―薩摩・島津家の文化環境との関わりから―」（『中世文学』五七、二〇一二年六月）等。

【付記】屏風の紹介を許可していただいた小峯和明氏に深謝申し上げます。なお、明暦二年刊本は国立国会図書館デジタルコレクションによった。

第4部

絵画メディアの展開

1 掲鉢図と水陸斎図について

伊藤信博

1　はじめに

この論文は、鬼子母神やその親族が世尊が、見えない鉢に隠した彼女の末子を探し回る姿を描く「掲鉢図《けいはつず》」の成立に関わる思想やその構図について問うものである。「掲鉢図」には、水、陸、虚空の異形・異類や動植物、魚類、虫類を擬人化した姿が描写される。この点において、この世にとどまる様々な幽鬼に施食を行い、その魂をあの世に送る中国の儀礼である「水陸斎」▼注[1]が行われる際に、掲げられる「水陸斎図」との関連性も指摘する。

「水陸斎図」は、「水陸斎」が行われる時に掲げられる画であり、仏教の諸羅漢、道教の諸祖師、諸神仙などの諸神を携え、死したこの世の全てを構成する、森羅万象、水、陸、虚空の生成物、つまり、山河、瓦礫、動植物、虫なども擬人化して描く。また、「水陸斎」は仏教儀礼ではなく、道教なども入り混じった複雑な混交儀礼でもあり、公的な儀礼でもある。そして、その儀礼書には、鬼子母神と仏陀の関係や鬼子母神に対する施食なども記されるのである。

このような儀礼の思想的背景からは、室町文芸に特に強調される、「草木国土悉皆成仏」思想にも似て、動植物や異類の可視化に関わる日本文化への影響も示唆される。一方、『釈氏源流』には、鬼子母神に関わり、「鉢」に隠された子供や釈尊、子供を探す鬼子母神の親族が必ずどの諸本にも描かれていることから、現在では余り知られていない「揭鉢図」も文化的に大きく、様々な階層に影響を与えていると考えられるのである。なお、巻末には、各美術館が所蔵する『揭鉢図』諸本の部分比較表を載せる。

2　ギメ美術館蔵「揭鉢図」に描かれる異形の者たち

この「揭鉢図」の主題は、『仏説鬼子母経』や『鬼子母失子縁』、『根本説一切有部毘奈耶雑事』三十一巻が語る、鬼子母神の末子である嬪伽羅が世尊によって、鉢に隠されたエピソードである。そして、鬼子母神やその親族、眷属が列を成し、隠された嬪伽羅を探し、鉢の中から取り出そうとする姿を図像化しているのである。

つまり、鬼子母神が人の子供を誘拐して、食べることを常としている。その行為を苦慮した世尊により、鬼子母神の末子である嬪伽羅が鉢に隠される。そこで、鬼子母神やその一族、眷属が嬪伽羅を探し回る。最後には、人間の親が失くした子供を思う気持ちと、鬼子母神が子を失くして、動揺する気持ちは同じであろうと世尊が鬼子母神を諭し、以降、鬼子母神とその眷属は、仏教に帰依し、御法神となるとする説話の可視化である。

ギメ美術館蔵本は、北宋の画家である李公麟▼注[2]の作品とされる【図1】。上述したように、鬼子母神の末子である嬪伽羅が仏陀によって、鉢に隠されたため、その眷属が鬼子母神と共に、子供を探し回る姿や鉢から出そうとする行為を一定方向に向かって歩いたり、飛んだりしている姿で描く。なお、京都国立博物館には、李公麟の「揭鉢図」を模写したとされる狩野探幽『宝積教図巻』がある。狩野探幽は、冒頭で、寛文十一年（一六七一）六月二十七日に探幽の許に届けられ、「奥書筆にては無之。中古ノ訝敷絵也」と記す。落款印章は李公麟となっているが、探幽は李公麟

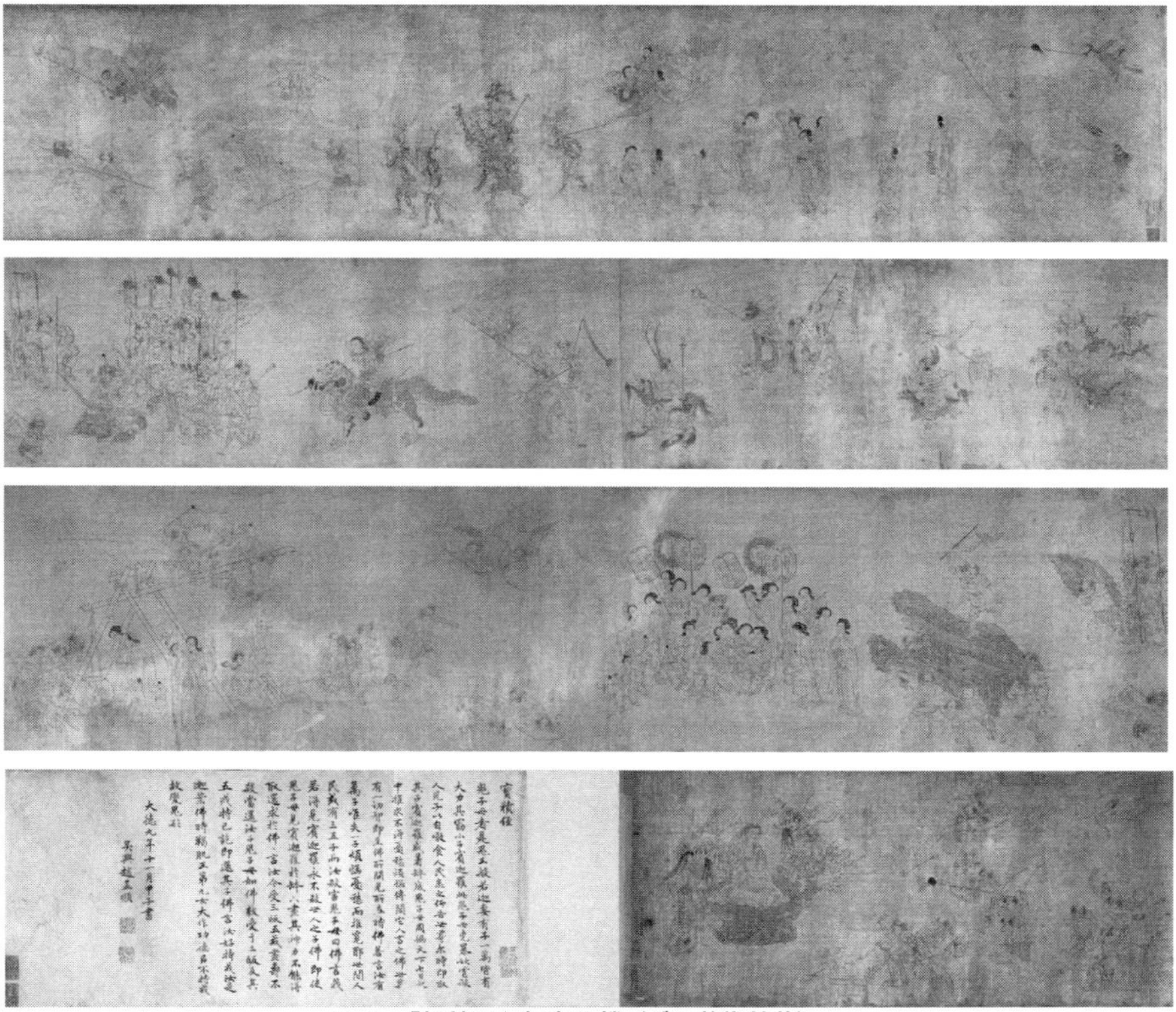

図1　「掲鉢図」伝李公麟（ギメ美術館蔵）

筆を否定しており、怪しい作品と記している。

ギメ美術館蔵本に関しても、李公麟の作品ではなく、明末の模写本の可能性が高い。むしろ、李公麟の筆に寄るものではないと断言できる。一九五八年に、パリ市立チェルヌスキ美術館において、この作品が展示された時は、明確に、明末の作品と紹介されている▼注[3]。

なお、一九〇四年にギメによって出版され、この作品を紹介する《Légende de Kouei tseu mou chou、Annales Musée Ghimé》では、跋文が四点紹介されるが▼注[4]、チェルヌスキ美術館での展覧会では、李公麟の跋文のみが紹介されており、現在も他の跋文は図巻から省かれている。五十年間の間に、これらの跋は不明となったのであろうか、現在も見つかっていない。Lesbre Emmanuelle は、この事実や京博本との比較から、ギメ本を

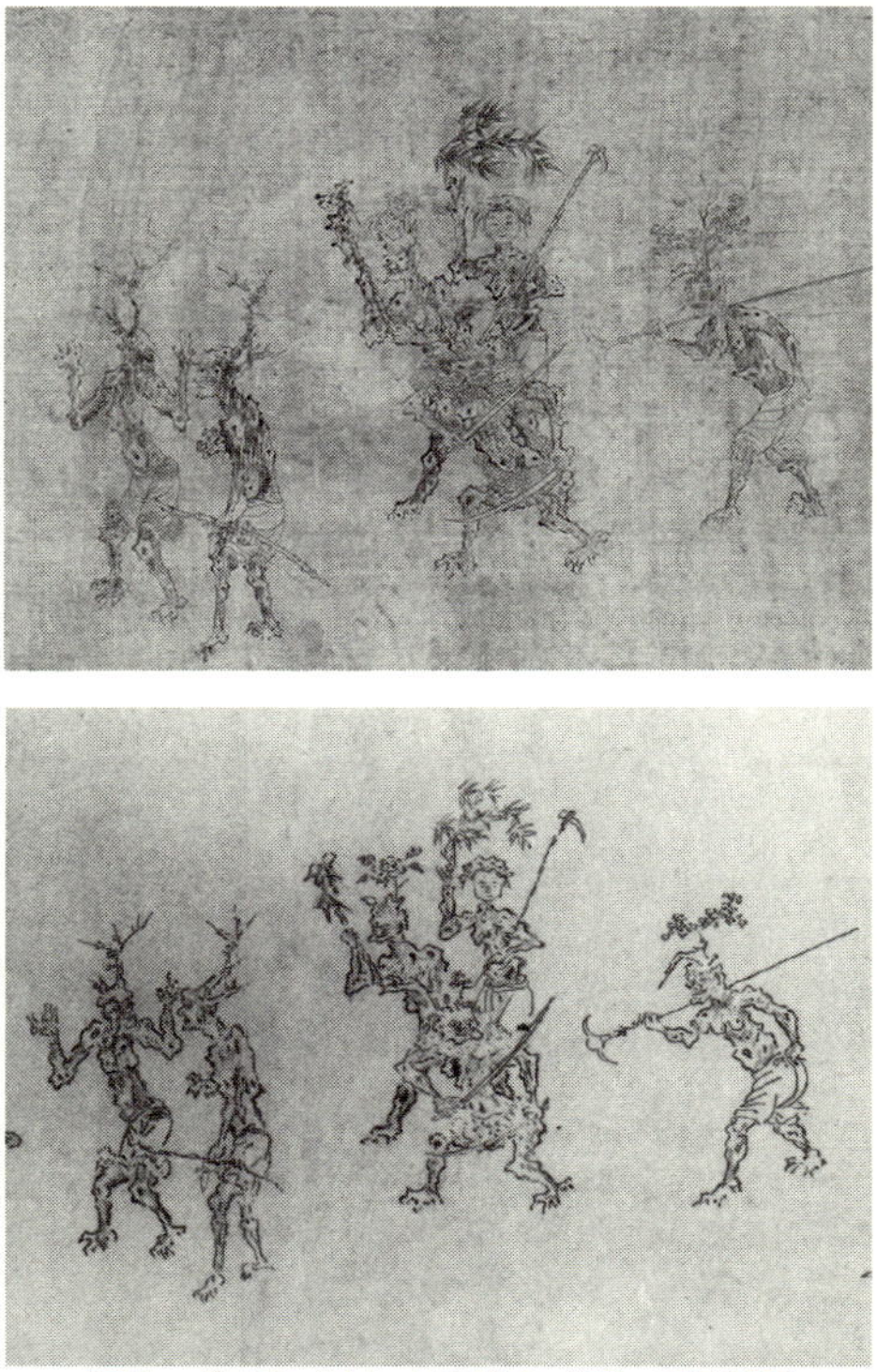

図2　ギメ本（上）と京博本（下）の同場面

贋作と断定しているのである。▼注[5]

このように、ギメ本は李公麟の作品ではないが、明代の非常に細密な摸本である。一方、京博本と比較すると、京博本には描かれていない異形が、ギメ本には数多く描かれている。しかし、単に省かれているだけで、順に異同はなく、ギメ本にはない麒麟と異形の男が一人付け加えられるのみである。

ところで、ギメ本は全部で、百六十二の擬人化された異形・異類や神仏を描き、先ほど述べたように、非常に細かく描写される。京博本は、百四十七種の擬人化された人物が描かれているが、その描写は稚拙である【図2】。狩野探幽が「怪しい絵である」と記したことも納得できるのである。

【図2】の場面では、右から、三尖両刃刀を持つ楓の擬人化（女性）、前に双剣を持った松を擬人化した男性、後ろに三日月型槍を持つ笹が擬人化された女性、棘のある棍棒を持つ牡丹が擬人化された女性、杖を持つ若者と老女でどちらも梅が擬人化されている。つまり老若男女の見分けが点くように、丁寧に描き分けている。一方、探幽の模写本では、道具の種類や顔の表情と男女の区別が付き難く、どのような植物かも見分けにくい。同様に鯉の擬人化場面もその表情は大きく違うのである【図3】。

ギメ本に描かれる異形の種類は、仏陀や天神などを除くと、水と関連する異形が六種類（鯉、海老、龍を含む）、陸と関係する動植物が二十種類（笹、豚など）、虚空を飛ぶものが十一種類（天狗らしき虚空を飛ぶ異形や翼、嘴があるもの）、それ以外は、異形でも、鬼のように描かれたり、人間のようであったりする。これらの全ての異形・異類は鬼子母神の眷属であり、上述したように「水陸斎図」との関連があり、この世における様々な「生」が「死」した、その魂を擬人化し、鬼子母神の一族としての姿を描いているのであろう。

図３　ギメ本（左）と京博本（右）の同場面

ところで、「掲鉢図」は、他の美術館にも幾つか所蔵されている。フリア美術館蔵の仇英や文徴明（どちらも明代末）の「掲鉢図」、ボストン美術館蔵の石濤（清時代）の作品の他、中国にも所蔵がある。▼注[6] さらに、絹本着色で、『鬼子母掲図巻』が慶瑞寺（大阪）にあり、大阪市立美術館で二〇一一年の展覧会で明代作品と紹介されている。

フリア美術館本仇英の作品では、百五十四種の異形（釈迦、僧も含む）が描かれるが、大きな差はなく、蝙蝠や亀、焔口《えんく》のような炎となった異形（焔口鬼）が目立つぐらいである。ボストン本も大差はないが、男女の区別が付け難く、フリア美術館本の仇英は、道具の描き方や植物の描き方、老若男女の描き分けも丁寧である。

一方、フリア美術館本文徴明の作品は、九十一種の異形が、丁寧に描写されるが、絵巻は世尊から始まる。つまり釈迦は左向きで、鉢に隠された子供を見る姿で描かれ、異形達は、左から右に子供を探す姿が描かれる。この描き方は、ボストン本も同様で、

図４　『釈迦如来応化事蹟』（西尾市岩瀬文庫蔵）

異形達は左から右に行進するのである。絵巻を見る側にとっては、右から左へと目を動かすため、かなり大きな衝撃を受ける描き方である。また、絵巻の中心は釈尊にあるのであろう。

ところで、明代（十五世紀）に大報恩寺僧である宝成が編纂した中国仏法史である『釈氏源流』には、挿絵入りの諸本が多数あり、彩色本も憲宗本（米議会図書館蔵本、一四八六年本）、清代の改編である『釈迦如来応化事蹟』本（ハイデルベルク民族博物館本、古展会目録本）の三本がある。▼注[7]

その中に、「鬼母尋子」とする鬼子母神の子供が釈尊に隠された説話を記す項目があり、挿絵も描かれる。そして、その挿絵は、ギメ本の【図1】で見れば、一番下の二図の構図が取られており、西尾市岩瀬文庫の『釈迦如来応化事蹟』【図4】と比べても、構図の類似性は、明らかである。そして、現在まで、挿絵入りの八点を確認したが、どれも釈尊は右向きであり、フリア美術館本やボストン美術館本が『釈氏源流』粉本となっていないことは明らかである。これらの美術館蔵本は明代末から清代に作られており、現段階では、明代末以降に、『掲鉢図』における、釈尊から始まる形式が確立したと考えている。

また、上述した慶瑞寺本は、伝銭舜挙（元代）とされ、題字は「降魔」と記され、絹本着色、二十八・五×一〇三・四の作品である。▼注[8] 跋文は四点あり、様々な時代の人物が記している。この作品も釈尊は右向きであり、鉢に隠された子供を真ん中にして、右に釈尊、左に鬼子母神とその眷属が対峙する構図となっている。論述してきたように、こうした構図から、この作品は明代末から清代初期の模本と考えられる。慶瑞寺本は、文徴明本と同様の構図であり、短くテーマを濃縮して描いたとも考えられる作品である。しかし、人物の重なりなど他の作品と同様の描き方がなされており、後半部分が失くなったとも考えられる。

3　個人蔵の「掲鉢図」と水陸斎について

ところで、日本には、清初期の李森作品が個人の所蔵としてある。▼注[9]この作品では、五人の筆者が跋文を記しており、▼注[10]どれもが、江蘇省無錫の知事であった呉興祚の善政を褒め称えている。跋文は、康熙六年（一六六六）、または康熙七年に記されたことが分かり、この作品はこの年代に描かれているであろう。この図巻は『鬼子母掲鉢図巻』と題されており、ギメ本より異形の種類が多く、二百二十五種の異形が描かれるが、他諸本の「掲鉢図」と同様に嬪伽羅を探す点に中心がおかれている【図5】。

世尊によって鉢に隠された嬪伽羅を探し、行列する鬼子母神の眷属、心配する鬼子母神とその家族、大掛かりな撥釣瓶の梃子で、透明な鉢（実際は見えないこととなっている）を開けようとする異形のグループ、菩薩や御法神と対峙する眷属などの構図は、ギメ美術館本や他の諸本と同様である。

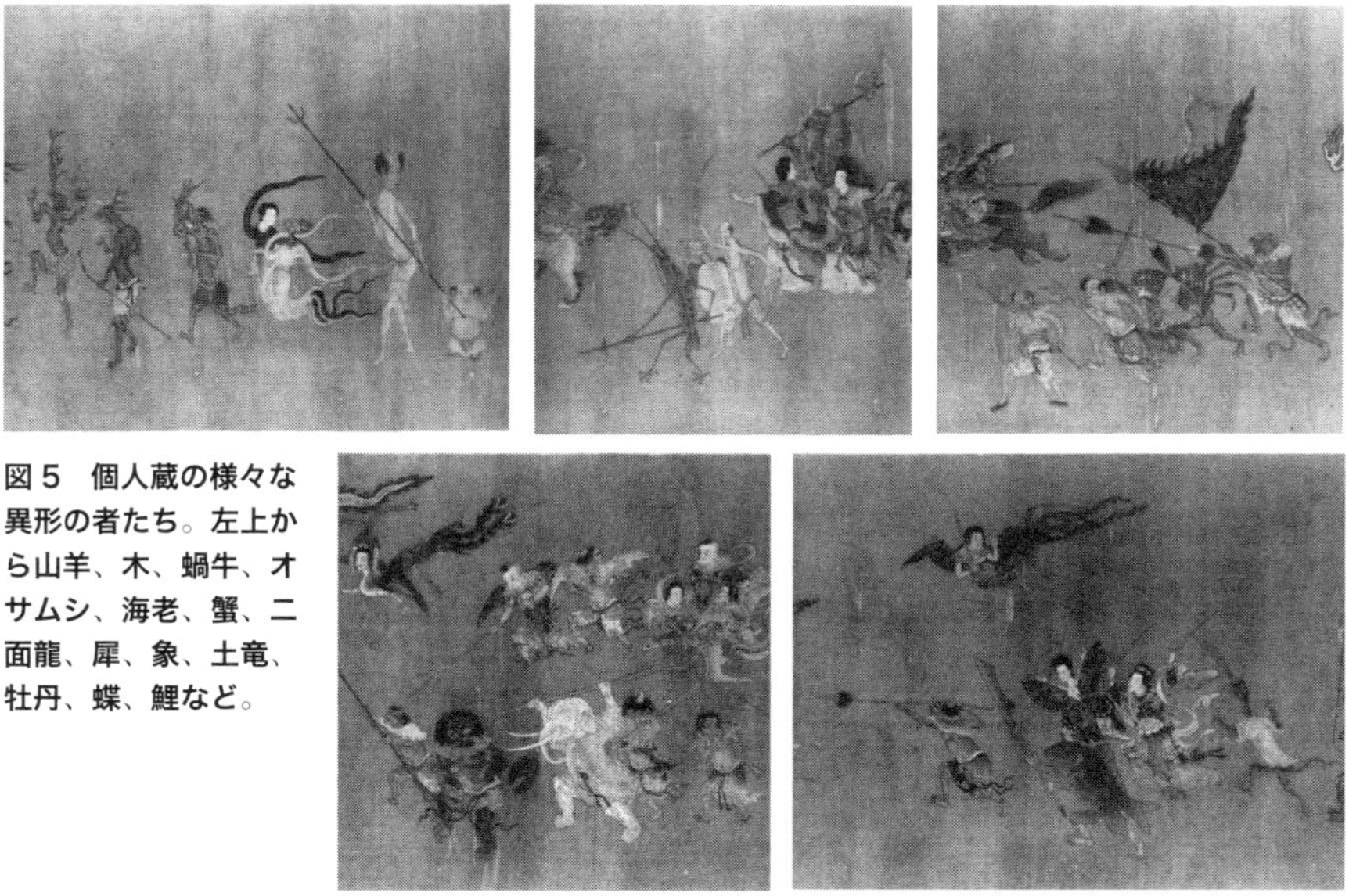

図5　個人蔵の様々な異形の者たち。左上から山羊、木、蝸牛、オサムシ、海老、蟹、二面龍、犀、象、土竜、牡丹、蝶、鯉など。

図６　嘆き悲しむ鬼子母神の一族、撥釣瓶で、鉢を開けようとする異形、虚空に浮かぶ釈迦十大弟子

しかし、雲の彼方に描かれる釈迦十大弟子が描かれている点が、ギメ美術館本や他諸本と相違する。そして、この構図は、諸仏、諸菩薩、諸羅漢、諸祖師、諸神仙の力によって、六道一切の霊や鬼を慰撫する「水陸斎図」の構図と近似しているのである【図６】。

さらに、この個人蔵本は、上述したように、他のどの作品より、異形の種類が豊富である。フリア美術館本、仇英作品と同様の異形も描かれ、他の諸本にも見られる異形もいるが、その数は個人蔵本が一番である。梟、蝶、孔雀、亀、蝸牛、オサムシ、犬、蟹、蛙、獏、猿、イタチ、ムカデ、サイ、狛犬、トカゲ、トンボ、虎、猿、土竜、麒麟、山羊、鶏、犀、三つ目、馬、兎など、他作品には描かれない、水・陸・虚空の異形が描かれている。

しかしながら、他の作品に描かれる鳥の姿の異形の者、蝙蝠や天狗のような虚空を飛ぶ異形は余り描かれていない。また、ギメ美術館本や他諸本のように、様々な種類の木を詳細に描き分けてもおらず、老若男女の描き分けも非常に少ない。

ところで、『法界聖凡水陸勝会修斎儀軌』六巻の著者である志磐の『仏祖統紀』では、焔口経を唱え、鬼子母神への施餓鬼の必要性を述べている。▼注[11] さらに『施食通覧』によって、「改祭。佛爲曠野鬼神鬼子母等。改棄血食而受僧衆出生之食。[注12]」と記す。そして、この『施食通覧』には「仏説鬼子母経」と共に水陸斎の儀礼や施食法なども記されるのである。[注13]

「水陸斎図」は、諸羅漢、諸祖師、諸神仙などの諸神を携え、死したこの世の全てを構成する、森羅万象、水、陸、虚空の生成物、つまり、山河、瓦礫、動植物、虫などの死後に魂となってこの世に残っているものを、あの世に送る儀礼であり、その魂を擬人化して描くからである。

このようなことから、「水陸斎」の施食対象となっている鬼子母神を描く「掲鉢図」では、鬼子母神の眷属・郎党なども、そうした生成物の死した魂であり、彼らが世尊の御法神とする理由を「水陸斎」の目的説明のために使われ、孤独な魂を、仏に帰依させた上であの世に送るとされたと考えられるのである。

そうした水・陸・虚空を構成する生成物では、ギメ本は植物や虚空の生成物を多く描き、個人蔵本は陸に住む虫たちを多く描くが、その目的は同じであることも分かる。一方、一部の「掲鉢図」に見られる右から左に流れる技法ではなく、左から右に流れる技法は、世尊の徳をより強調するためだろうと想像できるであろう。この点に置いては、『釈氏源流』の明代の挿し絵が世尊を主題化した描き方をしたための派生であるとも考えられる。

また、この中国絵画におけるもう一つの注目点は、擬人化された様々な動植物や魚類、虫達が持つ道具である。三叉、鋸状の剣、鉞、長剣、双剣、槍（飾り付）、長棒、三尖両刃刀、単戟、長い棒状の武器、狼牙棒、朴刀、撥、銅鑼、太鼓、角笛、双手帯、昆、呼鐘、青龍偃月刀、双手帯、鎖、大刀、単戟、斧、旗、縄、茶碗、三尖両刃刀、硬鞭などが挙げられる。異界を描く日本の絵巻に描かれる異形・鬼などが持つ武器に非常に似ており、『酒呑童子絵巻』を筆頭に、調査したところ、同形の武器が異界に現れる異形に使われており、異国の武器が、異界と同様に考えられていた事実を指摘したい。

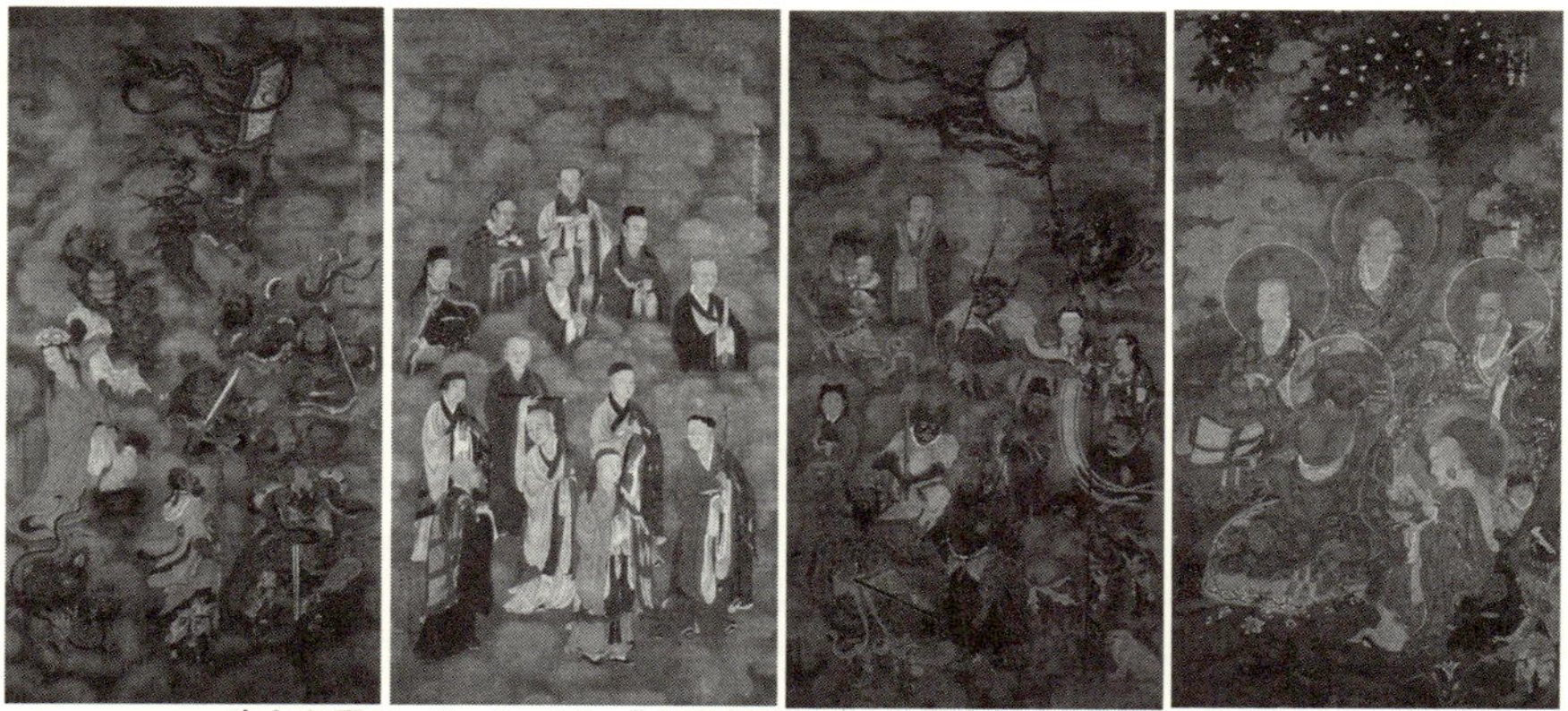

右から図7、8、9、10 「水陸斎図」ギメ美術館蔵、景泰五年（1454）

4 水陸斎と水陸斎図について

水陸斎または水陸会は元来仏教儀礼で、施餓鬼の一種とされるが、この儀礼の特徴は仏教だけでなく、道教の諸神も招くことにある。そして、諸仏、諸菩薩、諸羅漢、諸祖師、諸神仙の力によって、六道一切の霊や鬼を慰撫し、「施餓鬼会」のように飲食させ、仏に帰依させた上で、浄土へ導こうとするのである。また、水陸会では、上堂や下堂を置き、下堂には横死孤魂を招請する。その際に用いられる画が「水陸画」であり、戒壇のまわりに仏教関係の諸仏諸神、道教の諸神、救済される立場の衆生や鬼類の画が懸け並べられる【図7、8、9、10】。また、水陸会に描かれる餓鬼（弧魂）は、従者たちを引き連れ、合掌して行進する姿として描かれるのである。

日本において、この儀礼に関する書物は、東京大学文学部図書館が所蔵する朝鮮時代の闕名氏編中宗三十年（一五三五）の版本『水陸無遮平等斎儀撮要巻附疏榜文牒節要』や宮内庁書陵部図書寮蔵、慈雲（遵式）撰『金園集』三巻が挙げられる。

慈雲（遵式）は宋代（九六四～一〇三二）の天台僧であり、彼が記した『金園集』の中巻にある「施食正名」、「施食法及び施食法式」、「施食文」、「施食観想苔撞育材職方所問」、下巻にある「改蔚修賓決疑頌並序」が「水陸斎」の儀礼における「施餓鬼会」のような「飲食」部分に相当すると思われる。

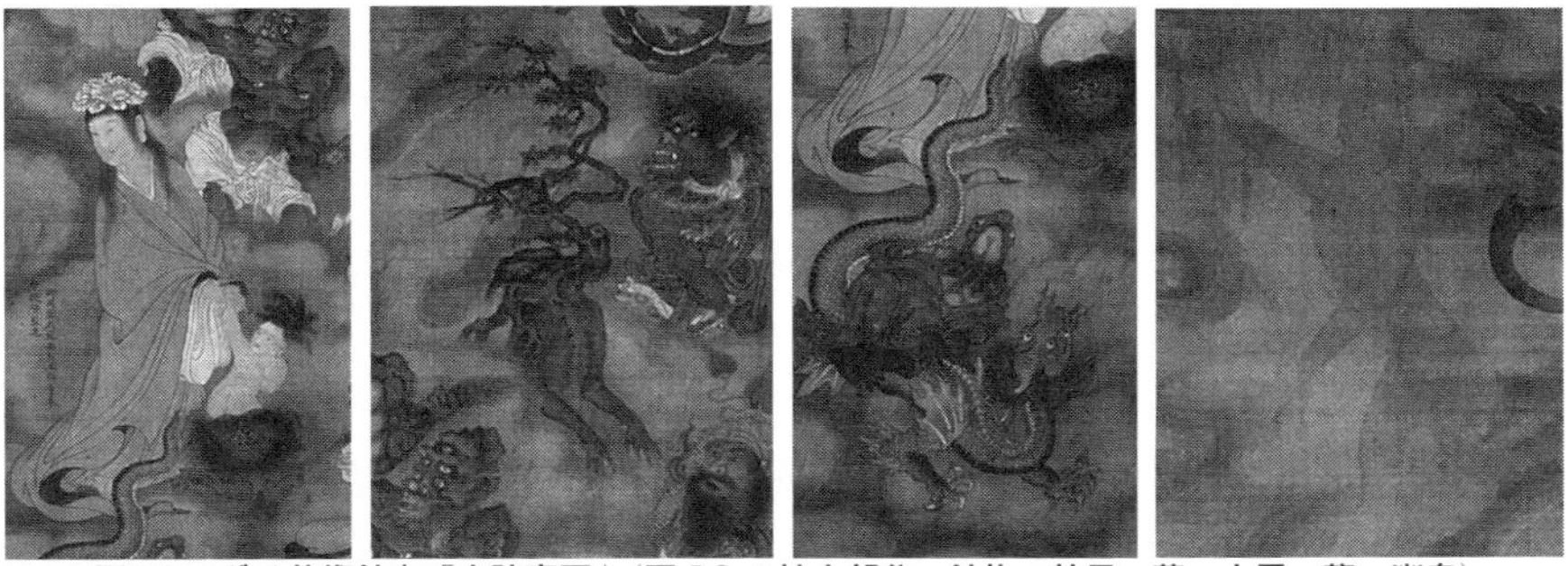

図11　ギメ美術館本「水陸斎図」（図10の拡大部分、鉱物、牡丹、燕、木霊、龍、幽鬼）

中国の宝寧寺には明代水陸画があり、▼注[14] 山西省博物館編『宝寧寺明代水陸画』には、儀式の解説が記されているが、『卍続蔵経』第百一冊に記される「施食正名」、「施食法」、「施食文」、「施食法式」、「改祭修齋決疑頌（并序）」、「施食須知」や『水陸無遮平等斎儀撮要　巻附疏榜文牒節要』に基づいて儀式が行われている。▼注[15]

このような水陸斎の儀式は「草木国土悉皆成仏」と同様に草木・瓦礫・山河・大地・大海・虚空などの非情なものまでが成仏するとする思想と同根であろう。そして、上述したが、水陸画の餓鬼（弧魂）は、従者たちを引き連れ、合掌して行進する姿で描かれるのである。

この『宝寧寺明代水陸画』に紹介される水陸斎図（「牡丹夫人」）には牡丹の魂や木状の弧魂が上部に描かれている。▼注[16] 同様にギメ美術館所蔵の「曠野大将」と表題のある掛幅にも、草に依り、木に附く者として、牡丹婦人に伴う燕と思われる子供、鉱物の精霊、木の精霊などが描かれている【図11】▼注[17]。これらが描かれる部分は「陸」の部分で、さらに、下の「水」の部分には、龍が、さらに「虚空」の部分にも、幽鬼が描かれている。この事実からも、この儀礼と鬼子母神やその説話である「掲鉢図」に描かれる様々な幽鬼が列を成し、行進することや木や様々な精霊などが描かれることと、大きな関連性があるのは明らかである。

この儀礼の始まりに関しては、南宋時代の僧志磐が咸淳五年（一二六九）に撰したとされる天台宗史である『仏祖統紀』に記される。梁の武帝の夢に神僧が現れ、六道四生を救うため「水陸大斎」を実施するよう請う。しかし、夢から覚めた武帝はその儀式の式次第をどの僧侶に照会しても、誰も分からない。ただ、誌公（宝誌）だけが武帝にその儀式について助言したのである。そして、三年の時をかけ、儀文を起こし、天監五年（五〇五）二月十五日に建初寺より、佑律師を招き、金山寺で、最初の「水陸大斎」を行ったとする。▼注[18] 一時廃れたこの儀式は、『釈氏稽古略』によると、唐代威亨二年（六七一）三月に復活し、法海寺の英禅師が大覚寺の義済から「水陸義文」を譲り受け、再びこの儀式が隆盛したとされている。▼注[19]

このように、この儀礼は公的儀礼であり、明代には盛んに行われたのである。現在、北京郊外に残る明代一四四三年建立の法海禅寺の大雄宝殿【図12】には、当時の壁画が東西北面に残っており、四天王像、列を成す神像や子供を引き連れた鬼子母神なども描かれている。▼注[20]

図12　壁画が残る法海禅寺大雄宝殿（個人撮影）

鷹巣純は現存する志磐撰述・袾宏重訂の『法界聖凡水陸勝会修斎儀軌』六巻が、『仏祖統紀』の中で志磐自身が言及する『新儀六巻』に基づくもので、古態をとどめるものと推定している。▼注[21] また、「新知恩院本六道絵の主題について—水陸画としての可能性」で、新知恩院本の「六道絵」が「水陸画」であると論証している。「水陸画」の特徴である衆生が行列を成し、一定方向に向かって行進する特徴は、他の「六道絵」にはないからである。

その「人道図」には、『仏祖歴代通載』が記す宝誌の特徴である錫杖の先に鋏、定規、払子を持つ人物が描かれることから、宝誌であるとも推定する。さらに、「焔口鬼王」が描かれる「餓鬼図」も「水陸画」の影響が大きいと指摘するのである。▼注[22]

この六道四生を救うための「水陸斎」実施に関わった宝誌（四一八～五一四年）は、『未来記』「野馬台詩」の撰者としても知られる僧である。慧皎《えこう》の『高僧伝』▼注[23]は、保誌（宝誌）について、以下のように記す。

俗名は、朱氏、甘粛省蘭州市（金城）出身で、道林寺の僧である僉に師事した。宋の泰始元年（四六六～四七一）頃から、常人と異なった行動が見られるようになった。居所を定めず、飲食も時にはせず、髪を長く伸ばし、常に街巷を素足で歩き、剪刀か鏡または絹布を巻いて、手にする錫杖の先に掛けていた。

さらに、斉の建元年間（四七九～四八二年）頃より、神異の能力を示すようになった。何日も飲食しなくても、飢えた様子ではなく、予言の言動があり、朗読した詩が、後に予言であったことが判明するなどで、都の人々はみな彼を信奉した。

なお、『仏祖歴代通載』では、「（前略）手足皆鳥爪。初金陵東陽民朱氏之婦。上巳日聞兒啼鷹巣中。梯樹得之。擧以爲子。（中略）以剪尺拂子掛杖頭（後略）」とし、宝誌の手足が鳥の爪であったとし、金陵東陽と朱氏の妻が木の上の鷹の巣で泣いている宝誌を見つけ、我が子として育てた。また、手にする錫杖の先には、剪刀、定規、払子を掛けていたとする。▼注[24]

日本においてもこの伝説は伝えられており、浄土僧、良定が残した、慶安四年（一六五一）作『題額聖龜贊《だいがくしょうきゅうさん》』第五「四生成仏事」にも、「生者梁寶誌和尚生於鳥巣手足爪皆鳥也」と記され、宝誌が鳥の巣で生まれ、手足の爪が鳥であった説話が紹介されている。つまり、宝誌が卵生であったことを示すのである。

宝誌が卵生で、手足の爪が鳥であったとの伝説は、六道四生を救うための「水陸大斎」の儀文を作ったとされる宝誌に相応しい伝承であろう。因みに、四生とは、胎生（動物）、卵生（鳥魚）、湿生《しっしょう》（虫）、化生《けしょう》があり、化生は、天界や地獄などの衆生の類、業による出生（菊の籬から生まれた陶淵明など）、変化《へんげ》や妖怪も指す。

また、『仏祖統紀』は、「（前略）嘗詔張僧繇寫誌眞。誌以指剺破面門出十二面觀音相。或慈或威。僧繇竟不能寫（後

略）」と記し、梁の武帝が張僧繇に宝誌を描かせようとしたところ、「面門」（眉間）を割き、十二面観音像が現れ、張僧繇は彼を描けなかったとする。▼注[25]

彼の日本での説話は、『宇治拾遺物語』第一〇七話「宝志和尚影事」にあり、三人の絵師が彼の顔を描くと、真の顔が、金色に輝く菩薩であったり、修羅道を救済する十一面観音であったり、地獄道に落ちた衆生を救う聖観音の化身であったりしたと伝承される人物でもある。『打聞集』第十話もこの僧の話を記すが、十一面観音が餓鬼道で、衆生を救う千手観音に代わっている以外に違いはない。

こうした観音化身説は、『延暦僧録』巻五「智名僧沙門釈戒明伝」では、大安寺の戒明が「慈氏尊」の分身、十一面観音を宝誌の住んだ家で見たこと、帰国後、大安寺で「素影」を供養したことなどを記す。▼注[26]日本では、宝誌は観音の化身説を中心に、神道などとも融合し、様々な伝承が伝わっている。▼注[27]そして、その伝承は、古代から中世、さらに近世初期にも現れており、その点に関しては、小峯和明、荒木浩、牧野和夫が詳細に分析している。▼注[28]

このように、宝誌伝説が多く日本に残ることから、様々な「水・陸・虚空」の異形の魂を集め、あの世に送る儀礼である「水陸斎」が日本に伝わっている可能性も大いに考えられる。例えば、嘉秦四年（一二〇四）の序文がある宗暁著『施食通覧』は水陸斎に言及し、遵式撰『金園集』から「施食正名」なども紹介する。そして、大道一以（一二九二～一三七〇）が記したとされる東福寺「普門院経論章疏語録儒書等目録」には、この『施食通覧』の名が記載されているのである。▼注[29]

5　おわりに

以上のように、この世の全ての生成物である瓦礫、山川、植物、我々動物も含め、その幽魂を施食行為によって、慰め、あの世に送る儀礼である「水陸斎」の構図には、水・陸・虚空に住む幽鬼が描かれるのであり、「掲鉢図」には、さらに水・陸・虚空の様々な幽鬼が鬼子母神の親族、眷属として、やがて、世尊により、あの世に送られ、仏を守護する存在として描かれている。

このような構図からは、室町時代における植物が擬人化され、図像化される過程においての「水陸斎図」や「掲鉢図」の影響の大きさを感じざるを得ない。仏教、道教、祖霊神などの諸神を携え、死したこの世の全てを構成する、森羅万象を擬人化して描く「水陸斎図」や「水、陸、虚空」の異類など様々な動植物・虫などを擬人化した眷属を描く「掲鉢図」の思想は、森羅万象の全てとの調和を説く思想との関わりがあると考えられるからである。

この点においては、『塵荊鈔』▼注[30]における室町文芸隆盛に強く影響を与えた、森羅万象全てとの調和を説く「五音六調子」や「楽器」の思想 との関連性やその影響下における、室町後期に改めて見直され、発展した「草木国土悉皆成仏」思想を表現する文芸の隆盛について、改めて考察したいと考えている。

【注】

[1]「水陸斎」は「水陸大斎」または「水陸会」とも呼ぶ。

[2]一〇四九年～一一〇六年、号は龍民居士。

[3]Orient-Occident、Catalogue n°206、1958年、Cernuschi。

[4]趙孟頫、虞集、王逢、（落款からの判断）李公麟の詞書、pp.2～6, Annales Musée Ghimé。

[5]Lesbre Emmanuelle《La conversation de Hārītī au Buddha: origine du thème iconographique et interpretations picturales chinoises》、pp.98～119, 2000, Arts Asiatique 50。

[6]蘇州の王世貞氏が所持した李公麟本が中国にあるとのメモ書きを京都国立博物館調査時に拝見した。

[7]小峯和明「日本と東アジアの〈仏伝文学〉―『釈氏源流』を中心に―」（『仏教文学』三九号、仏教文学会、二〇一五年）二三～二六頁。

［8］大槻幹郎編『祥雲山慶瑞寺：龍渓禅師三百三十年忌記念』（二〇〇〇年、祥雲山慶瑞寺）。

［9］米澤嘉圃「李森筆鬼子母劫鉢図巻について」（『國華』九二一、一九六八年十二月）に、この個人蔵についての論文がある。また、京都国立博物館で開催された二〇〇一年の「ヒューマン・イメージ」展覧会のカタログにも紹介される。

［10］高世泰、黄家舒、許之漸、嚴繩孫、秦松齢の五人である。

［11］『大正蔵』第四十九巻「史伝部一」、『仏祖統紀』、三二〇頁中段十二～二十では、「出生飯。此有二縁。一者涅槃經。令施曠野鬼。毘奈耶律。令施鬼子母等。此曹本食。肉啖人。佛化之受戒不殺。乃囑弟子隨處施食。今齋堂各出衆生食是也。此唯出家人行之。二者焔口經。託阿難爲縁。令施餓鬼食。今齋堂別具小斛。於食畢衆作法施之。或各具小生斛。夜間呪施。此通道族行之三長齋。佛謂提謂長者曰。四時交代歳終。」と記す。なお、梁武帝が用いたとする伝承がある「水陸斎儀軌」『慈悲道場懺法』（『大正蔵』第四十五巻「諸宗部二」）九二二～九六七頁は、鬼子母神に触れていない。本来『面然経』、『焔口経』を典拠とする「水陸斎」では、鬼子母神に対する施食は含まれていないとされる。

［12］『大正蔵』第四十九巻「史伝部一」、『仏祖統紀』、三三二頁下段21～22。

［13］中国仏教会影印卍続蔵経委員会版『卍続蔵経』（一九六七年刊）第百一冊、二〇八～二二七頁。目録には、『根本説一切有部毘奈耶雑事』巻第三十一に基づく「仏化鬼子母神縁」の他、「施食正名」、「施食法」、「施食文」、「施食法式」、「改祭修齋決疑頌（并序）」（全て遵式撰）と続き、雲川沙門、仁岳著「施食須知」による鬼子母神の由来、そして、水陸斎の説明がなされている。また、『大正蔵』第十二巻「宝積部・涅槃部二」『摩訶摩耶経』、一〇〇六頁中段15～一〇〇七頁上段6には、鬼子母神が嬪伽羅を隠され、一族で探し回ったことが記されている。

［14］現在は廃寺となっており、これらの画がどこにあるか不明とされる。

［15］山西省博物館編『宝宁寺明代水陸画』（山西省博物館、一九八八年）三～四頁。

［16］前掲書注15、一五五頁。

［17］Caroline Gyss-Vermande《Démons et merveilles: vision de la nature dans une peinture liturgique du XVème siècle》Fig.1、Fig.8、Fig.18も参照、1988, Arts Asiatique 43.

［18］『大正蔵』第四十九巻、「史伝部一」、『仏祖統紀』、三三一頁中段。

［19］『大正蔵』第五十巻、「史伝部二」、四〇二頁下段。

［20］『法海寺』壁画、二〇〇八年、香港一画出版社を参照。また、個人でも確認した。

［21］鷹巣純「愛知県下の水陸画関連作例について」（『愛知県史』四号、愛知県史、二〇〇〇年三月）一一四頁。

［22］鷹巣純『密教図像』第十八号（法蔵館書店、二〇〇九年）六九〜八五頁。

［23］『大正蔵』第五十巻（『高僧伝』巻第十）三九四頁上段。

［24］『大正蔵』第四十九巻（『仏祖歴代通載』巻第三十）五四〇頁中段18〜21。なお、慶安四年（一六五一）作『題額聖圖賛』第五「四生成仏事」は、龍谷大学所蔵資料により確認した。

［25］『大正蔵』第四十九巻「史伝部一」（『仏祖統紀』）三四八頁下段２〜５。

［26］蔵中しのぶ『『延暦僧録』注釈』（大東文化大学東洋研究所、二〇〇八年）二四四〜二四七頁。

［27］伊藤聡は、尊経閣文庫本や金沢文庫本「天照皇太神儀軌」、「天照皇太神儀軌解」には、内題に『宝誌和尚伝』、『宝誌和尚口口伝』とあると指摘する。『両部神道集』（真福寺善本叢刊第六巻、臨川書店、一九九九年）五二六頁。

［28］小峯和明『中世日本の予言書』（岩波新書、二〇〇七年）五九〜六九頁、荒木浩『日本文学　二重の顔』（大阪大学出版会、二〇〇七年）二四〜五四頁、牧野和夫「宝志和尚をめぐる因縁と口伝の世界」（『説話文學研究』三二、説話文学会、一九九七年六月）一〇六〜一一七頁。

［29］『大日本古文書』「東福寺文書之一（二十八）」（東京大学出版会、一九五五年）九八頁。

［30］古市貞次編『塵荊鈔』下（古典文庫、一九八四年）三二五〜三四六頁。


【付記】掲載許可をいただきましたギメ美術館、京都国立博物館、『鬼子母掲鉢図巻』所有者様、西尾市岩瀬文庫には篤くお礼を申し上げます。また、各所蔵館の比較表（部分）は以下のようになる。なお、フリア美術館文徴明作品は逆順になっている。『釈氏源流』や宝誌に関して小峯氏の示教を得た。

【図版の出典及び注記】【図１・２・３】は、ギメ美術館蔵『掲鉢図』と京都国立博物館蔵『宝積教図巻』の冒頭部分。【図４】は、西尾市岩瀬文庫蔵『釈迦如来応化事蹟』部分。【図５・６】は、個人蔵『鬼子母掲鉢図巻』部分。【図７・８・９・10】は、ギメ美術館蔵『水陸斎図』。【図11】は【図10】の拡大図四枚、【図12】は、筆者が撮影したものである。

表1

ギメ	擬人化	男女	道具	左右	動作
1	海老	不明	無し	左	歩行
2	兎	不明	房付槍	左	飛行
3	豚	不明（子供）	三叉	左	歩行
4	山羊	男	三叉（子供と一緒に）	左	歩行
5	人間？	女	竹の皮で編んだ籠（野菜・フルーツ）	左	歩行
6	人間？	女	ひょうたん	左	歩行
7	人間？	女		右	歩行
8	人間？	女			歩行
9	人間？	女	楽器？		歩行
10	人間？	女			歩行
11	鳥	女	無	左	飛行前
12	人間？	女	？？	左	歩行
13	人間？	女	無	右？	歩行
14	龍	女	台を支える	左	飛行
15	人間	男	剣	左	座る
16	龍	女	台を支える	右	飛行
17	楓	女	三尖両刃刀	左	歩行
18	松	男	双剣	左	歩行
19	牡丹	女	とげとげの木	左	歩行

京博	擬人化	男女	道具	左右	動作
1	エビ	不明	無	左	歩行
2	ウサギ	不明	無	左	飛行
3	ブタ？	不明（子供）	三叉	左	歩行
4	山羊	男	三叉（子供と一緒に）	左	歩行
5					
6	鳥？	女	ひょうたん	左	歩行
7					
8	人間？	女	鳥	左	歩行
9					
10	人間？	女	無	左？	歩行
11	鳥	女	無	左	飛行前
12	人間	女	？？	左	歩行
13	人間	女	？？	左	歩行
14	龍	女	台座	左	飛行
15	人間	男	剣	左	座る
16	龍	女	台座	右	飛行
17	梅	女	三尖両刃刀	左	歩行
18	松	男	双剣	左	歩行
19	牡丹	女	とげとげの木	左	歩行

※空欄は無

20	21	22	23	24	25	26	27	28	29	30	31	32	33	34	35	36	37	38	39	40
笹	梅	梅	竹	蛇	象	猫	虎	鯉	鳥	鳥	不明	不明	人間？	人間？	人間？	人間？	人間？	不明	人間？	龍
女	男	女	男	男	男	女？	男	不明	不明	不明	男	男？	男	男	男	男	男	不明	男	不明
三日月型槍	長い木の棒	無	槍？	長い棒	長い棒	無	無	無	旗	旗	三叉	棍	木の台座	木の台座	無	木の台座	木の台座	旗	流星錘	無
正面	左	正面	左	左	左	左	左	左	左	左	左	左	左	左	正面	左	左	正面	左	左
歩行	歩行	歩行	歩行／走る？	飛行	歩行	歩行	歩行	歩行	飛行	飛行	歩行	歩行	歩行	歩行	座り	歩行	歩行	歩行	座り	歩行
笹	梅	梅	竹	蛇	象	猫	不明	鯉	鳥	鳥	不明	不明	人間？	人間？	人間？	人間	人間	不明	人間	龍
女	男	女	男	男	男？	女	男	不明	不明	不明	男	男	男	男	男	男	男	不明	男	不明
三日月型槍	長い木の棒	無	槍？	棍	長い棒？槍？	無	無	無	旗	旗	三叉	棍	木の台座	木の台座	無	木の台座	木の台座	旗	流星錘	無
正面	左	左	左	左	左	左	左	左	左	左	左	左	左	左	正面	左	左	左	左	左
歩行	歩行	歩行	歩行	飛行	歩行	歩行	歩行	歩行	飛行	飛行	歩行	歩行	歩行	歩行	座る	歩行	歩行	歩行	座る	歩行

表2

個人蔵	擬人化	男女	道具	左右	動作	備考
1						
2						
3	小鬼	男	三叉（山羊と一緒に）	左	歩行	
4	山羊	男	三叉（子供と一緒に）	左	歩行	
5	魚？	男？	無	左	浮遊	ギメに無し
6	魚	女	無	左	浮遊	ギメに無し
7	木	男	木の枝？杖？	左	歩行	老人
8	木	不明	長い枝	左	歩行	緑
9	木	男？	無	左	歩行	
10	鬼	男	木の台座	左	歩行	ギメ32番
11	鬼	男	木の台座	左	歩行	ギメ33番
12	獅子	男	無	正面	座り	ギメ34番
13	鬼	男	木の台座	左	歩行	ギメ35番
14	人間／鬼	男	木の台座	左	歩行	ギメ36番
15	梟	女？	のこぎりのような剣	左	歩行	胴にフクロウの絵
16	亀	男	鉞	左	飛行	甲羅に魚
17	動物	女	長剣	左	歩行	尻尾あり
18	蝸牛	男	双剣	左	歩行	ギメに無し
19	オサムシ	男	無	左	歩行	甲羅がある

文徴明（フレア）	擬人化	男女	道具	左右	動作	備考
1	僧、その他	多い	32人			
2	釈迦	男	無	左	座る	手はへその位置
3	人	男	剣と流星錘	左	飛行	周りに炎
4	人間	男	槍	右	飛行	周りに炎
5	人間	男	狼牙棒	左	走る	
6	人間	男	シンバルのようなもの	右	飛行	
7	蝙蝠？	男	棒	左	踏ん張る	子供を助けている
8	人間？	男	棒	左	立ち	子供を助けている
9	蛇	不明	無	右	立ち上がる	
10	鬼？	男	剣、左手に四角いもの	左	走る	四角いものから火が出ている
11	狐	不明	両手にハンマーのような撥	右	飛行	周りに雷神のような太鼓
12	鬼子母神の子	男	不明	左	ひざまずく	籠の中に入れられている
13	とり？	男	無	右	踏ん張る	子供を助けている
14	嘴のある者	男	二股の槍	右	走る	
15	鳥	男	ロープ	左	登る	ロープにぶら下がっている
16	鳥	男	ロープ	左	上る	ロープにぶら下がっている
17	嘴のある者	男	ロープ	左	ぶら下がる	結ばれたロープにぶら下がっている
18	人間？	男	縄	左	踏ん張る	縄を引っ張っている
19	緑の鬼？	男	縄	左	踏ん張る	縄を引っ張っている

20	海老	女	槍	左	歩行	ギメ1番	鬼？	男	縄	右	踏ん張る	縄を引っ張っている
21	人間	男	長剣	左	座り	ギメ43番	鬼	男	縄	左	踏ん張る	縄を引っ張っている
22	虎	不明	無	正面	歩行	歩行	緑の鬼	男	縄	左	踏ん張る	縄を引っ張っている
23	犬	男	旗	左	歩行	ギメに無し	緑の鬼	男	縄	左	踏ん張る	縄を引っ張っている
24	蟹	男	槍（飾り付）	左	歩行	ギメに無し	鬼？	男	縄	左	踏ん張る	縄を引っ張っている
25	蛙	男	長い棒	左	行	ギメに無し	鳥？	男	とげとげの枝	右	不明	枝のとげで縄を切っている？
26	不明（角有り）	男	三叉	左	歩行	ギメに無し	龍	不明	無	右	飛行	上に人を乗せている
27	不明（角有り）	男	三叉	左	歩行	ギメに無し	人間	男	剣と、青い瓶のようなもの	右	座る？	龍に乗っている
28	鬼	男	槍、腰に長剣	左	座り	動物に乗ってる	鬼子母神	女	無	右	立ち	
29	獏？	不明	無	左	走る	鬼をのせる	黒い鬼？	男	太鼓のようなもの	左	立ち	
30	不明（角有り）	男	木の棒	左	歩行		鬼？	男	棒を2本	右	立ち	
31	猿	男	槍？	左	歩行	ギメに無し	人間	女	旗	右	立ち	
32	龍	不明	無	左	歩行	人間？をのせる	人間	女	旗	右	立ち	
33	不明（角有り）	男	三叉	左	座り	龍に乗る	人間	不明	丸い板のようなもの	右	立ち	立ち
34	不明	不明	剣を2つ	左	歩行	青い岩みたい	化け物	男	矛、剣、弓、矢、単戟	右	立ち	顔が3つ、手が6本、周りに火
35	不明	不明	無	左	歩行	頭が長い、目が4個	化け物	男	短剣、矢、槍、紐、蛇、弓	右	立ち	顔が6個、手が16本
36	牛	男	長剣	左	歩行	ギメに無し	鳥？	男	無	右	転倒	
37	鹿	男	長剣	左	歩行	ギメに無し	鳥？	男	無	右	転倒	
38	人間	男	三尖両刃刀	左	座り	ライオンに乗る	鬼	男	撥	右	たたく	太鼓をたたいている
39	獅子	男	無	左	歩行	人間を乗せる	緑の鬼	男	撥	右	たたく	太鼓をたたいている
40	動物	男？	無	左	歩行		鬼	男	撥	右	たたく	太鼓をたたいている

2　近世初期までの社寺建築空間における二十四孝図の展開

――土佐神社本殿蟇股の彫刻を中心に――

宇野瑞木

中国孝子の伝説を二十四集めた絵画や詩文である二十四孝は、東アジアの広域に伝わり、大きな影響を与えたことが知られている。日本においては南北朝期頃、元の郭居敬撰『全相二十四孝詩選』と高麗版『孝行録』の二系統の版本が齎され、その後も朝鮮版『三綱行実図』や明版『日記故事』などの諸版本が受容される中で、特に室町末頃から江戸初期にかけて日本人による作品化の動きが顕著になってくる。この時期の二十四孝をめぐる状況に関しては、これまで文学・書誌学・美術史の分野を中心にかなり明らかにされてきており、▼注[1]また拙稿でも、渡来版本の図から日本近世初期の版本挿絵に至る過程で生じた和様化について、狩野派の大画面制作と五山僧の二十四孝解釈との関わりから論じたことがある。▼注[2]

とりわけ注目されるのは、永禄・元亀頃から、策彦周良や仁如集尭を中心とした後期五山僧らによる画賛や抄物及び狩野派周辺絵師による屏風等の制作の動きが盛んになる点である。▼注[3]この動きが同時に周辺の貴族・武家へと受容を広げ、その過程で大陸の版本の文・図も和様化を遂げ、慶長期には早くも所謂嵯峨本として『二十四孝』が絵入りで刊行されるに至る。そもそも明暦・万治頃までは仮名草子においても絵入本が少なかったことを鑑みれば、[注4]出版文化黎明期に絵と共に登場した『二十四孝』版本の目新しさがいかに歓迎されたかは容易に想像できよう。

つまり二十四孝は、室町末から江戸初期にかけての最先端の技術と学識が練成していった新しい時代の文化を象徴するファクターの一つであったといってよいだろう。本稿の主眼は、以上に述べたような説話の視覚化と新しい時代を象徴するメディアの台頭という動きに着目したときに前景化してくる、ある領域である。すなわち、それはこれまで説話研究において、正面から扱われることが殆どなかった、建築というもうひとつの空間的領域なのである。

1　社寺装飾彫刻における豊かな説話世界――文学から建築学への架橋

日本の建築史上、十六世紀後半から十七世紀初期は、霊廟、城郭、書院・茶室など新しい建築が次々と生まれた変革期に当たることは周知のことであろうが、同時に社寺建築もまた大きな変容を遂げつつあった。[注5]その背景には、新たに台頭してきた戦国大名と呼ばれる勢力が、それまで貴族や足利氏が担ってきた文化・慣例に対抗し、それに代わる新しい権力を象徴する意匠を建築に求めたことに起因する。[注6]この時代に現れた「新奇な装飾性」[注7]には、具体的には新しい色彩感覚や意匠の増加及び多様化が挙げられるが、特に注目されるのが従来建築の木材部分の装飾に刻まれてきた植物文様に、禽獣、さらには人物故事が加わる点である。言うなれば、この時期、出版メディアに先駆けて、故事説話のイメージが刻み込まれる新しいメディアとして、建築空間が台頭してきたということができるのである。無論、それは建築の室内装飾が障壁画などで飾られるようになる現象と呼応する動きであっただろう。そして桃山期に一気に開花した建築装飾としての彫物は、その後近世建築に貫かれる大きな潮流を作ることになる。その題材・モティーフは多岐に亘り、花木禽獣といった伝統的モティーフに加え、竹林の七賢、仙人、隠者、二十四孝など中国故事に由来する題材や七福神や力神などの神々、時代が下ると、牛若丸、源氏物語、天岩戸伝説といった日本の神話物語に由来するものや仏教説話も現れた。社寺建築の彫物世界は、まさに説話・物語の宝庫というべきで、言うなれば説話が生きられた空間を保存したタイムカプセルなのである。

浅井了意が、万治二年（一六五九）頃刊の『東海道名所記』一において、

柱は七宝をちりばめ、扉には、唐門の日本の色々のほり物、象のはな、竜の鱗、或は仙人、あるひは二十四孝、上には桐、蔦のからくさ、花づくし、鳥づくし、珊瑚・瑪瑙・琥珀・瑇瑁・金銀をちりばめ、細工にあかせて、たてられけり。

と讃嘆したのは江戸城の御成門であったが、これは日光東照宮に呼応するべく彫物づくしの華やかな様に描いたものであった。▼注[8] つまり仮想世界を構築するために彫物が駆使されたのであるが、▼注[9] 一方では仙人や二十四孝が花木禽獣とともに配される彫物の構成自体は、当時の建築における一典型でもあったのであり、彫物の醸す幻想的世界が現実の空間に重層化されていることが注目される。なぜなら、そうした彫物が醸成する幻想的な空間イメージは、文芸世界との通路を開くからである。例えば『曽我物語』流布本系統において、費長房が仙人に連れられて壺中天の世界に飛び込んだ時の様子は次のように描写される。

此つぼのうちにめでたき世界あり。月日のひかりはそらにかゞやき、四方に四季のいろをあらはし、百二十丈の宮殿楼閣あり、天には聖聚まひあそび、鳧雁鴛鴦こゑやはらかなり。いけには弘誓の舟をうかべり。

（「すまひの事付ひちやうぼうが事」『曽我物語』（王堂本）、岩波文庫）

この後、費長房は仙人から渡された杖を突き外の世界へ戻るや、鶴に乗って昇天する。乗鶴の仙人といえば彫物の定番であるが、それは彼がこのような宮殿楼閣が並び立つ別天地を連想させる仙人であったことと無関係ではないだろ

う。[注10]或いは、逆に現実の彫物を持つ建築の存在自体が、語り物文芸の言葉の世界へと還流した可能性すらないとはいえまい。貞享二年（一六八五）には、貝原益軒が『吾妻路之記』において、「日本にて神社の美麗なる事、日光を第一とし、浅間を第二といふ」（柳田国男校訂『日本紀行文集成』日本図書センター、一九七九年）と述べているように、当時確かに彫物づくしの建物を賛美する時代の空気があったのである。

一方、近代のドイツの建築家ブルーノ・タウト（一八八〇〜一九三八）が、一九三三年五月に日光東照宮を訪れた際に、「華麗だが退屈」と罵倒したことは有名な話である。[注11]奇しくも、タウトは日光を訪れたその直前に、桂離宮を見て「泣きたくなるほど美しい」と賛美していたのであった。[注12]タウトが東照宮を酷評し、桂離宮にこそ日本の美があると評価したことの影響は決して小さくはなく、近世に隆盛を誇った彫物を持つ建築は、長らく近代学問の対象として不問に付されることとなったとさえ言われる。

但し、建築学の分野では、全国の近世の社寺建築に関する調査報告が続々と刊行され、竣工時期や建築様式等についての基礎研究はかなり進んできている。[注13]一方で、その細部に取り付けられた装飾一つ一つの内容にまでは踏み込んでいないのが現状であり、個別の論文や研究書としても、彫物の内容や意味にまで言及するものは未だ少ない。[注14]

そこで本稿では、二十四孝に的を絞ることで、文学研究の立場から建築へと架橋を試みたい。このことは、人物故事を描く屏風、障壁画などの絵画から彫物へとその表現媒体が移行したときに、いかなる文化的位相の変化が起こったのか、またその空間における説話の彫物の機能はいかなるものであったのか、という近世的世界への転換の問題を考えることへと繋がるものと考えている。

2　寛永年間までの社寺装飾彫刻としての二十四孝図の展開――蟇股を中心に

本節では、二十四孝を彫物として持つ建築について、寛永年間までの動きを概観する。寛永年間は、彫物を持つ大規模建造物が立て続けに竣工された時期にあたり、ここにおいて彫物を有する建築物の完成形が一旦は整ったと考えられるからである。

建築における彫物が顕著にみられるのは、蟇股、木鼻、手挟の部分であるが、人物故事が頻繁に現れるのは蟇股と呼ばれる梁や頭貫の上に有る蛙が脚を開いたような形をしている部材である。鳴海祥博の彫物の先進地・近畿を中心とする調査に拠ると、その主題は、藤・蔦・菊・桃・紅葉・桐・竹などの植物から鳳凰などの鳥類へ広がり、十五世紀半ばから十六世紀にかけて龍・獅子・虎など獣文が現れ、さらに栗鼠・鹿・兎・猿・馬などが加わる。そこに、さらに人物故事が出現するのであるが、紀伊では、永禄二年（一五五九）竣工の三郷八幡神社に「大黒」「西王母」が見られるのが早い例とされる。

以上は彫物の先進地・近畿における展開であるが、近畿以外では、土佐神社本殿（土佐・元亀二年〈一五七一〉）にいち早く人物故事が用いられており、その内容は仙人や二十四孝となっている。彫物としての二十四孝図は、これが最初期の作例といえるが、以下管見の限りで、寛永期までの二十四孝を蟇股に用いた社寺建築を列挙すると、三船神社本殿（和歌山・天正十九年〈一五九〇〉）の「郭巨」、御香宮神社（京都）の表門（元和八年）の「郭巨」「孟宗」「楊香」「唐夫人」、同拝殿（寛永二年）に動植物のなか唯一人物故事として「孟宗」が採られる。注目すべきは、寛永十三年造営の西本願寺御影堂の外陣矢来境に「二十四孝」が十五体も用いられる点で▼注[15]、寺院建築に現れた人物故事の彫物という意味でも画期と目すべきである。

この他、二十四孝以外の人物故事を蟇股で用いた早い例としては、加太春日神社本殿（和歌山・慶長元年）の「恵比寿」「大黒」、聖神社本殿（大阪・慶長九年）に「琴高仙人」「乗鶴の仙人」など、北野天満宮拝殿（京都・慶長十二年）に「蝦蟇仙人」「菊慈童」「鉄拐仙人」など、大崎八幡神社本殿（宮城・慶長十二年）に「琴高仙人」等仙人が見える。無論、寛永十三年に家光が久能山東照宮の立替をした日光東照宮には、周知のように多くの建造物に仙人、孔子、周公、琴棋書画図などの人物故事が採用されていた。

以上から、社寺建築彫刻に人物故事を用いる動きは、明らかに神社建築が先行していたこと、▼注[16]また二十四孝は仙人と並んでその極初期に現れた先駆的モティーフであったこと、そして人物故事の彫物が一つのピークを迎える寛永期に入って寺院建築に導入されたことが知られるのである。

3　土佐神社本殿の蟇股の二十四孝図

土佐神社本殿については、既に鳴海祥博が、彫刻の主題に「意味づけをしようとする意識」が強く見られる点で「近世にさきがけた意匠」と着目しており、彫物に二十四孝を用いた最初期の例であるのみならず、人物故事を積極的に用いた先駆的な作例でもある。したがって、本節では土佐神社本殿蟇股の図様とその採用の背景について考察を試みることとしたい。

土佐神社（高知市一宮）の入母屋造りの前面に向拝を付けた現在の本殿は、永禄六年五月、本山茂辰の乱で類焼した後、長宗我部元親が永禄十年（一五六八）に資材の徴収を始め、▼注[17]元亀元年（一五六九）九月に着手、▼注[18]同二年に再興したものである。▼注[19]

本殿の蟇股の題材を確認すると、妻飾りの蟇股に「松と梅花」（西）・「枇杷」（東）が配され、軒回りの蟇股に、南正面東より「竹に虎」「水草に鯉」「雲に龍」「蓮花」「竹に虎」、西面南より「郭巨」「牡丹に唐獅子」「紅葉に鹿」「水

図1　土佐神社本殿蟇股　乗鶴の仙人（『重要文化財土佐神社本殿弊殿及び拝殿鼓楼保存修理工事報告書』土佐神社、1987）

図2　土佐神社本殿蟇股　水上の仙人（同上）

図3　土佐神社本殿蟇股　郭巨（同上）

図4　土佐神社本殿蟇股　孟宗（同上）

上の人物（仙人か）」、北面東より「瓜に栗鼠」「竹梅に雀」「孟宗」「草花（菖蒲か）」「瓜に栗鼠」、東面北より「竹梅に鶯」「牡丹に唐獅子」「紅葉に鹿」「乗鶴仙人（費長房か）」、向拝東脇間の表裏に「鶏」、中央間の表裏に「迦陵頻伽」、西脇間の表裏に「松に孔雀」と、実に二十三（向拝の表裏も含めると二十六）もの箇所に配されている。

　人物故事としては、乗鶴の仙人【図1】と水上の人物【図2】と二十四孝の郭巨【図3】・孟宗【図4】の四図が採られる。【図1】は王子喬とされるが、▼注[20] 笙を持たないので費長房か。【図2】は左下に波頭があるので水上で何かに乗っているようだが、浮木とすれば「チョウハク」という仙人か。▼注[21] 大崎八幡神社拝殿蟇股にも、水上で同形態の木片のようなものに乗る仙人が確認される。

　郭巨図【図3】は、妻子が向かって右、郭巨が左に位置し、狩野派の屏風から近世初期のお伽草子、版本における一般的な構図と左右逆であるが、▼注[22] 南禅寺大方丈襖絵二十四孝図▼注[23]と朝鮮版『三綱行実図』▼注[24]はこれに一致する。但し、本襖絵、朝鮮版ともに蟇股の背景の松はなく、下絵を転写する際に左右逆の構図になった可能性も考えられる。[注25] むしろ注目すべきはこの背景の松で、松が描かれた郭巨図は、管見のところ策彦周良や仁如集尭ら四名の五山僧の賛がある二十四孝図屏風（福岡市博物館蔵）【図５】にのみ先例を見ることができる。本屏風は永徳周辺の制作とみられるが、[注26] 仁如の別集『鏤氷集』によれば、永禄九年に聖護院門跡・道澄の母の忌日に合わせて注文された可能性が高く、[注27] 元親が資材を徴収し始めるちょうど一年前にあたる点で注目される。また、室町末から江戸初期にかけての郭巨図では郭巨が両手を合わせるか拱手して天を仰ぐ仕草で定着していくが、[注28] 本屏風では、片手をかざし足元に現れた金の釜を驚いたように見下ろす点も蟇股と一致する。したがって、蟇股と本屏風とは近い構図を共有しているのだが、鳴海が「彫刻の図案はかなりしっかりしているが、彫りの肉厚は薄くその技量は中央のものに比べ劣る。地方の工匠が中央の作風をまねた感が強い」と見たように全体に素朴な印象で、下絵に関しても狩野派の図様の影響を直接受けたとは言い難い。おそらくこの共通性は、同じ明版を元に作られたことに起因するのである。というのは、蟇股では妻も片手を釜にかざすのに対し、本屏風では、妻は子を両手で抱いている点で違いがあるが、これと完全に一致するのが祐徳稲荷神社中川文庫蔵『日記余芳故事』、東京大学東洋

図５　二十四孝図屏風（郭巨図部分）（福岡市博物館蔵）

図６　明版『初顆日記故事』郭巨図（東京大学東洋文化研究所蔵）

図7　二十四孝図屛風
（孟宗図部分）（福岡市博物館蔵）

図８　明版『初穎日記故事』孟宗図
（東京大学東洋文化研究所蔵）

文化研究所蔵『忠信堂四刻分類註釋合像初穎日記故事』【図6】、寛文九年の和刻本『新鍥類解官日記故事』▼注[29]だからである。和刻本は万暦年間のもので時代が少し下り、『日記余芳故事』も陳継儒（一五五八～一六三九）較釈とあるのを信ずれば、刊行はやはり万暦以降（一五七二～）となる点が気になるが▼注[30]、先の永禄九年の屛風の郭巨図に見える松や▼注[31]、孟宗図の水流と座る孟宗の組合せが▼注[32]、この系統の『日記故事』から採られたと考えれば、当時既にこの系統の『日記故事』が渡来していた可能性は高い。本蟇股は未だ平面的で、前傾したりはみ出したりもしておらず、足元や背景の草木が絵画的な要素を残し、後に見られるようなモティーフの整理も洗練も見られない点から、やはり創建当時のものと見るべきであろう。

次に、本蟇股の孟宗図【図4】に目を移すと、こちらもかなり特異な構図である。孟宗は文士の姿であり、雪の竹林で大きな筍を肩に担ぎ天を仰いでいる。また足元には筍が二本生えているが、これは一九八三年から行なわれた修復時に草と誤解されたためか、現状では薄緑色に彩色されている。まず注目すべきは、孟宗が狩野派に踏襲され近世版本に継承された蓑笠姿【図7】ではなく、大陸の版本の挿図における文士の姿で彫られている点である。▼注[33]このような文士姿の孟宗は、根津美術館蔵二十四孝図屏風、[注34] 関西大学図書館蔵手鑑『二十四孝』、[注35] また斯道文庫蔵仁如写本「廿四孝詩」、[注36] 龍谷大学図書館蔵写本「新刊全相二十四孝詩選」（甲本）[注37] に見え、彫物としても時代は下るが京都・御香宮神社表門蟇股に確認される。しかし、それらが竹に手をあて泣く仕草で表現されているのに対し、本蟇股では長い筍を掲げ持っている点が特殊である。これは本蟇股の下絵が、『日記故事』の挿図【図8】を参照し、大陸様の文士孟宗を採用しながらも、孝行の奇跡によって筍を手に入れた展開を重視する和様化した解釈を反映させて独自に作り変えたものと考えられる。[注38] 同じことは、郭巨図において『日記故事』に近い構図を取りながらも、金塊を黄金の釜に変更している点にも指摘できる。以上のように、本蟇股の二十四孝図が特異な構図となったのは、彫物の二十四孝図として先駆的な作例であることに加え、地元の絵師や工匠による制作であったことに帰することができるのである。

さて、次に問題となるのは、なぜ彫物の二十四孝図が先進地の近畿ではなく土佐の地に独自に作られたのか、という点である。この点について、鳴海は、対明交易の主要な中継地であったことで齎された主題とし、土佐一国をほぼ手中にし、戦国大名として台頭してきた長宗我部氏が新進の文化をいち早く取り入れようとした結果ではないかと見た。確かに、長宗我部氏が当時土佐国の一宮である土佐神社復興という一大公共事業を行なったのは、信仰心というよりも土佐一国の支配者として社会的認知を得るためであったとも指摘されている。[注39] そして新しい支配者として文化面でもアピールするならば、目新しい明版の二十四孝図はまさに相応しい題材であっただろう。

しかし、交易で直接明版を手に入れた可能性があるとしても、そもそも長宗我部氏はどのようにして二十四孝に関心を抱いたのだろうか。土佐神社本殿を造営したのは先述のように長宗我部元親であるが、弘治二年（一五五六）頃、国親が吸江庵納所に送った書状に、「一宮（土佐神社）の御造営のため両群（長岡郡のほか、土佐郡か香美郡）に段銭を賦課したが、介良荘には免除する」と見え（「吸江寺文書」〈「土佐国蠧簡集」七七七号〉）、父・国親の生前から荒廃が進んでいた一宮を復興する話が出ていたことが知られる。[注40] 国親は、その少し前の天文二三年（一五五四）頃から出家し「覚世」

を名乗り出すが（「村島家文書」二号）、その法号を授けたのが仁如であった。[注41] したがって、土佐神社の造営の話が国親の時点で出たときには既に仁如との交流があったことになり、この段階で仁如を経由して明版かその写本を得、それが蟇股への二十四孝採用の契機を作った可能性もあろう。[注42] 無論、国親は永禄三年に没しており、実際に永禄十年に着手したのは元親であるが、元親と夫人もまた策彦によって天正三年（一五七五）に法号を得ているのである。さらに元親一族は玉汝周珊の紹介によって策彦から法号を得、国親寿像に仁如の賛があるのに倣って、元親画像の賛をその子・盛親が仁如の門人の惟杏永哲に求めている。[注43] したがって、仁如所縁の五山僧と国親・元親・盛親とは代々関係が続いていたのであり、二十四孝に関する知識が仁如周辺から齎されたことはほぼ間違いないだろう。そして先述のように国親の生前に土佐神社造営の案が出た際に、仁如から明版かその写本を得ていた可能性もあるが、本殿造営が本格化した永禄十年前後は、仁如や策彦が盛んに二十四孝の画賛を作っていた時期に当たり、仁如との交流の中で元親が二十四孝への関心を持つようになったのではないか。或いは、二十四孝をわざわざ『日記故事』系統の明版の挿図を元に地元で作らせたとすれば、交易の中継地土佐において直接入手したものがあったのかもしれない。いずれにしても、神社建築の彫物に二十四孝図を採用するという先駆的な動きの中核には、当時二十四孝をさまざまな武家や貴族に広めていた仁如や策彦が直接関係していたことが見えてきたであろう。

なお、三船神社本殿については未調査であるが、天正十八年に高野山の僧木食応其上人により発願されたという。[注44] 木食応其は連歌の名手でもあり、仁如、策彦と連歌仲間であった里村紹巴と親交をもっているから、こうした繋がりから二十四孝に関心を持ち、その建築にも積極的に取り入れたものと想像される。この点については、今後精査したい。

4　最後に

以上わずかな事例ではあるが、神社建築の彫物に二十四孝図が用いられていくようになる背景には、当時二十四孝の画賛を多く残し、絵画や抄物などの制作現場に関わっていた仁如・策彦ら五山僧との直接的な交流があったことが見えてきた。そして、日本における二十四孝図制作の現場が、そのかなり早い段階で地方にもあったこと、しかも二十四孝の屏風としては現存最古の永禄九年の屏風に少し遅れて早くも蟇股の彫物として登場していることは注目に値する。京都で制作された永禄九年の屏風が追善供養法会という場を一時的に創出するためのものであったとすれば、地方で戦国大名が作らせた神社建築の蟇股彫刻は空間を恒常的に演出し続けるものであり、その位相は大きく異なってくるのである。こうした点も含めて、今後他の彫物との空間配置や各モティーフとの関係性といった面についても考察を進めていきたい。おそらく、二十四孝図と他の花木禽獣や人物故事図との関わりは、五山を中心とした和漢の言葉世界に根ざす問題でもあるはずであり、▼注[45]絵画、詩文、建築彫刻が渾然となって近世的世界を練成していく過程を追及したいと考えている。

最後に、東アジアへの視角を述べると、建築空間における二十四孝や仙人とその他飛天や草木禽獣のモティーフが配置される中国のとりわけ宋代以降の墳墓装飾の研究と連携させていくことが今後重要であると考えているが、紙面も尽きたため別の機会に譲りたい。

【注】

[1] 徳田進「五山における二十四孝の渡来と摂取」（『孝子説話集の研究』中世篇、井上書房、一九六三年）、徳田和夫『お伽草子研究』（三弥井書店、一九八八年）、川崎博「嵯峨本『二十四孝』の挿繪作者について（上）（下）」（『國華』一二三八、一九九八年／一二四〇、一九九九年）、中本大「永禄九年の二つの『二十四孝賛』」（『語文』六八、一九九七年五月）、同「永正年間の孝子賛をめぐって」（『鎌倉室町文学論纂』二〇〇二年五月）、橋本草子「慶應義塾大学斯道文庫蔵写本『廿四孝詩』について」（『人文論叢』

五六、二〇〇八年一月)、同「日本に於ける『全相二十四孝詩選』の受容」(『集刊東洋学』一〇〇、二〇〇八年一一月)など。
[2]宇野瑞木『孝の風景―説話表象文化論序説』(勉誠出版、二〇一六年)七章、八章。
[3]柳田征司「静嘉堂文庫蔵『二十四孝詩註』について」(『近代語の成立と展開』和泉書院、一九九三年)、大石利雄「策彦周良の画賛をめぐって―十六世紀絵画史寸見(その一/その二)」(『造形芸術学・演劇学』一、一九九六年/二、一九九八年)、堀川貴司「〔古賛抄〕」翻刻と解題(『禅文化研究所紀要』二六、二〇〇二年一二月)、中本注1論文など。
[4]市古夏生「「絵入本の時代」(『国文学―視覚の古典史』一九九六年三月)。
[5]鳴海祥博「社寺建築の中世から近世への転換―紀伊における近世初頭の建築意匠とその成立にかかわった近畿の中世建築意匠」(『普請研究』七、一九八四年三月)。
[6]藤井恵介「建築の装飾革命―信長・秀吉・家康」(『日本美術全集』一〇、小学館、二〇一三年)。
[7]注6論文。
[8]高田衛「秋成にいたる道程　江戸幻想論の試み」(『日本の美学』一七、ぺりかん社、一九九一年)。本文は冨士昭雄校訂『東海道名所記/東海道分間絵図』(国書刊行会、二〇〇二年)に拠った。
[9]注8論文及び伊東龍一「彫物の江戸時代」(若林純『寺社の装飾彫物　宮彫り―壮麗なる超絶技巧を訪ねて』日貿出版社、二〇一二年)。
[10]費長房が乗鶴の仙人として定着していく過程は、中本大「鶴に乗る「費長房」」(『立命館文学』五九八、二〇〇七年)に詳しい。
[11]ブルーノ・タウト、篠田英雄訳『日本、タウトの日記』岩波書店、一九七五年)一九三三年五月二十一日の条。
[12]注11書、一九三三年五月四日の条。
[13]村上訊一・亀井信雄・大和智編『近世社寺建築調査報告集成』全二十巻(東洋書林、二〇〇二~三年)、また各社寺の修理工事報告書も、基礎的情報が網羅され有用である。
[14]彫物の意味内容に触れる書としては、管見の限りでは、近藤豊篇『古建築の細部文様』(光村推古書院、一九八九年。同『古建築装飾文様集成』の簡略版)、大淵武美『桃山の文様』(毎日新聞社、一九七六年)、『伊勢と日光』(新編名宝日本の美術三一、小学館、一九九二年)、高藤晴俊『日光東照宮の謎』(講談社現代新書、一九九六年)など、また論文に、前掲論文以外には藤岡通夫「大崎八幡神社の建築装飾に就て」(『建築学会論文集』一四、一九三九年八月)など。さらに、写真家の若林純氏による『寺

社の装飾彫刻』（日貿出版社）シリーズは、カラー写真によって全国に跨る社寺彫物の細部まで鮮明に確認できる上、伊東龍一氏をはじめとする彫物研究者の論考を収録している点で非常に参考になる。特に、彫物の内容にまで迫った論考として、同シリーズ近畿編（二〇一三年）所収の鳴海祥博「紀州の建築彫刻は「語る」」が重要である。

[15] 正面右から、田真田広田慶、黄香、董永、唐夫人、王祥、閔子騫、漢文帝、大舜、孟宗、曽参、老莱子、楊香、郭巨、剡子、張孝張礼。

[16] その背景としては、建築活動の中心が、それまでは南都仏教の復興や新仏教の興隆に伴う仏堂建築に集中し、その意匠も和様の充実をみせつつ大仏様、禅宗様を摂取して新しい展開を見せていたのに対し、十五世紀に入ると神社建築に移行したことが想定される。

[17] 神社古文書に拠る（永禄十年「惣材木張匁子木百九十石」、霜月十九日「一宮かりふき」、晦日「一宮材木注文」、同十一年三月八日「一宮材木八十八本」など）。

[18] 発見墨書「本殿内陣正面中央西脇柱　播州云々……」。

[19] 土佐神社文書「一宮棟上之時鐘細工帳」（元亀二年九月五日）。また棟札及び神社記録に拠れば、その後、元和五年・寛永一九年に本殿・拝殿は屋根替があり、慶安二年に鼓楼建立、寛文十年に拝殿高屋根と本殿妻飾部分の修復、元禄三年本殿の改造、享保一三年・延享二年・明和四年・安永九年・天明五年に屋根替、天明七年には内陣の改造修復が行なわれ、その後も何度も屋根替・修復が行なわれた。最も直近の修復工事は、一九八三年一月から四十八ヶ月を要して行なわれた。以上、その修理工事報告書『重要文化財土佐神社本殿幣殿及び拝殿鼓楼保存修理工事報告書』（土佐神社、一九八七年）に拠る。

[20] 注5論文。

[21] 注10論文に紹介される興福寺別当光明印実暁著『習見聴諺集』巻一所収「聞見雑記二十條」の「一仙人」の項目に、「鶴ニ乗スルハヒチャウ……浮木ニ乗スルハチャウハク」（尊経閣文庫蔵写本）と見える。

[22] 室町末から江戸初期にかけての二十四孝図の展開については拙著（注2）七章を、また版本・写本、屏風・襖絵などの大画面の各図様については、その「基礎資料編」のⅠ（嵯峨本）、Ⅱ（渡来版本）、Ⅳ（大画面制作）の図版をそれぞれ参照されたい。

[23] 拙著（注2）「基礎資料編」Ⅳ⑤の図版参照。

[24] 拙著（注2）「基礎資料編」Ⅱ・15・Cの図版参照。

[25] 下図については正面蟇股の雲に龍の裏面に草花の下図が残っているが、書き損じか、当初の案を変更したのかについては判然

としない（注19書、一一頁に写真掲載）。また注5論文では、「蓑股・手挟には同一の下絵を表・裏に返して用いたのではないかと思える対をなす図柄のものが多くある。このことは彫刻の下絵は工匠の作ではなく、別に原画の存在していたことを思わせる」と述べられる。

[26] 山本英男「狩野永徳の生涯」（『特別展覧会・狩野永徳』京都国立博物館、二〇〇七年）。

[27] 中本注1論文。

[28] 『全相二十四孝詩選』の現存本中国国家図書館本では郭巨図の頁は失われており、その写本の絵を見て推測する他ないが、共に嘉靖二十五年（一五四六）刊『新刊全相二十四孝詩選』の写本と考えられる斯道文庫蔵仁如写『廿四孝詩』では、郭巨は鋤の上に両手を置き、妻のほうを見ており、龍谷大学蔵写本甲本では鋤を両腕の間に挟み手を合わせ、わずかに天を見ており、どうも原本は手を合わせていたようである。おそらく、多くの狩野派の郭巨図が手を合わせているのも、『詩選』系統の挿図を元にしているからであろう。

[29] 長沢規矩也『和刻本類書集成』三（汲古書院、一九七七年）に書影所収。

[30] 現在刊行年がわかるものでは、万暦三十九年（一六一一）が最も早いが、そもそも刊行年の判明するものは少ない。『日記故事』諸本については、橋本草子「『日記故事』の現存刊本及びその出版の背景について」（『中国―社会と文化』二一、二〇〇六年六月）を参照。

[31] 中国国家図書館蔵『全相二十四孝詩選』の現存本には郭巨図の頁が失われており確認できないが、この系統の郭巨図に松がなかったことは斯道文庫蔵写本『廿四孝詩』の絵から窺える。

[32] 水流は朝鮮版『三綱行実図』にも見えるが、孟宗は立っている点で異なる。但し本屏風の閔子騫図で閔子騫が膝をつきながら後ろを指さす仕草は『三綱行実図』に拠っており、制作現場ではこの朝鮮版も参照されたであろう（注2拙著七章）。

[33] 拙著（注2）第八章「蓑笠姿の孟宗―日本における二十四孝の絵画化と五山僧」参照。

[34] 『根津美術館品選　書画編』（根津美術館、二〇〇一年）図一一二。

[35] 拙著（注2）口絵。

[36] 橋本注1（二〇〇八年）論文に書影が掲載されている。

[37] 複製本（禿氏祐祥『全相二十四孝詩選』解説付、全國書房、一九四六年）参照。

［38］拙著（注２）八章参照。

［39］市村高男「永禄末期における長宗我部氏の権力構造―「一宮再興人夫割帳」の分析を中心に」（『海南史学』三六、一九九八年八月）。

［40］平井上総『長宗我部元親・盛親』（ミネルヴァ書房、二〇一六年）第一章参照。

［41］関田駒吉「仁如集尭と長宗我部国親」（『関田駒吉歴史論文集』上・下、高知市民図書館、一九七九・八一年）。

［42］神社造営の主体は国親であったとみる説もある（野本亮「長宗我部国親発給文書について」、『高知県立歴史民俗資料館研究紀要』一九、二〇一五年三月）。

［43］関田駒吉「土佐における禅僧餘談」（注40書）。

［44］中本大「天文・永禄年間の雅交―仁如集尭・策彦周良・紹巴そして聖護院道澄」（『古代中世文学研究論集』二、一九九九年）。

［45］例えば、堀川注３論文の紹介する抄物には、瀟湘八景図、道釈人物、植物、天神関係、二十四孝の画賛が一つにまとめられている。また賛のみで流布していく過程を伺わせるものには、東山文庫蔵『瀟湘八景詩抄』などもある。永禄十三年の仁如による跋を持ち、そこには惟杏永哲の名も見えるのである。この「枯木」二首は先の抄物と一致する。

3

赤間神宮の平家一門肖像について

——像主・配置とその儀礼的意義——

軍司直子

1 はじめに

下関の赤間神宮には平家一門の肖像画が所蔵されている。同じ十名の人物を描いた二つのセットで、原本と思われるセットは紙本著色で板に貼り付けられており（以下、板貼本）、大きさは縦一三二・二〜一三二・八cm、横八八・七〜九六・六cmである。第二のセットは紙本著色で掛軸に改められており（以下、掛幅本）、一二三・五〜一二四・九×七九・九〜八〇・四cm。両セットとも像主を等身大よりやや小さく描くが、掛幅本はおそらくトリミングされたのであろう、板貼本より画面が十cm程小さい。板貼本は像主の名を記さないが、掛幅本では官位と名を記した付箋が各画像の中央上に付され、像主比定の根拠とされてきた。ゆえに、この肖像に言及した作品紹介や論考において像主の同定に関する問題点が提起されたことはこれまでなかった。しかし様々な史料を紐解くと像主の名には変遷があったことが判る。像主の変更が意図的になされたのか、忘却を経て新たに推定されたのかは不明だが、いずれにせよ現行の比定と制作時（あるいは原本の制作時）の意図の合致は明白とは言えない。
元来これらの肖像は、赤間神宮の前身である阿弥陀寺に祀られていたものである。阿弥陀寺は、十二世紀後半の壇ノ浦合戦で没した安徳天皇と平家一門を追善・鎮魂するために創建（寺伝によれば中興）された寺院であったが、明治の廃仏毀釈で廃された。その跡に建立された神社が赤間宮で現在の神宮に至る。廃寺により平家一門肖像が置かれていた環境のみならず、その宗教的機能も失われたが、これらは像主の選択と配置を左右する要因であった。本稿ではまず平家一門肖像が阿弥陀寺期にどのように祀られていたか、とりわけ鎮魂儀礼としての絵解きにおいてどのように用いられたか文献史料を用いて概観する。続いて像主名の変遷と現行の比定の問題点を検討した後、平家肖像が果たした機能と像主の選択・配置とをあわせて再構成したい。

2　阿弥陀寺期の平家肖像

阿弥陀寺において、平家一門の肖像は御影堂と呼ばれる堂に祀られ、参詣者によって礼拝されていたことが記録に見える。初見は、室町後期の飯尾宗祇の紀行『筑紫道記』である。▼注[1]文明十二年（一四八〇）に阿弥陀寺を訪れた宗祇は次のように安徳天皇の御影を詳しく描写し、平家一門像の像主を挙げる。

次に安徳天皇の御影堂を見侍れば、御かたちみづらふたつにゆひわけて、御よそひさる事とみえて、紅の袴に笏を持ち給へり。御顔の匂ひあいきやうづき、打ち笑み給へるさまして、唯その代の御かたちをおぼえて、なき世のかげはわすれ侍る事なり。あやしの身にも見奉るほど、涙おさえがたし。次に平家の人々の影有り。新中納言知盛、修理大夫経盛、内蔵頭信基、宰相教盛、中将資盛、能登守教経等なり。女房は大納言のすけの局をはじめ

て、四五人あり。[注2]

安徳と一門の肖像が一緒に祀られていたことに注目したい。

次に安徳・一門像に言及があるのは阿弥陀寺別当秀益による永正十六年（一五一九）の申状案である。火災で多大な被害を被った寺の再建のため援助を請うもので（宛先は大内家臣陶弘詮とされる）、諸堂の多くが灰燼に帰した中、安徳・一門像は幸い救出されて無事であったものの、それを収める場所がないと嘆いている。[注3]

竹中重門による豊臣秀吉の一代記『豊鑑』には天正十五年（一五八七）に秀吉とその近臣が九州への途上立ち寄った際の阿弥陀寺御影堂の様子が記録されている。

阿弥陀寺とて寺有。安徳天王のみえいをうつし置て、まはりのかべには平家の一門ことごとく絵に書うつせり。[注4]

一門像が部屋を囲んでいたことが判る。「ことごとく」とは、自分たちを取り囲む一門像に秀吉たちが圧倒されたことの表れだろうか。この一月ほど後には細川幽斎も阿弥陀寺を訪れ、以下のように記している。

阿弥陀寺に参り侍るに、その側らに寺有り、所の人は内裏となむ云ひ伝え侍る。寺僧に案内して、安徳天皇御影、其の外平家一門の像ども見侍りける。[注5]

御影堂が内裏と呼ばれている点特筆したい。さらに文禄元年（一五九二）には豊臣勝俊が阿弥陀寺の様子を『九州の道の記』に書留めている。

或る寺に、先帝のみかたち、并に一門の公卿殿上人、局内侍以下まで、はかなき筆の跡にのみ写しおきたり。[注6]

江戸時代にはさらに多くの旅行記に平家一門の肖像が登場する。例えば慶安四年（一六五一）にはオランダ東インド会社の医師であったエンゲルベルト・ケンペルが長崎から江戸に参府する途上で阿弥陀寺に立ち寄り、その際の御影堂の様子を次の通り記録している。

それから右手前方に阿弥陀寺が見えた。一人の若い僧がわれわれを出迎え、入口に近い広間へ連れて行った。その部屋には彼らの国の芝居小屋の流儀、黒い紗の幕が張られ、中央には銀色の織物の敷物が敷いてあった。須弥壇の上には、長い黒髪の太った姿に刻まれた、水死した皇子が立っていた。この像に対して日本人は頭を地面にすりつけて拝む。そして、その両側には等身大の二人の像があり、内裡の宮廷で用いられていた黒い衣服を着けていたので、皇室の一族の人々であることを思わせた。僧侶は燈明に火をともし、隣室の金張りの襖に描かれた、彼の話に出てくる他の人々の姿を指さしながら、その悲しい物語を全部話してくれた。▼注[7]

「黒い衣服」の「等身大の二人の像」は、数が合わないのは気になるが平家公達の肖像であろう。肖像を見た後にはその隣室で障子絵「安徳天皇縁起絵」の絵解きが行われていることにも注目したい。

建部綾足は寛延三年（一七五〇）の参詣を『浦づたひ』にこう記す。

阿弥陀寺にもふず。此院は寿永のむかし平家の一門を葬りおさめて、いまや安徳帝の御影、さらにいまは御けしきも見えず。いとらうたげに立せたまふ。経盛、知盛をはじめ侍部卿の局、卒の内侍さながら守り奉りて、めぐりの襖に筆をたくむ。こなたは黄金を紙にのべて、天皇誕生ましませしより爰の浦わに入水の御さま、いとあはれに書なしたり▼注[8]

特筆すべきは、平家一門肖像が「めぐりの襖に」配列され、まるで幼帝を守護しているようであったという印象を筆者が受けていることである。またここでも隣室の「安徳天皇縁起絵」を鑑賞している。

文化三年（一八〇六）に阿弥陀寺を訪れた大田南畝は『小春紀行』で以下のように記す。

左にならびたてる堂にいりて、安徳天皇の御木像を拝す。左右の障子に廊御方、大納言典侍、帥の典侍、治部卿の局、信基、知盛、教盛、資盛、経盛、教経の像あり。次の間右の方に天皇御誕生より御入水にいたるまで、平家の盛衰、源平の合戦のありさまを絵がき、絵の上に絵ときの文あり。其宮所レ書、古書と見ゆ。[按、縁起に平家一族画像狩野法願光信筆、源平合戦図八張土佐将監光信筆とあり。]側の僧、手に竹とりて、一々に絵ときの事をのぶる声あはれなり。▼注[9]

ここで挙がる像主十名は現行の比定にある十名と共通する。また南畝も絵解きを体験し、その様子を詳しく説明してくれている。

このように阿弥陀寺御影堂では、安徳天皇の御影と平家一門の肖像に対する礼拝が行われていた。特に江戸時代には「安徳天皇縁起絵」の絵解きまでの一連の儀礼の一環として肖像の礼拝が行われている。これには非業の死を遂げた安徳・平家一門の魂に呼び掛けそれを鎮めるという意味があったようだ。▼注[10] その舞台装置として、須弥壇の安徳天皇を守護するように平家一門が並び、内裏の体をなしていたことには特別の意味があったろう。

3 肖像の像主

赤間神宮蔵平家一門肖像の像主は教盛、知盛、教経、経盛、資盛、信基、大納言典侍、帥典侍、治部卿局、廊御方の十名とするのが現行の比定である。しかしその像容の点からは、平家一門の容貌を示す史料は乏しく、また管見の限り赤間神宮像の比定に資する他の肖像は見出せない。鎌倉初期に制作された白描画「平家公達草子絵巻」が残るが人物の顔は「引目鉤鼻」で、比定に用いることは難しい。

平家一門の肖像は全身像でそれぞれ高麗縁の畳の上に坐す。公達は束帯姿で黒い袍を着用しているが、資盛とされる像のみ直衣で黄地の袍を纏っている。全員が垂纓冠を被り、手には尺を持つ。腰からは平緒を垂らし、袍の背後に白地の裾、下に白表袴、また白平絹の襪を履いている。公達の内三名は腰に太刀を差している。教盛とされる像は白髪・白髭を蓄え、額、口の周り、首元などに皺が目立ち、年老いた風貌を示す。次に多くの皺を顔に描くのは経盛像である。彼は教盛の兄で、壇ノ浦で没したとき教盛は享年五十八歳、経盛は六十二歳であるから、本来ならば経盛をより老いた風貌で描くところだが、教盛の方が年長風に描かれている。他の公達の顔には皺がなく、丸身を帯びた輪郭が強調され、若く表されている。壇ノ浦合戦時の彼らの年齢は二十五歳から三十四歳である（但し信基は不詳、五十歳に近かったか）。画家は壇ノ浦の時点での像主の年齢を基準に各肖像を描いたのであろう。平家一門肖像と共に祀られた安徳天皇の木像も同じく、数え八歳に相応する姿で表されている。

女房は幾重にも重ねた単の上に草花などの文様を散らした唐衣を纏い、草木花や流水文様の裳と紅い袴を着用している。廊御方とされる女房のみ扇を持つ。皆長い黒髪をそのまま下ろし、頬の辺りで髪の一部を揃える鬢削ぎをしている。白粉を塗った顔に引眉をして、女房にふさわしく身だしなみを整えている。女房たちの風貌は若く、皆同じくらいの年に見える。板貼本と掛幅本を比べると、顔の表情や姿勢は同様に描かれているが、装束の文様に特に多くの相違点が見られる。

前述の通り像主名に触れた記事の大半は先の十名を挙げるが、平時子、すなわち二位尼を像主の一人として紹介する記事もある。▼注[11]明和四年（一七六七）に阿弥陀寺に参詣した長久保赤水の『長崎行役日記』、天明三年（一七八三）の古川古松軒『西遊雑記』、同八年（一七八八）の司馬江漢『西遊日記』には、いずれも同様な表現で「二位尼内侍及び平家一族」の肖像があったと記載されている。▼注[12]文化元年（一八〇四）の林英存は「二位の尼、其他平氏公達の画図す」と記し、同四年（一八〇七）の伊沢蘭軒も「左右の障子に二位女公内侍」の肖像を見たという。▼注[13]これらはしかし実際に像主を確認した上で書いたものとは考え難い。平家肖像に関して同一か、もしくは類似の表現を用いている上、二位尼以外の像主名を挙げない点でも一致しており、何らかの共通の文章を下敷きにしたものと思われる。実際、二位尼は出家していて壇ノ浦合戦の時点では六十歳であるが、出家あるいは老年の風貌を示す女房像はない。画家が壇ノ浦合戦時の年齢と容貌を基準に描いたとすれば、二位尼の肖像が含まれているとは考えられない。

また先の十名に候補を限っても、掛幅本の貼札が示す像主名をそのまま受け容れるわけにはいかない。掛幅本は板貼本を写したものだが、その板貼本すら後述の通りおそらく別のセットの写しであり、模写が繰り返されるうち本来の像主名が誤って伝わった可能性は無視できないからだ。現実に、同様の誤りが前述「安徳天皇縁起絵」に見える。現存する八枚セットの「縁起絵」やその模本（欠落あり）は、先行して御影堂に置かれていた原本の模写と考えられているが、八枚揃いのセットでは絵の上部の色紙が誤った順序で写し取られ、色紙の詞書が画面の内容と一致しなくなっている。

では実際に肖像の像主名を記した文献を複数照合してみると以下の表の通りで、同じ十名のうちでも異同があることが判る。

表1　平家一門肖像の像主比定

像主向き	板貼本	掛幅本（一七九七）	集古十種（一八〇〇頃）	古画類聚（一八〇〇頃）	官国幣社古文書宝物目録 訂正前（一九〇二）	官国幣社古文書宝物目録 訂正後（一九〇七）	壇浦史蹟（一九一〇）
左	記載なし	教盛	教盛	教盛	教盛	教盛	教盛
左	記載なし	教盛	知盛	知盛	知盛	知盛	教盛
左	記載なし	経盛	経盛	経盛	経盛	経盛	経盛
右	記載なし	知盛	資盛	資盛	教盛	教盛	知盛
右	記載なし	信基	教盛	教盛	資盛	信基	信基
右	記載なし	資盛	信基	信基	信基	資盛	資盛
右	記載なし	廊御方	廊御方	廊御方	廊御方	廊御方	廊御方
右	記載なし	大納言典侍	帥典侍	帥典侍	帥典侍	帥典侍	帥典侍
左	記載なし	帥典侍	大納言典侍	大納言典侍	大納言典侍	大納言典侍	大納言典侍
左	記載なし	治部卿局	治部卿局	治部卿局	治部卿局	治部卿局	治部卿局

『集古十種』と『古画類聚』は十八世紀後半から十九世紀初頭にかけて松平定信が、各地に点在する絵巻物や肖像画、神像などを含む絵画・彫刻を谷文晁らに写生させ、それを模本としてさらに写したものを分類、編纂したものである。『集古十種』と『古画類聚』に収められた平家肖像もまた同じ模本に基づくもので、像主名は全て一致している。▼注[14] 実際、文晁とその一門の粉本・模本の中に『集古十種』と『古画類聚』の平家肖像の基になったであろう写しをいくつか確認することができる。これらは技量に優れ、多くは色彩が施されており、そうでないものも色彩や文様について細かい指示が記入されている。▼注[15]

『官国幣社古文書宝物目録』（以下『目録』）は、阿弥陀寺が廃され赤間宮が創建された後の明治三十五年（一九〇二）に、宮司諫早生二が同宮所蔵の宝物を山口県に報告した史料であり、平家一門肖像を始めとする素描も収録している。縦長の黒枠の中に各肖像を素描し、像主の官位と名前を記している。女房の装束にはさらに色や文様などに関するメモを加えている。素描の技量において『古画類聚』と『集古十種』に劣るものの、原本にあくまで忠実に描こうという姿勢が見られる。▼注[16]

『壇浦史蹟』は赤間宮禰宜であった鳴瀬嘉貞が明治四十三年（一九一〇）に出版した同宮の宝物を紹介する小冊子で、掛幅本平家一門肖像の写真を掲載し、御影堂内の肖像配置図も示している。▼注[17]

以上の比較を踏まえると、像主名が一定しているのは教盛、経盛、廊御方、治部卿局の四名のみで、その他六名は変遷がある。興味深いことに、『目録』の提出から五年後の明治四十年に諫早自身が訂正を加え、資盛と信基を入れ替えている。それぞれの官位と名を一重線で取り消してすぐ右横に訂正後の官位と名を付し、信基を資盛に改める際は諫早の訂正印も押されている。訂正の理由は定かでないが、この二名に関しては訂正後と『壇浦史蹟』が一致する。また『壇浦史蹟』の掛幅本の写真には付箋が見られ、不明瞭ながら現在のものと同一と思われるが、その場合大納言典侍と帥典侍の比定が付箋とは逆となり、鳴瀬がそうした理由も不明である。

現在資盛とされる肖像には他にも疑問点がある。まず、掛幅本の像を模したと見られるほぼ同一の肖像が加賀藩主前田利長の像として伝来しており、十九世紀に制作された魚津市歴史博物館本とその複製石川県立歴史博物館本の二点がある。▼注[18]なぜ平家の公達の肖像が利長とされるに至ったか、伝来の過程は不明である。その上、この像が資盛だとして、あるいは『古画類聚』『集古十種』の通り信基としても、両名とも四位以上であるから有職故実に従えば他の公達同様、黒色の袍が相当であるのに、この像のみ黄衣の袍を着用している。一方教経は黒い袍だが、正五位下の彼には許されないはずである。現時点ではこれらの点について論じるための材料を十分に持ち合わせないので、指摘するに留めたい。

最後に板貼本と掛幅本の来歴を考えておくと、まず特筆すべきは、以上四文献の掲げる写しがすべて掛幅本に基づいている点だ。これは両本の相違点である装束文様から判る。つまり『古画類聚』『集古十種』の時点からおそらく明治初年まで、現在の掛幅本が御影堂の障子を飾っていたことになる。『目録』によれば、廃仏毀釈で御影堂が解体され、その障子絵であった「安徳天皇縁起絵」と平家一門肖像は本来の場所を失ったが、赤間宮でも引き続き重要な品として扱われ、宮内省にて掛幅に改装されたとの経緯が伝わる。他方、板貼本の来歴は定かでないが、掛幅本より古く、両本の相似から、前者を後者が模したことはほぼ疑いがない。ところが板貼本は上の四文献に言及がないばかりか、文献上に明確に現れるのは平成二十四年の『赤間神宮宝物図録』が初出である。谷文晁らは板貼本の存在を知らなかったとも考えられるが、建物がことごとく建て替わった赤間宮移行期に神官がその存在を認知しなかったとは考え難く、その後『目録』までの間に忘却されたのであろうか。板貼本のかつての保存場所も明らかでない。この本の赤間宮・神宮期の来歴に関してはさらなる研究が待たれる。

一方で史料を逆に過去に遡ると、元文四年（一七三九）に阿弥陀寺別当増盈が作成した『赤間関阿弥陀寺来由覚』と『赤間関阿弥陀寺什物帳』に、「安徳天皇殿」すなわち御影堂に置かれた平家一門肖像の他に、もう一つ破損したセットがあったことが見える。[注19]両史料の内容から判断するとそのセットは、元来御影堂に収められていたが破損したため倉庫のような場所に移されたと思われる。『赤間神宮宝物図録』によれば、掛幅本は林洞山によって寛永九年（一七九七）に制作されている。[注20]とすれば、増盈が挙げる元文の二つのセットは掛幅本の先行品ということになる。破損した方のセットとは、十五世紀後半に宗祇によって拝され、十六世紀初頭の火災で危うく難を逃れたものであろうか。また享保七年に御影堂にあったのが現在の板貼本であろうか。これも今後の研究を待たねばならない。

4　肖像の配置

次に、平家一門の肖像がどのように配置されていたか検討する。阿弥陀寺で大規模な火災の後に再建のために作成された平面図、その他阿弥陀寺別当・赤間宮神官による文献、また参詣者の記録などを調べると、平家一門の画像が御影堂でどのように祀られていたか推測できる。まず、『阿弥陀寺類焼以前・以後之絵図』（一七三二年頃）[注21]、『長府領阿弥陀寺図』（一七三二年頃）[注22]、さらに『赤間関聖衆山阿弥陀寺境内先帝廟堂真景之図』（一八四一年）[注23]を参照すると、御影堂の位置やおおまかな外観と内部の構造・規模が判る。御影堂には四つの部屋があり、左側に縦列する二部屋が本殿（上段の間）と拝殿（下段の間）をなしている。また『壇浦史蹟』には肖像画が祀られていた部屋の平面図が掲載されており、それによれば上段の間の奥中央にある玉座に安徳天皇の木像が安置され、向かって左から廊御方、右から帥典侍の肖像に挟まれる形で祀られていた。さらに、左の障子には奥から大納言典侍、資盛、信基、教経、右の障子には治部卿局、教盛、知盛、経盛の肖像が並んでいたことが判る。すなわち平家の肖像は、部屋中央奥の安徳の木像をコの字型に囲むように、三面の障子に配置されていたのである。像主比定には前述の通り問題があるので多少の配置のズレも考慮する必要があるが、上段の間の様子を再現すると以下の二通り【図1・2】が考えられる。【図1】では現行の像主比定に、【図2】では『古画類聚』と『集古十種』の像主名に基づいて肖像を配置した。画像には、現存する平家一門肖像の中で最も古い板貼本と、御影堂に祀られていた安徳天皇木像（現在は御神体になっていて非公開）に酷似するとされる像の写真を使用した。

描かれた内八名は体と顔の向きを同じくするが、現在教経とされる像は体を右に向けながら首は左に曲げ、やや不自然な姿勢をとる。大納言典侍とされる像も体と顔の向きが一致しない。ただ、体の向きだけに注目すれば、【図2】においては十名とも中央上座の安徳天皇木像に体を向けている。特に女房四名のふわりとした装束はまるで両側から幼帝を包み込むかのようである。前述増盈の『阿弥陀寺什物帳』によれば、御影堂には安徳天皇木像と平家一門の肖像襖絵の他に一対の狛犬、紗障子、釣簾などの調度も収められていたことが判る。▼注[24] 部屋の大きさや調度品を含め肖像が祀られていた空間全体の様相を勘案すると、【図2】の方がバランスのとれた空間を作り出しているように思われる。

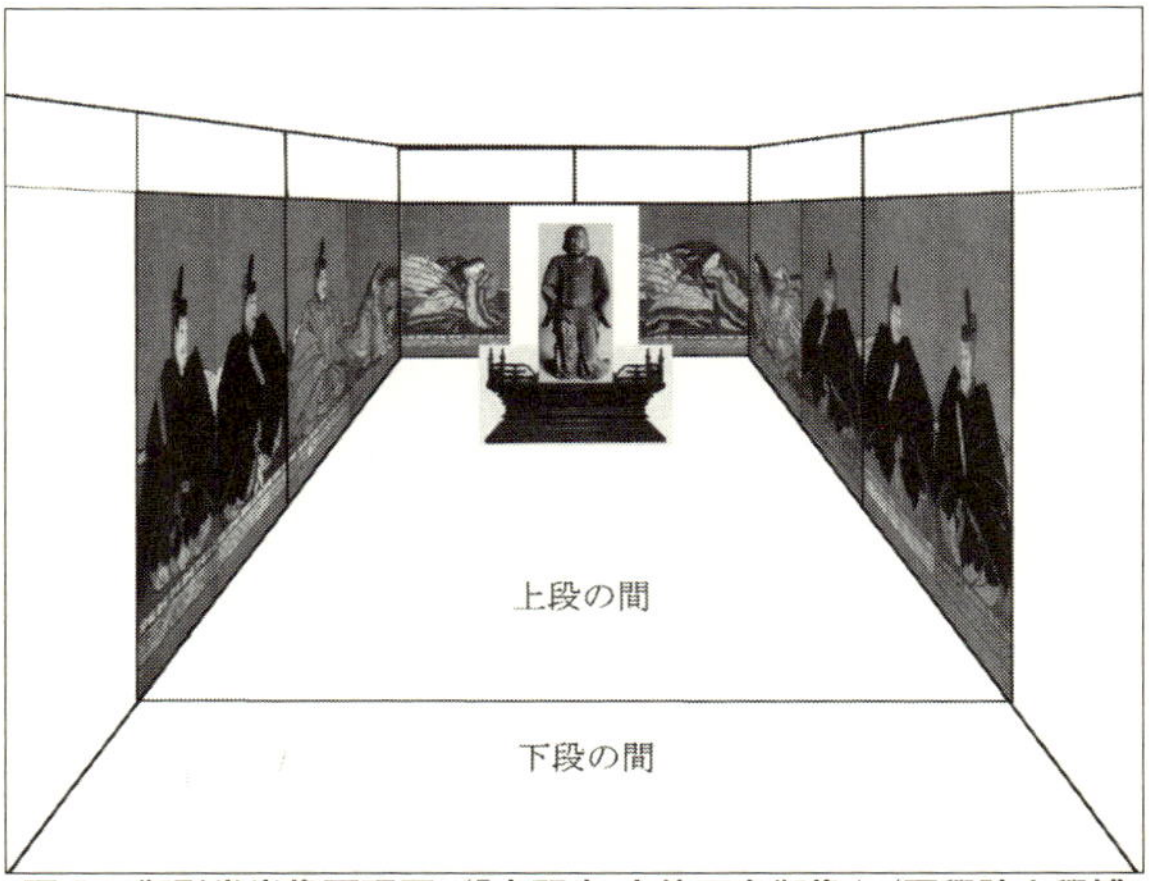

図１　御影堂肖像再現図（「赤間宮 安徳天皇御像」〈國學院大學博物館蔵〉と「平家一門肖像」〈赤間神宮蔵〉を用いて筆者が作成）

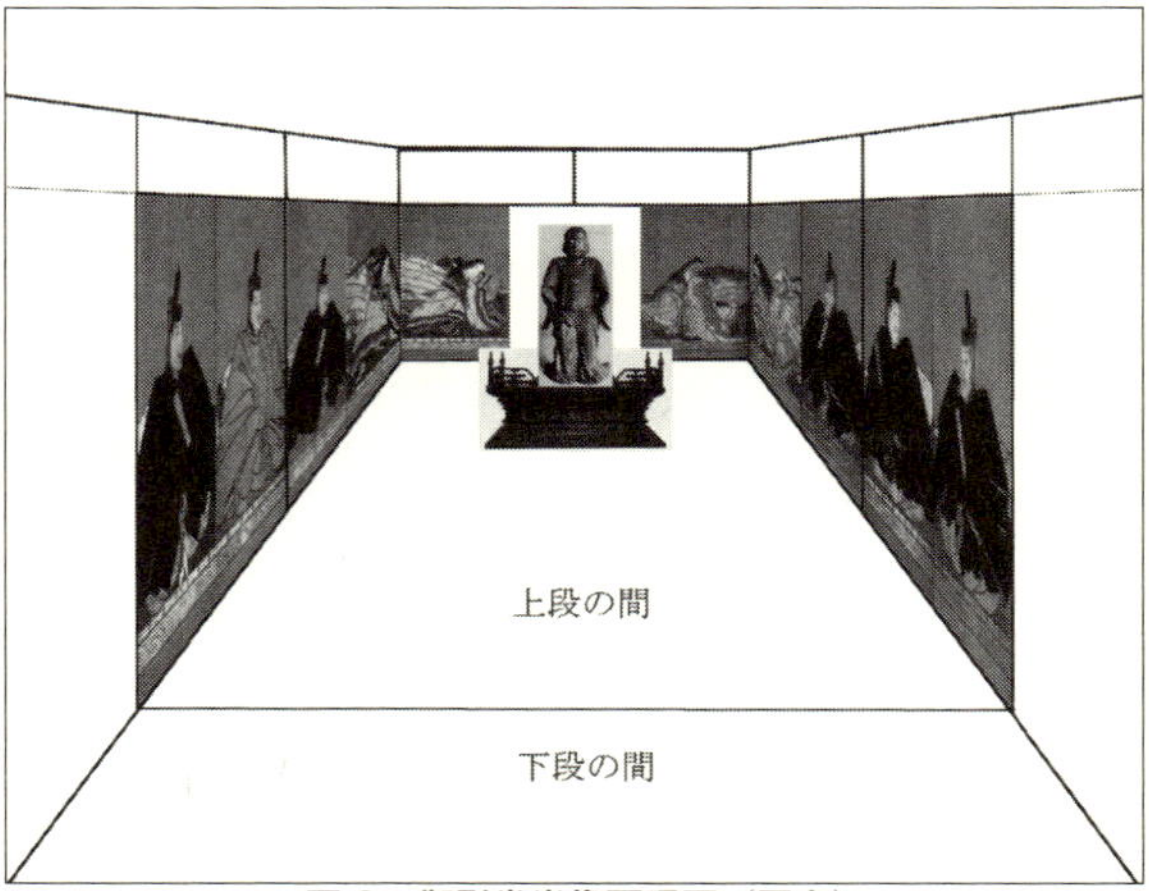

図２　御影堂肖像再現図（同上）

5　肖像の機能

このように天皇御影が親類に囲まれる形で安置されていたことは稀である。集団肖像画ならば、近世において戦国大名とその家臣団を描いたものが、家臣の供養や顕彰などを目的にしばしば制作されている。主君を上部中央に描き、その周囲あるいは下部に近臣を配し、身分が高い重臣ほど主君に近く、一掛幅に集合図像の形式をとる。しかしこうした図像はもちろん、安徳天皇の木像を囲んで複数の肖像を配する阿弥陀寺御影堂とは形式を異にする。また阿弥陀寺の像主の選択も異例であって、特に、天皇に仕えた女房が共に祀られることは他に例を見ない。

それではなぜ像主の十名が選ばれたのか考えるため、身分と役割に焦点を絞って彼らを簡単に紹介したい。▼注[25] 平教盛と経盛は清盛の異母弟。教盛は清盛の信頼が一門中で最も篤く、平家の栄進に多く貢献した。母の宗子が待賢門院の女房だった縁で後白河院の近臣も務め、正二位権中納言に昇り門脇中納言と称される。経盛は父忠盛の歌人としての側面を受け継ぎ、『新勅撰和歌集』や自らの歌集『経盛集』などに和歌が残る。伊賀守、若狭守、内蔵頭など歴任後、正三位参議に昇った。この兄弟は壇ノ浦で手を取り合って入水した。知盛は清盛の四男で母は時子、清盛の最愛の息子とされ従二位権中納言に至った。武勇に優れ奮戦したが、壇ノ浦では一門の最期を見届けた後、碇を担ぎ入水したという。享年三十四歳。資盛は清盛の長男重盛の次男で和歌に優れ、建礼門院右京大夫との恋愛はよく知られている。新三位中将とも称された。壇ノ浦の海で自害した時は二十五歳であった。信基は、兵部卿信範の子であるが生没年不詳。父信範の兄の娘に清盛の妻時子がいる。左衛門佐、左馬権頭、修理権大夫を経て正四位下内蔵頭まで進んだ。壇ノ浦では捕虜となり都へ戻された。教経は教盛の次男で正五位下能登守、数々の武功を挙げ剛勇の士として知られる。壇ノ浦合戦では一門の入水後も戦い続けたが、最期は剛力で名の通った源氏方の兄弟を道連れに入水、二十六歳であった。
大納言典侍は権大納言藤原邦綱の娘、輔子。清盛の五男重衡の妻で、安徳天皇の乳母であった。壇ノ浦では神鏡を携えて入水を図るが捕らわれて都に移送され、後に出家し大原の寂光院で建礼門院とともに平家一門の菩提を弔った。帥典侍は名を藤原領子といい、父は権中納言藤原顕時で母は平忠盛の娘である。大納言平時忠の妻であった。建春門院に女房として仕えた後、安徳天皇の乳母となり洞院局と称された。大納言典侍と同様、壇ノ浦で捕虜となり大原で一門の冥福を祈った。治部卿局は出自不明だが、知盛の正妻であり、子に知章、知忠、後堀河院女房中納言らがいる。守貞親王の乳母になる。平家一門と都落ちし、壇ノ浦で捕らわれて帰洛後、七条院に仕えた。廊御方は清盛の娘で、母は九条院に仕えた常磐。花山院兼雅の上臈女房となる。平家一門と共に壇ノ浦へ赴いたが、捕虜となり都へ送還された。

このように、像主十名は皆安徳天皇の親類で近臣であり、壇ノ浦まで幼帝と行動を共にしている。半数は入水し、残りは捕えられ都へ移送された。ここで注目すべきは、安徳の祖母や母が含まれず、代わりに乳母が像主に含まれている点である。安徳の准母であった藤原通子が含まれないことは、都落ちせず壇ノ浦まで幼帝に付き添うことがなかったためと説明もできようが、時子や建礼門院はそうはいかない。彼女らは安徳の最も近い血縁である上、時子は天皇を抱いて入水、建礼門院もその後を追って海に身を投げるというように、安徳のまさに最期の瞬間までを共にしているのである。実際前述の通り、江戸時代の旅行記の中には二位尼を像主に数えるものもあって、これは阿弥陀寺に平家一門と並んで二位尼の墓があることを混同したものかもしれないが、むしろ二位尼の肖像が安徳天皇像の傍らにあってしかるべきという意識が当時の人々の間にもあったことの現れであろう。安徳と並ぶ肖像に二位尼や建礼門院ではなく乳母を選んだことには制作者の明確な意図があったと考えねばなるまい。

かつて天皇や貴族の子女の養育は実母に代わって乳母が担うものであり、安徳の場合も少なくとも八名の乳母が文献上確認できる。うち二人は安徳誕生に先立って乳母に選ばれたが、これが像主に含まれる大納言典侍と帥典侍である。すなわち二人は幼帝の生涯に渡りその身の回りを世話したのであった。とりわけ帥典侍は安徳誕生時、臍の緒を切る儀や乳付の儀で中心的な役割を果たした。平時子も安徳の乳母と記録されるが夫清盛亡き後は平家一門を後見する立場にあり、建礼門院も実母とはいえ当時の乳母の役割に鑑みて実際に幼帝の養育に深く携わったとは考えにくい。

そこで阿弥陀寺御影堂における肖像の配置や像主と安徳天皇の関係を改めて考慮すると、像主は生前と同様死後においても幼帝に仕え続けるという役割を担っていたのではないだろうか。時子や建礼門院が一門像にあえて含まれなかったのはそこに理由があると思われる。玉座に立つ安徳のすぐ左右に女房が配されたのは身分の高さのゆえではなく、おそらくその役割、すなわち幼帝に最も身近く仕えたことによるのだろう。そもそも阿弥陀寺の御影堂は、安徳の極楽浄土での往生を希求して、追善と鎮魂を行うために建立されたのである。幼帝の魂に呼びかけ慰める儀礼のためには、彼の養護者たちの居並ぶ内裏を再現することが重要であった。とりわけ乳母二人を安徳の側に配したことには、彼があの世で苦しみから護られるようにとの願いが込められていたことであろう。

6　おわりに

赤間神宮に伝来する平家一門の肖像画は、元々障子絵であったが、現在は板貼本と掛幅本の形で保存されている。本稿では主にその像主と配置を論じた。その結果、現行の像主比定は必ずしも確実でなく、史料を遡って再検討する必要のあることが明らかになった。また一門像の像主と配置はその儀礼的意義と切り離して論じられないことも明らかになったであろう。一門の肖像は、かつて阿弥陀寺の御影堂に祀られていて、幼帝安徳を守護するかのように配置されていた。幼帝の誕生から死の瞬間まで身近に仕えた親族が像主に選ばれ、生前の内裏を再現する形で、死後も引き続き幼帝に奉仕する役割を担っていたと考えられる。

【注】

[1] 安徳天皇御影に限れば、文献上の初出は応安四年（一三七一）の今川貞世の紀行文『道ゆきぶり』まで遡る。

[2]『新校群書類従』第十五巻（名著普及会、一九七八年）。

[3] 赤間神宮『赤間神宮文書』（吉川弘文館、一九九〇年）。

[4]『新校群書類従』第十六巻（名著普及会、一九七七年）。

[5]『新校群書類従』第十五巻（名著普及会、一九七八年）。

[6]『新校群書類従』第十五巻（名著普及会、一九七八年）。

[7] 斎藤信訳『江戸参府旅行日記』（平凡社、一九九七年）。

[8] 佐竹昭広他編『本朝水滸伝・紀行・三野日記・折々草』（新日本古典文学大系七九巻、岩波書店、一九九二年）。

[9]『大田南畝全集』第九巻（岩波書店、一九八七年）。

[10] Naoko Gunji, "The Ritual Narration of Mortuary Art: *The Illustrated Story of Emperor Antoku* and Its *Etoki* at Amidaji." *Japanese Journal of Religious Studies* 40:2 (2013), 203–245.

[11] 現在認識されている平家像主名の他に、平有盛を含む文献もある。江戸後期の商人、高木善助の『薩陽往返記事』には「其左右襖に、知盛・有盛・経盛・教経など一門の束帯の図あり」という記述がある。『日本庶民生活史料集成』第二巻（三一書房、一九六九年）。有盛は重盛の四男で、従四位下右近衛少将まで昇ったが、壇ノ浦で戦死した。

[12]『日本庶民生活史料集成』第二巻（三一書房、一九六九年）。『日本紀行大集成』第一巻（日本図書センター、一九七九年）。

[13]『近世紀行集成』（図書刊行会、一九九一年）。『伊沢蘭軒全集』第七巻（オリエント出版社、一九九八年）。

[14] 東京国立博物館『古画類聚―調査報告書』（毎日新聞社、一九九〇年）、東京国立博物館、画像検索、（画像番号）C0029468 から C0029471。『集古十種　古画肖像之部　上』（国書刊行会、一九〇八年、国立国会図書館デジタルコレクション）。

[15] 教盛像、経盛像と四人の女房の像が東京大学に、教経像（掛幅本では信基にあたる）が早稲田大学にある。東京大学東洋文化研

究所東アジア美術研究室東洋学研究情報センター『谷文晁派（写山楼）粉本・模本資料データベース』、早稲田大学『古典籍総合データベース』参照。画風と折り線の跡から、七枚とも同一の画家により制作され同じ工房に保存されていたことが推測できる。このうち教盛像の右下隅には信基と書かれた貼札があるが、おそらく後世に貼られたものと考えられる。他の像には貼札もその跡も見られない。


［16］山口県立文書館（資料番号：戦前A社寺172）。

［17］山口県立文書館（資料番号：吉田樟堂822）。

［18］石川県立歴史博物館『徳川将軍家と加賀藩』（二〇一〇年）。

［19］山口県立文書館編『防長寺社由来』第七巻（一九八六年）。

［20］水野直房監修・佐野みどり企画・編集『赤間神宮宝物図録』（下関・赤間神宮、二〇一二年）。

［21］山口県立文書館（資料番号：58絵図1085）。

［22］山口県立文書館（資料番号：袋入絵図276）。

［23］山口県立文書館（資料番号：一般郷土資料228）。

［24］山口県立文書館編『防長寺社由来』第七巻（一九八六年）。

［25］平家一門については、角田文衞監修『平安時代史事典』（角川書店、一九九四年）を主に参照。


【付記】貴重な資料の提供と利用許可を賜りました赤間神宮名誉宮司水野直房氏ならびに國學院大學研究開発推進機構に御礼申し上げます。

【コラム】

詩は絵のごとく

──プラハ国立美術館所蔵「扇の草子」の翻訳本刊行の意義──

安原眞琴

二〇一六年十一月、チェコのプラハ国立美術館に所蔵されている「扇の草子」が、プラハのカレル大学出版局から、"A Book of Fans: Ōgi No Sōshi" と題して出版された【図1】。「扇の草子」が、一作品まるごと原寸大のカラー写真で、英語で世界に紹介されたのは初めてのことである。

共著者は三名。企画、制作をはじめ、主な執筆を担当したのは、プラハ国立美術館の学芸員をされていたヘレナ・ホンクコバさん。それに、カナダのブリティッシュコロンビア大学教授のジョシュア・モストウさんが協力し、微力ながら私も参加させていただいた。

図1 『A Book of Fans』表紙

本書は、チェコとカナダと日本という三国にまたがる個々の研究者が、十年ほど前から協力し合いながら完成させた、一般読者も楽しめる研究書である。近年、人文科学系の研究分野でもグローバル化が進みつつあるが、本書はその先駆的な著作と位置付けられるかもしれない。

内容は、二部構成になっている。第一部の「扇の草子」編には、プラハ国立美術館所蔵の「扇の草子」の影印、翻刻、翻訳、注釈を収め、第二部の「論文」編には、五編の論文が掲載されている。

ここで、少し「扇の草子」について紹介しておきたい。それは、挿絵として描かれた扇絵と、その周囲に散らし書きされた、扇絵に関連する和歌からなる、〈扇絵の和歌集〉といった体裁を有する絵本や絵巻、画帖などの作品群の総称である。

十七世紀前後に盛んに制作、享受されていたらしく、管見でもその頃の伝本を五十本以上確認しており、今なお新出の伝本が巷間などから発見され続けている。最近では二〇一六年にも一本落掌したが、これについては別の機会にあらためて報告したい。

その後「扇の草子」は、急速に衰退したようで、江戸前期を降ると思われる作品は数点ほどしかない。再び着目されたのは江戸後期で、柳亭種彦（一七八三〜四二）が『用捨箱』（天保十二年〈一八四一〉刊）に考証資料として一部を掲載した時である。しかしまた歴史に埋もれ、昭和になってポツポツ注目され始めるも、研究対象にされたのはごく最近になってからである。そのため研究史もごく浅い。

なぜ、十七世紀前後に盛行し、その後衰退したのかや、どのように享受されていたのかなどは、いまだ詳らかではない。明確に証明できる史料が、まだ見付かっていないからである。

唯一の確証と言えるのは、東京国立博物館所蔵の「月次風俗図屏風」である。ここからは、「扇の草子」の制作年代や享受者層、享受方法など、極めて多くの有益な情報が得られるが、絵画資料ゆえ、それ以上の詳しいことは判らない。

また、『十本扇』や『はいかい』絵巻などのお伽草子や、準古記録と言うべき『室町殿日記』などにより、次のようなことが想定できる。それは、冊子本や絵巻といった、いわば文学作品のごとき体裁を有するが、「文学」というよりはむしろ「遊び」と近しい関係にあり、主な享受者層は、公家乃至は富裕な町人の子どもや女性たちであったということである。

つまり、十七世紀前後に、扇絵を見せて、その絵が何を描いたものかを歌で当てさせるといった謎々に似た遊びが、公家や富裕な町人の婦女子の間で盛行しており、「扇の草子」はその遊びの記録のような作品と想像されるのである。

プラハ国立美術館所蔵の「扇の草子」の特徴にも簡単に触れておこう。これは、二〇〇三年の拙著『『扇の草子』の研究―遊びの芸文』（ぺりかん社）刊行時までに管見に入った伝本のうち、収載された和歌と扇絵の数が最も多かった伝本である。

また、現在は二十枚の断簡として伝存するも、もとは大型奈良絵本のごとき袋綴の冊子本の体裁を有していたことが、近年の表紙の発見により確認されている。

そして、半丁ごとに、三首の和歌と三つの扇絵が、上段、中段、下段に配されており、扇絵には、五扇の水墨画風の絵を除き、鮮やかな彩色の、いかにもおおらかな奈良絵本風の絵が描かれている。各扇絵の周囲に散らし書きされた和歌の、ダイナミックな仮名の書体とも相俟って、なんとも愛らしい逸品である。

では、話しをもとに戻そう。まず、本書の第一部に目をやると、右頁に「扇の草子」の影印が、半丁ずつフルカラーで掲載され、左頁にその翻刻、翻訳、注釈が記されている。しかも歌には、日本語とローマ字と英語で、翻刻と翻訳がほどこされている【図2】。「扇の草子」には、『古今集』や『新古今集』などの有名な古歌が多数収められているが、近年ではこのような和歌さえ日本人でも理解し難くなっているので、本書は海外はもとより、日本の学生への教育にも役立つのではなかろうか。

ただしここには、ホンクコバさんのある思いも込められている。それは、世界的な共通語としての英語を主軸としながらも、グローバル化に無批判に与するのではなく、本来の意味での国際的な研究協力、すなわち多様性を重視することである。

そのため当初はチェコ語の翻訳も入れる予定であったが、本書の完成には何年もの歳月を要したので、その間に何らかの理由があって変更されたようである。もしそれが実現していれば、親日国として知られるチェコの読者にも、より親しみやすいものになっていただろう。多言語化は、今後さらな

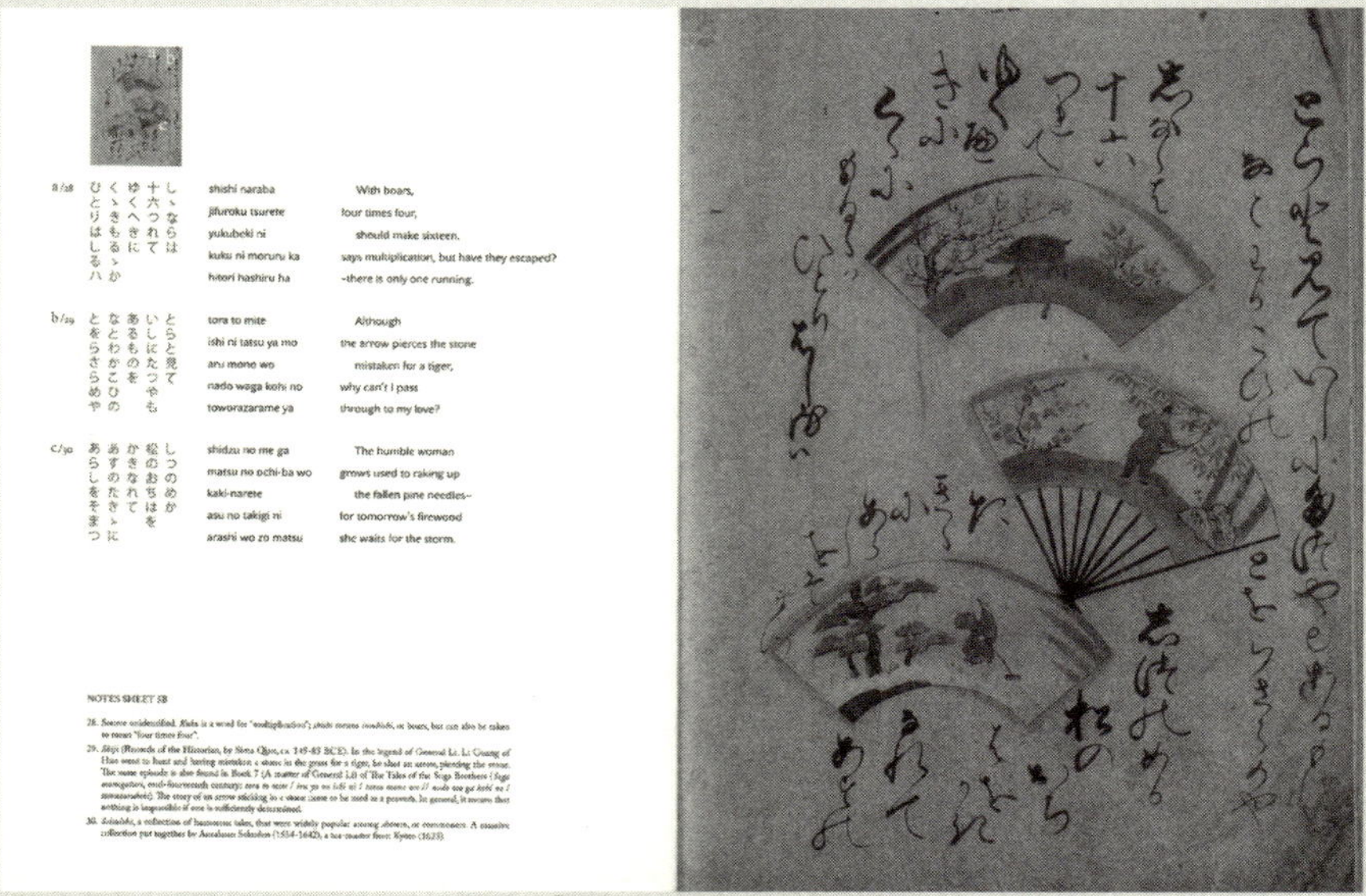

図2 『A Book of Fans』版面

る向上と普及が期待される自動翻訳に委ねたい。

さて、「扇の草子」の英訳と注釈は、主にモストウさんが担当した。本務校であるブリティッシュコロンビア大学の日本研究の授業で、大学院生にたたき台を作らせたとのことで、私はどうしても解釈できなかった歌についてのみ、多少のアドバイスをさせて頂いた。

例えば、「ししならば十六連《つ》れて行くべきに　九九にもるるかひとり走るは」という歌がある。「扇の草子」には、このような、現在では忘れられているが、十七世紀前後には多くの人々が口ずさめたと思われる俗謡のような歌も、少なからず含まれている。

これは、猪の「しし」と九九算の「しし」の掛詞になっている駄洒落的な歌で、日本人ならば容易に読み解けると思われるが、他言語文化圏の方には、「ししじゅうろく」という言葉がすぐには思い浮かばなかったようである。日常的なささいな言葉や、それを使った言葉遊びこそ、翻訳が難しいことが知られる。

次に、第二部の「論文」編に目を転じよう。五編の論考のうち、私とモストウさんは〝『扇の草子』を知るための手引き〟といった内容を一編ずつ執筆した。私は、成立事情や位置付けについて述べ、モストウさんは「扇の草子」に収められている和歌以外の歌—例えば連歌や能（謡曲）の歌謡—について言及した。

その他の三編を執筆したのは、ホンクポバさんである。最後の第五編は、プラハ国立美術館の東洋美術のコレクションの礎を築いたヨエ・ホロウハ（一八八一～一九五七）に関するもので、コレクションの成り立ちや二十世紀初頭の世界的な文化状況なども知られて興味深い。

それ以前の二編には、〝日本和歌史〟と〝日本美術史〟がまとめられており、特に後者では「和歌を伴う絵」に焦点が当てられている。共に文学史と美術史にまたがる新たな視座が提示されており、有益な示唆を受けることができる。

以上の論考もさることながら、第二部の圧巻は、なんといっても豊富なカラー図版だろう。それぞれの論文には参考図版として、各国の美術館や個人蔵の貴重なお伽草子や絵巻、古筆切、版本、浮世絵などが、オールカラーで多数収められている。

一例をあげれば、大英博物館所蔵の伝土佐光信画『四十二の物あらそい』絵巻や、東京国立博物館所蔵の『時代不同歌合』の白描絵巻、プラハの個人蔵の『酒呑童子』絵巻、フリーア美術館所蔵の「石山切」、メトロポリタン美術館所蔵の本阿弥光悦と俵屋宗達の手になる「歌切」などを見ることができる。

なかでも最も注目されるのは、『三十六歌仙』である。

十六世紀末に町絵師によって制作されたと思われる、古雅な中にも味のある歌仙絵が、一頁に一枚ずつ大きく掲載されている。そしてなんと、このプラハのアルチンボルト・ギャラリーに所蔵されている『三十六歌仙』は、本書が初公開とのことである。

　掲載された六歌仙の名前をあげれば、「中務」「平兼盛」「紀友則」「源公忠」「藤原敦忠」「小大君」である。本書にはもちろん、歌仙絵だけではなく、それぞれの和歌も掲載されており、「絵」「歌」「書」をセットで楽しむことができる【図3】。

図３　平兼盛（『A Book of Fans』より）

　さらに、第二部の論考と図版の和歌にはすべて、第一部と同様、ローマ字と日本語の翻刻及び英訳が付いており、また、巻末には語句索引の他に、第一部と第二部それぞれの和歌の初句索引も完備されているので、「和歌」や「和歌と絵画の関係性」の研究、教育にも至便である。

　古代ローマの詩人ホラーティウスの『詩論』の一節「詩は絵のように（ut pictura poesis）」は、〝詩は絵のごとく〟〝画文一如〟などと訳されながら、西欧の視覚文化の詩学と美学の相関関係の理論化に、今日まで影響を及ぼしている。

　一方、日本の視覚文化における詩と絵の関係性、特に前近代のそれは、いまだ研究が進んでいるとは言いがたい。本書は、今後、西欧とは歴史的文脈を異にする日本のそれへの理論化が試みられる際、重要な手引き書になるものと思われる。

【コラム】鬼の「角」と人魚の「尾鰭」のイメージ

琴　榮辰

1　鬼の「角」

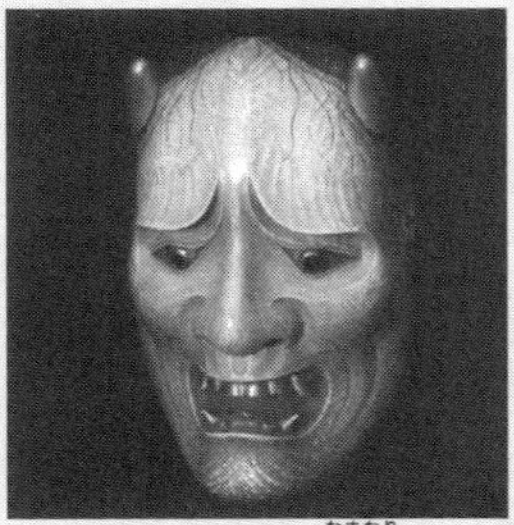
図1　能面「生成《なまなり》」

図2・図3　『酒天童子絵巻』（国際日本文化研究センター蔵）

図4　鬼面紋鬼瓦（京都市埋蔵文化財研究所蔵）

鬼のトレードマークと言えば、なんといっても牛の角と虎の毛皮のパンツ、それに金棒であろう。そして鬼の角の場合、日本人なら誰しも、節分に目にする赤鬼の角を思い浮かべるはずである。すなわち、嫉妬して角が生えはじめた女の形相を表現した能面「生成」の短い角をイメージするわけである【図1】。

ところが、国際日本文化研究センターが提供する「日本の怪異・妖怪画像データベース」を覗いて見ると、意外に長い角を持つ鬼が多いのが分かる【図2・図3】。平安時代の鬼瓦に見る牛角のような短い角とか【図4】、逆に能面「般若」、「真蛇」の長い角などを見て分かるように、【図5・図6】鬼の角の長さは一概には言えない。

そして日本と同様、韓国にも長い角を持つ鬼のイメージが存することに気づいた。慶尚南道梁山市に位置する通度寺の「五戒守護神将圖」屏風（一七三六）に描かれている神将（一番右側）の長い角がまさにそれである【図7】。現代の韓国人は、どうしてもバイキング海賊の兜に見るような、短くて内側に捻じれている、牛の角を連想しがちなので、こうした

図５　能面「般若」

図６　能面「真蛇」

図７　通度寺（慶尚南道梁山市）「五戒守護神將圖」屏風（1736）・神将（右側）

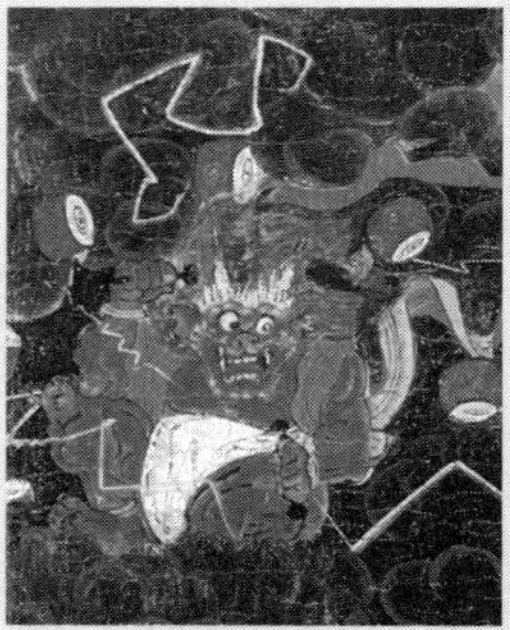
図８　『北野天神縁起絵巻』第六巻・雷神

長い角は珍しい。そして面白いのは、通度寺の神将の角のイメージは、『北野天神縁起絵巻』第六巻などに登場する雷神のそれとも非常によく似ている点である【図8】。ところで、両者は一見、同じであるかのように見えるが、実は重要な相違点がある。通度寺の鬼は角の先が若干捻じれているが、日本の雷神の角は真っ直ぐ伸びているのがそれである。これは一見、それほど重要な違いではなさそうにも見えるが、実はこの違いこそ、両者が根本的に異なることを表す。すなわち、韓国の人がイメージする一般的な鬼の角の形は、長かれ短かれ、基本的には先が曲がっている。そして、そのモデルになった動物としては、当然ながら牛頭のモデルになった牛がまず挙げられよう。

一方、日本の場合、牛頭、あるいは般若の角のように、先が捻じれた形だけでなく、雷神の角のように真っ直ぐ伸びた角を持つ鬼も決して少なくはない。節分に目にする赤鬼の曲がっていない短い角を始めて見た時、筆者はなぜ曲がっていないのか不思議に思ったが、曲がっていないタイプもそんなに珍しくはないのである。そして、ここに更なる疑問が湧いてくる。【図2】【図3】で挙げたこの連中の鬼の角はなぜ後ろを向いているのかがそれである。

動物の世界で後ろを向いている角は、他の猛獣から攻撃を受けた際、あまり役に立たず、いわば防御力にかけているとしか言いようがない。ところが、このタイプの鬼を見てみると、そんなに鋭くもない角が真っ直ぐに後ろを向いている。山羊の角なら突き当り攻撃もできそうだが、鬼の角としてはそれほど出来の良いものとは言えない。それほど威嚇にもならないこうした角をなぜ日本の鬼はもつようになったのか不思議でならない。そこで、その理由を解くべく、そのモデルになったであろう動物を推定してみた。

筆者は一応、その候補として龍を想定した。もちろん、これには反論もあるだろう。周知の通り、龍の角は鹿の角からなっている。そして、典型的な龍の角の形は、鬼のそれとは違って、枝分かれしており、まさに成長した鹿の角そのものである。どう見ても両者は形が違う。とすると、枝分かれせず、後ろを向いている角を持っている龍をモデルにしたと見たらどうだろう。

実際、小鹿のそれと思しき龍の角のイメージはいち早く日本人の頭の中に入っていたと見られる。海北友松画「雲竜図」（一五九九）「建仁寺方丈障壁画」に見える、枝別れもせず、その上、後ろに向けて真っ直ぐに伸びている龍の角はその好例である【図9】。

こうしたタイプの角が中国宋朝の陳容画「九竜図」（一二四四）などにも見えることから【図10】、一応、中国からそのイメージが伝わってきたであろうことが推察できる。いつからなぜ龍の角の形がこのように変わったのかは知らないが、こうした新たな形の龍の角が日本人の持つ鬼の角のイメージにも、影響を及ぼしたのではないかと考えられるわけである。

新たなタイプの龍の角が鬼の角のモデルになった理由としては、やはり身近な十二支動物の角からそのイメージを得たからであろう。周知の通り、十二支動物の中で角を持っているのは牛と龍だけである。もちろん、山羊を羊として考えると、山羊の角をモデルにした可能性が全くなくもない。筆者も最初は、山羊を念頭において研究を始めたほどである。なぜならば、表鬼門に当たる丑と寅の方角を表す牛と虎がそれぞれ鬼の角とパンツのモデルになったとすれば、裏鬼門に当たる未の方角を表す羊を意識して山羊の角をモデルにしたと見るのも決しておかしくはないからである。

ただし、山羊の角は先が曲がっており、その点で先が曲がっていない龍の角とは根本的に異なる。また、山羊の角は先が鋭く尖っているが、龍の角はまるで棒みたいにそれほど鋭くもない。【図2】【図3】に見る鬼の角はどう見ても山羊の角には見えない。

もちろん、能面「真蛇」の角のように、先が曲がらず、真っ

図9　海北友松画「雲竜図」（1599）「建仁寺方丈障壁画」

図10　中国宋朝の陳容画「九竜図」（1244）

直ぐ伸びている鬼の角はいくらでもあることから、こうした鬼の角のモデルを真蛇から求めるべきではないかという反論もあるかも知れない。ところが、この場合、なぜ鬼の角がよりによって後ろを向いているのかという疑問に対する説明ができない。また、なぜ真蛇の角のように鋭くないのかという疑問にも答えられない。鋭くもないし、曲がってもないし、その上、後ろを向いている棒みたいな角を日本の鬼が持つようになった理由として、新たなタイプの龍の角をモデルにした可能性は言えないだろうか。

日本の鬼の角の形に影響を及ぼしたと推定される枝分かれしていない新たな形の龍の角のイメージは、今日、日本のアニメ『千と千尋の神隠し』に登場する、コハク川の龍神「ハク」からもなお確認できる【図11】。成長した雄鹿の枝分かれしている角は、古くから麒麟や龍の角として描かれてきており、韓国人にとっては馴染み深いものであって、そうした目線から見ると、枝分かれしていないハクの角にはやはり違和感を感ぜざるを得ない。当然、後ろに向けて真っ直ぐ伸びている日本の鬼の角も異様に見える。そのことは『ハリーポッター』シリーズに登場する、炎を吐く龍「ゴブレッド」の頭にある数多くの角（実は棘）に馴れている西欧の人も同じであろう。ところが、こうした事情が分かれば、なぜ防御力にかけているああいう棒みたいな角を日本の鬼は持つようになったのかという疑問が自然に解けるのである。

図11　コハク川の龍神「ハク」
（『千と千尋の神隠し』（2001）より）

図12　江戸時代の瓦版

2　人魚の「尾鰭」

人魚と言えば、どうしても子供の頃読んだ『アンデルセン童話』に登場する、「姫」としての人魚のイメージが先に思い浮かんでくる。ところが、本章で主に扱うのは、「妖怪」としてのイメージを持っている人魚である【図12】。江戸時代の瓦版に出てくる、角が生えている人魚のこの姿は、筆者にとって非常にインパクトのあるものであった。

そして人魚のイメージは韓国にもあるのはあるが、用例がまず少なく、そのイメージも日本のそれとはかなり異なる。

慶尚北道永川銀海寺の百興庵須弥壇に刻まれている老人の人魚（背びれは赤い鬣か）はそのいい例である【図13】。『山海経』に見える赤鱬の類であろう。年取った老人がエイとか猪に変化したという話が韓国古典の世界に見られることを踏まえて考えると、▼注[1]人魚を若い女性ではなく、老人として描くことはそれほど珍しくはない。

他に、『東史綱目』附録下巻「濊考」に、韓国東海岸の浦項市から約二七〇km離れた蔚陵島に嘉支魚なる四足を持つ人魚がいるという記事が見える。『山海経』に見る陸漁のイメージが重なる。また、『海東繹史』巻四十「交聘志」八には、『甄異記』を再引用した人魚の記事が見える。高麗を訪れた中国の使者が、婦人の顔をした、赤い鬣を持っている水中の人魚を助けたという内容がそれである。老人人魚の例を除くと、韓国における人魚の尾鰭の形の画像のイメージはまだ確認していない。ただ、中国の『山海経』や『三才図会』などに散見する人魚をはじめ、日韓中におけるその尾鰭のイメージは大同小異である。

さて、今日ディズニーアニメに登場する人魚姫は尾鰭の先が二つに分かれていることが多い。映画「リトル・マーメイド」（一九八九）はそのいい例である【図14】。そして、形は多少異なるものの、尾鰭が二叉に分かれている人魚のイメージは日本にも存する。西国の観音霊場三十三ヵ所を描いた、二代目広重・三代目豊国の錦絵「観音霊験記三十二番」（近江国観音寺）に見える人魚の尾鰭がそれである【図15】。紙幅

図13　老人の人魚
（慶尚北道永川銀海寺百興庵須彌壇）

図14　映画「リトル・マーメイド」
（1989）より　©ディズニー

図15　「観音霊験記三十二番」
近江国観音寺（国立国会図書館蔵）

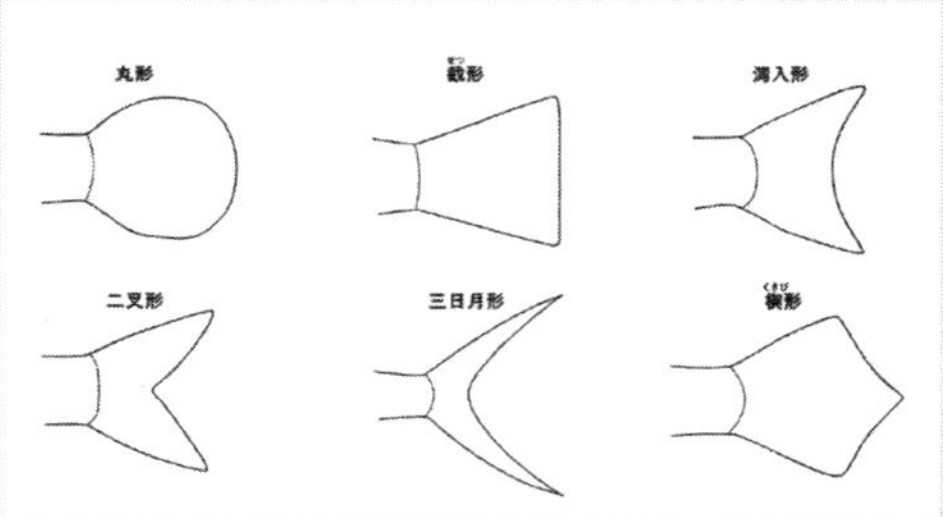

図16　ひれの形と名称

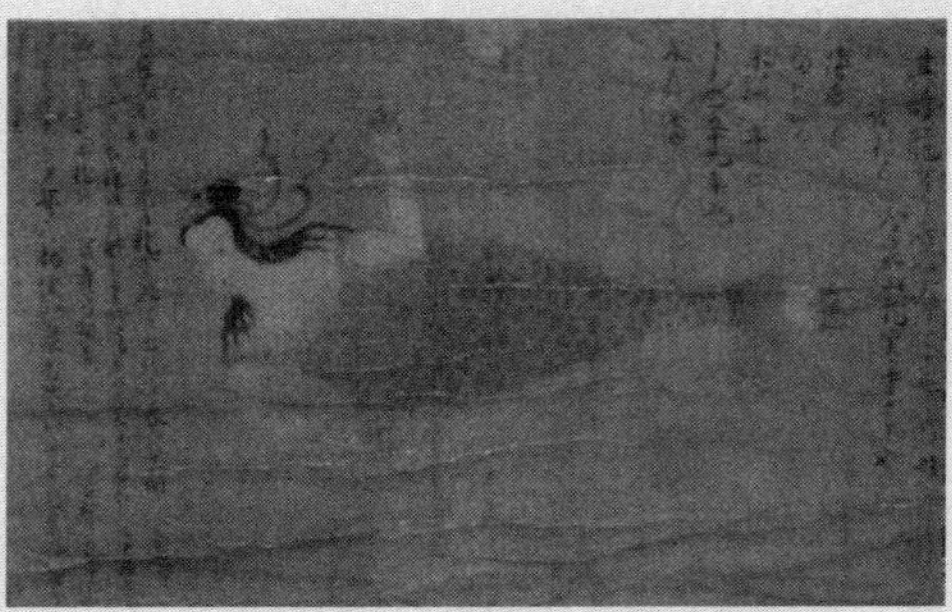
図17　「人魚図」（龍宮寺・福岡市博多区）

の関係上、人魚の肉を食べて八百歳まで長生きした八百比丘尼伝説はここで触れない。ただ、西王母の不老不死の薬を盗んで食べた罪でガマガエルになったという中国の嫦娥伝説をも想起させる点でこの絵は興味深い。

ちなみに、魚の尾鰭はその形によって六種に分けられるが▼注[2]【図16】、必ずしも全ての人魚の尾鰭がこうした二叉形とは限らない。実際、福岡市博多区に位置する龍宮寺の掛軸に見る人魚の場合、截形《せっけい》である【図17】。尾鰭の形から見れば、龍宮寺の掛軸に見る人魚の尾鰭はそれほどスピードが出そうもない。

龍宮寺の人魚がなぜ遊泳能力の落ちるこうした尾鰭を持つようになったのかは定かでない。ただし、尾鰭についている丸いものから出る三つの炎がどうしても気になる。これの正体をまだ把握してはいないが、そのモデルになった存在がもともと空を飛ぶ天女（観音）であった可能性が考えられなくもない。

なぜならば、韓国全羅南道康津に位置する無為寺極楽殿の「内壁四面壁画」には、天女の空を飛ぶ姿を描いた「奏楽飛天図」が見えるが、その天女の下半身からも二つの炎が見えるからである【図18】。龍宮寺の掛軸の人魚は、泳ぐのではなく、空を猛スピードで飛んでいるような気がしてならない。

さて、筆者が人魚の尾鰭に関心を持つようになったきっかけは、スターバックスのロゴに見える人魚セイレーン（もともとは鳥の形をしている）の尾鰭が二本であって、さらに尾鰭の先も二叉であることに気づいてからである【図19】。古代ギリシャ神話や西欧のいろんな人魚のイメージを調べてゆくなか、蛇女メリュジーナとセイレーンがミックスされた妖怪の二本の足がそのまま人魚の二つの尾鰭に変わったことが分かったが、このような二本の尾鰭を持つ人魚が日本にもあったことには驚いた。歌川豊国画、山東京伝『於杉於玉二身之仇討』（一八〇七）に見える海童がそれである【図20】。

この人魚は、船底を突き抜く「かぢとほし」、すなわち、カジキという悪魚を食べてくれる優しい妖怪であるという。海童が口にくわえている魚の尾鰭が低生魚類に多く見られる尖形であって、スピードの早いカジキのそれとは形が違うのは気になるが、海童の尾鰭の形がもっともスピードが出せる三日月形であることから、この絵は一応合っている。もし、海童が口にくわえている魚の尾鰭が三日月形で、逆に海童の尾鰭が尖形であったり、あるいは人魚の尾鰭に見る普通の湾入形ないし二又形であったとすると、この絵は嘘になるわけである。それは、三日月形の尾鰭でないと、三日月形の尾鰭を持つ魚は絶対に捕まえられないからである。

いずれにせよ、海童の尾鰭のモデルになったのは、もっとも早いスピードが出せる三日月形の尾鰭を持つ外洋の魚であったはずである。もし、人魚は海の底に住んでいるということを科学的に意識したならば、世界の人魚の尾鰭は尖形になったかも知れない。余談だが、もし、世界の伝説の全ての人魚が出場する水泳大会が開かれるとしたら、海童の上位入賞は間違いないだろう。

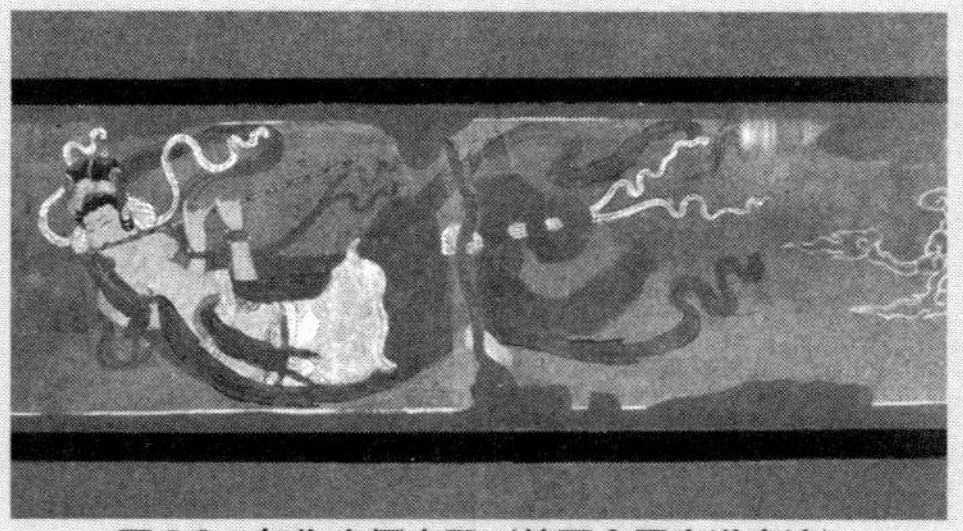

図 18　無為寺極楽殿（韓国全羅南道康津）「内壁四面壁画」・「奏樂飛天図」

図 19　スターバックスのカップ

図 20　海童図
歌川豊国画・山東京伝『於杉於玉二身之仇討』

＊

鬼の角の先が曲がる、曲がらないとか、枝分かれしている、していないとはごく枝葉的な問題かも知れない。人魚の尾鰭の形がああだこうだというのもそうである。ところが、そこには日本古典の世界に現れた、日本人が想像したイメージの回廊をキーワードごとに分けて世界文学につなげる可能性が含まれている。鬼の角や人魚の尾鰭の形をめぐる本考察は、「形」というキーワードで日本の妖怪のイメージを世界に繋げようとした小さな試みなのである。そしてさらに、「形」だけではなく、「数」で妖怪を眺めることも可能である。

たとえば、日本の妖怪は指が三本であることが多い。人間の智慧と慈悲がないことから指が五本ではなく三本であるという理由はどうであれ、日本の妖怪は三本の蝋燭をつけた五徳を頭に被って丑の時参りをしたり、三つの目、あるいは合わせて三つの手と足で走ったりもする。そして、三本の足を持つ三足烏（八咫烏）をはじめ、韓国の三足狗、三足蟾、三頭鷹、さらに西欧の三頭犬、ケルベロスをも含む想像の動物、あるいは妖怪の世界を数字三というキーワードでつなげることができるのである。今後の課題にしたい。

【注】

［1］任埅の著した『天倪録』（一七二四年以前成立）第十九話には、病を患った父が川でエイに変化し、両足と爪、歯だけを残して海に泳いで行ったという話が見え、さらに第二十話には、年取った父が豚に変化したという内容が見える。

［2］尾鰭の形によってそれぞれ、円形はハタ類などの岩礁定着性の魚類、截形や尖形は低生魚類、湾入形や二叉形は遊泳力のかなりある魚類、三日月形は外洋層を高速遊泳する魚類に分けることができる。

【資料出典】

・図1・5・6　小林保治他編『カラー百科 見る・知る・読む 能五十番』（勉誠出版、二〇一三年）、図4『日本の美術391 鬼瓦』（至文堂、一九九八年）、図8　小松茂美編『続日本の絵巻15 北野天神絵巻』（中央公論社、一九九一年）、図9『水墨画の巨匠 第四巻 友松』（講談社、一九九四年）、図10『ボストン美術館東洋美術名品集』（日本放送出版協会、一九九一年）、図12　笹間良彦『図説・日本未確認生物事典』（柏美術出版、一九九四年）、図16　望月賢二監修『図説　魚と貝の事典』（柏書房、二〇〇五年）、図20『山東京傳全集』第六巻（合巻1、ぺりかん社、一九九五年）。

・図7　慶尚南道有形文化財第二八一号通度寺五戒守護神将図、図13　宝物第四八六号永川銀海寺百興庵須弥壇、図18　宝物第一三一五号無為寺極楽殿内壁四面壁画の資料3点は、いずれも韓国文化財庁のホームページに載っているものを利用したことを断っておく。

【コラム】肥前陶磁器に描かれた文学をモチーフとした絵柄

グェン・ティ・ラン・アィン

私はこれまで、日本の陶磁器の調査・研究、とりわけ、肥前陶磁器の生産発展史と海外との交流に関する研究を続けてきた。その原点には、日本人の社会生活に関連して、精神文化（生け花など）・物質文化（食器など）における陶磁器の役割や使用法についての関心が存在している。

陶磁器は人々の生活との関係のなかで発展してきた。人々が生活から得たものが、その模様にされている。そうした点で、同じく人々の生活に根ざした文学の分野とも類似し、関連していると思われる。実際、かなり以前から陶磁器に関わった詩歌が作られていたようである。アメリカの国民的詩人ヘンリー・ワーズワース・ロングフェローは少年時代、故郷の老陶工がろくろを回し、土の塊から器を作る様子を飽きずに見ていた経験に基づき、一八七七年に長編詩『ケラモス』を発表している。他に蒲原有明（一八七五〜一九五二）には、夫人の実家が佐賀県有田町・蔵宿にあることから、詩『有田皿山にて』など、九州、有田に関連する作品が多い。有明は明治三十一年（一八九八）六月「読売新聞」に連載した紀行文『松浦あがた』で『ケラモス』に触れ、伊万里、有田の往時を偲ぶ。

本稿では、陶磁器に描かれた、文学をモチーフとした絵柄について述べていきたい。

1　肥前陶磁器について

日本の焼き物（陶磁器）は世界的にも有名で、日本人にとって生活に欠かせないものだと考えられている。日本では焼き物は実用的な容器としてだけではなく、装飾品・調度品としても一般的である。日本はベトナムなどと同じように中国と朝鮮の製陶技術を学んでいたが、自らの伝統的な技術と外国の新たなデザインとを合わせて、独特な芸術を作り出した。各国の遺跡出土品、博物館所蔵品、個人収集品などに見られる日本陶磁器は、世界への日本芸術の影響をよく表している。

肥前磁器とは、肥前（現在の佐賀県・長崎県）で焼かれた磁器のことをいう。この地域で、一六一〇年ごろに日本で初めて磁器が焼かれた。日本で初めて、「有田」の泉山の地に磁石鉱が発見され、約四〇〇年が経った。その間に「有田」の町は「陶磁器の町」として国際的にも広く知られるようになり、今では、陶磁器無くしてこの町は語れないというほどの主産業となった。佐賀県と長崎県の県境にまたがる「肥前皿山地区」は、同じ「陶磁器」を主産業にしながらも地区それぞれに、独自の特色を出しながら、お互いに刺激し合い、切磋琢磨し、発展してきた。その中の、有田、伊万里、三河内、波佐見はそれぞれの歴史と特色を有している。

一六一六年に朝鮮陶工李参平が肥前有田の泉山で良質の磁石鉱を発見して以来、有田と、秘境大川内山に藩窯が置かれた伊万里は窯業の中心地となり、色絵磁器の優品を作ってきた。伊万里の港から積み出されたことから、この地方で作られた焼物全般は伊万里焼きと呼ばれた。海外文化にも影響を及ぼした伊万里焼、豊かな歴史を持つ有田、伊万里の窯業、そこに働く陶工の人生は多様なテーマで文学に描かれている。

アメリカの国民的詩人ヘンリー・ワーズワース・ロングフェローの詩『ケラモス』に伊万里が登場する。詩人の空想の空の旅は、メイン州ポートランドの陶工の仕事場から出発し世界の窯業の地を訪ねる。大西洋を越え、デルフト、サント、マヨルカ島、イタリア中部の窯業地グッビオ、ファイアンス、フィレンツェを訪ね、南下し、ギリシャの遺跡、カイロ、そしてヒマラヤを越え、景徳鎮、南京を経て伊万里に至り、地球を半周する。各々の窯業地の繁栄の様子、そこで作られる作品の美しさを詠う。

少年時代に見たろくろの不思議な力からインスピレーションを得て、自身のヨーロッパの旅、冒険家の長男チャールズの東洋滞在の土産話がイメージを膨らませた。

ケラモスはギリシャ語で、セラミックの語源であり、焼物の土、陶磁器、陶工等と訳される。ロングフェロー自身は、研究者からの問いに「陶磁器と言うより、むしろ焼物を作る土」を意味したと言っている（古川晴風編『ギリシャ語辞典』一九八九年）。

『旧約聖書』「創世記」は最初の人間アダムは土から作られたと記す。故郷の老陶工はメイフラワーとも呼ばれるサンザシの花が咲く谷で働く。自由を求めてメイフラワー号でアメリカに渡った祖先の宗教観も連想させる。そして、「芸術、自然、人間」とテーマは大きく広がる。四〇〇行以上に及ぶ詩はこのように始まる。逢坂収九州大学名誉教授が一九九三年に学会誌に発表した翻訳から引用する。

回れよ、ろくろ、回るのだ！　ぐるりぐるぐる。
休む間もなく、音も立てずに。
この世も回る、宙を飛ぶ！

マールと砂も適度に混じえたこの陶土、
わが手の動きのままに従う。
生ある物は同じ土から造られている、
だが従う者と命じる者と。

このように、陶磁器が文学のなかに描かれただけではなく、逆に文学に描かれた人物や景色の柄などに取材して、陶磁器作品の文様とされた例も少なくない。陶磁器では肥前陶磁器をはじめ、他の陶磁器にも文学に描かれた世界をモチーフにした作品もたくさん出てきたのである。

2　肥前陶磁器に描かれた文学をモチーフとした文様

本稿では、肥前陶磁器に描かれた文学から取り入れた絵柄を中心として論じていくが、一口に文学といっても幅広いため、『新古今和歌集』、『源氏物語』を主な対象とし、肥前陶磁器に描かれた文様を取りあげていこう。

肥前陶磁器に描かれた動物

陶磁器には動物や景色が題材として描かれている。特に文学に現れた鳥、魚、竜なども親しまれている。陶磁器には動物文様がたくさんあるが、その中でもカササギ文様は特に多く描かれた。

カササギは、鳥綱スズメ目カラス科の一種の留鳥である。佐賀平野では、黒いカラスに比べてひと回り小ぶりで、胸とお腹の白い鳥を観察することができる。一般にはカササギというが、「カチカチ」という鳴声から、佐賀ではカチガラスとも呼ばれ、親しまれている。

日本でカササギといえば七夕である。『小倉百人一首』では「かささぎの渡せる橋におく霜の白きを見れば夜ぞ更けにける」（第六首）と歌われた。この歌は、『新古今和歌集』巻第六・六二〇に記載されている歌である。カササギがこの歌に詠まれている理由は、七夕伝説に由来する。中国や朝鮮半島では七夕の夜、織姫と彦星が出会う際に、カササギが羽を並べて橋を作り架け橋とする役を担うという伝説があり、その伝説の架け橋のように霜で白くなってゆく橋をみて詠んだ歌と思われる。

陶磁器にもカササギの文様がたくさん描かれている。唐の時代より「カササギ」の鳴き声は喜を報ずると言われ、喜鵲と言う名もある。特に、梅樹にカササギがとまった図は、「吉報春先」と題する吉祥文とされる。したがって、中国磁器にも描かれたし、朝鮮の青華磁器にも作例が見られる。日本では、伊万里の文様に多大な影響を与えている明末清初の中国のやきもののデザインの影響を受け、鴛鴦や鴨、鷺などの水鳥のほか、鳳凰や雉、鷹、鵲などさまざまな鳥が岩の上に表

図1　染付カササギ文様皿　肥前・古伊万里　1660～1670年代　口径21.8cm

図2　染付鵲鴿蓮葉沢潟文論花皿　肥前・鍋島　1660～1670年代　口径28.6cm

わされている。日本では肥前地方を中心に、北九州にだけカササギが生息した。朝鮮の陶工によって始められた肥前磁器にカササギの文様もあるのは当然である。

カササギの文様はいくつかのタイプがあり、【図1】【図2】のように、岩の上や蓮葉の上にカササギが描かれる文様は、元々中国から伝わったと言われている。こうした文様は一八世紀になると見られなくなる。

【図1】の岩にいるカササギは遠くを見ているようで、【図2】は蓮葉の上に仲良くしている友達のようなカササギである。蓮葉二枚に三羽の白鷺を配し、地を薄い瑠璃色に塗り詰めてある。その筆跡も見せない丁寧な塗り方は、この皿が如何に高い技術を持って作られたのかを示している。また、蓮葉に施された濃淡のぼかしが、整然と描かれた白鷺図を柔らかな雰囲気に仕立てている。九州陶磁文化館にある同様の図柄の皿には、獣面のような菊葉形の脚が付くので、この皿にもそのような脚があったと思われる。裏の文様は木蓮花の折枝文を三方に丁寧に描いている。

文学にはカササギだけでなく、鶴と亀もたくさん表現されてきた。陶磁器にも鶴と亀が模様としてデザインされた品もある。鶴と亀の歌は、「鶴亀も千歳の後は知らなくにあかぬ心にまかせはててむ」と、『新古今和歌集』巻第七・三五五に記載されている。元々は、古代中国で鶴と亀を長寿の象徴としていたものが日本に伝わったと言われている。めでたい鳥である鶴と、めでたい動物である亀を取り合わせた「鶴亀」という言葉や、その姿を図形化したものは婚礼の儀式をはじめ、「おめでたい」セレモニーには欠かせない縁起物として、様々な場面に取り入れられ珍重されている。

鶴は古くは「たづ」と呼ばれ、平安時代以降に「鶴」と呼ばれるようになったようである。古来より「鶴は千年」といわれ、「長寿を象徴する吉祥の鳥」として、また夫婦仲が大変良く一生を連れ添うことから、「夫婦鶴＝めおとづる」といわれて、「仲良きことの象徴」の鳥として、鳴き声が共鳴して遠方まで届くことから、「天に届く＝天上界に通ずる鳥」といわれるなど、民衆の間に「めでたい鳥」として尊ばれてきた。

亀は浦島太郎の話では龍宮城の使いとされているが、中国では仙人が住む不老長寿の地として信じられた蓬莱山の使いとされ、大変めでたい動物とされてきた。日本においても「亀は万年」と言われて、鶴とともに「長寿を象徴する吉祥の動物」とされ、めでたい生き物として尊ばれている。また、甲羅の紋様の六角形は吉兆を表す図形ともされている。

鶴亀は長寿の象徴で、陶磁器にも文様として描かれたが、ここで紹介したいのは十八世紀染付古伊万里文様である。十八世紀末になると、染付の作品で藍色の地塗りに、文様を白抜きにした作品が多くなる。白抜きの意匠は、墨弾きという技法を用いるか、文様の外側を塗りつぶす手法がとられた【図３】。これらの表現は十七世紀からすでに始まっているが、特に一七七〇年代から一八四〇年代ごろまで流行している。またこの年代には藍色の絵の具の色調に変化がみられる。さらに、新しい色調の上絵付の絵の具が、一七八〇年代ごろから用いられ始め、清朝磁器の影響と考えられる作品が作られた。鮮やかな黄色の地塗り、緑色の紗綾型文様、金色の羊歯の葉状の唐草文様などに特色がある。

雲の中で強く飛んでいる鶴の姿は力と長寿の象徴で、縁起良いものだと思われる。このような製品は吉事に際して、一八世紀には良く使われていたようである。五羽の鶴がユニークな表情で描かれている。それ

図３　染付　雲鶴文　長皿
1810 ～ 1840　口径 16.6cm

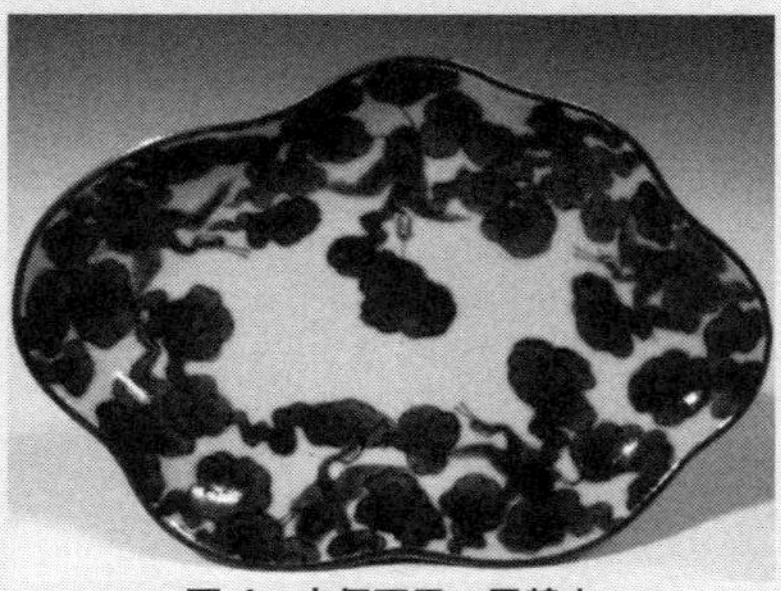

図４　古伊万里　雲鶴文
1810 ～ 1840　口径 17.0cm

図４部分

図５　伊万里　青磁染付鶴亀文大皿
19世紀　口径31.0cm

図５部分

ぞれの表情をよく見ると面白さが感じられる【図４】。

鶴は雲珠文、亀は青海波が背景に描かれている。形状絵柄が見事にマッチした、古陶の作品のセンスの良さが伝わってくる素敵な作品である【図５】。本作には鶴と亀を組み合わせた吉祥文様で、また鶴は姿美しく、亀の形は印象的である。この二種をとり合わせて瑞祥とする考えは平安時代から見られる。面白く鶴亀文を縁起物として用いたのは江戸時代の庶民で、願い事の呪文に「ツルカメツルカメ」と唱えたように、祝い着に、婚礼調度品に、また暖簾や風呂敷といった生活用具にまで幅広く鶴亀文をとりいれた。単に鶴亀の姿を写すだけでなく、鶴は菱文、丸文としても、また亀は亀甲という形でも表される。

日本人に親しまれている松竹梅

日本の代表的な樹木として知られる松は、長寿や節操を象徴するものとされ、神聖な木として神霊が宿るとの信仰があった。代表的なものが正月の門松で、この木を立てて歳神様を迎えるのである。神社や仏閣には来迎の松、影向の松、降り松などの名称で信仰の対象となっている。いずれも神仏が松の木に降臨するとの信仰によるものである。

肥前磁器にも、染付によって色々な文様が描かれる。文様として多く登場する植物に、松・竹・梅がある。松竹梅の文様は平安時代から良く使われていたようであるが、三つを組み合わせた文様は室町時代から使われ始めたようである。日本では慶祝事に使われる吉祥文様として用いられるのが、厳寒の三友ともいわれる松・竹・梅の文様である。

松は針葉樹で、砂地や岩だらけの土地でさえも何年も芽を出す日を待ち続け、やがて芽を出し生長する。その上、寒さに強く、ほぼ一年中緑を保っている。人々は、そうした松には、神様の力が宿っていると考え、敬うことで神の加護があるように願いをかけたのであった。竹は、そのすくすく育つ生長の速さ、中空の形、また一年を通じてみずみずしい青い葉を保つことから、聖人君子を意味するとされてきた。梅は、寒中に百花に先がけて一番早く花開き芳香を放つことから、命の誕生を意味するとされてきた。こうしたことから、松竹梅は、古来、吉祥の文様とされ、文学にも多く表現されてきたのである。

『源氏物語』は、女性の目を通して描かれた植物カタログという一面をもつといえよう。記述されている植物を見れば、紫式部の花の好みが見えてくる。『源氏物語』に描かれた「花鳥風月」の中で、最も種類の多いものは「花」「植物」である。植物の種類は全部で一一〇種類で、それら植物の全出現回数は一〇四一回である。最も出現の多い植物は松で、計四二回、松の木、松葉、小松、下松、ふたはの松、おほたの松、たけくまの松、うなひまつ、打ち松、まつといった表現として登場する。さらに松風、松原、松島、まつのやま、松門など、マツ関連の地名や用語が約三十ほども出て来る。

文様としては松竹梅や菊、牡丹などの植物が描かれるようになり、肥前磁器の文様にも非常に大きな影響を与えたと言われている（『柴田コレクション―古伊万里様式の成立と展開―』）。肥前磁器にも染付によって色々な文様が描かれている。松は、文学だけでなく、陶磁器にもたくさん描かれてきたのである。以下、松竹梅が書かれた肥前磁器を紹介したい。

そもそも、日本の国づくりに際して、先進国中国の慣習を導入し、これを日本の風土や国民性に沿って次第に和風化する歴史が繰り返された。伊万里では、松竹梅は手軽な吉祥モティーフとして染付や色絵の絵模様に重用され、さらにはリ

図6　色絵双鳥松竹梅文輪花皿　有田皿山
1670～1690年代　口径21.8cm

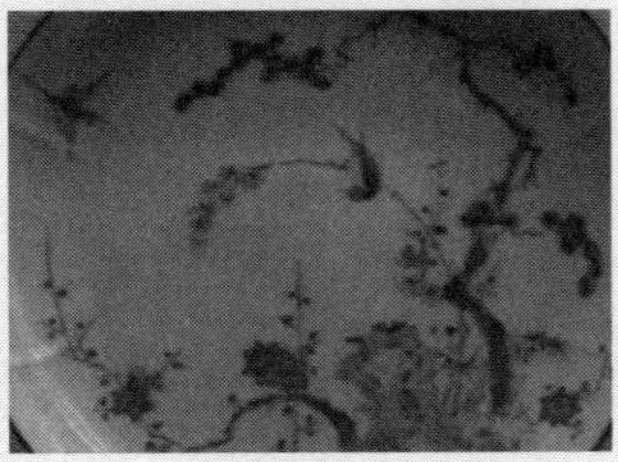

図6部分

参考1　伊万里　染付松雲文　大皿
1740～1760年代
口径30.5cm 高さ5.8 底径19.2

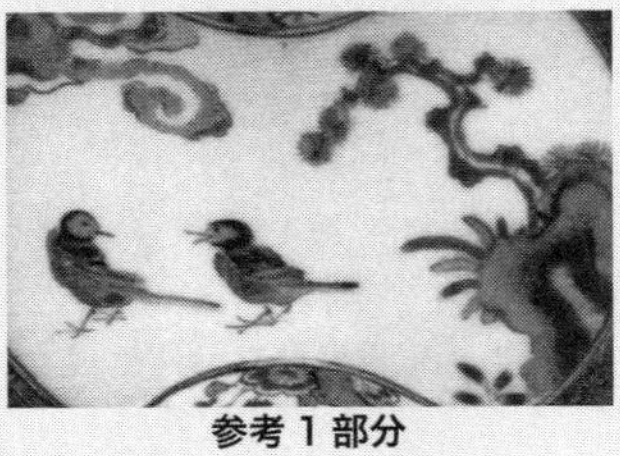

参考1部分

参考２　伊万里　染付竹文　猪口
1750 ～ 1780　口径 6.7cm

参考２部分

ング状に図案化されて、皿や鉢、向付などの見込におきまりのワンポイント・デザインとして定着した。

本作【図６】は、濁手素地に赤・青・緑・黄・金の上絵具で余白を活かした、非対称な構図で描いた色絵磁器の典型的な優品で、呼応する双鳥、主格の松、並行してしなる竹、対格の梅の枝振り、その足もとに太胡石といった図様である。バリエーションとして、石を芝垣風の植込に差し替えた図様のものも知られている。型打成形の輪花皿で口銹が施され、二〇センチ前後の大中小の三枚セットで海外へ輸出されることも多かったようである。温かみのある乳白色の素地を乳白手と呼ぶが、この作は、傷も歪もない完璧な素地を柿右衛門窯が作り、美しい白地をたっぷり残した構図で色絵を施したものとなっており、典型的な柿右衛門様式である。

陶磁器の場合、松竹梅を組み合わせた文様は、碗の胴部や皿の内面に描かれている。皿には、「環状に配した松竹梅文」がよく見られる。また、松・竹・梅がそれぞれ単独に描かれることもある【参考１・２】。

肥前国の有田・伊万里は、日本の代表的な磁器生産地として知られる。陶磁器生産の先進地である中国では、漢代末期には磁器が創始され、宋代以降は景徳鎮を中心にさまざまな磁器が生産されていたが、日本では長らく陶器や無釉の焼締陶器が主流であり、磁器の生産が始まったのは一七世紀初頭のことであった。時代や要求によって肥前陶磁器は文様のモティーフも変わっていった。そして、国内、海外向けの作品なども違う文様で流行していたようである。文様は生活の中、特に文学に描かれた事物を主題として、肥前陶磁器にも多く使用された。それらの中では、『新古今和歌集』、『百人一首』、『源氏物語』などに描かれた景色、人物、動物などを取り上げて、陶磁器に描いた模様が多い。肥前では、伊万里、柿右衛門磁器の絵文様が『源氏物語』の一説話から影響を受けた。特に柿右衛門様式磁器の製作が盛んであった江戸時代では、公家や武家のみではなく、庶民にも文学の教養が浸透していた。一方、海外文化にも影響を及ぼした伊万里焼、豊かな歴史を持つ有田、伊万里の窯業、そこに働く陶工の人生は多様なテーマで文学に描かれてもきた。このように、陶磁器と文学は異なる分野ではあるが、双方向的に影響を及ぼし合ってきたのである。

【参考文献】


『柴田コレクション―古伊万里様式の成立と展開―』（九州陶磁文化館、一九九七年）。

『陶磁器の文化史』（国立歴史民俗博物館、一九九八年）。

大橋康二『日本のやきもの　有田・古伊万里』（株式会社　淡交社、二〇〇二年）。

久保田淳『新古今和歌集』（角川ソフィア文庫、二〇〇七年）。

山岸徳平『源氏物語』（岩波文庫、二〇一〇年）。

荒川正明『伊万里　染付の美』（世界文化社、二〇一三年）。

大橋康二「肥前磁器に見えるカササギの文様」（『目の眼』八号、二〇〇五年）。

逢坂収・訳『ケラモス』（陶磁器）、「中野行人教授退官記念号　英語英文学論叢第」（四三集、九州大学英文学研究会、一九九三年）。

（英語原詩）

Turn, turn, my wheel! Turn round and round
Without a pause, without a sound:

So spins the flying world away!

This clay, well mixed with marl and sand
Follows the motion of my hand;

Far some must follow, and some command,
Though all are made of clay!

児玉実英『アメリカのジャポニズム　美術・工芸を超えた日本志向』（中公新書、一九九五年）。

蒲原有明『松浦あがた』（読売新聞、一八九八年）。


【図版出典】

図1～4・6・参考1・2：九州陶磁文化館『柴田コレクション―古伊万里様式の成立と展開―』より。
図5：東京国立博物館のホームページより。

4 デジタル絵解きを探る

——画像、音声、動画からのアプローチ——

楊　暁捷

近年、デジタル技術の発展は人文学研究の分野に及び、日本の古典をめぐる研究環境について見ても、まさに日進月歩の進化ぶりである。かつて思い描いていた貴重資料へのアクセス方法は、一つまた一つと現実的なものと変わり、研究、教育、そして伝播において新たな可能性が生まれ、研究者それぞれに対して新しい課題が提出されている。

ここに記すのは、筆者一人によるいくつかの小さな試みである。海外に身を置き、あくまでも一般公開されているリソースや汎用のパソコンツールを活かして、どこまでデジタル資料を活用し、デジタル的な表現ができるのか、いわばささやかな挑戦であり、その結果報告である。

筆者の狙いは、デジタル絵解きである。絵解きと言えば、少人数の聴衆に囲まれ、長い棒を操りながら大きな画像をすこしずつ説明していくという絵解き師の姿がまず思い浮かぶことだろう。絵解きは、絵によって伝えられる物語を語り、画像表現における定番や常識を解説するものであり、その活動自体はつねに不特定多数で、ときにはきわめて基礎的な知識を求めようとする人を対象とし、しかも数え切れないほど繰り返されるものである。ならば、絵解きの空間はまさに教育の現場と通じ、発達されたデジタルの方法は、ほかならぬ絵解き師の手の中の魔法の棒となりうるものである。

１　デジタル画像公開――その出現と進化

ここに対象とするのは、古典の画像資料である。念のために断っておくが、ここにいう画像とは、例えば絵巻における詞書に対する絵のみを指すものではなく、詞書の文章も含む書写された文章のビジュアル的な情報を含め、いわば電子テキストに対する電子画像全体を意味するものである。

古典文学、歴史資料のデジタル公開は、文字資料を電子テキストに置き換えてのそれから始まった。「日本古典文学大系」の原文データ（国文学研究資料館）や「大日本史料総合データベース」（東京大学史料編纂所）などが利用できるようになったときの興奮は、いまだ記憶に新しい。そのあと、技術や環境は進化を続けてきたが、文字資料の課題は、どちらかと言えば単純的なものだった。それは、いわゆる文字コードの設定など特殊文字への対応に集約されていると言って良かろう。検索方法の進化、マークアップなどの方法によるデータへの二次情報の追加などの探求は、データそのものから独立したところで開発され、デジタル技術の変容や更新に対して、文字データそのものの継承性は根本的なところで保障されている。

これに対して、画像資料の公開は、時期的にやや遅れただけではなく、はるか多くの課題に直面せざるをえない。その一番に挙げなければならないのは、まずデジタル技術の変化、すなわちその未完成性だと言えよう。デジタル画像データそのものはどのような形に落ち着くのか、いまだその終着的な様子が見えてこない。撮影や転送の技術の革新により、かつて最先端だとされていたデジタル画像はあっという間に時代遅れのものとなり、場合によっては、多大な労力を払って制作したデジタル画像でも、すべて撮り直しまで要求されてしまう。デジタル画像資料は、画像データの基準がいまだ進化しているという現状から、資料そのものの作成と、すでに公開されたものを基とする関連の研究や開発は、いずれもかなりの困難を伴う分野であり、それに費やした時間と労力が無駄になるリスクは、思う以上に切実なものである。

それにもかかわらず、日本の古典をデジタル化し、大規模なコレクションや所蔵をインターネットで公開することは、ここ数年緩やかに、最近になって一気に加速度的に実現するようになった。研究に携わる利用者の立場からすれば、その発展ぶりには驚きを感じずにはいられない。振り返ってみれば、古典画像のデジタル公開には、大きく三つのシナリオがあったと指摘できよう。

この分野において、まず衝撃をもって迎えられたのは、国立博物館での高精細電子画像の作成をうけ、二〇〇一年にその成果をまとめて公に送り出された「e国宝」（東京国立博物館）である。▼注[1] 数こそ一〇四七点と多くはないが、国宝と名乗るだけあって、国立博物館所蔵の国宝や重要文化財に指定されたものが対象であり、そのほとんどは繰り返し全集や美術研究書などにおいて紹介された根本資料であり、印刷媒体で簡単にアクセスできないものもかなり含まれている。公開の方法は、オリジナルシステムを用いているが、任意の閲覧画面へのリンクが取得できたり、携帯やタブレットデバイスにまで対応したりして、いまだに他の大規模な公開に追随を許さない素晴らしい要素を多く誇っている。

公・私立の図書館が所蔵図書をまとめてデジタル化し、一気に公開することに取り掛かったのは、ほぼ同じ時期に実施を行った早稲田大学図書館と国立国会図書館であった。前者は三〇万点、▼注[2] 後者は七万五千点と、▼注[3] 近代に入るまでの資料をすべて対象とし、しかもデジタル資料の情報を在来の図書カタログに統合して一本化し、所蔵資料の利用においてまさに新しいスタンダードを確立させて、デジタルと紙媒体の資料との距離を限りなく縮めた。デジタル資料を図書館の構成の一部とし、一定の範囲の所蔵をまとめてすべて公開するという方法は、最近ではたとえば筑波大学図書館の電子事業に見られるように、同じ方向性がしっかりと受け継がれている。▼注[4]

デジタル画像資料の大規模公開の時期こそ遅くなったが、国文学研究資料館は前の二者とも異なる方法を取り入れた。それは、特定の資料群をデジタル化し、そのデータを所蔵機関ではなく、第三者の機関（国立情報学研究所、二〇一六年末からは新設の人文学オープンデータ共同利用センター）を通し、国際的なオープンアクセスの基準に則って提供するものである。利用者の立場からすれば大いに歓迎すべき展開である。

以上のような形で急速に形成されたデジタル資料の環境は、したがってこれを活用するあらたな研究を呼びかけている。デジタルデータを利用して、たとえば古典資料の翻刻や紹介、伝本の確認、比較などの在来の課題には、これまでと比べて格段と取り組みやすくなった。一方では、デジタルデータをデジタルの方法で応用するという方向において、どのようなことができるのか、現在利用できる手段を活かせばどこまで新たな表現を生み出せるのか、筆者の試みは、まさにこのような問いから生まれたものである。つぎに、三つのプロジェクトについて、やや詳しく記しておきたい。

2　「古典画像にみる生活百景」――ビジュアルを解く

構想は絵解きから始まった。絵解きの基本は、あくまでも絵そのものを解き明かし、内容を確かめておくことを基本とする。たとえば一幅の社寺縁起ならば、神仏の霊験を知らせるという終着点を目指して、順をおって絵の一コマ一コマをクローズアップして語っていくものである。以上の認識から、一つの作品を織りなす絵を切り出し、もともとの物語からしばし独立させて、新たなカテゴリーを設けて構成を組み立ててみた。ここで提示した文脈とは、過ぎ去った時代における人々の生活の様子である。日本の古典における豊富な画像資料は、人間の働きと暮らしの日常を伝える上で、生き生きとしたものであり、しかもビジュアル的なリソースとしてこの上なく貴重でいて、他に置き換えられないものである。

完成した作品は、小さな特設ウェブページであり、「古典画像にみる生活百景」と名付けた【図1】。高精細のデジタル画像で公開されている主なリソースについて、筆者は定期的に収集して記述している。▼注[5] このリストを手がかりに、「e国宝」をはじめ、十一の機関から公開されているあわせて三十七のタイトルの作品から百の場面を選んだ。画像の内容は、いずれも身近な生活の様子を描いたものに限る。そこから見えてくるのは、生活の様式こそ大きく移り変わるが、人間の営みがその根底において共通していて、百年単位の時間の距離は、けっして生活の内容を断ち切ることができないという事実である。なお、生活をテーマにすれば、日常と非日常との境界について一つの答えを出さなければならない。だが、結果から言えば、ここではあえて漠然とした対処を取った。たとえば、地震、火災などのけっして日常的に現れない出来事は収録したが、対して戦争、殺戮、刑罰といった、いわば日常への反動や破壊をもたらす諸々の活動は、あえて避けた。そして、夢、霊験、想像など、いたって日常的に現れてくる事象についても、個人的な体験であっても共通した景色ではないという理由で取り上げなかった。

選んだ画像は、オリジナル作品から切り取って集めてくるというのがこのプロジェクトの中心だが、ここにあえて一つのプロセスを加えた。画像にデジタル処理を施し、色を取り除いて輪郭の線のみ残したトレースの効果に統一した【図2】。その上、全体的に古典っぽい雰囲気を出すために、背景を黄檗色に変えた。この画像処理の狙いは、さまざまなスタイルの絵にある程度の統一性を持たせ、それぞれの絵の表現しようとする内容をより鮮明に強調することにある。いうまでもなく、処理を加えたものとオリジナル絵との間には自ずと差異が出来てしまう。しかしながら高精細のオリジナルデジタル画像が原作を伝えていることから出発するものであり、そのオリジナル画像へのリンクは明確に示しているので、クリック一つでそこに飛び付くことができる。そういう意味では、トレースを加えられた画像は、あくまでも原作への窓であり、特定の視座から原作の魅力の一端を指し示している。なお、具体的な画像処理は、選んだ画像を同じサイズに揃え、その上、まとめてアップルアプリ「PhotoSketch」に掛けてトレースを生成するという、きわめて単純なものだった。

百景の画像には、内容を示すためにそれぞれ一つのみの言葉を与えた。一枚の絵に対して、複数の、ときにはかなりの数に上るタグをつけることは、このような作業に広く採用される方法である。ここでは、画像インデックスの作成を目標としていないため、そのようなアプローチをあえて避けた。一方では、一つの言葉のみ与えるという構想は、言葉選択の基準という難問をもたらす。試行錯誤の末にたどり着いた結果は、あくま

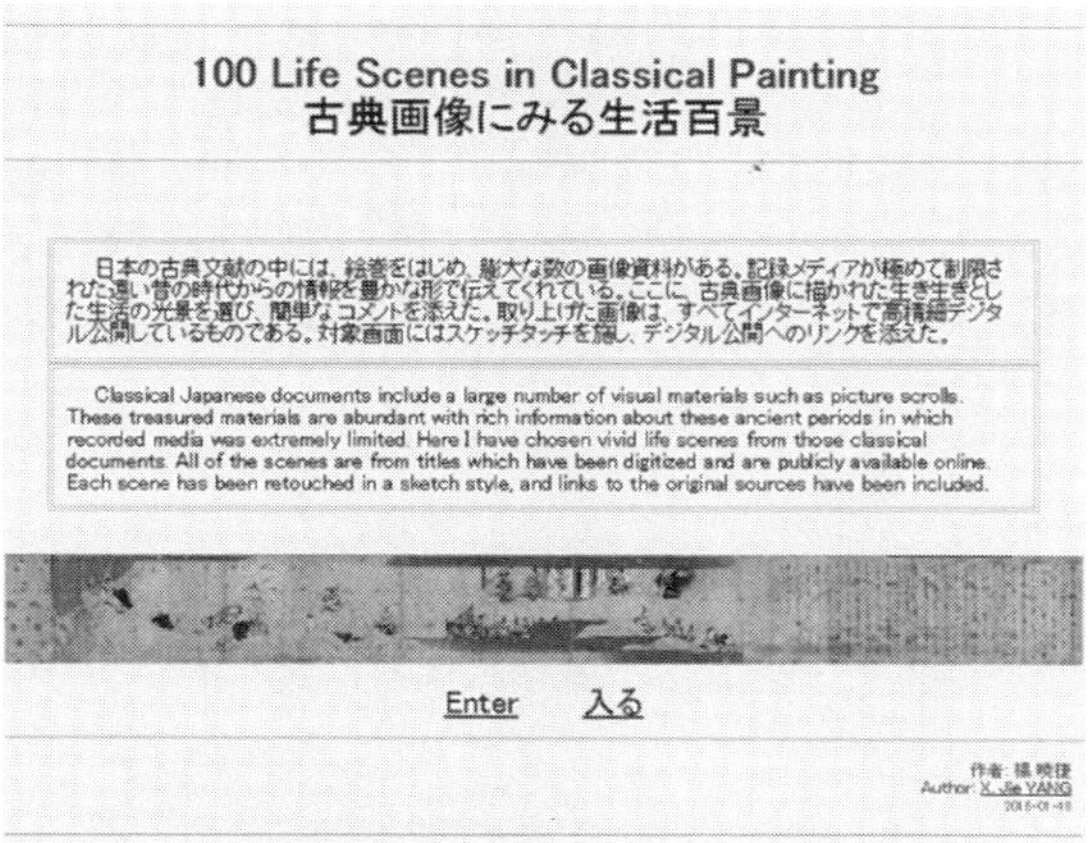

図 1「古典画像にみる生活百景」（2016 年 1 月公開）
http://people.ucalgary.ca/~xyang/hp/hp.html

図 2　元画像とトレース画像の比較

でも筆者の一つの答えにすぎない。言葉の選択よりも、たとえば「人生の階段」などの枠組みの提示にとどまり、いわば言葉を通らないで、一定の枠組みの中で画像の立ち位置が見せることは、むしろ理想的な解決法である。「生活百景」制作の最初のヒントは、歴史をテーマとする教養課程において学生たちになにげなく絵巻の画像例を見せたところから生まれた。「餓鬼草紙」に描かれた出産、排便などの場面が学習者に与えたインパクト、教室の中から思わず伝わったざわめきと熱心に身を乗り出す若い学生たちの姿から、ビジュアルの力をあらためて感じ取った。それの自然的な延長として、生活の様子を集め、そして百という手ごろな数字が一つの決着となった。特設ウェブページの形を取り、これをこのまま教室に持ち込み、あるいは参考資料として関連の勉強を仕掛ける便利な手がかりとするのが理想とする利用法である。

3 「動画・あきみち」——目から耳へ

絵解きは口語りである。絵解き師を囲む人々は、目の前の絵に注意を払いながら、それを解き明かす語りを一言も聞き逃すまいと集中する。いわば目と耳とをともに活かしての絵画享受である。昔の絵解き師の声は、すでに消えて聞きようがない。しかしながら、デジタルの技術を活かせば、今日の声で文章を朗読し、耳から楽しむ古典を模擬的に体験することが可能なのだ。これが「動画・あきみち」の出発点なのである。

「あきみち」は、いわゆる奈良絵本の代表的な作品の一つである。これまで広く読まれ、研究の対象となってきた。今日に伝わる複数の底本は翻刻され、注釈が加えられる本文まで作成された（日本古典文学大系38「御伽草子」）。ここに朗読に選んだ底本は、国会図書館に所蔵され、デジタル公開されたものである。▼注[6] あわせて五十二帖（挿絵十六枚を含む）、約一万二千文字分の原文を普通のスピードで読み上げ、あわせて五十分強の長さにわたる【図3】。ちなみに、音声データの制作には、それがどこまで作品本来の言語の様子、たとえば清音と濁音の区別、音便の種類などを再現できるかという問いがつねに上がってくる。ここでは、そのような言語史的な考察を参照することなく、失った言語への再発見を狙わず、あくまでも文字で伝わった文章を現代の音声に変え、耳で理解するという享受の方法の再体験を促そうとするものである。

やや議論を逸らすが、かなという文字は、漢字から独立したところから成り立つものであり、その本質は音声を記録する極端なレコーダにほかならないとつねに考えている。一方、近現代に入り、音声そのものを記し留める可能性を手に入れた人間は、レコーダーや磁気テープなどさまざまな媒体を開発し、そしてつぎからつぎへと効率のより高いものに切り替えていく。その過程において、現時点で辿りついたのは、保存や配布のコストがほぼゼロに近いデジタル技術ではなかろうか。この視点を用いるならば、どのような方法を取るにせよ、かなで記録された文献をデジタル媒体に置き換える作業が待たれ、実行されていくのが自然な成り行きだと予想できよう。

以上の考えから、筆者はこれまで絵巻の詞書を中心にあわせて八タイトルの作品について全文朗読を試みた。▼注[7] それらの音声ファイルは、デジタル文字テキストに置き換えた原文データとともにそれぞれの特設ページを作り、勤務校における個人サイトにおいて公開している。そのような中、デジタル処理の技術は進歩し、いまは音声のみならず、古典作品のデジタル公開により、原作の画像データにアクセスし、それを用いて特定の着想を実現する動画ファイルの制作もわりあい簡単にできるようになった。そこで、単なる音声データに加え、もう一つ違う性格

図3 「動画・あきみち」(2017年1月公開)
https://www.youtube.com/watch?v=OgpRe9yBqsg

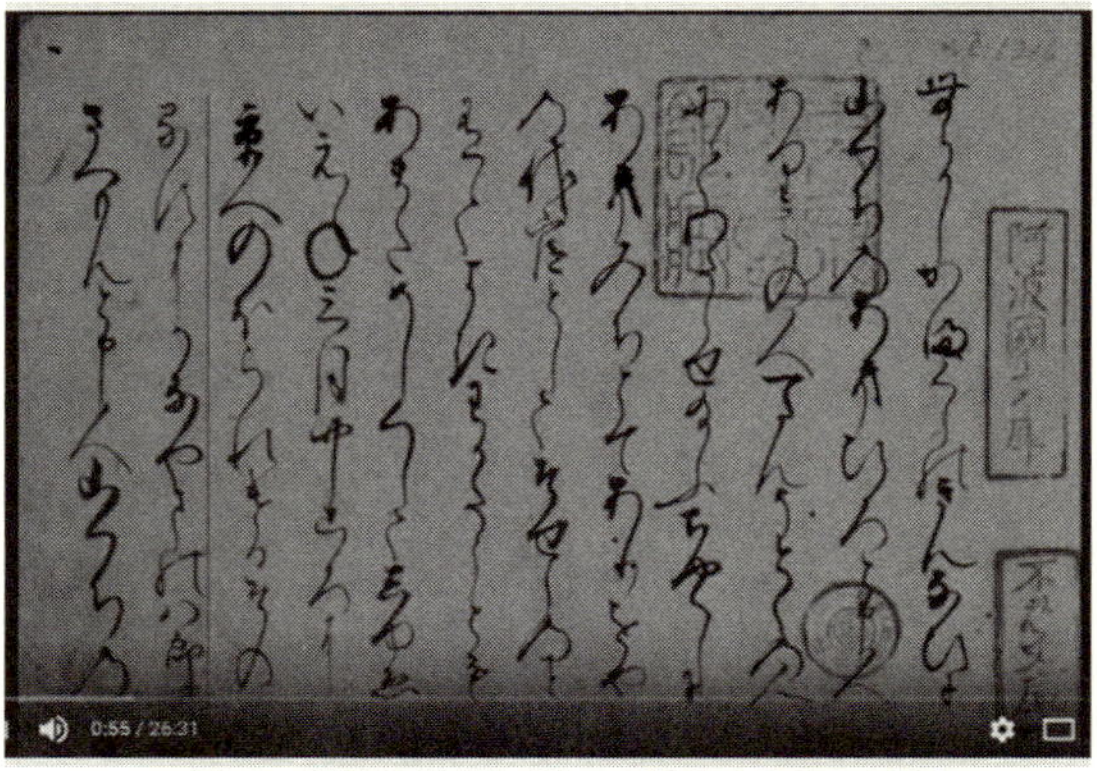

図４　朗読の進行に従って移動する赤い罫線

の情報を付け加えるように構想した。朗読の音声に合わせて、変体かなによって書かれた原作の画面の上で読まれている文字を指し示すという内容である。変体かなという記録文字は、現代の人々にとってすでに実用から消えた古典であり、それを読解するためには手助けが必要となり、しかもそれ自体は古典の美を伝えるものと変わった。作業の内容は、すべてAdobe Premiereを用いて完成した。同じサイズに揃えた画像を音声の進行にあわせて時間軸に呼び出し、その上に赤い罫線を被せ、朗読に従って罫線をすこしずつ移動させ、読み上げられる行を順番に指し示す動画を生成した【図４】。

このように制作された朗読動画は、結果として現代の読者のために、室町の古典を目のみならず、目から耳へ、目と耳との両方で享受する方法を提示することになる。しかも同時代のスタンダードな書写システムである変体かなについての実践的な読解資料の役目も同時に果たすことができて、ユニークな教育ツールとして利用することが可能だ。動画ファイルは、YouTubeを通して公開した。再生の安定さに加え、各自のユーザーによるローカルデバイスへの保存や再配布にまで対応してくれているため、便利な利用が期待できる。

４　「劇画・絵師草紙」——まんが訳

絵解きの行き着くところは、絵によって表現される物語を明らかにし、それを伝えることである。絵画的な情報を物語に還元することは、突き詰めて言えば、読者の視線を誘導し、描かれた場面を一定の順番に見せていくというプロセスだと言えよう。このような理解に基づき、「劇画」と名乗る方法を案出して、一巻の絵巻を表現してみた。

　取り上げた作品は、「絵師草紙」である。同作品は三段の詞書と絵によって構成され、絵師の喜び、絵師の失望、そして絵師一家の結末という、一人の無名の絵師の個人史が語られている。これに対して、「劇画」は、それぞれの段の絵を対象に、物語の内容に添って関連の部分を切り出し、三組ずつの「四コマまんが」に仕立てた。あわせて九組のまんがに、対応する詞書を切り出し、それを現代語に書き直した上、作中人物の会話あるいは状況説明文として、まんがスタイルの吹き出しに組み入れた。最終的に九組のまんがを特設ウェブページに取り入れ、ページの下部に絵巻全体の略図を用意して、対応する画面のおよその位置をさし示すように配置した【図5】。なお、原作の絵巻に選んだのは、繰り返し出版物などで紹介され、復刻版まで制作された三の丸尚蔵館所蔵本ではなく、国会図書館所蔵の模写だった[注8]。直接の理由は、三の丸尚蔵館本がデジタル公開されていないことにあった。だが、一方では、まんがスタイルに組み変えるというアプローチからすれば、模写のほうがデフォルメされた印象を与えるユニークな画風を持ち、むしろコミカルで、まんが作品の狙いによりマッチしている。

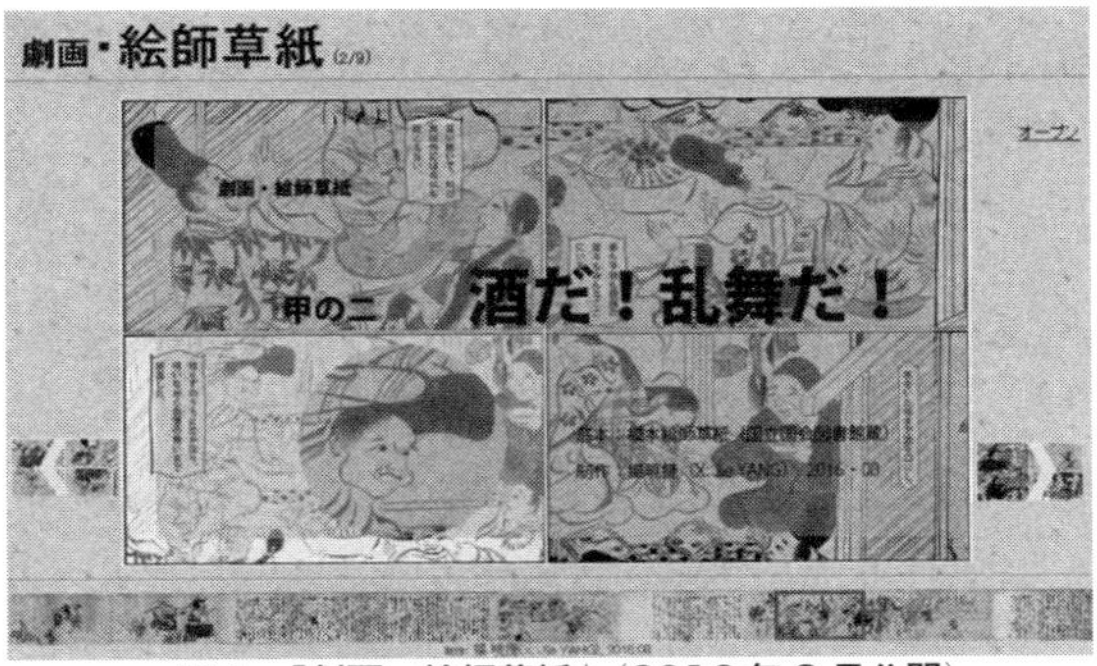

図5　「劇画・絵師草紙」（2016年8月公開）
http://people.ucalgary.ca/~xyang//eshi/eshi.html

　ここにまんがスタイルの利用にあたり、四コマまんがに辿りついたことには、さほど迷いはなかった。まんが表現の中でも、ほぼ一つの独立したジャンルにまで成長した四コマまんがは、その軽快なリズムと効果的な表現空間により、盛んに制作され、多くの人々が日常的に慣れ親しんでいると言えよう。た

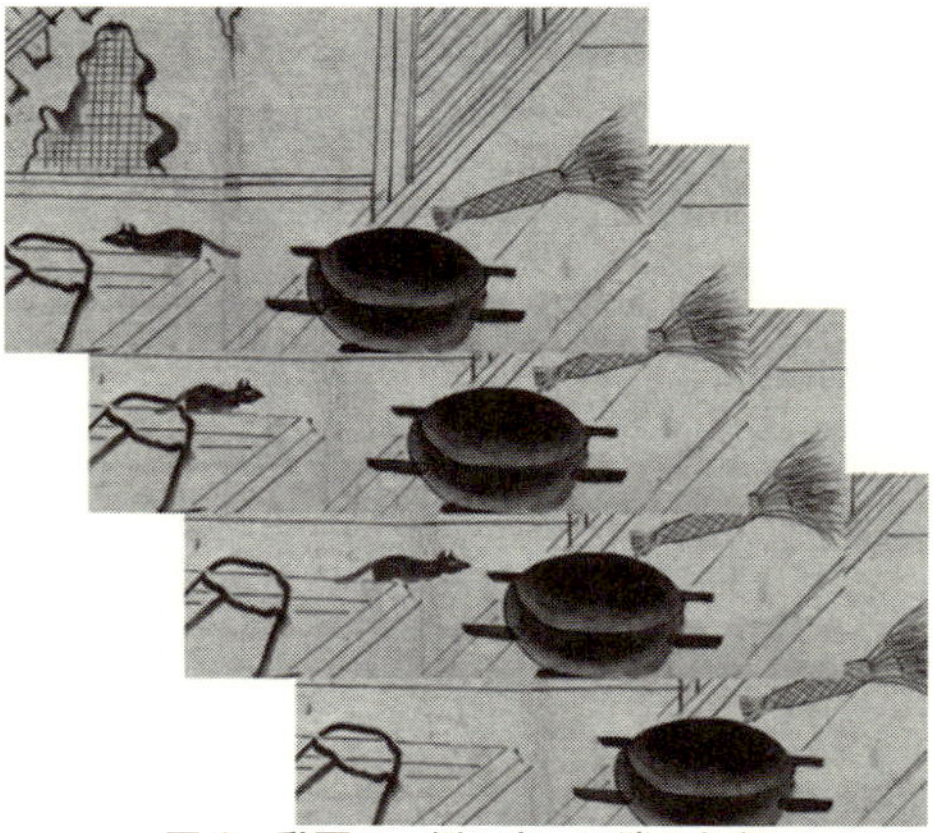

図６　動画の一例：走って消えた鼠

だ、パソコンの画面にこれを利用するために、縦に並ぶのではなく、横長の画面にあわせて四コマを上下左右に配置した。その上、紙に印刷されるものとの違いを意識させるために、四コマのうちの一枚についてのみ、ささやかな動きを取り入れて、視覚的な変化を与えた【図６】。静止画の中に、動きの部分は小さいが、それがかえって目立ち、絵の内容の理解に役立っている。

劇画の制作は、図書館サイトから画像を取得して、それを連続させて絵巻にあった横長の絵に仕上げることから始まる。公開の画像は、色の調整が必要で、レンジを広げるというレベル補正を加えれば、白っぽくみえたものが金色を帯びてだいぶ違う印象になる。四方並びの四コマまんがのレイアウトには、コマ移動にズームインの効果を見せるGIFフォーマットを採用した。GIF生成のツールは多数あるが、動画の仕組みが違い、出来上がったファイルのサイズにかなりの差が出て来る。ここでは、Adobe Premiereでズームインの経過画像を一組につき約五十枚ほど生成し、それらをGiamというGIF制作ソフトで合成した。

絵巻の画面を漫画風のレイアウトに組み入れ、漫画の読み方を用いて絵巻の絵にアプローチするという試みは、はやく宮次男氏の監修で発表された作品があり、その名もずばり「劇画」だった。▼注[9]　いうまでもなく絵巻とまんがとは、絵画様式としてまったく異なっている。思いっきり簡略して捉えるならば、絵巻の絵はじっと見つめて、絵の細部を確認しながら物語を擬えていくのに対して、まんがのそれはコマを追いながら物語の展開を知るものである。言い換えれば、まんがのコマは、読者の視線を誘導し、規定することを意味し、絵巻の絵について読む順番や視線の移動に一定の読み方があるとすれば、そのような絵をコマ割りにすることは、まさにその読み方を明らかにする結果になる。このような捉え方をすれば、絵巻をまんがに組み替える意味が大いにあると考えてよかろう。絵巻とまんがとは違う表現に基づくものだからこそ、現代人の期待にあうまんがを絵巻の読み方に持ち込むことは、まさに絵巻の読み解きを伝える有効な方法である。日本語の作品に外国語訳、古典の作品に現代語訳があるように、絵巻には「まんが訳」が必要だと考えたい。もともと「漫画で読む」というアプローチは今日広く用いられ、古典的な名作を漫画にし、「漫画訳」と名乗る出版は数多い。これらに対して、絵巻を対象にするものは、ともに絵画表現の媒体であるがために、大きく期待され、いっそう緊張感をもって積極的に取り組まなければならない。

5　研究者ネットワーク——制作と利用

デジタル絵解きは、それがデジタルがゆえに、一度出来上がってしまうと、ほぼゼロ・コストでくりかえし利用できる。しかしながら、いまだ実験的な模索に属するこのようなアプローチは、その利用について言えば、現実的には制作と同等の、ときにはそれ以上の対応が必要となる。

特設ウェブページにまとめた動くまんが、YouTubeの一つになった動画などは、たとえば大学の教室にそのまま持ち込むことが可能である。学生たちが注目するなかでこれを流せば、さながら伝統的な絵解きの再現を思わせる。だが、このような利用形態は特殊的で、きわめて恵まれた条件だと言わざるをえない。バーチャル的な設定で制作したものは、やはり不特定多数の、顔の見えない利用者を想定しなければならない。そのような人々の手元に届け、それぞれの空間で再生されて、はじめてデジタルコンテンツの理想とする利用方法が完成したと考えるべきだろう。

筆者の場合、制作したものは勤務校のウェブサイトで公開しているが、それについての発表は、いずれも個人ブログ「絵巻三昧」で告知している。このブログを立ち上げたのは、国際交流基金フェローとして立教大学に滞在した二〇〇七年秋のことだった。外国人宿舎に篭り、ブログの仕組みを調べながら、ブログ名の言葉を選び、タイトル画像のデザインを試すという、まったく違う性格の作業を同時にこなそうと模索した。あれからすでに十年ほど経った。最初の半年ほどは週二回、そのあとは週一回のペースでブログの更新を続けてきた。さいわい関係者に読まれている。「古典画像にみる生活百景」の場合、告知するブログが更新されたわずか数時間のうちに、「カレントアウェアネス・ポータル」(国立国会図書館)や笠間書院広報室の公式ツイッターに取り上げられ、かなりの読者の目に触れられる結果になった。

これに加えて、デジタル絵解きを模索しているのにあわせて、あらたにフェースブックとツイッターでの実名による発信を試みた。どちらも個人的な読者があまり集まっていないため、たとえば前者の場合は「近世日本文学」という公開グループで告知する方法を取った。いまだSNSの仕組みを覚えようとしている段階で、有効に利用するまでには至っていない。しかしながら、それでも問題の指摘や追加内容への提案などのコメントが実際に寄せられ、貴重な改善のヒントが得られた。また、「動画・あきみち」公開のとき、ツイッターでの告知から二十四時間のうち、あわせて二十四のリツイートがあり、それぞれのフォロワーの数を単純に加算すれば、二万人以上のユーザーの目に触れたという結果になる。この数字自体は、このような作業にとって大きな励みになっていることは言うまでもない。

デジタル作品は、利用の場が多種多様で、利用者の顔が隠されがちなために、利用につながる努力はとても重要だ。より多くの人々に知らせる、利用の結果や感想を含め、作品についての交流、それに記録の生成と取得は望ましい。これからの大きな課題である。

6　研究成果の一環にするために──終わりに代えて

以上、三つの小さなプロジェクトをもって、いわば昔の絵解き師の務めをそれぞれの側面から擬えてみた。デジタル技術は、古典絵画資料の再表現に確かな可能性を秘めていると信じる。いうまでもなく、ここに提示している作品は、どれもきわめて単純なものであり、同じ方向に向けての最初の一歩にすぎない。古典作品の内容への認識、表現力の差、そして技術の進化により、同じような努力はきっと繰り返されることだろう。

在来の、紙が媒体の主体だった時期の研究活動に添って喩えて言えば、大規模なデジタル・リソースの作成と公開は新しい図書館の新設に当たり、研究グループによるデータベースなどの構築は単著か叢書に当たり、そしていまのような個人によるプロジェクトは、さしずめ一本の論文だと考えて良かろう。このような比喩的な捉え方をすれば、デジタルの作品は、紙に書かれた論文とは違い、たしかに即座に公開し、そのまま利用者の手元に届けることができる。しかしながら、学術研究において長年かけて培い、応用されてきた環境は、ここには存在していない。具体的に言えば、研究論文の公表にあたっての募集、審査、校正、発表といったプロセスがなく、作品の質を担保し、責任をもってそれを世に送り出すような仕組みも望めない。そして公開自体は作者によって行われているがために、その公開を変えたり、ひいては止めたりすることも作者に決められることなので、作品そのものの不変性は保証されず、不確定要素を抱えている作品に対してその受け止め方には自ずと限界がある。現実的に、ここの三つのプロジェクトを制作し、公開する経験からにしても、このような作業とその結果について、労いが多くても、これを真正面から議論し、ひいては批判するような声は聞こえてこない。そういう意味において、個人的に制作したデジタルプロジェクトを学術活動の一環に組み入れ、真剣な議論を呼び起こすまでには、いまだ長い道のりがあると言わなければならない。

振り返ってみれば、デジタル技術との付き合いは、勤務校に就職した一九九一年からすでに始まった。とりわけ二〇〇三年の夏、招聘研究員として立教大学に滞在したころ、ゲスト講義に絵巻へのデジタル注釈を持ち出していた。あのころの教室の中に座り、作業に参加してくれたり、熱心にコメントを書いてくれたりした大学院生だった数人は、いまはこのシリーズの編集者になっている。ときの経過を実感すると同時に、時代の変化をともに見てきた感慨は深い。デジタル技術は、まだまだ進化し、変容を続けることだろう。そのため、時間と労力を傾けた作業の結果が忘れられ、淘汰されて利用されなくなるリスクもあるかもしれない。だが、かつてないリソースを利用し、無限の可能性を追求し、これからの新たな性格の研究活動を支えるルール作りに参加することは、有意義なことであり、魅力あるものである。記録媒体が激変する時代に居合わせた現在、この世代の研究者の責務だと自覚して、迷わずに立ち向かうべきだと、いまいっそうそう考えている。

【注】（インターネットのサイトは、タイトルを検索すればアドレスが取得できるので、「リンク略」と記した。）


［1］村田良二「だれでも楽しめるデジタルアーカイブを目指して」（楊暁捷・小松和彦・荒木浩編『デジタル人文学のすすめ』勉誠出版、二〇一三年）。

［2］「早稲田大学古典籍総合データベース」（リンク略）。

［3］大場利康「図書館が資料をデジタル化するということ」（楊暁捷・小松和彦・荒木浩編『デジタル人文学のすすめ』勉誠出版、二〇一三年）。

［4］「図書館カタログ検索」（ブログ「絵巻三昧」、リンク略）。

［5］「デジタル・リソース（増訂版）」（ブログ「絵巻三昧」、リンク略）。

［6］「国立国会図書館デジタルコレクション・あきみち」（リンク略）。

［7］「音読・日本の絵巻」（リンク略）。

［8］「国立国会図書館デジタルコレクション・絵師草紙」（リンク略）。

［9］宮次男監修「劇画・伴大納言絵巻」（『絵巻と物語―中世ドラマの舞台』講談社、一九八二年）。

【コラム】 『北野天神縁起』の教科書単元教材化について

川鶴進一

筆者は大学附属の高校で古典を担当している。受験勉強に追われることのない独自カリキュラムが学校の特色の一つであり、特に国語科では三年生対象の授業で教員各自の専門に合わせた授業を一年間展開できるため、ここ十数年は怨霊・御霊を授業の年間テーマとして取り組んできた。そのなかで『大鏡』とともに『北野天神縁起』を講読するようになり、次第に『北野天神縁起』、天神信仰の奥深さに魅せられていった。▼注[1] 怨霊・御霊のテーマそのものも奥深いもので、これからも見据えていきたい。いずれも心に残る教材となっているとの実感はある。教員なりのこだわりは相応に伝わっているようで、卒業生からもよく話題にしてもらえる。こうした授業はプリント資料によるオリジナル教材で実施することが多くなるが、やはり生徒にとっては教科書は特別なもののようで、管理もプリントに比べて丁寧である。しかも、学校でのプリント資料はモノクロ印刷が通例であり、カラー図版を用いた教科書はやはりそれだけでも魅力的といえる。

ところで、『北野天神縁起』を単元として取り上げた高校古典の教科書がかつて存在した。かつてと記すように、現行教科書で『北野天神縁起』を単元に取り上げるものは皆無となっている。しかしながら、教材として菅原道真は今なお意識されて続けている。

1　古典教科書における『大鏡』道真関連話

その表れの一つには、『大鏡』「左大臣時平」に見える道真関連話の採用数の多さが挙げられよう。『大鏡』自体は、一年生対象の国語総合よりも、二・三年生対象の古典で扱われることが圧倒的に多く、二・三年生対象古典の平成二十八年度（二〇一六）版教科書35冊（「古典A」13冊、「古典B」20冊、「古典」2冊）▼注[2]のうち、道真関連話を掲載する教科書は23冊に及び、全体の三分の二が取り上げている。教材開始箇所を整理すると次のように六通りとなる。▼注[3]

①　P73　L11

「醍醐の帝の御時、このおとど、左大臣の位にて年いと若くておはします」7冊

②P74L4
「右大臣は才世《ざえ》にすぐれめでたくおはしまし」6冊

③P74L11
「このおとど、子どもあまたおはせしに」1冊

④P77L15
「筑紫におはします所の御門かためておはします」4冊

⑤P88L1
「あさましき悪事を申をこなひたまへりし罪により」4冊

⑥P88L4
「さるは大和魂などは、いみじくおはしましたるものを」1冊

右は、道真左遷決定前から取り上げる（①〜③）、大宰府謫居での様子から取り上げる（④）、道真左遷後の時平の人となりを取り上げる（⑤・⑥）、の三つに分類できる。順に14冊（約61%）、4冊（約17%）、5冊（約22%）である。本文によって左遷の概要を把握させることもでき、著名な「こちふかば」歌を取り上げられるため、①〜③が多くなるのであろう。道真を教材とする時、宇多帝即位の経緯、藤原基経との関係、阿衡の紛議、道真任讃岐守などの歴史的経緯の説明に少し時間を要する事項があるが、これは日本史の学習と連動させる配慮も必要となる。『北野天神縁起』教科書単元教材化でも同様である。

一方、教材末尾箇所についても、冒頭箇所と同様に六通りに分かれている。▼注[4]

(1)P75L6
「あるじなしとてはるをわするな」1冊 ※「こちふかば」歌まで。

(2)P76L9
「一栄一落是春秋」2冊 ※明石の駅長《むまやのおさ》に対する口詩《くし》まで。

(3)P78L9
「昔の博士ども申けれ」1冊 ※「不出門」詩まで。

(4)P79L6
「この詩、いとかしこく人々感じ申されき」10冊 ※「九月十日」詩まで。

(5)P82L5
「それもこの北野のあそばしたるとこそは申すめりしか」1冊 ※「つくるとも」歌（道真怨霊による虫食いの歌）まで。

(6)P90L7

「理非をしめさせたまへるなり」　8冊　※時平伝末尾。

(4)で区切るものが最も多く（約44%）、次いで(6)が多い（約35%）。(6)は時平伝の末尾に当たるため、区切りとなりやすい。一方、(4)で区切るのは、大宰府謫居での様子のうち、「不出《デ》レ門《ヲ》」（『菅家後集』所収）と「九月十日」（同前）の二つの漢詩までを取り上げるためであろう。「不出門」は『白氏文集』巻十六「香炉峰下、新卜《タニシ》レ山居《ヲ》一、草堂初成《メテリ》、偶《たまたま》題《ス》二東壁《ニ》一」と題する四首の連作のうちの第三首を典拠にした詩で、この典拠詩（白居易の詩）の頷聯が『和漢朗詠集』に引かれ、さらに『枕草子』第一九九段、『源氏物語』総角《あげまき》巻にも関連し、高校古典でも定番教材となっている詩である。▼注[5]「九月十日」は『源氏物語』須磨巻でも須磨謫居の光源氏が誦んじていたり、『古今著聞集』文学第五・四〇、『十訓抄』六・一四では道真代表作のように取り上げられたり、道真の詩で最も人口に膾炙した詩で、「恩賜御衣」の一節で天神信仰でも広く知られている。この二つの道真詩は、古典教科書でも採録されることの多い詩である。▼注[6]

2　『北野天神縁起』教科書単元教材化の先駆

先に『北野天神縁起』を単元とした教科書があったことに触れたが、それが三省堂『高等学校古典［古典編］』（平成十六年（二〇〇四）。以下、三省堂版と称す）である。▼注[7] この三省堂版を参考例としつつ、『北野天神縁起』の教科書単元教材化への私見を述べたい。三省堂版では『北野天神縁起』について、五条菅家本《すがけ》（建久本。底本は日本思想大系）の詞書《ことばがき》に、承久本の絵を組み合わせて教材とする。詞書については六段落に分け、各段に対応する絵を入れ、前後に適宜五つの解説文を入れる。以下に三省堂版と思想大系との本文の対応を示▼注[8]す。図については、神道大系の通し番号▼注[9]を活用した。

解説文1（2行）、第一段（13行）＝12椋木《むくのき》法皇（全文・10行）、
　図A（図27）

解説文2（1行）、第二段（6行）＝18天拝山（一部・6行）、
　図B（図39の一部）

解説文3（3行）、第三段（18行）＝20柘榴《ざくろ》天神（冒頭省略・11行）、図C（図42の一部と図43を二画面で提示）

第四段（7行）＝21清涼殿霹靂《へきれき》（全文・4行）、図D（図45・46）

第五段（3行）＝22尊意鴨川渡水（全文・3行）、図E（図47・48）

解説文4（3行）、第六段（8行）＝23時平薨去（一部・6行）、
　図F（図50の一部と図51）

解説文5（11行）、図G（図53・54）

三省堂版での本文行数は58行、思想大系本での相当行数は40

行分である。その概要は、道真の左遷決定時に「ながれ行く」歌で宇多法皇に左遷の赦免を請う第一段、天拝山で祭文を捧げた道真が現人神《あらひとがみ》として天満大自在天神となる第二段、配所で没した道真が天神となって延暦寺十三世座主尊意のもとに現れる第三段、清涼殿に雷神となった天神が現れ、時平が抜刀して対峙する第四段、尊意が比叡山から宮中へ牛車で駆け付ける際に鴨川の水が二つに割れた奇瑞を描く第五段、病の床に就く時平を見舞う三善清行、加持祈禱を行う清行の子浄蔵、時平の両耳から姿を現す青竜（天神）を描く第六段、と読ませどころを巧みに選別して抄出している。解説文1～4は簡潔ながら要を得たもので、5は本文の代わりとして絵との対応、全体の結びの役割を果たすものとなっている。

　六段落全てに絵があり、特に第三段以降はほぼ連続で絵を採録している（図42～54）こと、および場面に応じたサイズで示すことなど、視覚的効果を図った巧みな構成となっている。特に、清涼殿霹靂、時平抜刀で広く知られる図Dは見開き二頁にわたって大きく示す。図Dの他にも、天神が吐き出した柘榴の種から変じた火焔を尊意が灑水《しゃすい》の印によって消し止める逸話「柘榴天神」として知られる図C、尊意鴨川渡水として屛風絵にも描かれる図E▼注[10]は、絵だけでも多くの説明ができる場面▼注[11]で、生徒の反応もよく、授業展開の山場にできる。さらに、15恩賜御衣、19安楽寺墓所、などを加えることも考えられる。

3　『北野天神縁起』教科書単元教材化に求められるもの

　これらを授業で扱う現場教員にとって、指導書（教授資料）の存在は重要である。三省堂版の指導資料（二〇〇四年三月）第8分冊「絵巻の世界」（中西達治執筆）は30頁に及ぶ詳細で丁寧な内容で、かなりの時間を要した労作と推察される。筆者も本指導書を大いに参考にしてきた一人であるが、絵の説明を重点的に行うつもりで色々と調べてみた結果、「吹抜屋《ふきぬけや》台《たい》」「異時同図」の説明がないなど、本文解説の詳細さに比して絵の解説は一通りあるものの不足していると感じるようになった。

　また、有職故実に関わる装束等の解説に関しても、便覧、要覧、図説等の名称が付けられた国語科副教材を活用しようとした時、指導書の内容に補訂を要することが間々ある。ここでは、『新総合　図説国語』（東京書籍）を参考例としてその一端に触れよう。例えば、図A（椋木法皇）、図B（天拝山）、図C（柘榴天神）に束帯姿で登場する道真の装束説明を指導書では「衣冠束帯姿」という語を用いているが、これを『図説国語』で補足を試みたとする。『図説国語』で、束帯と衣冠は区別すべきであることにはすぐ気付くことができる。しかし、『図説国語』の装束写真の出典が風俗博物館WEBサイトで公開されている資料[注12]であることにはすぐには気づけない。この出典を意識できれば、教員もより詳細を確認しやすくなり、生徒の調べ学習にも活用できるだろう。また、図Eの一部（時平）に関しては、『日本常民生活絵引』「寝室」[注13]で絵の細部の説明がある。教科書掲載の絵に対してこのレベルの解説が指導書に付いていれば、授業での解説も生き生きとし、生徒も興味を持って反応する。

『北野天神縁起』の単元化は、渡唐天神、浄瑠璃・歌舞伎、寺子屋教育、忠臣、等々、[注14]天神像の展開という非常に魅力的な教材も扱えることになり、諸領域にわたる問題に目を向けさせることのできるものだ。定番教材『大鏡』道真左遷話との関連付けも行いやすい。しかも白居易の詩、『枕草子』などの教科書定番教材にも繋げていくことも容易である。絵巻に関してであれば、『伴大納言絵巻』『長谷雄卿草紙《はせおきょうぞうし》』などにも発展させていける。

もう一つ、単元化のために必要となるのは、寺社縁起の文学史への定位である。三省堂版では「縁起絵巻」となっているが、指導書ではその解説がなく、「縁起」の語を用いている。文学史のジャンルごとに単元が構成される教科書において、ジャンル分けは避けがたいものであるが、「寺社縁起」が高校古典の文学史に取り入れられていないのが現状である。まずは指導書や副教材に最新研究による補足を導入していくべきであろう。副教材も教科書会社が作成するものが多く、その編集にも研究者が関与することは少なくないようなので、こうしたところから変えていかなければ、教科書との関連付けがしづらいままとなってしまう。

筆者の勤務校では各教室にプロジェクターと書画カメラが常設されたことによって、絵巻を用いた授業を展開しやすくなった。学校のITC化によって絵巻を教科書単元教材として扱える状況は着実に近づいていると実感する。『北野天神縁起』教科書単元教材化に関しては、高校古典の日本文学史の現況に十分に配慮した教科書単元教材化と指導書・副教材の充実が必要であると考える。古典と日本史、芸術（美術・書道）などの高校現場での教科間コラボレーションがあればと感じさせられることも少なくない。学際化に対する教科間の温度差を改善する必要もある。さらに研究に関しては、『北野天神縁起』全巻に関する詞書の語釈・現代語訳、絵の詳細な解説が付けられた基礎的研究文献の刊行が望まれる。最新研究と教育現場の距離を縮めることで、古典の面白さを伝えることを目指していきたい。

【注】

［1］宝鏡寺蔵『妙法天神経解釈《げしゃく》』の研究会に参加したことも

大きな影響を受けている。その研究会の成果が、小峯和明編『宝鏡寺蔵『妙法天神経解釈』全注釈と研究』（笠間書院、二〇〇一年）である。

[2] 教科書図書館（江東区）にて確認を行った。教科書会社（検定コード順）と該当教科書冊数は次のとおり。東京書籍5冊、三省堂4冊、教育出版3冊、大修館書店4冊、数研出版1冊、明治書院2冊、右文書院7冊、筑摩書房2冊、第一研究社5冊、桐原書店2冊の10社35冊。

[3] 引用本文の頁・行は橘健二・加藤静子校注・訳『新編日本古典文学全集　大鏡』（小学館、一九九六年）に拠る。

[4] ①〜⑥の冒頭、(1)〜(6)の末尾の各教科書の組み合わせ方については煩を避けるため割愛するが、途中を適宜省略していく措置に各教科書の工夫が見受けられる。

[5] 白居易の「香炉峰下」詩は教科書にも比較的多く採録されている。この詩を取り上げることで、李白「望ム二廬山ノ瀑布ニ一」詩も取り上げられ、さらなる展開、関連付けが可能となる。これを意識していると思しき教科書も散見する。

[6] 平成二十八年度版教科書では、「不出門」詩の掲載書は3冊、「九月十日」詩の掲載書は1冊。

[7] 15三省堂・古典005。本教科書の編集委員の一人であった小峯和明により『北野天神縁起』が単元に設定された。筆者は第三版（二〇〇六年。平成十九年度用教科書見本）で確認している。本教科書の後継書（二〇〇八年）では絵巻の単元は無くなっている。

[8] 『北野天神縁起』の詞書の段落・概要の提示は、竹居明男編『歴史と古典　北野天神縁起を読む』（吉川弘文館、二〇〇八年）に拠り、一部を真保亨『北野聖廟絵の研究』（中央公論美術出版、一九九四年）を参照して補足した。

[9] 真壁俊信校注『神道大系　神社編十一　北野』（神道大系編纂会、一九七八年）所収『北野聖廟縁起』の絵に付された通し番号を指す。

[10] 出光美術館蔵「天神縁起尊意参内図屏風」（室町時代、紙本墨画淡彩）。同館図録『日本の美・発見Ⅳ　屏風の世界——その変遷と展開』（二〇一〇年）所載。

[11] 図Dでは雷神の姿の特徴（角、牙、連太鼓、撥、領巾《ひれ》等、抜刀の意味）、図Cでは灑水の印、印契、加持祈禱、柘榴のイメージ等、図Eでは牛車、牛飼童、天神と牛、『旧約聖書』「出エジプト記」のモーセ等、話題に事欠かない部分である。

[12] 「風俗博物館」WEBサイト「日本服飾史」（http://costume.iz2.or.jp/costume/295.html）。二〇一七年一月一〇日最終閲覧。

[13] 澁澤敬三・神奈川大学日本常民文化研究所編『新版　絵巻物による日本常民生活絵引』一巻（平凡社、一九八四年）一四六頁。

[14] 最近では、髙島幸次『奇想天外だから史実—天神伝承を読み解く—』（大阪大学出版会、二〇一六年）に、天神と松・梅・鶏・牛・柘榴について興味深い指摘が数多くある。

あとがき

小峯和明

小さい頃から絵を描くのが好きで、絵を見ながら空想にふけったり、空想を絵に表したり、呆然と景色を眺めながらあれこれ夢想するのを好んでいた。小学生の頃、たまたま家の近くにいたプロの絵描きの元に通って本格的に習いだし、クレヨンから始まり次から水彩へという矢先、当の絵描きの家庭が破綻して、そのまま沙汰闇になってしまった。あのまま習い続けていたら、どうであったろうか、まさか美術史の道を選ぶことはなかったであろうが、とこれまた夢想するが、もはや遡及することはかなわない。それがトラウマになったわけではないだろうが、本論に経緯を述べた通り、国文研在任中から海外資料調査の機会を得て絵巻体験を重ねた結果、絵画への見果てぬ夢が昂じてかどうか、とうとう絵巻狂いのごとくのめり込み、〈絵画物語〉研究も生業の一つになってしまった（ニューヨークに行く度、スペンサーコレクションに日参した）。ちょうどその頃から前後して絵画イメージ研究が活性化し、史学の絵画史料論をはじめ人文学を主として様々な分野が競合しあう、多領域の草刈り場のようになった。さらには、本書の楊暁捷論のごとくデジタル研究の最先端を担う分野にもなった。

とりわけ、写真やテレビや映画などの映像のない時代、絵画のもつ意義は今我々が想像する以上に大きく重い役割を持っていたであろう。描かれた馬が絵から飛び出すとか、絵から声が聞こえるとかいう話が語られるのも、決してたんなる怪異譚ではなかったと思われる。そこには、絵画を二次元ではなく、三次元的なものとして観るようなまなざしがあったのではないだろうか。少なくとも、それらの説話には絵画がたんなる平面的で静的なものではありえないことを喚起する力がある。絵を見ることが日常を脱した非日常的な行為であること、日常を異化する意味作用をもつことを問いかけている。絵画がいかなるものか、あらためて考えさせてくれる。

本書の阿部龍一論にいう、龍の文字が実体化して、龍そのものになって昇天する空海の逸話のごとく、真言が声から文字になり、名になるような過程が想起される。その空海が師恵果から真言を伝授する際、「真言の秘蔵、経疏に隠密す。図画を借らざれば、伝ふることあたはず」と言われて曼陀羅を制作するように、言葉では表しえないものを絵画であらわす情動がいつの世にもあった。文字が図形であることからすれば絵との相乗性はもとよりのことだが、言葉を越えたイメージの世界があり、そのイメージが言葉を生み出す面もあったであろう。

それと同時に「絵空事」という言葉が示すように、現実と絵画はそもそも隔絶しており、現実そのままの投影ではありえない。むしろ現実にはないもの、実現のかなわないものを絵には表すことができる。絵がひとつの現実を作りだしているといってもよい。言葉は分からなくとも、絵画だけなら鑑賞や解釈、理解ができるのもそのためで、絵は国境や異文化を越えて共鳴しあえる。また、絵は美術品という文化財としての付加価値が見えやすく、投機の対象にもなるように資産としての意味を持ちやすい。文学との大きな相違点であろう。もとより文学にも優品と目される典籍はあるが、それだけが指向されているわけではない。絵画において文学以上にカノンの問題が大きいことを再認識させられる。

それにあわせて欧米を中心に海外に貴重な所蔵が多いことも特筆され、多くの研究者が直接現地を訪れ、現物を調査する種々のプロジェクトが推進され、数々のシンポジウムやワークショップが行われるようになった。個人的には、一九九〇年代後半、国文研のチェスタービーティ・ライブラリー調査にもとづく所蔵絵巻類の解題作成のための研究会「絵本の会」がひとつの画期であった。その前例として、宮次男氏を中心とする室町絵巻を観る会があったが、これは文字通り調査に行くだけで何かをまとめるプロジェクトには至らなかった。「絵本の会」には文字通り、美術、歴史、文学など多方面からメンバーが集まり、活況を呈した。会自体は最終的には、チェスタービーティ・ライブラリーの解題目録に結実させて役割を終えたが、ここでの出会いが後々の研究に大きくかかわってくることになる。中心メンバーの大西廣、太田昌子氏とは、岩波の『文学』(二〇〇九年)で特集「語りかける絵画」を組むことができた。

仮に人間が絵画という方便を手にすることなく、言葉の世界だけにとどまっていたら、どんなにか文化は空漠とし、停滞していたであろうか。

本巻の表題「イメージの回廊」は、二〇一二年にそのタイトルで『図書』（岩波書店）に一年間連載した拙文に拠るものであろうが、私的には初めての月刊連載の体験で、あわただしくも次から次へとイメージを追い求めてめくるめく思いをした、まさに自分自身、回廊をぐるぐる廻っているような得難い経験であった。本書もまたこの回廊に接続し、あるいは時として断絶しつつも、イメージを求めて、はてしない回廊を巡り続ける旅のような想いを禁じ得ない。

具体例でいえば、『光明真言功徳絵巻』、『百鬼夜行絵巻』、『福富草紙』、『病草紙』、『弘法大師絵伝』、『武家繁昌』、『掲鉢図』、『北野天神縁起』等々の絵巻、『徒然草』の絵入り本、『平家物語画帖』、『扇の草子』の扇面、『平家物語』の貼り交ぜ屏風、『水陸斎図』、平家一門の掛幅、敦煌の五台山図の壁画、社寺建築における二十四孝図の彫刻、『源氏物語』絵などの陶磁器、漫画、デジタル絵解き等々、様々な媒体が対象となり、その方法も実に多岐にわたっている。絵画の内容も、物語や説話にとどまらず、詩歌、神仏、聖地、肖像、身体、動物異類、唐絵などに及ぶ。フランス国立図書館の所蔵絵巻類の報告も貴重な提示で、本シリーズ第五巻の資料学にも連関する。文学研究もメディア論が盛んになったが、絵画が最もその有効な手だてであるだろう。絵画を問うことがおのずと文学を問うことにつながっている。

本書のおおよその論点を整理してみると、

1. 絵画や図像そのものの解読、分析
2. 絵画にまつわる物語・説話などの文芸の解読
3. 絵画と文学テクストとの相関の追究
4. 絵の置かれた場所、環境の考証
5. 絵画をめぐる鑑定、評価、権力、教育、教材など、社会史的な分析

等々に及ぶ。絵そのものと同時に、絵と言葉の関係や絵をとりまく個々の人物、共同体、社会との関わりなどから、実に多面的、多角的な考証が展開される。そのひろがりは、美術史的な観点だけからは望めないもので、人文学の総体をかけて取り組むべき課題であることを体得させてくれるであろう。本書には、部立には提示されないが、とりわけ宗教に関連する論考も多く、

あらためて宗教におけるイメージの働きの重要性があぶり出されたかたちになっている。

かつての立教の大学院ゼミのメンバーを中心に（幹事・目黒将史）、図書館所蔵の絵画資料の解題目録を作成した（「立教大学図書館蔵絵入り資料解題」『立教大学大学院日本文学論叢』16、17号、二〇一六、一七年）。限られた予算で収集した誠にささやかな所蔵をもとにした、ささやかな解題でしかないが、その収集意図は第一に絵と文学の相関を課題とするために実物を実際に手にする必要があること、第二に予算の制約を逆手にとって、カノン化されたハイカルチャーの逸品やいわゆる奈良絵のような豪華絵巻ではない、著名な作の模写本を重視したことにある。模写本もまた一個の独立した作であり、原本や定本とも等価値に見る必要がある、という見地から収集を進めたものである。その結果、近世期の『桃太郎絵巻』に始まり、『酒呑童子』の異本『野花実録』などをはじめ、『道成寺縁起』に到っては四点ほどになり、室町期の一点しかない正典化された絵巻ではなく、以後の在地の伝説や絵解きをふまえたもの（本シリーズ第五巻・大貫論文参照）、刊本の人形を切り貼りしたものなど、特異な伝本がそろった。

また、絵のみで詞書を欠く「未詳奈良絵巻」の正体をつきとめるべく、絵巻の会を始めて様々な角度から追究を試みたが、結局は書名すら分からなかった例もある。いつの日にか、その謎が解明される時が来るであろうか。

立教の大学院では、古典の非常勤枠の講義を美術史の専門家に依頼する方式をとり、今に至るまで続いている。初代が千野香織氏であり、米倉迪夫、佐野みどり、池田忍、太田昌子、髙岸輝、山本聡美氏と錚々たる顔ぶれが続いた。千野氏の二年目担当最後の頃に突然の訃報に接したのだった。バーバラ・ルーシュ教授主催の尼寺調査プロジェクトでもご一緒し、二〇〇〇年の初めての韓国行きで、学生を連れた千野氏一行と釜山の空港でばったり出会ったこともあった。後年、ソウルの国立中央博物館の図書館に収められた彼女の蔵書も書庫でつぶさに手にすることもできた。

また、佐野みどり氏の担当時に薫陶を受けたのが山本五月さんであった。私が慶応大学大学院に出講した際の院生で、後に立教に移り、博士論文完成間近に事故で他界された時のショックはいまだに消えない。三回忌に夫山本勉氏のご尽力で論文集『天神の物語・和歌・絵画―中世の道真像』（勉誠出版、二〇一二年）がまとまった。私の鶴見大学の大学院出講にもつきあってくれて、『天神縁起絵巻』を読み続け、いずれは注解を共同研究の形でまとめる予定であったが、これもかなわぬ夢となった。今も健在でいたなら、まちがいなく本シリーズの重要な担い手になっていたはずである。

本書は、まさに絵画イメージの世界から文学を拓く刺激的な研究の叢生をまざまざと提示した論集となっていよう。

全巻構成（付キーワード）

第一巻「東アジアの文学圏」（金　英順編）

緒言――本シリーズの趣意――（鈴木　彰）

総論――交流と表像の文学世界――（金　英順）

第1部　東アジアの交流と文化圏

1　東アジア・〈漢字漢文文化圏〉論（小峯和明）

＊東アジア、漢字漢文文化圏、古典学、類聚、瀟湘八景

2　『竹取物語』に読む古代アジアの文化圏（丁　莉）

＊『竹取物語』、古代アジア、遣唐使、入竺僧、シルクロード

3　紫式部の想像力と源氏物語の時空（金　鍾徳）

＊紫式部、記憶、時空間、高麗人、作意

【コラム】漢字・漢文・仏教文化圏の『万葉集』――「方便海」を例に――（何　衛紅）

＊仏教文化圏、漢文文化圏、日本上代文学、万葉集、方便海

【コラム】軍記物語における「文事」（張　龍妹）

＊軍記物語、文芸、和歌、漢詩文、文以載道

4　佐藤春夫の『車塵集』の翻訳方法――中日古典文学の基底にあるもの――（於　国瑛）

＊佐藤春夫、車塵集、翻訳方法、古典文学、和漢的な表現

【コラム】「山陰」と「やまかげ」（趙　力偉）

＊子猷尋戴、蒙求、唐物語、山陰、本説取り

第2部　東アジアの文芸の表現空間

1　「離騒」と卜筮――楚簡から楚辞をよむ――（井上　亘）

＊占い（と文学）、通仮字、楚文化、簡帛学、校読

2　『日本書紀』所引書の文体研究――「百済三書」を中心に――（馬　駿）

＊百済三書、文体的特徴、正格表現、仏格表現、変格表現

3　金剛山普徳窟縁起の伝承とその変容／【資料】保郁「普徳窟事蹟拾遺録」（一八五四年）（龍野沙代）

＊朝鮮文学、仏教説話、金剛山、観音信仰、普徳窟

4　自好子『剪灯叢話』について（蒋　雲斗）

＊剪灯叢話、自好子、十二巻本、十巻本、浅井了意

5　三層の曼荼羅図――朝鮮古典小説『九雲夢』の構造と六観大師――（染谷智幸）

＊九雲夢、金萬重、曼荼羅、法華経、六道輪廻

6　日中近代の図書分類からみる「文学」、「小説」（河野貴美子）

＊図書分類、目録、図書館、文学、小説

【コラム】韓流ドラマ「奇皇后」の原点（金　文京）

＊東アジア比較文学、「釈迦如来十地修行記」、奇皇后

第3部　東アジアの信仰圏

1　東アジアにみる『百喩経』の受容と変容（金　英順）

2 『弘賛法華伝』をめぐって（千本英史）
＊仏教、譬喩、説話、唱導、仏伝

3 朝鮮半島の仏教信仰における唐と天竺――新羅僧慈蔵の伝を中心に――（松本真輔）
＊天竺、新羅、慈蔵、通度寺、三国遺事

4 『禅苑集英』における禅学将来者の叙述法（佐野愛子）
＊東アジア、仏教、漢文説話、ベトナム

5 延命寺蔵仏伝涅槃図の生成と地域社会――渡来仏画の受容と再生に触れつつ――（鈴木　彰）
＊仏伝涅槃図、延命寺本、東龍寺本、中之坊寺本、渡来仏画の受容

【コラム】能「賀茂」と金春禅竹の秦氏意識（金　賢旭）
＊賀茂縁起、丹塗矢伝説、秦氏、金春禅竹、『秦氏本系帳』

第4部　東アジアの歴史叙述の深層

1 日本古代文学における「長安」像の変遷――〈実〉から〈虚〉へと――（高　兵兵）
＊長安、奈良、平安京、漢詩文、遣唐使

2 『古事集』試論――本文の特徴と成立背景を考える――（木村淳也）
＊古事集、琉球、地誌、鎌倉芳太郎、修史事業

3 『球陽』の叙述――「順治康熙王命書文」(『古事集』)から――（島村幸一）
＊古事集、球陽、順治康熙王命書文、中山世譜、鄭秉哲

4 古説話と歴史との交差――ベトナムで龍と戦い、中国に越境した李朝の「神鐘」――（ファム・レ・フイ）／【資料】思琅州崇慶寺鐘銘并序（ファム・レ・フイ／チャン・クァン・ドック）
＊ベトナム、古説話、崇慶寺、円明寺、鐘銘

5 日清戦争と居留清国人表象（樋口大祐）
＊日清戦争、大和魂、居留清国人、レイシズム、中勘助

【コラム】瀟湘八景のルーツと八景文化の意義（冉　毅）
＊瀟湘景、淡山巖、宋迪題字、環境と文学、風景の文化意義

6 *Constructing the China Behind Classical Chinese in Medieval Japan: The China Mirror*（Erin L. Brightwell）
＊Medieval Japan（中世日本）、cultural literacy（文化的な教養）、China images（中国のイメージ）、warriors（武士）、Mirrors（「鏡物」）

あとがき（小峯和明）

第二巻「絵画・イメージの回廊」（出口久徳編）

緒言――本シリーズの趣意――（鈴木　彰）

総論――絵画・イメージの〈読み〉から拓かれる世界――（出口久徳）

第1部　物語をつむぎだす絵画

1 絵巻・〈絵画物語〉論（小峯和明）
＊絵巻、絵画物語、画中詞、図巻、中国絵巻

2 光の救済――「光明真言功徳絵詞（絵巻）」の成立とその表現をめぐって――（キャロライン・ヒラサワ）

*光明真言、浄土思想、極楽往生、霊験譚、蘇生譚

3　百鬼夜行と食物への供養――「百鬼夜行絵巻」の魚介をめぐって――（塩川和広）

*百鬼夜行、魚介類、食、狂言、お伽草子

4　『福富草紙』の脱糞譚――『今昔物語集』巻二八に見るイメージの回廊――（吉橋さやか）

*福富草紙、今昔物語集、ヲコ、脱糞譚、お伽草子

【コラム】挿絵から捉える『徒然草』――第三二段、名月を「跡まで見る人」の描写を手がかりにして――（西山美香）

*徒然草、版本、挿絵、読者、徒然草絵巻

第2部　社会をうつしだす絵画

1　「病草紙」における説話の領分――男巫としての二形――（山本聡美）

*病草紙、正法念処経、男巫（おとこみこ／おかんなぎ）、二形（ふたなり）、梁塵秘抄

2　空海と「善女龍王」をめぐる伝承とその周辺（阿部龍一）

*善女（如）龍王、神泉苑、龍女、神泉苑、弘法大師信仰、真言

3　文殊菩薩の化現――聖徳太子伝片岡山飢人譚変容の背景――（吉原浩人）

*文殊菩薩、化現、聖徳太子伝、片岡山飢人譚、達磨

4　『看聞日記』にみる唐絵の鑑定と評価（髙岸　輝）

*看聞日記、唐絵、貞成親王、足利義教、鑑定

【コラム】フランス国立図書館写本部における日本の絵巻・絵入り写本の収集にまつわる小話（ヴェロニック・ベランジェ）

*奈良絵本、絵巻、フランス国立図書館、パリ万国博覧会、収集家

第3部　〈武〉の神話と物語

1　島津家「朝鮮虎狩図」屏風・絵巻の図像に関する覚書（山口眞琴）

*島津家、朝鮮虎狩図屏風、曾我物語図屏風、富士巻狩図、関ヶ原合戦図屏風

【コラム】武家政権の神話『武家繁昌』（金　英珠）

*海幸山幸、武家繁昌、武家政権、神話、中世日本紀

2　根津美術館蔵「平家物語画帖」の享受者像――物語絵との〈対話〉を窺いつつ――（鈴木　彰）

*根津美術館蔵「平家物語画帖」、『平家物語』、『源平盛衰記』、享受者像、物語絵との〈対話〉

【コラム】猫の酒呑童子と『鼠乃大江山絵巻』（ケラー・キンブロー）

*英一蝶、パロディー、お伽草子、『酒呑童子』、『鼠の草子』

3　絵入り写本から屏風絵へ――小峯和明蔵『平家物語貼交屏風』をめぐって――（出口久徳）

*平家物語、メディア（媒体）、屏風絵、絵入り写本（奈良絵本）、絵入り版本

第4部　絵画メディアの展開

1　揭鉢図と水陸斎図について（伊藤信博）

＊鬼子母神、仏陀、擬人化、宝誌、草木国土悉皆成仏

2　近世初期までの社寺建築空間における二十四孝図の展開――土佐神社本殿蟇股の彫刻を中心に――（宇野瑞木）

＊二十四孝図、建築、五山文学、彫物（装飾彫刻）、長宗我部氏

3　赤間神宮の平家一門肖像について――像主・配置とその儀礼的意義――（軍司直子）

＊赤間神宮、阿弥陀寺、安徳天皇、平家、肖像

【コラム】詩は絵のごとく――プラハ国立美術館所蔵「扇の草子」の翻訳本刊行の意義――（安原眞琴）

＊扇、奈良絵本、歌仙絵、遊び（またはなぞなぞ）、和歌

【コラム】鬼の「角」と人魚の「尾鰭」のイメージ（琴　榮辰）

＊鬼、角、人魚、尾鰭、形

【コラム】肥前陶磁器に描かれた文学をモチーフとした絵柄（グェン・ティ・ラン・アイン）

＊肥前磁器、陶磁器、文様、モチーフ、絵柄

4　デジタル絵解きを探る――画像、音声、動画からのアプローチ――（楊暁捷）

＊デジタル公開、学術利用、生活百景、朗読動画、まんが訳

【コラム】『北野天神縁起』の教科書単元教材化について（川鶴進一）

＊北野天神縁起、教科書、菅原道真（天神）、絵巻（絵画資料）、怨霊・御霊

あとがき（小峯和明）

第三巻「宗教文芸の言説と環境」（原　克昭編）

緒言――本シリーズの趣意――（鈴木　彰）

総論――宗教文芸の沃野を拓くために――（原　克昭）

第1部　宗教文芸の射程

1　〈仏教文芸〉論――『方丈記』の古典と現代――（小峯和明）

＊仏教文芸、方丈記、法会文芸、随筆、享受史

2　天竺神話のいくさをめぐって――帝釈天と阿修羅の戦いを中心に――（高　陽）

＊『今昔物語集』、阿修羅、帝釈天、戦さ、須弥山

3　民間伝承における「鹿女夫人」説話の展開（趙　恩馤）

＊鹿足夫人、光明皇后、大宮姫、浄瑠璃御前、和泉式部

4　中世仏教説話における遁世者像の形成――高僧伝の受容を中心に――（陸晩霞）

＊遁世者像、澄心、高僧伝、摩訶止観、受容

5　法会と言葉遊び――小野小町と物名の歌を手がかりとして――（石井公成）

＊古今和歌集、掛詞、六歌仙、仏教、大伴黒主

第2部　信仰空間の表現史

1　蘇民将来伝承の成立――『備後国風土記』逸文考――（水口幹記）

＊蘇民将来、備後国、風土記、洪水神話、祇園社

2　『八幡愚童訓』甲本にみる異国合戦像――その枠組み・論理・主張――（鈴木　彰）

＊『八幡愚童訓』甲本、異国合戦、歴史叙述、三災へのなぞらえ、殺生と救済
3 『神道集』の「鹿嶋縁起」に関する一考察（有賀夏紀）
＊『神道集』、鹿嶋大明神、天津児屋根尊、日本紀注、古今注
4 日本における『法華経顕応録』の受容をめぐって――碧沖洞叢書八・説話資料集所収『誦経霊験』の紹介を兼ねて――（李 銘敬）
＊『法華経顕応録』、受容、『弥勒如来感応抄』、『諡号雑記』、『誦経霊験』
5 阿育王塔談から見た説話文学の時空（文 明載）
＊説話、今昔物語集、三国遺事、阿育王塔、仏教伝来史
6 ベトナムの海神四位聖娘信仰と流寓華人（大西和彦）
＊神霊数、流寓華人、ベトナム化、技術継承、交通要地

第3部 多元的実践の叡知

1 平安朝の謡言・訛言・妖言・伝言と怪異説話の生成について（司志武）
＊讖緯、怪異、詩妖、うわさ、小説
【コラム】相人雑考（マティアス・ハイエク）
＊人相見、予言文学、占い、観相説話、三世観
2 虎関師錬の十宗観――彼の作品を中心に――（胡 照汀）
＊虎関師錬、十宗観、中世禅僧、『元亨釈書』、『済北集』
3 鎌倉時代における僧徒の参宮と仏教忌避（伊藤 聡）
＊伊勢神宮、中世神道、仏教忌避
4 『倭姫命世記』と仏法――諄辞・清浄偈を中心に――（平沢卓也）
＊伊勢神道、中臣祓訓解、倭姫命世記、清浄観、諄辞、祝詞
5 神龍院梵舜・小伝――もうひとりの『日本書紀』侍読――（原 克昭）
＊梵舜、梵舜本、『梵舜記』、吉田神道家、日本紀の家

第4部 聖地霊場の磁場

1 伊勢にいざなう西行（門屋 温）
＊伊勢神宮、参詣記、西行、聖地、廃墟
【コラム】弥勒信仰の表現史と西行（平田英夫）
＊西行、高野山奥の院、山家心中集、弥勒信仰、空海
2 詩歌、石仏、縁起が語る湯殿山信仰――室町末期から江戸初期まで――（アンドレア・カスティリョーニ）
＊湯殿山、一世行人、板碑、不食供養、縁起
【コラム】物言う石――E・A・ゴルドンと高野山の景教碑レプリカ――（奥山直司）
＊E・A・ゴルドン、景教碑、高野山、キリスト教、仏耶一元論
3 南方熊楠と水原堯栄の交流――附〈新出資料〉親王院蔵 水原堯栄宛南方熊楠書簡――（神田英昭）
＊南方熊楠、水原堯栄、高野山、真言密教、新出資料
あとがき（小峯和明）

第四巻「文学史の時空」（宮腰直人編）

緒言――本シリーズの趣意――（鈴木 彰）
総論――往還と越境の文学史にむけて――（宮腰直人）

第1部　文学史の領域

1　〈環境文学〉構想論（小峯和明）
*環境文学、文学史、二次的自然、樹木、生命科学

2　古典的公共圏の成立時期（前田雅之）
*古典的公共圏、古典注釈、源氏物語、古今集、後嵯峨院時代

3　中世の胎動と『源氏物語』（野中哲照）
*身分階層流動化、院政、先例崩し、養女、陸奥話記

【コラム】中世・近世の『伊勢物語』――「梓弓」を例に――（水谷隆之）
*『伊勢物語』、絵巻、和歌、古注釈、パロディ

4　キリシタン文学と日本文学史（杉山和也）
*キリシタン文学、日本語文学、言語ナショナリズム、日本漢文学、国民性

【コラム】〈異国合戦〉の文学史（佐伯真一）
*異国合戦、異国襲来、侵略文学、異文化交流文学史、敗将渡航伝承

5　近代日本における「修養」の登場（王　成）
*近代日本、修養、修養雑誌、伝統、儒学

6　『明治往生伝』の伝法意識と護法意識――「序」「述意」を中心に――（谷山俊英）
*中世往生伝、明治期往生伝、大教院体制、中教正吉水玄信、伝法意識・護法意識

第2部　和漢の才知と文学の交響

1　紫式部の内なる文学史――「女の才」を問う――（李　愛淑）
*女の才、諷刺、二つの文字、二つの世界、雨夜の品定め

2　『浜松中納言物語』を読む――思い出すこと、忘れないことをめぐって――（加藤　睦）
*後期物語、日記、私家集、平安時代、回想

3　『蜻蛉日記』の誕生について――「嫉妬」の叙述を糸口として――（陳　燕）
*『蜻蛉日記』の誕生、女性の嫉妬、和歌、日記、叙述機能

【コラム】〝文学〟史の構想――正接関数としての――（竹村信治）
*文学史、正接関数、翻訳、心的体験の深度、文学

4　藤原忠通の文壇と表現（柳川　響）
*藤原忠通、和歌、歌合、漢詩、連句

5　和歌風俗論――和歌史を再考する――（小川豊生）
*和歌史、風俗、国風文化、古今集、歌枕

【コラム】個人と集団――文芸の創作者を考え直す――（ハルオ・シラネ）
*個人、集団、作者性、文芸、芸能

第3部　都市と地域の文化的時空

1　演戯することば、受肉することば――古代都市平安京の「都市表象史」を構想する――（深沢　徹）
*都市、差図（さしず）、猿楽、漢字・ひらがな・カタカナ、象徴界・

想像界・現実界

2　近江地方の羽衣伝説考（李　市埈）
＊羽衣伝説、天人女房、余呉の伝説、菅原道真、菊石姫伝説

【コラム】　創造的破壊――中世と近世の架け橋としての『むさしあぶみ』――（デイヴィッド・アサートン）
＊仮名草子、浅井了意、むさしあぶみ、災害文学、時代区分

3　南奥羽地域における古浄瑠璃享受――文学史と語り物文芸研究の接点を求めて――（宮腰直人）
＊語り物文芸、地域社会、文学史、羽黒山、仙台

4　平将門朝敵観の伝播と成田山信仰――将門論の位相・明治篇――（鈴木　彰）
＊平将門、成田山信仰、明治期、日清戦争、霊験譚の簇生

5　近代日本と植民地能楽史の問題――問題の所在と課題を中心に――（徐　禎完）
＊植民地能楽史、近代能楽史、能・謡、文化権力、植民地朝鮮

第4部　文化学としての日本文学

1　反復と臨場――物語を体験すること――（會田　実）
＊反復、臨場、追体験、バーチャルリアリティ、死と再生

2　ホメロスから見た中世日本の『平家物語』――叙事詩の語用論的な機能へ――（クレール＝碧子・ブリッセ）
＊『平家物語』、ホメロス、語用論、エノンシアシオン、鎮魂

3　浦島太郎とルーマニアの不老不死説話（ニコラエ・ラルカ）
＊浦島太郎、不老不死、説話、比較、ルーマニア

4　仏教説話と笑話――『諸仏感応見好書』を中心として――（周　以量）
＊仏教説話、笑話、『諸仏感応見好書』、仏典、『今昔物語集』

5　南方熊楠論文の英日比較――「ホイッティントンの猫――東洋の類話」と「猫一疋の力に憑って大富となりし人の話」――（志村真幸）
＊南方熊楠、比較説話、猫、雑誌研究、イギリス

6　「ロンドン抜書」の中の日本――南方熊楠の文化交流史研究――（松居竜五）
＊南方熊楠、ロンドン抜書、南蛮時代、平戸商館、文化交流史

【コラム】　南方熊楠の論集構想――毛利清雅・高島米峰・土宜法龍・石橋臥波――（田村義也）
＊南方熊楠、毛利清雅、高島円（米峰）、土宜法龍、石橋臥波

【コラム】　理想の『日本文学史』とは？（ツベタナ・クリステワ）
＊文学史の概念化、ロスト・イン・トランスレーション、「脱哲学的中心的」な「知の形態」、パロディとしての擬古物語、メディアとしての和歌

あとがき（小峯和明）

第五巻　「資料学の現在」（目黒将史編）

緒言――本シリーズの趣意――（鈴木　彰）

総論――〈資料〉から文学世界を拓く――（目黒将史）

第1部　資料学を〈拓く〉

1　〈説話本〉小考――『印度紀行釈尊墓況　説話筆記』から――（小峯

和明）
＊説話、説話本、速記、印度紀行、北畠道龍

2　鹿児島県歴史資料センター黎明館寄託・個人蔵『〔武家物語絵巻〕』について――お伽草子『土蜘蛛』の一伝本――（鈴木　彰）
＊鹿児島県歴史資料センター黎明館寄託、お伽草子『土蜘蛛』、絵巻、資料紹介、翻刻・挿絵写真

3　国文学研究資料館蔵『大橋の中将』翻刻・略解題（粂　汐里）
＊古浄瑠璃、説経、扇面画、お伽草子、法華経

4　立教大学図書館蔵『〔安珍清姫絵巻〕』について（大貫真実）
＊道成寺縁起、絵解き（絵解き台本）、在地伝承、宮子姫（髪長姫）説話、伝承の流布・享受

5　『如來在金棺囑累清淨莊嚴敬福經』の新出本文（蔡　穗玲）
＊『敬福経』、造像写経の儀軌、仏教の社会史、仏教の経済史、新出本文

第2部　資料生成の〈場〉と〈伝播〉をめぐって

1　名古屋大学蔵本『百因縁集』の成立圏（中根千絵）
＊今昔物語集、類話・出典、談義のネタ本、禅宗・日蓮宗、孝・不孝

2　『諸社口決』と伊勢灌頂・中世日本紀説（高橋悠介）
＊中世神道、中世日本紀、伊勢灌頂、称名寺聖教、釼阿

3　圓通寺蔵『血脈鈔』紹介と翻刻（渡辺匡一）
＊真言宗、醍醐寺、聖教、東国、三宝院流

4　澄憲と『如意輪講式』――その資料的価値への展望――（柴　佳世乃）
＊澄憲、講式、法会、表白、唱導

5　今川氏親の『太平記』観（和田琢磨）
＊『太平記』観、守護大名、今川氏、室町幕府の正史、抜き書き

6　敷衍する歴史物語――異国合戦軍記の展開と生長――（目黒将史）
＊異国合戦、薩琉軍記、近松浄瑠璃、難波戦記、歴史叙述

第3部　資料を受け継ぐ〈担い手〉たち

1　『中山世鑑』の伝本について――内閣文庫本を中心に――（小此木敏明）
＊中山世鑑、琉球史料叢書、横山重、内閣文庫本、松田道之

2　横山重と南方熊楠――お伽草子資料をめぐって――（伊藤慎吾）
＊横山重、南方熊楠、お伽草子、『室町時代物語集』、『いそざき』

3　翻印　南部家旧蔵群書類従本『散木奇歌集』頭書（山田洋嗣）
＊源俊頼、小山田与清、散木奇歌集、群書類従、注釈

4　地域における書物の集成――弘前藩主および藩校「稽古館」の旧蔵本から地域の「知の体系」を考える――（渡辺麻里子）
＊藩校・稽古館・奥文庫・文献通考・御歌書

5　漢字・字喃研究院所蔵文献をめぐって――課題と展望――（グエン・ティ・オワイン）
＊漢字・字喃研究所、漢字・字喃文献、文献学、底本、写本

あとがき（小峯和明）

執筆者プロフィール（執筆順）

鈴木　彰（すずき・あきら）
立教大学教授。日本中世文学。『平家物語の展開と中世社会』（汲古書院、二〇〇六年）、『いくさと物語の中世』（編著、汲古書院、二〇一五年）、『島津重豪と薩摩の学問・文化　近世後期博物大名の視野と実践』アジア遊学一九〇（編著、勉誠出版、二〇一五年）。

出口久徳（でぐち・ひさのり）
→奥付参照

小峯和明（こみね・かずあき）
→奥付参照

キャロライン・ヒラサワ（Caroline Hirasawa）
上智大学准教授。日本美術史・宗教美術史。"Cracking Cauldrons and Babies on Blossoms: The Relocation of Salvation in Japanese Hell Painting," Artibus Asiae 72: 1(2012). *Hell-bent for Heaven in Tateyama mandara: Painting and Religious Practice at a Japanese Mountain* (Leiden and Boston: Brill, 2013).

塩川和広（しおかわ・かずひろ）
立教大学大学院後期課程。お伽草子の異類物・特に福神とその眷属に関する表現について。「擬人化された鼠のいる風景」（伊藤慎吾編『妖怪・憑依・擬人化の文化史』笠間書院、二〇一六年）、「お伽草子「福神物」に見る致富の構造—『梅津長者物語』の貧乏神を中心に」（『立教大学日本文学』一一一号、二〇一四年一月）、「お伽草子「福神物」にみる龍宮の眷属—蛸イメージの変遷を中心に」（『伝承文学研究』六二号、二〇一三年八月）。

吉橋さやか（よしはし・さやか）
立教大学兼任講師。中世文学・お伽草子・絵巻・身体表象。「『福富草紙』の画中詞をめぐって」（『立教大学日本文学』一〇二号、二〇〇九年七月）、「『袋法師絵巻』の袋の用法と多義性」（『立教大学日本文学』一〇八号、二〇一二年七月）、「異本『病草紙』の展開」（『説話文学研究』四八号、二〇一三年七月）。

西山美香（にしやま・みか）
花園大学大学院非常勤講師・早稲田大学日本宗教文化研究所招聘研究員。禅を中心とする仏教文化研究、文学と美術の相関・比較研究。「足利義満の内なる宋朝皇帝」（『古代中世日本の内なる禅』勉誠出版、二〇一一年）、『九相図資料集成』（山本聡美と共編、岩田書院、二〇〇九年）、『武家政権と禅宗』（笠間書院、二〇〇四年）。

山本聡美（やまもと・さとみ）
共立女子大学教授。日本中世絵画史。『九相図をよむ　朽ちてゆく死体の美術史』（KADOKAWA、二〇一五年）、『九相図資料集成　死体の美術と文学』（共編著、岩田書院、二〇〇九年）、『病草紙』（中央公論美術出版、二〇一七年）。

阿部龍一（あべ・りゅういち）
ハーバード大学教授。東アジアの密教史、中世仏教と文学・美術。「玄奘三蔵の投影—「真言八祖行状図」の再解釈」（佐野みどり他編『中世絵画のマトリックスⅡ』青簡社、二〇一四年）、「『聾瞽指帰』の再評価の山林の言説」（根本誠二他編『奈良平安時代の〈知〉の相関』岩田書院、二〇一五年）、「龍女と仏陀―「平家納経」提婆品見返絵の解明をめざして」（小峰和明編『東アジアの仏伝文学』勉誠出版、二〇一七年）。

吉原浩人（よしはら・ひろと）

早稲田大学教授。日本宗教思想史。『東洋における死の思想』（編著、春秋社、二〇〇六年）、『海を渡る天台文化』（共編、勉誠出版、二〇〇八年）、「霊像の生身表現の淵源とその展開」（徳田和夫編『中世の寺社縁起と参詣』竹林舎、二〇一三年）。

髙岸　輝（たかぎし・あきら）

東京大学大学院准教授。日本中世絵画史。『室町王権と絵画―初期土佐派研究―』（京都大学学術出版会、二〇〇四年）、『室町絵巻の魔力―再生と創造の中世―』（吉川弘文館、二〇〇八年）、『天皇の美術史』三（共著、吉川弘文館、二〇一七年）。

ヴェロニック・ベランジェ（Veronique Beranger）

フランス国立図書館写本室日本資料担当司書。和書の書誌学・歴史・フランスの和書コレクションの歴史。« Les calligraphies de Tanaka Shingai（田中心外の書道、フランス語）», *Revue de la BNF*, 1/2016 (n° 52), p. 119-132.（URL : http://www.cairn.info/revue-de-la-bibliotheque-nationale-de-france-2016-1-page-119.htm）、「フランス国立図書館蔵『酒飯論絵巻』について」（伊藤信博、クレール＝碧子・ブリッセ、増尾伸一郎編『『酒飯論絵巻』影印と研究』臨川書店、二〇一五年）、「エメ・アンベールの『絵で見る日本』（一八七〇年）における江戸の都市の表象」（『お茶の水女子大学比較日本学研究センター研究年報』三号、二〇〇七年三月）。

山口眞琴（やまぐち・まこと）

兵庫教育大学大学院教授。中世説話文学（説話文学・仏教文学）。『西行説話文学論』（笠間書院、二〇〇九年）、「偽書生成の源泉―『天台伝南岳心要』と多宝塔中釈迦直授をめぐって」（『アジア遊学』一六一、勉誠出版、二〇一三年）、「諸宗論テクストと『七天狗絵』の生成をめぐって」（『国語と国文学』九二巻五号、二〇一五年五月）。

金　英珠（Kim Youngju）

韓国外国語大学校非常勤講師。文学（古典）。「中世神話の生成―「ヒルコ」を中心に―」（『立教大学日本文学』一〇三号、二〇〇九年一二月）、「絵巻「かみよ物語」の成立をめぐって―謡曲「玉井」との影響関係を中心に―」（『説話文学研究』四八号、二〇一三年七月）、「朝敵の妖怪化に関する一考察―土蜘蛛を中心に―」（『日語日文學研究』九七―二、二〇一六年五月）。

ケラー・キンブロー（Keller Kimbrough）

コロラド大学ボルダー校教授。日本の中世文学、主に説話文学、お伽草子、寺社縁起、語り物文芸（説経、古浄瑠璃、幸若舞曲）。*Preachers, Poets, Women, and the Way: Izumi Shikibu and the Buddhist Literature of Medieval Japan* (Ann Arbor: University of Michigan Center for Japanese Studies, 2008)、*Wondrous Brutal Fictions: Eight Buddhist Tales from the Early Japanese Puppet Theater* (New York: Columbia University Press, 2013)、「鬼物語の不

浄洞察―『酒呑童子絵巻』における遺骸描写―」（『アメリカに渡った物語絵　絵巻・屏風・絵本』国文学研究資料館編、ぺりかん社、二〇一三年）。

伊藤信博（いとう・のぶひろ）
名古屋大学助教。お伽草子、絵巻・奈良絵本。「擬人化され、可視化される植物・食物―室町から江戸時代を中心に」（『アジア遊学』一五四、勉誠出版、二〇一二年）、「室町から江戸期における飢饉と食物生産」（『地理と文化』八六号、アルマルタン社、二〇一四年八月）、『『酒飯論絵巻』影印と研究　文化庁本・フランス国立図書館本とその周辺』（共著、臨川書店、二〇一五年）。

宇野瑞木（うの・みずき）
日本学術振興会特別研究員ＲＰＤ（東京大学東洋文化研究所受け入れ）、専修大学・千葉商科大学非常勤講師、ハワイ大学マノア校客員研究員。東アジアの説話文学、表象文化論。『孝の風景―説話表象文化論序説』（勉誠出版、二〇一六年）、『輪切りで見える！パノラマ世界史1―世界史のはじまり』（全文執筆、羽田正監修、大月書店、二〇一六年）、「蓑笠姿の孟宗―五山僧による二十四孝受容とその絵画化をめぐって」（『東方学』一二二号、二〇一一年七月）。

軍司直子（ぐんじ・なおこ）
日本美術史。"*Heike* Paintings in the Early Edo Period: Edification and Ideology for Men and Women." *Archives of Asian Art* 67:1 (2017), 1–24. "The Ritual Narration of Mortuary Art: The *Illustrated Story of Emperor Antoku* and Its *Etoki* at Amidaji." *Japanese Journal of Religious Studies* 40:2 (2013), 203–245. "Redesigning the Death Rire and Redesignating the Tomb: The Separation of Shintō and Buddhist Divinities at the Mortuary Site for Emperor Antoku." *Japanese Journal of Religious Studies* 38:1 (2011), 55–92.

安原眞琴（やすはら・まこと）
立教大学兼任講師。中世・近世文学。『『扇の草子』の研究―遊びの芸文』（ぺりかん社、二〇〇三年）、『A BOOK OF FANS／OGI NO SOSHI／扇の草子』（共著、Karolium Press、二〇一六年）、映像記録『最後の吉原芸者四代目みな子姐さん―吉原最後の証言記録』（makoto office、二〇一三年）。

琴榮辰（Keum Youngjin）
韓国外国語大学校非常勤講師。江戸噺本、東アジア笑話比較。『東アジア笑話比較研究』（勉誠出版、二〇一二年）、「日本近世笑話と朝鮮漢文笑話」（『アジア遊学』一六三、勉誠出版、二〇一三年）。

グェン・ティ・ラン・アィン（Nguyen Thi Lan Anh）
ハノイ大学日本語学部日本文学文化学科学科長。日越陶磁器交流・日本文化史。「日本美術―竹窓から世界への道」（『研究開発雑誌』一号（一二七）、二〇一六年三月）、『肥前陶磁器の生産発展史と海外交流』（ハノイ国家大学、二〇一四年）、「肥前陶磁器の概要」（『研究開発雑誌』二号、二〇一三年五月）。

楊　暁捷（X Jieyang）
カナダ・カルガリー大学教授。日本中世文学（絵巻）。『鬼のいる光景』（角川書店、二〇〇二年）、『デジタル人文学のすすめ』（共著、勉誠出版、二〇一三年）、「夢の構図―絵巻の文法からのアプローチ」(『夢と表象』勉誠出版、二〇一七年)。

川鶴進一(かわつる・しんいち)

早稲田大学本庄高等学院教諭。日本中世文学(軍記物語、説話文学)。「長門本『平家物語』の盛久観音利生譚をめぐって」(梶原正昭編『軍記文学の系譜と展開』汲古書院、一九九八年)、「忠快譚の展開をめぐって―『忠快律師物語』を中心に―」(『説話文学研究』三四号、一九九九年)、「随心院蔵『持経上人縁起』について」(『古典遺産』五一号、二〇〇一年)。

索引凡例

・本索引は、本書に登場する固有名詞の索引である。人名、作品・資料名の二類に分かち、各類において見出し語を五十音順に配列し、頁を示した。
・人名は基本として姓名で立項した。例えば、「道長」の場合、「藤原道長」で立項した。
・人名には、固有名詞的機能をもつ、仏、菩薩などの名称も含めた。
・通称・別称・注記等については（　）内に示した。
・異本がある場合は、下位項目で立項した。例えば、『平家物語』が親項目の場合、「延慶本」「覚一本」「流布本」などをその下位項目とした。
・近代の研究者、研究書・資料集・史料集などは、論文の中で考察の対象になっているもののみ採用した。
・本巻の索引は、大貫真実が担当した。

人名索引

【あ】

【い】

【う】

【え】

【お】

【か】

【き】

【く】

【け】

【こ】

【さ】

【し】

【す】

【せ】

【そ】

【た】

【ち】

【て】

【と】

【な】

【に】

【の】

【は】

【ひ】

【ふ】

【へ】

【ほ】

【ま】

【み】

【む】

【も】

【や】

【ゆ】

【よ】

【ら】

【り】

【る】

【れ】

【ろ】

【わ】

作品・資料名索引

【あ】

【い】

【う】

【え】

【お】

【か】

【き】

【く】

【け】

【こ】

【さ】

【し】

【す】

【せ】

【そ】

【た】

【ち】

【つ】

【て】

【と】

【な】

【に】

【ぬ】

【ね】

【の】

【は】

【ひ】

【ふ】

【へ】

【ほ】

【ま】

【み】

【む】

シリーズ　日本文学の展望を拓く

第二巻

絵画・イメージの回廊

［監修者］

小峯和明（こみね・かずあき）

1947年生まれ。立教大学名誉教授、中国人民大学高端外国専家、早稲田大学客員上級研究員、放送大学客員教授。早稲田大学大学院修了。日本中世文学、東アジア比較説話専攻。物語、説話、絵巻、琉球文学、法会文学など。著作に『説話の森』（岩波現代文庫）、『説話の声』（新曜社）、『説話の言説』（森話社）、『今昔物語集の世界』（岩波ジュニア新書）、『野馬台詩の謎』（岩波書店）、『中世日本の予言書』（岩波新書）、『今昔物語集の形成と構造』『院政期文学論』『中世法会文芸論』（笠間書院）、『東洋文庫 809　新羅殊異伝』（共編訳）、『東洋文庫 875　海東高僧伝』（共編訳）など、編著に、『東アジアの仏伝文学』（勉誠出版）、『東アジアの女性と仏教と文学　アジア遊学 207』（勉誠出版）、『日本文学史』（吉川弘文館）、『日本文学史―古代・中世編』（ミネルヴァ書房）、『東アジアの今昔物語集―翻訳・変成・予言』（勉誠出版）ほか多数。

［編者］

出口久徳（でぐち・ひさのり）

立教新座中学校・高等学校教諭。日本中世文学。『図説 平家物語』（共著、河出書房新社、2004年）、『平家物語を知る事典』（共著、東京堂出版、2005年）、「寛文・延宝期、軍記物語版本の挿絵の表現をめぐって―延宝五年版『平家物語』における頼朝「対面」場面を読む―」（日下力監修・鈴木彰・三澤裕子編『いくさと物語の中世』汲古書院、2015年）。

［執筆者］

鈴木　彰／出口久徳／小峯和明／キャロライン・ヒラサワ／塩川和広／吉橋さやか
西山美香／山本聡美／阿部龍一／吉原浩人／髙岸　輝／ヴェロニック・ベランジェ
山口眞琴／金　英珠／ケラー・キンブロー／伊藤信博／宇野瑞木／軍司直子／安原眞琴
琴　榮辰／グエン・ティ・ラン・アィン／楊　暁捷／川鶴進一

2017（平成 29）年 11 月 10 日　初版第一刷発行

発行者
池田圭子
装　丁
笠間書院装丁室
発行所

笠間書院

〒 101-0064　東京都千代田区猿楽町 2-2-3　電話　03-3295-1331　Fax 03-3294-0996　振替　00110-1-56002

ISBN978-4-305-70882-3 C0095

モリモト印刷　印刷・製本

http://kasamashoin.jp/

［監修］小峯和明

本体価格：各 九、〇〇〇円（税別）

シリーズ　日本文学の展望を拓く

第一巻　東アジアの文学圏　金　英順編

第二巻　絵画・イメージの回廊　出口久徳編

第三巻　宗教文芸の言説と環境　原　克昭編

第四巻　文学史の時空　宮腰直人編

第五巻　資料学の現在　目黒将史編